PAR LA FORCE DES CHOSES

Du même auteur
chez le même éditeur

En ton âme et conscience, 2018
Malgré nous, 2019
Ces petits rien qui nous animent, 2020
Celle que je suis, 2021, Grand prix des lecteurs Pocket 2022
Le Sens de nos pas, 2022, Prix Solidarité 2022

Claire Norton

PAR LA FORCE DES CHOSES

roman

Robert Laffont

Ouvrage publié sous la direction de Françoise Delivet

ISBN 978-2-221-27139-1
Dépôt légal : septembre 2023
Éditions Robert Laffont, 92 avenue de France, 75013 Paris

Aimer à perdre la raison
Aimer à n'en savoir que dire
À n'avoir que toi d'horizon
Et ne connaître de saisons
Que par la douleur du partir
Aimer à perdre la raison…

Louis Aragon, *Le Fou d'Elsa*

Prologue

Lundi 24 décembre 2012

Lisa embrasse la pièce d'un regard. Tout est prêt.

Elle s'assied sur le bord d'une chaise, le dos bien droit, la poitrine légèrement en avant, les jambes savamment croisées. Elle a pris soin d'attacher ses longs cheveux en un chignon banane, celui qu'il aime tant.

Dans quelques heures, une nouvelle vie démarrera pour elle.

Le cerveau et le cœur en effervescence, Lisa s'exhorte au calme.

20 h 35. L'excitation de Lisa est à son apogée. Elle surveille son téléphone. Mais il s'obstine à rester silencieux. Chaque minute pèse de tout son poids, les secondes s'égrènent au ralenti.

Elle tente de tuer le temps en regardant la fin du journal télévisé. Les images se succèdent à l'écran sans qu'elle y accorde la moindre attention. Au générique, elle se lève, nerveuse. Elle coupe la télévision, met de la musique pour se détendre et s'installe sur le canapé face à la cheminée, luttant contre l'inquiétude qui commence à l'envahir.

À 21 heures, elle enfile un manteau et sort sur le perron.

Lisa inspire un grand coup, presque jusqu'à s'en faire éclater les poumons.

Elle décide de l'attendre sur le pas de la porte et se poste sur le paillasson, la tête contre le mur.

Elle cherche à discipliner l'angoisse qui lui serre le cœur.

Il va venir. Il va *forcément* venir. Dans un instant, elle va le voir surgir derrière le portail, et aussitôt elle sera dans ses bras…

Le froid commence à transpercer son manteau et sa robe. Mais elle ne bouge pas. Ce qui la glace de l'extérieur la tétanise bien moins que la petite voix intérieure qui lui souffle qu'il ne viendra peut-être plus…

Sans même s'en rendre compte, elle sombre dans le sommeil.

I

Le destin frappe à la porte

Février 1997 - Avril 2004

1

Lundi 3 février 1997

Nous sommes nos choix, écrivit Lisa en haut de la page blanche.

Jusqu'à présent, elle avait eu le sentiment de prendre ses décisions en toute liberté. Choisir consistait pour elle à décider de la vie qu'elle entendait mener, de la femme qu'elle souhaitait devenir. Il lui suffisait de se tenir à la croisée des chemins qui se proposaient à elle et de se fier à sa boussole intérieure pour s'engager sur celui qui l'inspirait le plus.

Et, par la force des choses, la décision que je m'apprête à prendre aujourd'hui impactera tout le reste de mon existence..., poursuivit-elle d'une écriture appliquée.

Elle réalisait brutalement que la notion de libre choix ne consistait pas à imaginer des solutions à l'infini pour ensuite les départager. Ainsi, choisir n'était pas que l'expression d'une puissance ou d'une liberté absolue, mais également la marque d'une fragilité. Incontestablement, elle ne s'était jamais sentie aussi vulnérable.

Si je pouvais connaître à l'avance ce que la vie me réserve, ferais-je le même choix ?

Depuis deux heures, elle était paralysée par la stupeur, prostrée sur sa chaise, face à la table. Elle aurait aimé dessiner des dizaines de chemins sur le plateau en formica bleu ciel. Hélas, la situation qui venait se jeter en travers de sa destinée, qui soudainement percutait et modifiait sa trajectoire, n'offrait que deux voies possibles, bien sombres de surcroît.

Ce terrible arbitrage la ramenait à son passé, et plus encore à ses racines.

Elle avait été élevée par une femme seule. Une femme forte. Une femme de conviction.

Pour Évelyne, née en 1949, la révolution de Mai 68 avait incarné une formidable occasion de braver la chape moraliste qui entravait la liberté des femmes. Après avoir profité de cette libération des mœurs en ayant de multiples liaisons, elle en avait néanmoins rapidement découvert les cruelles conséquences : une grossesse non souhaitée, sans géniteur identifiable.

Or, si Évelyne était une militante féministe déterminée, elle était aussi effrayée par les risques inhérents aux avortements clandestins. Elle n'avait jamais caché à Lisa que si cette grossesse avait surgi cinq années plus tard, en 1975, cette dernière ne serait jamais venue au monde. Aujourd'hui encore, elle lui parlait du « manifeste des 343 », la pétition d'avril 1971 appelant à la légalisation de l'IVG en

France. Et *Le Deuxième Sexe* de Simone de Beauvoir était resté son livre de chevet. C'était tout dire.

La conception de Lisa était donc due à un accident, sa naissance à une interdiction d'avorter.

La vie de cette jeune mère célibataire n'avait pas été aisée. Sans diplôme, la plupart des portes lui étaient demeurées fermées. Les femmes n'avaient obtenu le droit d'ouvrir un compte bancaire et d'exercer un métier sans l'autorisation de leur mari que cinq ans avant la naissance de Lisa, c'est-à-dire en 1965. Les femmes sans conjoint étaient déjà mal vues, alors les « filles mères », comme on les appelait… Mais de travaux ménagers en petits boulots, Évelyne était un jour parvenue à décrocher un emploi de secrétaire. Les hommes dictaient, les femmes tapaient.

La journée, pendant que sa mère travaillait, Lisa allait à l'école. Dès l'âge de six ans, elle regagnait seule leur appartement, un F3 perdu dans une cité HLM propre et calme, et s'attelait à ses devoirs. Évelyne rentrait aux alentours de 18 heures, vérifiait ses cahiers, lui préparait à dîner et repartait trois quarts d'heure plus tard pour assurer le service dans un petit restaurant italien qui se trouvait à cent mètres de chez elles. Elle n'en revenait jamais avant 23 heures. Sa fille dormait alors à poings fermés.

Elles n'étaient pas malheureuses. En tout cas, Lisa ne l'était pas. Le courage de sa mère lui avait permis de grandir de la meilleure manière qui fût, compte tenu des circonstances. Et grâce à elle, elle n'avait manqué de rien, pas même d'un père. Du moins le pensait-elle.

Le vrai coup de tonnerre avait retenti alors que Lisa était âgée de douze ans, au moment où il lui avait été diagnostiqué un lymphome de Hodgkin, une forme de cancer du système lymphatique.

Lisa gardait de cette époque le souvenir de violentes douleurs et nausées, et de la crainte des traitements, mais pas de celle de mourir. Elle n'avait jamais pris conscience que cette maladie pouvait la tuer. Sa mère l'avait probablement redouté plus d'une fois, mais elle n'en avait jamais rien montré.

Évelyne avait suspendu son activité de serveuse durant un an, elle sa scolarité.

Après six mois de chimiothérapie, suivis de plusieurs années de surveillance et contrôles, Lisa avait écouté d'une oreille distraite le médecin informer sa mère des « effets très toxiques » d'un traitement oncologique « sur ses follicules ovariens », et donc des risques significatifs d'altération de sa fertilité. Elle n'avait rien compris. Elle n'avait retenu que l'essentiel : elle était guérie.

À l'issue du protocole, elles avaient toutes deux repris leur vie là où elles l'avaient laissée. Mais, pour l'une comme pour l'autre, cette période angoissante leur avait appris à relativiser. Et cette épreuve avait rendu Lisa réceptive au bonheur. Elle savait rire de presque tout, s'émerveiller des petits miracles du quotidien que tout un chacun négligeait : la beauté d'une pousse qui s'éveillait au printemps, la chance de pouvoir courir sans être essoufflée, la douceur d'un gâteau savouré en plein après-midi, juste par gourmandise… Elle voyait en chaque détail l'occasion de se réjouir et veillait à conserver son âme d'enfant.

D'ailleurs, elle intervenait depuis maintenant cinq ans en tant que bénévole dans un hôpital pédiatrique. Elle s'y transformait tantôt en clown, tantôt en marionnettiste. Et elle était plutôt douée, à en juger par les fous rires défiant la froideur des longs couloirs, les étoiles scintillant dans les yeux des enfants, et les câlins qui l'attendaient dès son arrivée. Chacune de ces rencontres gravait son empreinte aussi bien dans son cœur que dans son corps.

L'année de ses quinze ans, Lisa et sa mère avaient déménagé pour une jolie petite ville des Yvelines, Carrières-sur-Seine. Les maigres revenus qu'Évelyne avait réussi à mettre de côté lui avaient permis d'obtenir son premier prêt bancaire immobilier. Lisa se souvenait encore de la lueur de fierté dans le regard de sa mère lorsqu'elle lui avait fait découvrir le modeste pavillon de soixante-quinze mètres carrés. Elle avait enfin son toit à elle. Avec son propre jardinet. La maison de toute une vie.

Lisa y avait vécu jusqu'à ses vingt-trois ans.

Elle venait alors d'obtenir son DESS en droit, et avait passé avec succès l'examen d'entrée de l'école d'avocats, le CRFPA. Mais Lisa rêvait d'indépendance. Et entre un loyer, les charges, son budget alimentation et les autres frais, il lui avait fallu se rendre à l'évidence : elle n'avait pas les moyens de louer un logement tout en suivant cette formation…

Elle avait donc pris la décision de reporter cette dernière, le temps d'économiser et de renflouer ses comptes avec un boulot, certaines écoles acceptant de prolonger la validité de son examen d'entrée. Elle avait décroché un poste de juriste dans une grande entreprise, et ainsi pu louer le studio dans lequel elle vivait aujourd'hui, à Nanterre. Elle s'évitait enfin de pénibles allers-retours quotidiens.

Plus de trois années s'étaient écoulées depuis, et elle envisageait à présent de reprendre ses études dès la rentrée prochaine.

Dans trois mois, elle soufflerait ses vingt-sept bougies. L'image que lui renvoyait son miroir lui en donnait sept de moins. Pas très grande mais élancée, des yeux bruns aux longs cils qui semblaient dessinés sur un visage resté poupon, encadré par des cheveux rassemblés en queue-de-cheval : elle n'était pas une beauté fatale, mais n'aspirait pas à séduire pour son physique. Elle trouvait cela dégradant, et préférait de loin conquérir par l'humour. Authentique en toutes circonstances, elle se montrait généreuse envers les autres et veillait à demeurer humble.

Sa mère était fière de la jeune femme qu'elle était devenue. De son autonomie. De ses études. Des chemins qu'elle choisissait d'emprunter pas après pas.

Mais ce soir, si elle la voyait ainsi penchée sur cette feuille, ébranlée et perdue, que lui dirait-elle ?

C'était évident : elle lui conseillerait d'établir une liste. Évelyne était en effet une adepte des listes : des courses à faire, des questions à traiter, des personnes à rappeler, des anniversaires à souhaiter… Tout était sujet à énumérations, au point que Lisa ignorait parfois qui, de ces inventaires à la Prévert ou de la femme, régissait l'autre. L'existence de sa mère était également cadencée par son agenda. Elle y griffonnait chacune des tâches qu'elle avait à réaliser quotidiennement. Cette vie tirée au cordeau attristait Lisa, qui ne savait souvent pas à quoi ressemblerait la fin de sa journée. Elle n'aimait guère programmer et accueillait volontiers l'imprévu.

— Oui, bien sûr, elle me dirait de dresser une liste, murmura-t-elle.

Elle se concentra à nouveau sur sa feuille, traça une ligne en son milieu. Mais elle voyait moins les deux colonnes que ce trait aux allures de couperet.

Ne serait-il pas plus judicieux d'appeler Sophie ?

Elle griffonna *Sophie* sur une seconde page.

Sophie et moi, ajouta-t-elle en écrivant lentement, *c'est une amitié sans égale, une réciprocité et une confiance absolues. Ensemble, notre gaieté redouble, tandis que nos peines diminuent de moitié.*

Lisa avait rencontré Sophie neuf ans plus tôt, le jour de sa rentrée à la Sorbonne.

Nouvellement diplômée d'un bac C avec mention très bien, c'est très intimidée qu'elle avait pénétré dans l'immense amphithéâtre. Si les murs méritaient un sérieux rafraîchissement, leur dégradation et la peinture usée par le temps n'amoindrissaient en rien leur illustre histoire. Autour d'elle, les étudiants avaient commencé à se presser, avides de se préparer un avenir. Un peu à l'écart, Lisa regardait ses futurs camarades, issus de tous les milieux, prendre place.

Campée en haut des marches, elle observait ainsi l'espace grouillant sans se rendre compte qu'elle obstruait le passage. Deux petits coups tapés sur son épaule l'avaient ramenée à la réalité. En se retournant pour s'excuser, elle s'était retrouvée face à une jeune fille de son âge, un sourire amusé aux lèvres. Vêtue d'un simple tee-shirt passé sur un vieux jean, le catogan légèrement délacé, elle attendait que Lisa réagisse. Celle-ci s'était engouffrée dans la première rangée sur sa gauche, déjà occupée par quelques étudiants. « Mademoiselle Catogan » s'était glissée à ses côtés. Quelques heures avaient suffi à Lisa pour découvrir qu'elle venait d'un milieu bien plus aisé qu'elle. Une semaine plus tard, elles étaient devenues inséparables.

Sophie m'a permis de croire que la réussite n'était pas une question de classe sociale. Et que moi aussi je pouvais prétendre à la robe d'avocate. C'est une fille formidable, pleine de ressources. Tout ce qui pourrait constituer un obstacle pour certains, elle le balaie avec une facilité déconcertante. Ensemble, nous avons fait les quatre cents coups. Et j'espère pouvoir en faire encore cinq cents autres.

Elle et moi nous ressemblons beaucoup, en dehors de notre apparence. Elle est aussi grande que je suis petite, aussi blonde que je suis brune. Ses cheveux coupés court lui donnent un air à la Jean Seberg. Belle comme le jour, elle fait tourner bien des têtes. Mais la nature s'est également montrée généreuse avec elle côté esprit.

Lisa leva le nez de sa feuille.

Issue d'une riche famille de notaires, Sophie envisageait son avenir en toute sérénité : un toit et un travail lui seraient assurés, quoi qu'il arrive. Mais elle n'avait pas l'intention de devenir notaire et ne comptait pas se laisser dicter son sort. Imaginer pouvoir lui imposer quoi que ce soit relevait de l'illusion.

Après leur DESS, leurs chemins avaient bifurqué : tandis que Lisa partait en quête d'un emploi qui lui permettrait d'économiser pour poursuivre ses études, Sophie complétait son parcours à Assas.

Actuellement, elle travaillait pour un petit mais prestigieux cabinet d'avocats pénalistes. Elle le quitterait bientôt pour monter sa propre structure et tannait Lisa pour que cette dernière reprenne vite ses études, passe son CAPA, exerce à son tour en tant qu'avocate. Et lorsqu'elle serait enfin prête, elle la rejoindrait.

Voilà l'avenir qu'elles s'étaient tracé. Mais les tourments de Lisa l'emportaient aujourd'hui à mille lieues de ces projets professionnels.

Personne ne peut m'aider. Pas même Sophie. Et encore moins Charles.

Charles, c'était son « petit ami ». Cette appellation-là lui convenait bien. Elle ne faisait pas trop « relation amoureuse ». Car l'amour n'avait pas sa place entre eux.

Elle reprit son récit :

L'amour... Ma mère m'a élevée en me répétant à l'envi que relier l'amour et le sexe, c'était une invention du patriarcat. Ce leitmotiv n'est sans doute pas étranger au regard que je porte sur ce sentiment. Car je n'adhère pas à la vision de l'amour, souvent décrit avec une notion de ravissement qui m'échappe et m'afflige. Le cœur qui palpite, les étoiles dans les yeux, cet attachement qui rend stupide, dépendant, jaloux et paranoïaque : très peu pour moi. Cela peut paraître bizarre, c'est pourtant la réalité. Je ne refuse pas d'y croire, je me réserve juste le droit de me laisser convaincre une fois qu'il aura frappé à ma porte ! S'il la trouve un jour... J'ai vu tant de personnes de mon entourage se tromper, se déchirer, divorcer après s'être juré monts et merveilles pour toujours... Mes propres sentiments sont peut-être moins intenses, mais tellement plus constants et moins compliqués. Je n'aimerai jamais à en perdre la raison. Cela reviendrait à me perdre moi-même.

Grâce à ma mère, je me sens libre de faire l'amour en y prenant un plaisir purement physique. Je ne suis donc pas éprise de Charles. Je ne le lui ai d'ailleurs jamais caché. Mais je lui suis fidèle, et j'adore les moments passés dans ses bras, qu'ils soient faits de rires, de complicité, de sexe ou de partage intellectuel.

Elle s'empara d'un troisième feuillet tout en songeant à sa rencontre avec Charles, lors d'une soirée organisée par un cousin de Sophie.

Dans une salle immense réservée pour l'occasion, la musique battait son plein et les chorégraphies de lumières participaient à l'ambiance festive. Lisa avait l'impression désagréable d'avoir perdu la moitié de ses capacités respiratoires, tant la fumée de cigarette était dense, et elle avait trouvé refuge avec Sophie au fond de la pièce, sur une grande banquette.

Quelques minutes plus tard, Charles et deux de ses amis les rejoignaient. Ils cherchaient à s'asseoir. Charles s'était fendu d'un long discours pour demander à Lisa de leur laisser une petite place. Elle n'avait pas su résister à son sourire, et s'était collée à Sophie. Ils avaient passé une excellente soirée. Le surlendemain, Charles et Lisa se revoyaient et échangeaient leur premier baiser. C'était il y a dix-huit mois.

Charles avait l'élégance de sa naissance. Issu de la grande bourgeoisie, il était habitué à la soie des fauteuils et aux traditions de la bonne société. Il lui était aussi facile de fréquenter les salons parisiens que de s'inviter à une guinguette.

Lisa avait découvert en lui un jeune homme brillant et charismatique. Son sourire avait l'audace de ceux qui sont convaincus de leur valeur et de leur impact sur les autres. Parfois, elle ne pouvait s'empêcher d'associer cela à de l'arrogance. Car si chacune de ses prises de parole était accompagnée de ce fameux sourire, la pose et l'attitude se révélaient subtilement dédaigneuses pour tout observateur averti. Mais elle aimait l'écouter parler, le voir converser sur tous les sujets, avec toujours un temps d'avance sur ses interlocuteurs.

Aux yeux de Lisa, cette assurance naturelle était certainement le fruit de ses origines. Elle admirait son aisance, se réjouissait pour lui de ces facilités offertes par la vie, mais elle ne l'enviait pas. Car elle sentait en lui quelque chose de dissonant et de beaucoup moins apaisé.

Trois mois auparavant, à l'issue d'une soirée bien arrosée et alors qu'ils arrivaient au pied de l'immeuble de Lisa, il lui avait murmuré « Je t'aime ». Lisa n'avait pas souhaité terminer la soirée dans ses bras. Et après une nuit entière de réflexion, elle avait pris la décision de rompre.

Le lendemain, elle l'avait retrouvé dans un café près de chez ses parents, dans le VIe arrondissement. Elle lui avait expliqué en douceur son désir de ne pas le faire souffrir en laissant perdurer une relation déséquilibrée. Elle lui avait rappelé combien le romantisme, les « toi et moi pour toujours » lui semblaient grotesques. Elle n'éprouvait à son égard qu'une immense tendresse, jamais elle ne tomberait amoureuse de lui.

Charles l'avait laissée parler. Lorsqu'elle s'était tue, il l'avait longuement regardée en silence, lui avait pris la main, avait simplement répondu que son attente personnelle correspondait à ce qu'elle lui offrait, et que cela lui convenait fort bien ainsi. Qu'il l'estimait beaucoup, mais qu'il considérait à son tour que l'amour n'était pas une fin en soi. Il lui avait affirmé que leur connivence lui suffisait, et qu'il aimait tout autant qu'elle leurs jeux sexuels. Il avait conclu en justifiant sa pitoyable déclaration de la veille par un excès d'alcool.

Son discours avait été convaincant. Rassurée, Lisa avait finalement décidé de ne pas rompre.

Tout du moins jusqu'à aujourd'hui.

Elle tourna et retourna le long rectangle blanc en plastique posé sur la table. Elle se remit à écrire.

La petite fenêtre découpée sur la planchette du test de grossesse semble me narguer avec insistance. Les deux traits sont bien visibles, ce qui ne laisse aucune place au doute : je suis enceinte.

Je me découvre aujourd'hui « non incompatible » avec la maternité : une étincelle vient de s'allumer au fond de mes entrailles et attend ma décision pour grandir ou s'éteindre...

Par quel miracle ou conjuration cela a-t-il pu se produire ? C'est une vraie question. Mais celle qui doit recueillir toute mon attention en cet instant est plutôt : m'arrive-t-il le pire ou le meilleur ?

Impossible de me concentrer quand des dizaines d'autres interrogations m'assaillent. Quand mon gynécologue pourra-t-il me recevoir ? Préférera-t-il l'avortement chirurgical ou la méthode médicamenteuse ? Combien vais-je devoir subir d'entretiens pour justifier ma décision ? Parce qu'il n'est évidemment pas question d'envisager de mener à terme cette grossesse, même si elle est miraculeuse, dans les conditions matérielles qui sont les miennes. Ce sont là les arguments que la raison m'impose. Ou que ma mère me soufflerait. Comment différencier l'un de l'autre avec l'éducation que j'ai reçue ?

Dévoiler cette grossesse imprévue à maman ne me laisserait plus guère le temps de la réflexion : je n'aurais pas terminé ma phrase qu'elle m'aurait déjà obtenu un créneau au bloc opératoire. Seulement, voilà : nous sommes tous le fruit de notre histoire et la mienne me contraint à méditer davantage.

Le premier commandement de ma mère est : « Deviens quelqu'un. » Derrière ces mots se cache la recherche de l'indépendance, de la réussite personnelle. Tout ce qu'elle considère ne pas avoir atteint. Devenir quelqu'un est-il compatible à ses yeux avec la maternité ? Ai-je seulement le droit de décider pour moi, et pour cette vie qui cherche à se frayer un chemin dans mon ventre ? De balayer d'un oui ou d'un non tout ce pour quoi maman s'est sacrifiée : une éducation, des études, la caresse d'un rang qu'elle a toujours admiré d'en bas ?

Et comment ne pas être totalement perdue après avoir été préparée, depuis mon adolescence, à l'idée de ne pas donner la vie ? J'ai toujours aimé les enfants, mais je m'étais résignée à l'idée de n'avoir pour miens que ceux de l'hôpital.

Aujourd'hui, la question se pose de manière nouvelle et complètement soudaine dans ma tête et dans mon ventre : contrairement à ce que m'affirmaient les médecins, je peux faire le choix de devenir mère à mon tour. Ou pas.

La science a parlé, mais mon corps vient d'avoir le dernier mot.

Curieux, ce besoin de coucher mon ressenti par écrit. Comme si je devais m'adresser à ma conscience pour avancer. Sans déni. Les deux traits du test, eux, ne mentent pas. Et mes seins plus sensibles témoignent déjà de cette rencontre inattendue de gamètes au plus profond de mon intimité.

Les miracles ne se produisant jamais deux fois, me résoudre à avorter ne se limitera pas à renoncer à une grossesse. Le véritable renoncement qui se joue pour moi aujourd'hui, c'est sans doute l'occasion unique de devenir mère...

Lisa posa son stylo sur la table, s'adossa à sa chaise.

La voix de Jean-Jacques Goldman s'échappait du lecteur de CD calé entre son clic-clac et une pile de livres. La première fois qu'elle avait entendu ce chanteur, c'était sur RTL, dans la Peugeot 104 de sa mère, alors qu'elles se rendaient à l'hôpital pour une séance de chimio. « Il suffira d'un signe » n'avait pas tardé à envahir les ondes.

Lisa avait écouté ce premier succès en boucle, durant des mois.

Elle y avait puisé le courage, l'enthousiasme et l'espoir nécessaires à la poursuite de son traitement. Pour ne pas perdre pied, certains s'adonnaient à la prière. Elle, elle s'était accrochée à cette chanson.

Depuis, elle vouait une adoration sans bornes à ce chanteur, qui savait d'une simple mélodie la transporter ailleurs, lui redonner de l'énergie. « Quand la musique est bonne » avait accompagné sa première boum, « Famille » son premier baiser. Elle se souvenait avoir bûché ses épreuves du bac avec les notes de l'album *Entre gris clair et gris foncé* en toile de fond.

À présent, « Fermer les yeux » passait en boucle dans la pièce.

> … *Quand la peine est trop lourde*
> *Quand le monde est trop laid*
> *Quand la chance est trop sourde…*

Dans dix, vingt ou trente ans, en réécoutant cette chanson-là, se souviendrait-elle de ce moment précis où elle s'était découverte enceinte ?

> … *Enfin d'autres images*
> *Quand on ferme nos yeux…*

Elle ferma les siens, se laissa porter par le doux parfum émanant du bouquet de mimosa posé sur la table. Comment prendre une décision si difficile ?

Elle revint se concentrer sur la feuille. Non, tout ne se résumait pas à des pour et des contre…

Deux coups vifs tapés contre la porte de son studio la firent sursauter. Elle n'attendait personne. Charles ne tarda pas à surgir, l'air contrarié. Elle se reprocha immédiatement sa manie de ne jamais fermer sa porte à clef. D'autant que son « petit ami » se sentait suffisamment à l'aise pour ne rien s'interdire…

— Tu es seule ? lança-t-il.

— Plus maintenant…, répliqua-t-elle.

Elle se leva.

— Je croyais que tu avais rendez-vous pour un entretien d'embauche ? s'étonna-t-elle en coupant la musique.

Charles effectuait actuellement un CDD au sein de l'Assemblée nationale. Son père, homme d'affaires réputé et au réseau fourni, était parvenu à lui organiser une rencontre avec un député de la majorité pour préparer l'après avec un poste d'assistant parlementaire en CDI. Lisa savait combien Charles, ambitieux, misait sur ce rendez-vous.

Il chercha à l'enlacer par la taille, mais elle se dégagea.

— Exact…, répondit-il. Et le contact est plutôt bien passé. Mais il se murmure que Chirac pourrait dissoudre l'Assemblée. Alors, évidemment, dans un tel contexte, les recrutements en CDI sont suspendus…

— Je suis désolée pour toi…, lâcha-t-elle machinalement, en se hâtant de rassembler tant bien que mal les feuilles manuscrites dans un dossier à rabats.

D'un geste vif, elle glissa celui-ci dans le tiroir de sa commode avant de se retourner vers lui :

— Tu veux boire quelque chose ?

Les yeux sombres et incisifs se posèrent sur elle.

— Non, merci ! Je suis tombé sur un adepte des jus de fruits pressés, et j'ai dû avaler l'équivalent de dix oranges ! J'ai ma dose de vitamine C pour la semaine…

Comme pour en attester, il traversa énergiquement le studio, se cognant contre le lit déplié.

Grand, bien proportionné, Charles avait tout du jeune homme séduisant : des traits réguliers et un regard vif, aussi brun que ses cheveux. Lisa replia rapidement le clic-clac, attrapa son MP3 posé sur l'un des poufs et le rangea dans le caisson qui lui servait de table basse.

— Assieds-toi, tu me donnes le tournis ! sourit-elle en drapant le canapé d'une jolie courtepointe mauve.

— C'est quoi, ça, Lisa ?

Le ton, solennel, l'alerta immédiatement. Elle se tourna vers lui : Charles se tenait face à la table en formica, le test de grossesse dans la main.

— J'avais du retard dans mes règles, j'ai voulu me rassurer et j'ai acheté un test…, expliqua-t-elle simplement.

Charles se concentra sur la plaquette, silencieux.

— Et ces deux traits, ça signifie quoi ? interrogea-t-il d'une voix atone.

— Que je suis enceinte ! déclara-t-elle en lui arrachant le test des mains. Mais ne t'inquiète pas, je m'en occupe…

Il se laissa choir comme un automate sur le pouf. Elle s'assit sur la banquette.

— Mais je croyais que tu n'avais aucune chance d'avoir un bébé…

— Moi aussi, figure-toi.

— Alors ça, pour une nouvelle…

— Oui. Comme tu dis.

Un long silence s'installa. Charles finit par le briser :

— Et tu avais l'intention de m'en parler à quel moment ?

Elle le regarda droit dans les yeux.

— Je n'en ai aucune idée. Je viens moi-même de l'apprendre. Et pour être honnête, je ne sais pas si je l'aurais fait.

Le visage de Charles se décomposa.

— Je suis tout de même concerné, tu ne crois pas ?

— Oui, mais c'est moi qui suis aux premières loges, si tu vois ce que je veux dire. Et c'est moi qui prendrai *in fine* la décision. De toute manière, ce n'est pas comme si j'avais le choix…

Charles se releva, s'approcha et s'assit face à elle, sur le bord du caisson.

— Lisa, il est inutile de me servir l'un de tes discours féministes. Bien sûr que la décision te revient. Mais peut-être qu'en parler pourrait t'aider, non ?

— Franchement, je ne le crois pas.

Trois tonalités aiguës fusèrent. Charles sortit de son blouson un téléphone portable noir, dernier cadeau de son père. Après quelques secondes d'hésitation, il ouvrit le clapet du Motorola, mais le referma aussitôt.

— Tu devrais raisonner différemment : plutôt que de partir de la décision de t'en séparer pour terminer sur les problèmes occasionnés par l'arrivée d'un bébé, songe aux motivations qui t'inciteraient à le garder…

Sa voix avait repris de l'assurance. Elle avait toujours admiré chez lui cette capacité à garder son sang-froid en toutes circonstances. Mais là, elle resta interdite.

— Je ne vois pas l'intérêt de me poser cette question, Charles. J'ai vingt-sept ans, j'occupe depuis trois ans un poste de juriste qui m'a permis d'économiser suffisamment d'argent pour reprendre mes études. Je vais donc démissionner dans quelques mois pour me réinscrire à l'école, et je vis dans un studio qui ne me permettrait même pas d'accueillir un chat ! Voilà, je crois avoir fait le tour. Tu as une autre suggestion ?

— Pas de suggestion, juste une remarque : tu n'abordes pas le sujet dans sa globalité. N'agis pas dans la précipitation, Lisa. Un avortement est un acte irréversible. Et tu pourrais le regretter jusqu'à la fin de tes jours !

Pourquoi Charles s'obstinait-il à lui ouvrir des portes interdites ?

— Il y a encore deux heures, je me pensais définitivement stérile. Alors, l'idée d'être mère ne m'ayant jamais effleuré l'esprit, il me sera moins difficile d'interrompre cette grossesse sans me projeter dans la naissance d'un bébé. De nombreuses femmes ont fait ce choix avant moi.

— Sauf que ces femmes pouvaient envisager une autre grossesse, plus tard. Ce ne sera peut-être pas ton cas.

Il plongea ses yeux dans les siens, prit une voix plus douce :

— Qu'éprouves-tu de plus fort en ce moment même, Lisa ? De la peur ? De l'angoisse ? De la joie ? De la tristesse ?

— Je ressens surtout le besoin d'être seule et de réfléchir.

Son regard se rétracta.

— Je comprends. Mais prends le temps d'analyser ce que tu ressens vraiment. Ton choix ne sera juste que si tu restes en accord avec toi-même…

— Mais oui, tu as raison. Pourquoi voir les choses en noir ? Au pire, quand je n'aurai plus de quoi payer mon loyer, je me prendrai une petite caravane cosy et j'irai vivre au fond des bois !

Charles se releva, se planta devant la fenêtre, enchaîna :

— Tu prendras évidemment la meilleure décision pour toi. Mais je voudrais tout de même que tu aies en tête quelques éléments… Si tu choisissais d'aller au bout de cette grossesse, je pourrais t'accompagner.

Il ignora la stupéfaction sur le visage de Lisa, prit un long moment de réflexion avant de se lancer dans un décompte, en levant un pouce :

— Un : nous ne sommes ensemble que depuis un an et demi, mais nous nous entendons bien, non ?

Sa question n'appelant pas de réponse, il poursuivit son énumération en tendant l'index :

— Deux : tu attends un enfant alors que tu pensais cela impossible. Moi, j'ai la chance d'être issu d'une famille aisée et je vais rapidement devenir autonome, ajouta-t-il avec le majeur. Et quatre : rien ne t'empêchera de reprendre tes études une fois que tu auras accouché.

Une étincelle venait de s'allumer dans ses yeux. Elle connaissait ce regard. Le même qu'il arborait lorsqu'il était sorti major de sa promotion à Sciences Po. Celui qu'il avait encore en entrant dans cette pièce, un quart d'heure plus tôt. Celui des victoires. L'évidence la frappa soudain : cette nouvelle le mettait en joie. Décontenancée, elle revint se concentrer sur son cinquième argument, dont le début lui avait échappé.

— … et il ne manquerait jamais de rien ! termina-t-il en s'approchant d'elle et en lui prenant les mains.

Elle secoua lentement la tête.

— Il me semble que tu oublies le principal, Charles. Nous ne sommes pas amoureux.

Le ton était resté neutre, mais elle gardait un œil rivé sur lui. Tant de fois, elle lui avait répété que s'il venait à s'amouracher d'elle, elle romprait.

Prudent, il murmura :

— En quoi est-ce un problème pour toi, puisque tu ne crois pas en l'existence d'un tel sentiment ?

Il retint à temps le « et puis, ça viendra peut-être » qui avait manqué franchir ses lèvres.

Perspicace, elle dégagea brusquement ses mains.

— Charles, je suis bien avec toi. Mais ça ne suffit pas.

Il accusa le coup. Il ne le savait que trop bien. Elle n'acceptait de se laisser aimer que comme elle-même était capable d'aimer. Alors il avait appris à taire ses sentiments. Et il avait intérêt à continuer.

Il se leva, se gratta les tempes, se remit à tourner en rond dans la pièce exiguë, et imagina la réaction de ses parents s'il venait à leur annoncer qu'il allait être père sans passer par la case de l'autel. Sa famille avait conservé la culture des catholiques des beaux quartiers. La pilule serait difficile à avaler, mais Charles ne leur laisserait pas le choix.

Lisa, quant à elle, pensait en son for intérieur que seul le sentiment reliant une mère à son enfant se révélait capable de résister au temps. Et elle s'apprêtait à anéantir toute possibilité de goûter un jour à cet amour-là.

— Mais est-ce important, Lisa ? Est-il nécessaire d'être amoureux pour élever un enfant ? Le principal n'est-il pas de s'entendre, de partager des valeurs identiques, d'aller dans le même sens pour éduquer, protéger, faire grandir ?

— Charles, tu te rends compte de ce que tu dis ?

— Lisa, ce bébé est un miracle ! Et les miracles ne se reproduisent pas. Comment pourras-tu vivre avec un tel regret sur la conscience ?

Ses paroles firent mouche. Écrasée par cette évidence, elle s'imagina un instant la sensation d'un cimetière caché au fond de ses entrailles, habitée par le remords jusqu'à la fin de ses jours.

Il s'accroupit à côté d'elle, lui saisit à nouveau les mains.

— Je sais que tu n'es pas amoureuse. Mais je sais aussi que tu tiens à moi. Ça me suffit. Je n'attends rien d'autre, je ne serai donc pas déçu puisque tu ne m'auras pas menti. Ne prends pas de décision hâtive pour de mauvaises raisons.

— Mais…

— Non, Lisa. Réfléchis bien, ajouta-t-il avec précaution. Je suis également ton ami. Tu ne pourras pas te sentir mieux auprès de quelqu'un d'autre, n'est-ce pas ? Alors je te propose de garder ce bébé… Tu seras ma partenaire de vie, et nous serons pour cet enfant des parents attentionnés, termina-t-il avec une expression quasi implorante.

D'où lui provenait ce talent pour emporter en un instant la conviction d'autrui ou, à défaut, le faire douter des siennes ? Charles venait d'allumer chez elle un espoir, lui ouvrait un champ des possibles, inimaginable quelques heures plus tôt : avoir un bébé.

— Ce serait de la folie…, murmura-t-elle, en ramenant instinctivement les mains sur son bas-ventre.

Charles fronça les sourcils.

— Ce qui serait absolument fou, ce serait de tuer cet embryon qui s'est accroché à la vie malgré tous les obstacles. Je pense que tu dois saisir cette chance, Lisa.

Il poursuivit :

— Finalement, tes convictions et mes ambitions se rencontrent : tu ne crois pas en l'amour et moi j'ai soif de réussite, déclara-t-il avec une feinte indifférence. T'avoir à mes côtés m'aiderait à atteindre mes objectifs. Mieux qu'un mariage, nous formerions une famille.

— Ça ne me semble pas suffisant pour faire un enfant, Charles.

— Il n'y a pas plus clair et sain que le partenariat que je te propose, Lisa ! Tu cours après la liberté, moi après des idéaux politiques. Je t'assure un cadre confortable et serein pour toi et notre enfant. Cela te laissera toute latitude pour reprendre tes études et devenir avocate. En échange, tu m'offres un foyer et un appui. Avec toi à mon bras, je réussirai.

À court d'arguments, Lisa garda le silence.

Lui épiait maintenant sur son visage la moindre expression. Il l'aimait. Mais il avait bien compris que la mascarade à laquelle il se prêtait était impérative pour la maintenir à ses côtés. Le temps finirait par jouer en sa faveur. Et il voyait en cette grossesse inattendue le moyen rêvé pour accélérer les choses. Il s'efforça de mieux organiser sa pensée.

Opiniâtre mais prudent, il fit une tentative d'humour :

— Et ne vois là aucune tactique de domination masculine…

Lisa lui renvoya un coup d'œil incisif. Une étincelle d'espoir brillait dans les prunelles sombres. Elle éprouva soudain le besoin impérieux de s'isoler.

— Je n'ai pas les idées claires. Je voudrais rester seule…

Charles hocha lentement la tête, se leva.

— Je comprends, Lisa. Mais tu me promets de réfléchir à ma proposition ? ajouta-t-il, un tremblement d'inquiétude dans la voix.

— Oui, je te le promets…

Il se dirigea vers la porte, qu'il rabattit sur lui.

Lisa s'allongea sur le petit canapé et ferma les yeux.

Les mots se fracassaient dans sa tête. Les raisons qui la poussaient à avorter étaient légion, mais, objectivement, celles qui lui enjoignaient de poursuivre cette grossesse l'étaient tout autant. Et chacune à tour de rôle prévalait sur les autres.

Il était plus de 23 heures lorsqu'elle se rendit compte que la nuit était tombée : elle se leva, avala à contrecœur un yaourt, déplia le clic-clac et se coucha.

Elle aurait aimé en cet instant qu'un instrument divinatoire lui permette d'entrevoir l'avenir. La voie de l'avortement éveillait en elle l'impression douloureuse de claquer une porte, avec la sensation terrible d'avoir oublié quelque chose d'essentiel dans la pièce.

Épuisée par des heures de tergiversations, elle sombra sans s'en apercevoir dans un sommeil profond mais agité, qui l'entraîna dans un rêve étrange. Enfant, elle se découvrait enfermée dans une maison et finissait par trouver refuge dans une pièce sombre, en se blottissant dans l'un des coins. Tout d'un coup les murs s'enfonçaient dans la terre. Terrorisée, elle plongeait la tête entre ses bras. Un cri l'arrachait de sa torpeur. Une voix de petite fille, qui traversait la nuit. Elle bondissait sur ses jambes pour partir à sa recherche. Lorsque enfin elle s'éjectait brutalement de la maison par une fenêtre, elle se retrouvait dans un nouvel espace clos, très lumineux celui-ci. Au centre était posé un sac. Celui qu'elle emportait naguère, lors de ses séances de chimiothérapie. Une grande étiquette blanche était collée sur son rabat : on pouvait y lire « guérie ». Une deuxième chance. Une renaissance.

Lisa se réveilla subitement. Elle avait transpiré.

Le cœur battant à tout rompre, elle se leva, chercha à tâtons l'interrupteur pour éclairer son studio.

Puis elle se déshabilla. Totalement nue, elle se traîna jusqu'au miroir. Son ventre plat ne trahissait rien du prodige qui s'accomplissait en elle. Elle le caressa d'une main tremblante.

Et soudain, ce don du ciel qui prenait vie au plus profond d'elle se dessina un visage, se tissa une identité, qui se frayèrent un chemin jusqu'à son cœur pour l'envahir tout entier.

Il n'exista plus d'options, juste une certitude : sa vie durant, elle veillerait sur ce miracle.

2

Dimanche 21 septembre 1997

C'est en déballant les quelques cartons rapportés de mon ancien studio que je suis retombée sur ces feuillets. Les relire m'a bouleversée.

Quelle aurait été ma vie si je n'avais pas pris la décision de poursuivre ma grossesse ?

À l'heure où je rédige ces lignes, ma fille dort sagement près de moi dans son berceau, dans la chambre de Charles. Je devrais plutôt dire « chez les parents de Charles ».

« Ma fille ». C'est si émouvant d'écrire ces deux mots que j'imaginais ne jamais pouvoir prononcer il y a encore quelques mois…

À compter de l'instant où j'ai décidé de garder cette vie qui défiait les pronostics médicaux, j'ai observé, contemplé, ressenti chacune des évolutions du petit être qui a germé puis grandi au fond de moi.

Très vite, j'ai eu la certitude d'attendre une fille.

Son prénom s'est imposé tout aussi vite : Céleste. Parce que la grâce de Dieu. Un prodige inespéré qui aurait dû voir le jour à la mi-septembre. Mais le 31 août 1997, à 10 h 20, Céleste poussait son premier cri.

Quand la sage-femme a déposé ce minuscule être vagissant sur mon ventre, j'ai su que plus rien ne serait comme avant.

Exténuée mais heureuse, à demi assise sur le lit de la maternité, j'ai éprouvé le besoin de me connecter au reste du monde. Pour ne pas m'assoupir, j'ai allumé la télé, coupé le son. À l'écran se succédaient des images inattendues : le drapeau du Royaume-Uni en berne, une Mercedes aux tôles déchiquetées, des photos de Lady Di radieuse...

Je n'avais d'yeux que pour le chef-d'œuvre lové dans mes bras, tandis qu'une partie de la planète gardait les siens rivés sur l'entrée du tunnel de l'Alma, à Paris. Une pointe de culpabilité m'a traversée : ce 31 août 1997 restera pour moi le jour merveilleux où Céleste a poussé son premier cri, quand d'autres ne retiendront de cette date que le souvenir du tragique accident de voiture qui a coûté la vie à la princesse Diana... Avais-je le droit de ressentir tant de bonheur ?

L'arrivée de cette enfant a provoqué un tsunami dans mon existence, reléguant au rang d'accessoire tout ce qui auparavant me semblait important. Je ne pensais pas possible d'aimer autant, et je ne connaissais pas l'anxiété. Aujourd'hui, je me fais un sang d'encre dès que je ne suis plus à ses côtés.

Entre nous, le lien est déjà fusionnel : ma voix l'apaise, et lorsque je l'installe contre ma poitrine pour l'endormir, sa respiration se cale sur la mienne. Ses pleurs cessent dès que je la prends dans mes bras.

Certes, d'un point de vue plus terre à terre, nos conditions de vie ne sont pas idéales. Pour le moment, je suis en congé maternité. Je vais retrouver le chemin du bureau dans quelques semaines. Pour combien de temps ? Je me dois de reprendre au plus vite mes études, pour ces dix-huit mois au bout desquels je passerai le CAPA... J'aurais de loin préféré que cette grossesse survienne au terme de ma formation. Mais on ne choisit pas toujours les embûches que l'on devra surmonter, ni le moment où on devra le faire.

Ma mère ne comprend pas pourquoi j'ai consenti à venir habiter avec Charles, chez ses parents. Elle ne cesse de répéter que j'aurais mieux fait de retourner vivre avec elle dans sa maison. Mais Charles y tenait et il m'a paru légitime d'accepter sa proposition. Ce n'est pas parce que je n'ai pas souffert de l'absence d'un père que je dois en priver Céleste. Même si Charles ne la prend que rarement dans ses bras. Il se sent maladroit.

Le courant ne passe pas bien entre ma mère et lui. Elle le scrute avec méfiance, et ne peut s'empêcher de percevoir Céleste comme le cheval de Troie qui lui permettra de me rendre dépendante de lui. En retour, je sens bien que Charles ne lui porte guère de considération. Ils se contentent donc de se renifler prudemment, à la manière de deux bêtes prêtes à passer à l'attaque. Du coup, je fais en sorte de voir ma mère seule.

Je crains que mes racines, mon éducation et ma philosophie de vie ne soient définitivement incompatibles avec celles de la famille de Charles...

*

Samedi 10 janvier 1998

Lisa prit place à la table élégamment dressée. Tous les repas étaient servis dans le séjour spacieux, baigné de lumière. Le dîner du samedi demeurait, pour les Dupeyron, un instant privilégié d'échanges. On y mettait les petits plats dans les grands. On sortait les couverts en argent, qu'il y ait ou non des invités. Le père de Charles, souvent absent les soirs de semaine, mettait un point d'honneur à y assister. Aujourd'hui ne dérogeait pas à la règle.

Charles venait de s'asseoir entre elle et sa mère. Après avoir étalé sa serviette sur les genoux, Lisa s'efforçait de rester bien droite, son regard s'égarant au-delà de la grande fenêtre du salon. Ces traditions et ces manières lui pesaient de plus en plus. Comment rester spontanée et naturelle lorsque la moindre maladresse de sa part était aussitôt sanctionnée par un regard condescendant, parfois même chargé de mépris, de la part de Mme Dupeyron ?

La cohabitation avec les parents de Charles était d'autant plus inconfortable que Lisa ne se sentait pas à l'aise dans cette résidence cossue de trois étages datant des années 1900. Une grande terrasse donnait sur un jardin entretenu par un paysagiste, qui passait deux fois par semaine.

Même les murs lui semblaient hostiles : des tableaux disposés en quinconce chargeaient la pièce au point de lui donner la sensation que les cloisons se resserraient sur elle. Ils n'avaient même pas pour mérite de réchauffer l'ambiance, froide. Ici, tout avait l'air d'une mise en scène, voire d'une parodie.

Malgré la beauté de la propriété, Lisa éprouvait parfois l'horrible impression de vivre dans un musée. S'il était clair que Charles et elle n'avaient pas eu la même enfance, Lisa n'enviait pas pour autant celle de son compagnon.

Enfin, le père de Charles fit son entrée. Il paraissait d'excellente humeur.

— Mon fils, j'ai une bonne nouvelle à t'annoncer !

Lisa sentit Charles se tendre.

— Je crois bien t'avoir trouvé l'appartement idéal, annonça M. Dupeyron, sur un ton n'appelant aucune réplique.

Surprise, Lisa se tourna vers Charles. La stupéfaction qu'elle lut sur son visage n'était pas feinte.

— Un appartement ? répéta-t-il, presque timidement.

Vivre dans cette maison avait permis à Lisa de découvrir de nouvelles facettes de Charles. Son égocentrisme, parfois insupportable, cachait une faille : l'admiration sans réserve qu'il portait à son père. Au point de souffrir d'un sentiment d'infériorité douloureux.

— Évidemment, ce ne serait que provisoire, poursuivit M. Dupeyron sans quitter son fils des yeux. Mais ça pourrait être un premier investissement intéressant…

— Parce qu'il ne s'agirait pas d'une location ?

Lisa se mordit la lèvre. Elle n'avait pu retenir sa question. Sans même avoir à le vérifier, elle sentit le regard de reproche de la mère de Charles.

Les relations entre les Dupeyron et elle n'étaient pas plus chaleureuses que les tableaux et l'ambiance générale. Souvent Lisa avait remarqué ce petit air pincé sur les lèvres de Mme Dupeyron, lorsqu'elle la regardait à la dérobée. Il était clair que cette dernière désapprouvait la situation mais n'en soufflait mot à son fils. Son mépris s'exprimait sous d'autres formes, dans des contextes différents. Même dissimulé, il était toujours présent.

— Ce que je veux dire, tenta-t-elle de se rattraper, c'est que, Charles n'ayant un poste que depuis quelques mois, c'est peut-être un peu tôt pour se lancer dans un achat immobilier, non ?

En effet, comme Charles l'avait craint, l'Assemblée nationale avait bien été dissoute le 21 avril précédent et la place qu'il convoitait lui était passée sous le nez. Dans de telles familles, ce genre de déconvenue ne durait pas : quinze jours plus tard, les relations de son père lui permettaient de retrouver un emploi d'assistant parlementaire auprès d'un autre député, fraîchement élu.

— « Ne réussissent que ceux qui osent oser ! », scanda le père d'une manière théâtrale en secouant la tête.

Les Dupeyron ne voyaient vraisemblablement pas ce qui coulait de source pour Lisa.

Ils levèrent la tête à l'arrivée d'Annie. Employée à temps plein par la famille depuis une vingtaine d'années, cette dernière confectionnait des plats délicieux.

Dans un silence religieux, elle posa sur chaque assiette un ramequin de velouté de potimarron. Lisa ne pipait mot. Elle avait appris à se fondre dans les habitudes. Tout ici était feutré : le bruit des pas, assourdi par les patins que l'on devait glisser sous ses chaussures, le claquement des portes, étouffé contre des butées ; jamais un éclat de voix : entre ces murs, on chuchotait. Chaque chose avait sa place, immuable. Lisa se demandait parfois si Annie ne faisait pas le ménage avec un ruban de couturier pour s'assurer de reposer chaque objet à la bonne distance.

— Je crois que Charles est suffisamment lucide pour prendre seul les décisions qui concernent son patrimoine, répliqua Mme Dupeyron, une fois Annie repartie à la cuisine.

Le message était clair.

Lisa se concentra sur son assiette, écouta d'une oreille distraite le père de Charles décrire l'appartement en question, tout en se disant qu'il serait bientôt temps pour elle de songer à son avenir professionnel. Elle s'était entendue avec son employeur pour reprendre début mai. Cette échéance arriverait vite.

Préférant ignorer la docilité irritante avec laquelle Charles se laissait convaincre, elle se laissa porter par le soulagement de voir cette cohabitation inconfortable prendre fin.

*

Dimanche 12 juillet 1998

Décidément, chaque déménagement m'amène à relire les pages de ce classeur…

Charles, Céleste et moi avons donc quitté la meulière des Dupeyron pour nous installer dans un joli appartement. Charles s'y trouve un peu à l'étroit.

Nous vivons désormais dans une ville cossue des Hauts-de-Seine. La résidence se situe près du centre-ville et d'un grand parc, propice à une promenade quotidienne avec Céleste.

Sa chambre est spacieuse, avec des murs recouverts d'un joli papier peint de couleur champagne. Nous y passons toutes les deux beaucoup de temps. Lorsque j'ai envie de m'assoupir, je me cale dans le fauteuil près de la fenêtre, non loin de son lit. Sa respiration régulière me berce.

Céleste est vive, câline et audacieuse. Elle n'a jamais marché à quatre pattes. Elle a commencé par se déplacer en glissant sur ses fesses, et à dix mois elle effectuait ses premiers pas.

Depuis notre emménagement, Charles s'investit corps et âme dans sa nouvelle fonction, et consacre beaucoup de temps à construire et entretenir son réseau. Il côtoie aujourd'hui un homme que je n'apprécie guère, Bernard Dagin, qui a déjà annoncé sa volonté de briguer le mandat de maire aux prochaines élections municipales. Il entend embarquer Charles dans cette aventure : cinq minutes lui auront suffi pour le convaincre de figurer sur sa liste.

Les relations entre maman et lui ne se sont guère améliorées. Je dirais même qu'elles se sont envenimées. Charles ne peut masquer sa condescendance lorsqu'il la voit, et en retour ma mère ne dissimule pas son animosité. Leur réaction m'afflige davantage à chaque visite. Mais, à leur grand dam, je ne prends parti ni pour l'un ni pour l'autre.

Ce soir, je vais pour la première fois confier Céleste à une baby-sitter. Charles prendra le relais pour la nuit, car je risque de rentrer très tard. Sophie ne m'a pas laissé le choix. Nos « vraies » sorties entre filles lui manquent. Je dois reconnaître qu'à moi aussi. Nos échanges de ces douze derniers mois ont eu lieu en présence de Céleste, alors forcément, Sophie a dû se montrer sage.

Elle s'est mariée en grande pompe avec un neurologue rencontré lors d'un dîner. Un énième coup de cœur, cette fois-ci *suffisamment fort pour qu'elle accepte de se laisser passer la bague au doigt. Cette décision m'a étonnée. Si Pierre, son mari, est gentil, il est aussi terne et mou qu'elle-même est lumineuse et énergique.*

Côté ambition, Sophie travaille toujours pour le même cabinet prestigieux mais envisage de poser sa propre plaque dès l'année prochaine.

De mon côté, c'est plus compliqué. Mon employeur a annoncé une restructuration importante, j'ai choisi de faire partie des départs volontaires. L'idée de renouer avec mes études me pèse, car je devrai y consacrer beaucoup de temps. Or je ne veux pas passer à côté des moments clefs de la petite enfance de Céleste…

Pour notre sortie, Sophie s'est chargée du programme : supporter fanatique de Zinédine Zidane, elle est parvenue à nous décrocher deux invitations VIP pour la finale de la Coupe du monde qui se joue ce soir au Stade de France. Je ne suis pas particulièrement adepte du ballon rond, mais l'excitation de mon amie a réveillé mon âme d'adolescente ! Il faut dire qu'à quelques heures du coup d'envoi du match, l'ambiance est électrique. Chacun se prête au jeu des pronostics, alors je m'y suis lancée à mon tour : j'ai misé 1-0 pour le Brésil, Sophie 3-0 pour la France. Si je gagne, nous terminerons la soirée dans un resto sympa du Marais. Si la France l'emporte, Sophie me traînera où bon lui semblera. Elle nous imagine déjà nous déhancher toute la nuit dans les rues de Paris, affublées de grands drapeaux tricolores, les joues peinturlurées de bleu, blanc, rouge.

Les paris sont ouverts !

*

Mardi 14 juillet 1998

Aucun superlatif ne saurait décrire cette nuit de folie du 12 juillet 1998.

Sophie a visé juste : l'équipe de France est devenue championne du monde en battant le Brésil 3 à 0 !

Les heures qui ont suivi cette victoire me marqueront à jamais.

Sophie et moi étions parties seules au Stade de France. Nous étions deux parmi des milliers de spectateurs. À l'issue du match, nous n'étions plus qu'un. Une foule immense, portée par une même liesse extatique, le cœur débordant d'amour pour des joueurs dont certains d'entre nous ne connaissaient pourtant pas la moitié, fiers comme autant d'Artaban de cette consécration historique : il nous fallait célébrer ensemble ce triomphe.

À la sortie du stade, nous nous sommes toutes les deux engouffrées dans le premier véhicule venu, avec d'illustres inconnus sur-le-champ décrétés amis.

Quelques heures plus tard, nous déversions notre allégresse sur les Champs-Élysées, dans une euphorie indescriptible. Noyées dans une marée humaine, nous étions méconnaissables : une exaltation incontrôlable avait pris possession de nos corps, et nous scandions à tue-tête au côté de nos récents camarades de meute les noms de nos nouveaux héros nationaux.

Tandis que le pays entier semblait s'être donné rendez-vous sur l'avenue illuminée, nous chantions, dansions, grimpions sur le toit des voitures.

Est-ce la féerie de l'instant qui a provoqué cette rencontre ? À force de gesticuler, mon téléphone portable est tombé de ma poche. J'ai lâché la main de Sophie pour tenter de le retrouver. En vain. Et j'avais de surcroît perdu Sophie. Alors j'ai décidé de monter sur un Abribus pour la chercher dans la foule. Un supporter, déjà perché, m'a tendu la main pour m'aider à me hisser. Et le temps s'est figé.

Mes yeux plongés dans les siens, teintés d'un magnifique vert pailleté de jaune, sa main toujours nouée à la mienne, il n'y a plus eu que nous au monde durant de longues secondes. Je crois que nous nous sommes souri. Par manque de place, je me suis glissée contre lui. Il m'a entouré les épaules. De l'autre main, il m'a tendu un drapeau que je me suis mise à agiter.

Nous avons ainsi plané une bonne heure, peut-être deux, assis face à l'Arc de triomphe embrasé par la projection d'un portrait géant de Zinédine Zidane. Nos fesses nous faisaient mal à en hurler, mais notre bonheur transcendait tout.

Indéniablement, le courant passait avec ce comparse d'un soir, et sans cette allégresse dans laquelle nous baignions tous, je me serais davantage concentrée sur cette jolie et rare alchimie, tout en m'interdisant tout dérapage. Mais cette nuit-là, tout paraissait simple et naturel. Les multiples couleurs des fumigènes éclairaient son visage : je revois ses pommettes saillantes, le grain de beauté juste au-dessus de son sourire… Nous n'étions plus maîtres de rien, et nos têtes se sont rapprochées assez près pour que je sente son souffle sur mes lèvres. Aujourd'hui encore, je suis persuadée que rien n'aurait pu nous retenir de nous embrasser. Ce baiser m'obsède : nos bouches se rencontrent, s'entrouvrent. Sa langue se faufile et vient jouer avec la mienne, dans une caresse langoureuse.

Nous sommes redescendus aux premières lueurs du jour, sa main accrochée à la mienne, et d'un seul coup la foule nous a séparés. Je n'ai pas réussi à le retrouver. Alors j'ai cherché à m'éloigner de cette masse humaine. L'enchantement était retombé.

Hantée par l'image de cet homme dont j'ignore même le prénom, portée par le souvenir de cette complicité inexplicable entre nous et de ce baiser que je ne cesse de revivre en pensée, je suis parvenue à trouver une station de métro et suis rentrée chez moi.

Charles m'y attendait. Inquiète, Sophie n'avait pas arrêté d'appeler pour avoir de mes nouvelles. Mais s'extraire de la cohue et rejoindre la banlieue cette nuit-là relevait du parcours du combattant.

J'ai rassuré tout le monde, puis partagé avec eux une nuit imaginaire où je me serais contentée de célébrer cette victoire qui effaçait pour un temps la barrière des différences, toutes les différences. Même Sophie ne sait rien de ma parenthèse enchantée. Je n'ai jamais eu le moindre secret pour elle, mais essayer de la lui raconter aurait forcément altéré la magie de ce moment.

Pour la première fois, j'ai senti, ressenti l'ivresse indéfinissable de ce sentiment étrange dont on m'a souvent raconté les méandres.

Ce soir, Charles et moi emmenons Céleste à un feu d'artifice. Je crains que ses couleurs ne paraissent bien fades comparées à celles qui explosent encore dans ma tête. Je ne cesse de me répéter que l'euphorie collective a sans doute décuplé mes émotions. Mais je n'arrive pas à effacer le souvenir de l'instant où nous nous sommes embrassés. Et je crois que je n'oublierai jamais ce moment hors du temps. Pas plus que le regard de cet homme…

*

Dimanche 3 février 2002

Quatre ans se sont écoulés entre le moment où j'ai remis ce classeur dans le petit carton rassemblant les rares objets personnels de ma vie d'avant et celui où j'écris ces lignes. Pourtant, bien des événements nous ont marqués depuis.

Chez nous, pas mal de choses ont également évolué.

Lors d'un dîner auquel Charles était convié, j'ai rencontré une dame qui travaillait pour une association soutenant les femmes victimes de violences conjugales. Je lui ai proposé de la rejoindre à titre bénévole, ce qu'elle a volontiers accepté. Je me consacre donc à cette activité lorsque Céleste est à l'école. Charles présente ainsi une famille engagée dans le domaine caritatif. Mais je ne pourrai m'investir indéfiniment : je ne dois plus trop tarder à reprendre mes études, ou à trouver un emploi rémunéré.

Ce bénévolat agace ma mère au plus haut point. Elle aurait souhaité que je garantisse mon indépendance avec un « vrai » travail, à temps plein. Elle assimile mon activité à une idéologie rétrograde et antiféministe car elle y voit un acte de soumission encore plus aliénant qu'un anneau à mon doigt. C'est tout dire.

Je ne suis pas d'accord avec elle. Je ne ramène pas tout à la maternité. Au prétexte que nous avons gagné le droit à une indépendance financière, elle considère que me consacrer à ma fille est on ne peut plus réac. Or pour moi, chacun devrait être libre de pouvoir décider de travailler ou pas, d'avoir un enfant ou pas, de se marier ou pas, d'être hétéro ou homo. C'est là, à mon sens, le véritable défi des femmes, là que se trouve notre liberté : dans la possibilité de faire nos propres choix. Le mien est d'enseigner à ma fille tout ce qui me semble important et de passer du temps à ses côtés.

Charles gagne désormais bien sa vie. Mais il a surtout hérité d'une somme plus que conséquente de sa grand-mère maternelle. En mars dernier se sont tenues les élections municipales. Sans grande surprise, il s'est présenté sur la liste de Dagin, sous l'étiquette du RPR. Élu conseiller municipal au second tour, il consacre beaucoup de son temps à cette mission. Dagin le sollicite de plus en plus, notamment dans le cadre de représentations officielles.

Grisé par ses nouvelles responsabilités, Charles part dans la démesure : il est désormais obsédé par le paraître et le qu'en-dira-t-on, deux éléments fondamentaux en politique, selon lui. Ses ambitions ont été revues à la hausse : il envisage dorénavant de devenir maire adjoint. Il a revisité toute sa garde-robe, qui ne compte plus que des costumes foncés et des chemises blanches. Il a également passé de longs mois à tenter de me convaincre de l'épouser afin de rassurer les électeurs en quête de traditionalisme, et de quitter notre appartement pour une maison, dans la même commune des Hauts-de-Seine.

J'ai cédé à son second caprice, mais refusé tout net le premier. Cela a été l'occasion de la première réelle dispute entre nous. Ce mariage pourrait n'être qu'un simple mode d'organisation de notre conjugalité, mais je n'ai pas envie d'une laisse.

Et puis, ma mère aurait fait une attaque si j'avais accepté. Car là où je ne vois qu'un fil à la patte, elle aurait vu une corde au cou.

Charles a battu en retraite et s'est aussitôt concentré sur ce nouveau projet de déménagement. J'espérais que ses critères de recherche ne seraient pas excessifs. Mais c'était sous-estimer le snobisme de ses parents, qui ont insisté pour qu'il investisse dans une propriété de standing. Nous avons ainsi emménagé dans une maison dite de réception, en grande partie financée par son père.

Contemporaine, cette maison d'architecte compte quatre chambres. Je n'ai pas manqué de rappeler que deux d'entre elles resteraient à jamais inoccupées. Les Dupeyron projetaient probablement d'agrandir leur descendance. J'imagine que Charles s'est bien gardé de leur révéler qu'ils avaient davantage de chances de lui offrir un petit frère que moi d'en donner un à Céleste !

L'entrée ouvre sur une vaste pièce de vie avec cheminée. Ses larges baies vitrées permettent plusieurs accès à la terrasse et une vue remarquable sur un jardin verdoyant. La cuisine, qui couvre à elle seule la taille de mon ancien studio, permet d'atteindre une seconde grande terrasse, avec vue sur le jardin, elle aussi.

Une jeune femme vit désormais avec nous. Elle s'occupe du ménage de la maison, prépare les dîners. En échange, Charles lui verse un salaire et la loge. Au début, j'y étais opposée par principe : tant mieux si Charles disposait des ressources financières lui permettant un train de vie dispendieux. Mais la simple idée d'avoir une « domestique » me posait problème. Charles est néanmoins parvenu à me convaincre : son maintien en France dépendait de cet emploi et de notre hospitalité. Nous lui avons attribué l'une des deux chambres inoccupées du deuxième étage, à laquelle est annexée une salle d'eau. Cette jeune femme, de nationalité pakistanaise, est adorable. Elle s'appelle Malala et ne parle pas un mot de français, mais Céleste et moi nous sommes donné pour mission de lui apprendre progressivement notre langue.

Ma fille est actuellement en moyenne section de maternelle. Bien que ce soit prématuré, je n'ai pu m'empêcher de lui acheter, pour sa rentrée, toute la panoplie des accessoires Diddl : stylos, cahiers, trousse et même cartable à l'effigie de la petite souris allemande sont éparpillés dans sa chambre. Pour le moment, elle ne se sert que de la peluche, devenue le doudou qui accompagne son sommeil chaque nuit…

En dehors de l'association, mes journées s'organisent autour des horaires de l'école. J'y dépose Céleste et vais la rechercher chaque jour. Le mercredi, nous restons ensemble. On va se promener à Paris, je l'emmène au musée ; de retour chez nous je l'initie aux merveilles de la nature : se rouler dans les feuilles, sauter dans les flaques d'eau, observer les fourmilières, gratter la terre pour y dénicher des vers… Des joies simples, qui nous font rire et agacent Charles. Que je trouve, par ailleurs, de plus en plus coincé.

*

Vendredi 30 avril 2004

Aujourd'hui est pour moi un jour de deuil.

Maman est décédée cette nuit d'une crise cardiaque. Elle était à son travail, s'est plainte de nausées auprès d'une collègue. Elle s'est rendue aux toilettes. On l'y a découverte une demi-heure plus tard, gisant sur le sol. Les secours ne sont pas parvenus à la réanimer.

Je suis dévastée. Certes, elle fumait beaucoup. Mais ma mère était un roc : je ne l'ai jamais entendue se plaindre. La mort agit souvent dans le plus grand des silences.

Je suis restée auprès de sa dépouille un long moment. J'en suis repartie avec son sac à main et le sentiment étrange de ne pas réellement vivre ce que j'étais en train de vivre.

Je ne cesse de tourner et retourner son trousseau de clefs entre mes doigts, et me sens incapable de me rendre seule dans ce petit pavillon si cher à ses yeux. Sophie a proposé de m'y accompagner. Céleste et moi y passions régulièrement. Toujours sans Charles. Je n'imaginais pas avoir à y revenir si tôt sans elle. Que vais-je faire de cette maison dont elle était si fière ?

On me qualifie de solide, et pourtant je ne me suis jamais sentie aussi vulnérable…

Les chansons du dernier album de Goldman résonnent doucement dans le salon. L'une d'elles me parle tout particulièrement : « En passant ». Je m'accroche à la voix, me laisse porter par la mélodie. J'ai l'impression qu'elle donne corps à ma peine, qu'elle panse ma douleur, atténue mes peurs.

J'essaie de me remémorer cette force que maman m'a inculquée dès mon plus jeune âge, cette joie qu'elle a ancrée en moi.

Ce soir, Charles assiste à une réunion du conseil municipal. Il rentrera tard. Je vais emmener Céleste dans ce petit restaurant italien où maman a longtemps travaillé. Je lui parlerai de sa grand-mère, des combats et sacrifices qui ont été les siens. Céleste n'en comprendra rien, mais moi, cela me fera du bien.

Je crois que célébrer la vie de ceux qui nous ont quittés reste la meilleure manière de les garder vivants auprès de nous…

II

Quand le hasard s'en mêle…

Juin - Août 2005

3

Vendredi 17 juin 2005

Qu'il est émouvant de relire ces feuillets. Les années passent si vite…

Céleste est en CE2. Son excellent niveau lui a permis de sauter une classe. Et j'ai tenu bon face à Charles qui aurait voulu qu'elle intègre une école privée.

Notre fille est une enfant solaire. Peu influençable, elle sait s'affirmer sans crainte d'être rejetée. Elle a beaucoup d'humour et sa joie de vivre est communicative. Nous nous sommes toutes deux inscrites à des cours de danse. Classique pour elle, contemporaine pour moi.

Dire que cela fait presque huit ans que Charles et moi vivons sous le même toit… Il est très souvent absent. Il faut dire que Dagin sait le motiver en lui faisant dorénavant miroiter cette place d'adjoint au maire qu'il convoitait tant.

Plus Charles grimpe les échelons, plus il me sollicite pour « occuper le terrain » à ses côtés. Dagin voit tout cela d'un bon œil. Et pour cause : en fin politique, il sait qu'une femme comme moi touchera les électeurs. Issue de leurs rangs, je suis restée simple, je leur ressemble. Lorsque l'on m'adresse un sourire, celui que je retourne est sincère. Je discute avec eux, m'intéresse à leur quotidien. Charles, lui, se contente de serrer une main avant de capter un énième regard, un autre bulletin de vote. Certes intelligent, il est trop imbu de lui-même pour s'adapter à ceux dont il recherche le soutien. Moi, je les ramène à son camp. Et il en joue.

Mon pire tribut est d'assister à des réceptions ou dîners. La politesse sirupeuse qui s'y répand m'insupporte. Ma seule motivation est de porter la parole de ceux qui ne peuvent le faire en proposant des mesures pour lutter contre les violences conjugales, comme la création de structures pour accueillir les victimes.

Lors de nos absences, Malala garde Céleste.

Elle parle désormais très bien notre langue et occupe toujours la chambre du deuxième étage. Céleste et moi nous sommes beaucoup attachées à elle. Discrète, douce, honnête et rigoureuse, elle fait partie de nos existences tout en restant dans l'ombre. Parfois, Céleste et moi l'emmenons au musée, malgré l'agacement de Charles, qui estime que je devrais marquer plus de distance avec elle. Ce que je trouve absurde.

En dehors de cela, la vie conjugale est sans surprise : agréable, calme, routinière. Je ressens toujours beaucoup d'affection pour Charles. Enfin, moi qui ai longtemps craint de le voir tomber amoureux de moi, je n'ai désormais plus la moindre inquiétude : sa première vraie compagne, c'est son ambition. Elle l'occupe à plein temps.

Après avoir longuement réfléchi, j'ai renoncé à reprendre mes études. Concilier le métier d'avocate et mon rôle de mère aurait impliqué de sacrifier trop de moments précieux avec Céleste. Même si le choix était cornélien, entre le sacrifice et le fardeau, j'ai rapidement tranché.

En plus de mon engagement associatif, j'ai cherché et trouvé un mi-temps complémentaire à mon bénévolat. J'exerce désormais en tant que juriste dans une grande entreprise. Mes revenus mensuels ne sont pas élevés mais me conviennent ainsi.

Je sors beaucoup avec Sophie. Nous embarquons parfois Céleste, et gardons nos confidences pour nos soirées entre femmes. Mon amie n'a pas changé. Notre lien non plus. Sa seule présence et nos fous rires suffisent à faire resurgir l'ado qui est en moi.

4

Samedi 11 juin 2005

— Je te jure, ce type est extraordinaire ! Et tellement différent des autres…, ajouta Sophie en claquant la porte de son appartement.

À sa demande, Lisa était passée la prendre. Elle serait son alibi pour le week-end « romantique » organisé avec Simon.

Amusée, Lisa écouta son amie s'épancher sur son récent béguin, alors que le prénom de son dernier soupirant lui échappait déjà…

Pour sa première aventure extra-conjugale, Sophie avait parlé d'un vrai coup de cœur. Elle avait justifié le deuxième accroc par un « flash ». Depuis le troisième amant, elle se contentait d'hyperboles pour décrire ses nouvelles conquêtes : Arthur était beau comme un dieu, Yvan la faisait mourir de rire, Francis la transportait de bonheur… C'était toujours le même scénario : une rencontre extraordinaire, des cinq-à-sept fougueux, des montées d'adrénaline suivies de redescentes tout aussi fulgurantes, puis un ultime rencard pour siffler la fin de la récréation. Sophie était devenue un vrai cœur d'artichaut.

Pour l'heure, encore en phase de « lune de miel », elle semblait planer. Elle tendit son visage vers le ciel, dans un état de quasi-exaltation.

— Il est incroyable : beau, drôle, intelligent…

— Et accessoirement marié, j'imagine ? la coupa Lisa.

— Oh, ce que tu peux être terre à terre ! On s'en moque. Je n'ai pas l'intention de lui passer la bague au doigt, riposta-t-elle, brusquement ramenée à la réalité.

Elle fit quelques enjambées rapides, attendit un instant avant de confier, le rose aux joues :

— Tu verrais les textos qu'il m'envoie…

Elle baissa d'un ton et chuchota :

— Ce n'est pas mon mari qui m'écrirait ça !

Lisa ne put réprimer un sourire. Introverti, Pierre était aussi complexe que la discipline qu'il avait choisi d'exercer.

— Je suis en train de tomber raide dingue amoureuse, Lisa !

Lisa leva les yeux au ciel, fataliste. Ce Simon venait de la faire entrer dans une zone de turbulences. Elle ne put se retenir :

— C'est reparti pour un tour…

— Cette nouvelle n'a pas l'air de te réjouir ! répliqua Sophie avec humeur.

— Je suis ravie de te trouver si… exaltée ! se rattrapa Lisa. Mais je me demande comment tu fais pour que Pierre ne découvre jamais rien.

— Tu parles ! Il s'enferme du matin au soir avec ses systèmes nerveux ! En plus, il vient de démarrer l'écriture d'un bouquin. Depuis qu'un éditeur lui a signé un contrat, plus rien d'autre ne lui importe. Alors, tu vois, il est bien content que je ne reste pas dans ses pattes… Et pour finir, il me croit avec toi, donc tout le monde y trouve son compte !

Elle fronça le nez puis reprit :

— Tu devrais suivre mon exemple. Charles est plein de suffisance et obsédé par sa réussite. Tu mériterais de t'amuser un peu…

Lisa s'arrêta de marcher et éclata de rire. Elles n'étaient plus qu'à quelques mètres de sa voiture.

— Je ne voudrais pas te faire de peine, Sophie, mais tes histoires sont loin de me faire rêver ! Je ne sais même pas comment tu fais pour ne pas te mélanger les crayons, entre tous ces prénoms…

Lisa se glissa entre deux véhicules pour s'écarter d'elle, et éviter de s'aventurer dans une discussion houleuse. Chaque fois, cela se terminait de la même manière : Sophie l'encourageait à prendre du bon temps. Lisa n'en ressentait ni l'envie ni le besoin, ce que son amie ne semblait pas comprendre.

Elle s'engouffra dans la voiture.

— Je ne plaisante pas ! insista Sophie en prenant place sur le siège passager. Tu mènes une vie trop rangée. Je ne m'explique pas comment tu parviens à rester gaie avec un mec aussi rasoir !

Lisa haussa les épaules et démarra.

— Cette vie me convient parfaitement. Crois-moi, je vis des choses différentes, mais tout aussi extraordinaires avec Céleste.

— Je ne sais pas si tu es au courant, mais la femme moderne ne se cantonne plus au rôle de mère : elle fait également carrière !

Loin d'être blessée, Lisa réprima un sourire.

— Sophie, Charles ne m'enchaîne pas. Le jour où j'éprouverai le besoin de faire autre chose, je le ferai !

— Tu n'es pas aussi libre que tu l'imagines… Tu es dépendante de lui, d'un point de vue financier. Pour la féministe que tu es, c'est hallucinant ! Je me demande si tu n'as pas viré tradi… Qu'en penserait ta mère ? ne put-elle s'empêcher de lâcher.

— Justement, j'ai passé beaucoup de temps à ranger sa maison pour la mettre en location meublée. Elle pourra convenir à un jeune couple, et cela m'assurera un petit revenu régulier en complément de ce que me verse ma boîte.

Le regard de Sophie glissa sur son amie : elle avait évoqué sa mère dans une saute d'humeur et s'en voulait. Lisa restait fidèle à ses convictions en s'investissant ainsi dans des activités associatives. Elle ne cherchait pas à tirer profit de l'aisance financière des Dupeyron. Elle continuait à s'habiller de manière simple, ne fréquentait pas les endroits huppés privilégiés par Charles.

— Tu as besoin de moi jusqu'à quelle heure aujourd'hui ? reprit Lisa.

Elle se rabattit sur la file de droite et jeta à son tour un coup d'œil à Sophie. Elles devaient se rendre à l'hôpital où exerçait Pierre, pour qu'il les voie toutes les deux ensemble. Elles étaient ensuite censées partir pour la Normandie, avec la voiture de Lisa. Celle-ci serait l'alibi de Sophie. Pierre ne chercherait pas à vérifier si c'était vrai. Le courant ne passait pas très bien entre Charles et Sophie. Les deux couples s'étaient un temps fréquentés de manière polie, mais ces rencontres avaient fini par s'espacer au point de ne plus exister du tout.

Pierre ne pourrait donc pas savoir que Lisa resterait tout le week-end en banlieue parisienne.

— Il est 9 heures. On discute une vingtaine de minutes avec Pierre et on file. C'est bon pour toi ?

— Je dois impérativement être au plus tard à 10 h 15 devant l'école de Céleste. Son spectacle de fin d'année commence à 10 h 30, et il lui manque les ailes de son costume d'ange…

— Tu y seras largement !

En son for intérieur, Lisa pria pour ne pas avoir à courir.

*

Elle démarra en trombe. Comme elle le craignait, Pierre était sorti de sa consultation en retard. Le temps qu'il pose quelques questions sur les activités programmées pour leur escapade normande, elle avait quitté l'hôpital avec vingt minutes de retard.

Si elle acceptait de couvrir Sophie, Lisa se sentait mal à l'aise. Le sourire confiant de Pierre en guise d'au revoir la culpabilisait.

Lisa s'engagea dans la rue de l'école de Céleste. Elle n'était parvenue à rattraper que cinq minutes de son retard. Elle soupira avant de relativiser : les parents devaient arriver une demi-heure avant le début du spectacle, mais Céleste, elle, avait déjà son costume. Y épingler des plumes ne lui prendrait que quelques secondes.

Elle se gara sur la première place disponible, s'empara des ailes blanches et se précipita vers le bâtiment scolaire. Un homme s'engouffra dans le hall d'entrée juste devant elle. Manifestement, elle n'était pas la seule à avoir un problème de ponctualité.

Face à eux, une grande baie vitrée donnait sur la cour, grouillante de parents et d'enfants déjà costumés et grimés. Comment retrouver Céleste dans cette foule ?

— Bonjour madame, lança l'homme à l'institutrice qui tenait l'accueil. Je suis le papa d'Arthur Boicaud. Savez-vous où je pourrais rejoindre mon fils ?

Il avait une voix au timbre agréable.

— Sa classe, s'il vous plaît ?

— Il est en CM1. Ils sont habillés en fantômes...

— Enfiler leur costume ne leur a pas pris beaucoup de temps. Ils doivent tous être déjà dans la cour.

— Ah ! Si je dois soulever le drap de tous les gamins déguisés en fantômes, je risque de retrouver le mien à l'issue du spectacle..., plaisanta l'homme.

— Je suis désolée, monsieur. Voilà pourquoi nous avions demandé aux parents d'arriver une demi-heure plus tôt, lorsque les enfants étaient encore rassemblés dans leurs classes respectives..., rétorqua poliment l'institutrice.

Il s'écoula deux ou trois secondes avant que la voix chaude et posée ne résonne à nouveau.

— Je le sais bien. Mais une urgence m'a retenu…

— Je vais vous aider à le chercher, céda la jeune femme en contournant la petite table qui la séparait de l'homme.

— Excusez-moi, je fais également partie des retardataires ! s'interposa Lisa en levant légèrement l'index. Ma fille, elle, est en CE2, dans la classe des anges… sans les ailes pour le moment ! compléta-t-elle en brandissant les plumes blanches.

— Si j'avais su, je n'aurais pas laissé mon fils partir avec son morceau de drap sous la main, ce matin… Cela aurait facilité mes recherches ! plaisanta l'inconnu dans un sourire, en se tournant vers elle.

Lisa était sur le point de répondre poliment lorsque ses lèvres se figèrent. Tout disparut autour d'elle, le temps s'arrêta. Le sol parut se dérober sous ses pieds. Son cœur battait brutalement la chamade.

Elle se redressa, les yeux de l'homme toujours plongés dans les siens.

Ce regard… Il l'avait hantée des nuits durant, et longtemps elle avait dû se faire violence pour ranger aux oubliettes ce baiser qu'elle s'était forcée à qualifier de moment d'égarement. Il ne pouvait y avoir méprise : il s'agissait bien de cet homme-là, qui lui avait tendu la main, cette fabuleuse nuit du 12 juillet 1998, pour lui permettre de s'asseoir sur le toit de l'Abribus. Le temps n'avait en rien altéré la puissance de son regard. La clarté naturelle du jour accentuait la pureté du vert de l'iris, dont le pourtour paraissait illuminé d'étincelles. Seules quelques ridules avaient jailli sous ses paupières inférieures.

Happée par ce souvenir, Lisa entendit l'institutrice prononcer quelques mots qu'elle ne comprit pas. D'où pouvait provenir cette impression d'entrer en lui comme en quelqu'un qu'elle connaîtrait de manière intime ? Plus déroutant encore, elle sentit que lui aussi était en train de l'envahir, comme s'il prenait possession de son esprit. À cet instant précis, un seul mot lui vint en tête : envoûtement.

— Vous me suivez ou pas, madame ? insista l'enseignante.

Le visage sculpté s'écarta de son champ de vision. Elle nota au passage une petite tache brune à quelques millimètres de sa lèvre supérieure. Le fameux grain de beauté.

Lisa balbutia qu'elle se débrouillerait seule et se dirigea tel un automate vers la cour. L'avait-il reconnue, lui aussi ? Comment l'aurait-il pu, sans les drapeaux tricolores qui lui mangeaient les joues, cette nuit-là ?

Elle se fraya un chemin au milieu de la horde d'enfants et d'adultes excités par l'ambiance.

Comment qualifier l'émotion soudaine dont l'intensité l'assommait ? Elle ressentait encore la brûlure de son impact, et son cœur n'avait pas retrouvé son rythme habituel.

D'accord, elle venait de recroiser un type rencontré des années auparavant dans des circonstances particulières, et qui était souvent revenu occuper ses pensées. Mais il n'y avait pas de quoi en faire un drame. Étaient-ce les aventures de Sophie qui déteignaient sur elle ? Quelle serait la prochaine étape ? Lire des romans à l'eau de rose ?

Furieuse contre elle-même, Lisa se concentra sur les enfants. Ce que Sophie qualifierait sans doute de « coup de foudre » s'expliquait plus scientifiquement par un phénomène chimique. L'expérience était pour le moins édifiante, mais il lui fallait vite évacuer ce problème de phéromones ou autres hormones du genre. Parce qu'elle ne se sentait réellement pas bien.

En son for intérieur, elle espéra de toutes ses forces ne pas le revoir. Jamais elle n'avait été secouée avec une telle intensité, pas même durant cette nuit de Coupe du monde. Par quel hasard leurs chemins se croisaient-ils à nouveau ? Elle s'obligea à ne plus y penser, à ne pas s'attarder sur le côté surréaliste ou diabolique de ces retrouvailles fortuites.

— J'ai cru que tu n'allais pas venir, maman !

Si Lisa n'avait pas réussi à la dénicher, Céleste, elle, avait su la trouver.

La fillette la fixait d'un œil inquiet. Rappelée à la réalité, Lisa ne put retenir un sourire devant le vide laissé par l'incisive que Céleste avait perdue la veille. Elle s'agenouilla, l'embrassa, et se hâta d'ajouter les deux ailes au costume.

Ravie, Céleste s'écarta pour que Lisa puisse l'admirer. Elle trouva sa mère soucieuse, mais chassa cette idée. Elle ne demanda pas si son père allait les rejoindre, habituée à ses absences. Elle lui raconterait tout ce soir, quand il rentrerait de son travail. L'essentiel, c'était que sa maman soit là. Elle l'aimait de toutes ses forces.

Elle aperçut la directrice de l'école monter sur l'estrade. Elle se précipita vers Lisa, l'embrassa sur la joue.

— Tu te mets au premier rang, hein, maman ? Je veux te voir ! implora-t-elle.

Toutes les chaises semblaient avoir été prises d'assaut. Mais Lisa hocha la tête avant de regarder Céleste s'élancer vers la scène.

Une myriade de mini-fantômes défila devant elle à grand bruit. Une fraction de seconde, elle replongea dans un état second, se ressaisit. Nerveuse, elle se faufila entre les personnes assises. Elle glissa sur sa droite, bouscula, s'excusa puis tenta de se faire une place parmi les adultes restés debout. Elle reconnut à côté d'elle la gardienne de l'école et lui sourit. Appelée par la directrice, celle-ci s'éloigna. Et Lisa constata avec effroi que son nouveau voisin n'était autre que le bel inconnu du 12 juillet. Les mâchoires crispées, il fixait le mur du fond. Elle aurait aimé pouvoir faire demi-tour, mais c'était impossible : le spectacle allait commencer.

Elle s'efforça de rester droite, rouge de confusion, et se concentra sur l'estrade. L'avait-il seulement remarquée ?

— Décidément, le sort s'acharne…

Elle se figea, retint son souffle. Il avait prononcé ces quelques mots comme s'il se parlait à lui-même. D'ailleurs, en lui jetant un coup d'œil discret, elle s'aperçut qu'il n'avait pas bougé d'un centimètre.

Bêtement, elle se surprit à espérer qu'il avait dit cela parce que lui aussi l'avait reconnue. Telle une adolescente, elle rêva qu'à son tour il se soit senti terrassé par une force qui l'aurait laissé aussi désemparé qu'elle.

Elle n'osait plus le moindre mouvement. À peine se risquait-elle encore à respirer. Elle se promit d'analyser tout cela à froid, dès qu'elle rentrerait chez elle. Pour le moment, elle devait calmer ses battements cardiaques désordonnés.

— Entre votre ange et mon fantôme, difficile de distinguer l'imaginaire de la réalité…

Une vive chaleur lui brûla les veines. Cette fois-ci, il avait parlé comme s'il s'adressait volontairement à elle. De fait, quand elle tourna la tête, ses yeux s'arrimèrent immédiatement aux siens.

— Oui, comme vous dites…, souffla Lisa.

Elle tenta d'ignorer sa poitrine oppressée, ses joues qui cuisaient de honte et les papillons qui s'agitaient dans son ventre. Une attirance, même extrême, pouvait-elle justifier un tel séisme ? Elle parvint à se détacher des iris couleur vert d'eau et pivota à nouveau vers l'estrade.

Sur la scène improvisée, les plus jeunes enfants ouvraient le spectacle, vêtus de tuniques en forme d'étoiles. Celles qui flottaient dans la tête de Lisa étaient à ce point lumineuses qu'elles l'éblouissaient à lui faire mal.

Face à elle, dans un univers à des milliers d'années-lumière du sien, les astres en tissu entamèrent leur ballet.

Elle jeta de nouveau un coup d'œil discret à son voisin. Lui ne l'avait pas lâchée du regard, et il lui souriait.

Dans cette salle comble, ils semblaient seuls au monde. C'était irréel et surréaliste à la fois.

Agacée, effrayée aussi, elle s'efforça de ne plus quitter la scène des yeux.

*

Jeudi 16 juin 2005

Je ne parviens plus à sortir de ce rêve, le même que je fais depuis le spectacle de Céleste. J'en suis revenue très perturbée. Depuis, les mêmes personnes, les mêmes décors, les mêmes bruits surgissent inlassablement dans mes songes et me ramènent à cet inconnu. Je m'égare dans la même gêne, dans cette assurance que j'affiche alors que je suis paralysée de l'intérieur.

Lundi, je suis allée chercher Céleste. Je ne m'attendais pas à le trouver devant le portail de l'école. Lorsque nos regards se sont croisés, j'ai détourné le mien et me suis donné une contenance en manipulant mon téléphone. Je me suis interdit de me tourner à nouveau vers lui. La petite est arrivée, je n'ai pu me retenir de jeter un coup d'œil dans sa direction. Il m'a souri. Un sourire malicieux et déjà complice auquel je n'ai pu m'empêcher de répondre.

Le lendemain, j'étais au travail. Je ne pouvais pas aller chercher Céleste. J'étais obnubilée par une unique question : lui, y était-il ?

Je ne connais même pas son prénom. Je le surnomme « mon inconnu ». Il existe pléthore d'hommes portant le patronyme de « Boicaud » sur Internet. Alors, j'essaie d'imaginer comment il s'appelle…

Aujourd'hui, je suis arrivée à l'école avec vingt minutes d'avance. J'étais la seule à patienter derrière la grille. Tout en priant pour qu'il ne vienne pas, je me sentais prête à vendre mon âme au diable pour le voir. Quand sa silhouette est apparue au bout de la rue, mon cœur s'est affolé, avant qu'une joie incontrôlable l'envahisse. Mon inconnu s'est arrêté à un mètre de moi, s'est contenté de dire « Bonjour », en me souriant.

J'aurais aimé me retourner d'un air surpris et lui répondre sur un ton détaché. J'en étais incapable. Dépossédée de toute volonté autre que faire partie de son monde, je lui ai rendu son salut.

Depuis, je me repasse ce moment en boucle...

*

Lundi 20 juin 2005

Victor Boicaud coupa son téléphone professionnel. Il était parti tôt de son bureau pour arriver à l'école dix bonnes minutes avant la fin des classes. Pourtant, Arthur ne ferait pas partie de la cohorte des enfants qui se précipiteraient vers la sortie dès que la sonnerie retentirait. Ce matin, son fils s'était plaint d'un mal de tête et avait donc gardé le lit toute la journée.

Mais Victor n'avait pu se résoudre à ne pas *la* voir aujourd'hui. Depuis vendredi soir, il avait compté les heures qui le séparaient de ce moment. Serait-elle seulement présente ?

Il s'éjecta de sa voiture et se hâta vers l'école : il arriverait finalement avec à peine cinq minutes d'avance...

De nombreux parents et nourrices patientaient déjà. Il chercha des yeux la silhouette qui hantait son esprit.

Lorsqu'il la vit, appuyée contre un muret, une onde de joie le traversa. Il veilla à n'en rien laisser paraître et avança d'un pas sûr dans sa direction. Parvenu à sa hauteur, il s'arrêta.

— Bonjour...

Elle lui répondit par un large sourire. Il émanait de cette inconnue une grâce qu'il ne parvenait pas à définir. Il y avait quelque chose en elle qui le touchait infiniment, sans qu'il puisse se l'expliquer. Il n'avait pourtant plus vingt ans, et avait perdu depuis longtemps sa naïveté et ses illusions d'autrefois. Ce n'était pas pour rien qu'il avait embrassé la carrière d'ingénieur. Victor était avant tout un homme de maîtrise : de sa trajectoire, des risques qu'il choisissait de prendre, de ses émois. La pression, le stress, il savait gérer. Mais inexplicablement, au contact de cette femme, il se sentait plongé dans un tourbillon qui le rendait confus et vulnérable. Pourquoi, plutôt que de la fuir, s'obstinait-il à la revoir ?

— Je n'étais pas sûr de vous voir aujourd'hui…, se contenta-t-il de dire.

Il ne lui avait pas échappé qu'elle esquivait systématiquement les perches qu'il lui tendait. Or là, à son grand étonnement, elle se tourna vers lui, son visage exprimant la surprise mais aussi le soulagement. Puis elle rit avant de préciser :

— Les mardis et vendredis, c'est ma nounou qui vient chercher ma fille.

Elle planta son regard dans le sien, et elle lui apparut à la fois sincère, vulnérable et désarmante. Le temps se fossilisa. La sonnerie de l'école les ramena à l'instant présent.

Gênée, Lisa se tourna vers la cour.

— À jeudi, alors, murmura Victor en se mettant en retrait.

— Oui… À jeudi…

Une minute plus tard, Céleste se jetait dans les bras maternels.

En partant, Lisa décocha un dernier sourire, timide, à l'inconnu.

Il la regarda s'éloigner, sa silhouette gracieuse juchée sur de hauts escarpins avançant d'un pas déterminé, ses longs cheveux ondoyant sous le soleil. Elle avait l'élégance d'une princesse, l'apparence trompeuse d'un mirage. Transcendé par une force inconnue, il se sentit soudain capable du pire comme du meilleur.

*

Vendredi 24 juin 2005

Les choses semblent s'être accélérées entre mon inconnu et moi. Pour aller où ? Je n'en ai pas la moindre idée. Je n'imagine aucune destination. Je me contente d'avancer pas à pas sur le chemin sur lequel nous nous trouvons aujourd'hui.

Hier, je l'ai retrouvé devant la grille de l'école.

Nous avons échangé des banalités, avons reparlé du spectacle des enfants. Il a proposé de m'envoyer quelques-unes des photos prises avec son téléphone. J'ai accepté et lui ai donné mon numéro de portable.

J'ai réalisé en rentrant qu'il ne m'avait toujours pas dit son prénom…

Je n'ai pas eu d'autres nouvelles, ce soir-là.

Toute la nuit, je me suis repassé en boucle nos échanges en y cherchant désespérément le détail qui m'assurerait d'une réciprocité de ce que je ressens. Je veux dire, d'autre chose qu'une simple attirance. Cette sensation indescriptible, immaîtrisable. Mais je ne parviens jamais à trancher nettement d'un côté ou de l'autre.

Alors je gamberge. Je commence même à en perdre le sommeil.

*

Mardi 28 juin 2005

Je viens de coucher Céleste et je me sens comme dopée aux amphétamines.

Ma source d'exaltation se prénomme Victor. Du verbe latin vincere, qui signifie « vaincre ».

Victor m'a adressé un premier texto samedi matin, pour accompagner les photos du spectacle. Je l'ai remercié. Un autre SMS a suivi, puis un autre…

Depuis, chaque instant est l'occasion d'un nouveau message : entre deux cotons démaquillants, entre deux courses faites à la hâte, entre deux devoirs supervisés de loin…

J'aime sa manière de s'exprimer, d'utiliser la ponctuation pour évoquer des nuances affectives. J'aime cette façon qu'il a d'écrire les mots en entier, sans fautes d'orthographe et avec une bonne syntaxe. J'aime la densité de ces échanges qui ne cherchent pas à me séduire, mais à me découvrir et à me révéler.

Nous nous sommes revus hier. Nous étions comme deux gamins…

*

Jeudi 30 juin 2005

Victor avait tourné et retourné dans sa tête les options qui se présentaient à lui. Une seule lui semblait pertinente. Il s'empara de son téléphone, s'égara dans ses pensées. Que faisait-elle, à cet instant précis ? S'interrogeait-elle, comme lui, sur la meilleure manière de se rapprocher l'un de l'autre ?

Il tapa et envoya le message : « Dernier jour d'école aujourd'hui… »

Réponse de Lisa, 11 h 26 : « Oui… »

Victor, 11 h 29 : « Je vous propose de célébrer ça comme il se doit ! Seriez-vous partante pour un café avant de nous retrouver pour la dernière fois au portail ? »

Lisa, 11 h 33 : « Ça me semble compliqué… »

Victor, 11 h 34 : « Ça me semble nécessaire. J'ai des choses à vous dire. »

Lisa, 11 h 37 : « Si ça vous semble nécessaire… »

Victor, 11 h 47 : « 15 heures ? À la brasserie qui fait l'angle, au bout de la rue de l'école ? »

Lisa, 11 h 54 : « 15 heures. J'y serai. »

*

Dans le reflet de la vitrine du magasin, Lisa vérifia que son chemisier était bien ajusté, tout en se répétant qu'il n'était pas question de se livrer aux mêmes jeux imprudents que son amie Sophie.

Elle avait longuement hésité sur le choix de sa tenue. La première fois qu'elle avait rencontré Victor, il portait un short et un tee-shirt à l'effigie de l'équipe de France. Les suivantes, il était vêtu d'un pantalon cintré et d'une veste de costume...

Elle avait fini par opter pour un jean bleu délavé et un chemisier blanc. Autant rester fidèle à elle-même.

Sa montre lui indiqua 14 h 58. Elle traversa la chaussée d'un pas peu assuré.

Depuis ce midi, elle avait failli annuler ce rendez-vous à dix reprises. Mais bien plus de fois encore elle s'était surprise à compter les minutes qui l'en séparaient. Et elle s'en voulait. Elle espérait que confronter ses souvenirs à la réalité lui permettrait de ramener cet homme idéalisé au niveau du commun des mortels. Ensuite, elle reprendrait le cours de sa vie.

Le cerveau en effervescence, Lisa poussa la porte de la brasserie.

Trois personnes devisaient, accoudées au bar. Elle se dirigea vers l'arrière-salle et le vit immédiatement. Il se trouvait à quelques mètres d'elle, assis à une table, plongé dans ses pensées.

Elle inspira profondément. Elle devait aller au bout de cette histoire invraisemblable. Qu'avait-elle à craindre ? Si le remède le plus efficace contre les coups de foudre était de ne pas y croire, elle était équipée du meilleur paratonnerre qui soit.

Il se leva à son approche, et ils constatèrent avoir l'un et l'autre jeté leur dévolu sur une chemise blanche. Ils échangèrent un sourire, elle lui serra gauchement la main avant de s'asseoir à son tour sur la banquette rouge, face à lui.

La situation était embarrassante pour tous les deux. Pourtant, ses craintes s'envolèrent dès qu'il prit la parole :

— Merci d'être venue, Lisa.

— Je dois dire que je ne suis pas très à l'aise...

— Je comprends, car je ne le suis pas davantage. Je ne vais donc pas y aller par quatre chemins : je vais sans doute avoir l'air idiot et vous me prendrez peut-être pour un séducteur aux techniques de drague douteuses, mais je suis perturbé depuis notre rencontre. Pour être totalement transparent, et même si ça doit me faire définitivement passer pour un illuminé, je vous avouerai n'avoir cessé de penser à vous depuis le spectacle de l'école.

Lisa parvint à garder un visage impassible. Il était plutôt direct. Elle se rappela ses objectifs : comprendre le phénomène qui semblait avoir pris possession d'elle, pour mieux le décortiquer, l'analyser ensuite, le traiter enfin.

Elle allait ouvrir la bouche, mais il l'arrêta d'un geste de la main.

— Avant que vous ne disiez quoi que ce soit, je tiens à vous préciser que je suis quelqu'un de plutôt rationnel, et que les histoires d'amour fulgurantes et inattendues, pour moi ça n'existe qu'au cinéma.

Il parlait vite et sans s'arrêter, à la manière dont un acteur débutant débite ses tirades pour masquer son trac.

— Les aventures passionnées, les « coups de foudre », ajouta-t-il en formant dans l'air deux guillemets avec ses doigts, très peu pour moi. Je ne crois qu'aux relations mutuelles, équilibrées, harmonieuses, qui permettent à un homme et une femme de construire un couple dans la durée.

Il agita des mains aux ongles soignés.

— Mais je tiens à rester honnête, intellectuellement parlant, et je ne peux faire autrement que reconnaître que quelque chose ne tourne plus rond chez moi depuis notre rencontre.

Lisa éprouvait une réelle difficulté à se concentrer sur le fond de ce qu'il lui disait. Pourquoi ce profond sentiment de béatitude l'envahissait-il chaque fois en sa présence ?

— J'espérais secrètement que vous revoir aujourd'hui me ramènerait un peu sur terre, soupira-t-il, mais je m'aperçois avec consternation que vous exercez toujours sur moi le même effet abêtissant : je me sens hypnotisé et stupide.

Elle chercha vainement une réplique pour se donner une contenance. Cet aveu, lâché avec spontanéité et transparence, l'avait déstabilisée. Il aurait pu jaillir de sa propre bouche.

Elle prit enfin la parole :

— Cette situation est effectivement gênante. Je partage vos convictions, et je... j'éprouve la même chose que vous. Quant à mes attentes pour ce rendez-vous, elles se calquent également sur les vôtres...

— Je ne sais donc pas si c'est une bonne nouvelle, mais je crois que nous sommes sur la même longueur d'onde...

Pour la première fois depuis son arrivée, Lisa retrouva la complicité implicite qui les liait dans leurs textos. Elle eut l'impression que la dernière vitre qui les séparait venait d'être brisée.

Il se tourna vers le serveur qui s'était approché pour noter leur commande. Le visage pâle orné d'une fine moustache, le jeune garçon interrogea Lisa du menton. Elle choisit, comme Victor, un café bien serré. Sans pouvoir s'empêcher de se demander si le serveur s'imaginait quelque chose, en les voyant ainsi attablés dans un coin isolé des autres clients.

— Nos échanges par SMS étaient agréables mais on ne se connaît pas… Vous voulez bien me parler de vous ? demanda-t-elle.

En quelques mots, il retraça sa vie : né à Versailles trente-sept ans plus tôt, il avait suivi des études d'ingénieur qui lui avaient permis de rejoindre une multinationale française spécialisée dans les transports, principalement ferroviaires. Il y avait rencontré la femme qui allait devenir son épouse, et lui faire deux enfants : Arthur, dix ans, et Pauline, quatre ans. Il avait gravi les échelons en interne, et occupait un poste à responsabilité. Régulièrement appelé pour des missions de moyenne ou longue durée, il partait exercer son activité à l'étranger en tant que travailleur détaché. Sa dernière intervention en date avait été pour l'Europe de l'Est, et s'était poursuivie sur un semestre. Il en était rentré fin avril.

Son épouse et ses enfants ne l'avaient pas suivi, pour cette mission-là. Il était revenu un week-end par mois. Ça avait été différent lorsqu'il avait dû se rendre deux ans en Allemagne, où sa famille s'était installée avec lui à Berlin.

Ses passions étaient simples : sportif accompli, il courait beaucoup.

À aucun moment il ne chercha à éviter le sujet de son mariage, et il parla de sa femme avec beaucoup de respect. Une lueur de fierté s'alluma dans ses yeux lorsqu'il évoqua ses deux jeunes enfants.

Lisa le laissa poursuivre tout en songeant qu'il lui donnait l'impression d'un homme sain et équilibré. Mais Sophie n'avait-elle pas elle aussi la même sensation à chaque nouvelle conquête ?

Il s'interrompit à l'arrivée du serveur, qui déposa leurs deux expressos sur la table.

— Et vous ? l'interrogea-t-il ensuite.

À son tour, elle se livra à ce petit jeu introspectif en essayant de conserver un ton léger. Elle lui relata à grands traits les étapes clefs de sa vie sans lui en confier les détails : son enfance avec sa mère, ses études avec Sophie, sa rencontre avec Charles, la naissance de Céleste. Il l'écoutait avec beaucoup d'attention et, lorsqu'il lui posait des questions, elles étaient précises et pertinentes : ce qui était important pour elle, quelle était sa plus belle réussite à ses yeux, les liens qu'elle entretenait avec Charles, Sophie…

Elle venait de lui parler de son activité pour l'association quand elle se tut.

Il la scruta quelques instants, baissa la tête, fit tourner sa petite cuillère dans la tasse vide, vraisemblablement plongé dans une intense réflexion.

— Donc, si je résume bien, nous sommes tous les deux mariés…

— Littéralement parlant, moi, je ne le suis pas. Mais ça ne change pas grand-chose…

À son tour, elle porta le café à ses lèvres : il était évidemment froid.

— Vous étiez seul, au spectacle des enfants. La mère d'Arthur n'était pas là ?

Victor reposa sa cuillère avec une lenteur exagérée.

— Mon épouse est suivie par un spécialiste dont les consultations sont programmées six mois à l'avance. La sienne était prévue ce jour-là…

Lisa était incapable de détacher les yeux des mains de son interlocuteur : elles accompagnaient avec élégance ses propos, et leur danse ouvrait chaque fois une porte sur un ailleurs interdit.

Elle se redressa. Perdait-elle la raison ? Elle avait bien d'autres choses à faire que de plonger dans une *love story* digne de la téléréalité : un avenir à assurer à Céleste, des études à reprendre, un horizon professionnel à dessiner…

Mais elle avait surtout besoin d'air frais.

Or, là où son esprit *exigeait* de se lever et de quitter cet endroit pour ne jamais y revenir, son corps paraissait décider de son propre chef, comme aimanté sur la banquette.

Son attirance pour cet homme était si violente qu'elle ne se reconnaissait pas. En refusant d'admettre ce qui s'imposait à elle avec une telle force, elle ne faisait que se mentir à elle-même. Car cela coulait comme une évidence : la magie de la rencontre avec ce Victor continuait à opérer. Elle devenait une autre femme en sa présence, sentait qu'ils raisonnaient comme un seul être. Leur table même semblait extraite de ce qui les entourait, leur offrant une sorte d'isolement à deux où l'angoisse d'un sentiment d'altérité n'avait pas sa place. Entre eux, tout réussissait à être à la fois beau et excessif.

— N'avez-vous pas l'impression que nous nous sommes déjà rencontrés ? osa-t-elle soudain.

Elle éprouvait le besoin de savoir si lui aussi se remémorait leur lien magique, cette fameuse nuit d'euphorie. Le regard de Victor fléchit devant le sien.

— Ma réponse est-elle vraiment nécessaire ? déclara-t-il d'une voix douce, comme s'il s'adressait à un enfant. Je n'avais jamais vécu un moment d'une telle intensité avec quiconque.

Il soupira, se cala au fond de son siège.

— Je n'imaginais pas vous retrouver un jour. Quelles étaient les probabilités pour que nous nous recroisions, d'après vous ? Et lesquelles encore pour que nous nous reconnaissions sept ans plus tard ?

Il secoua lentement la tête.

— Je crois que nous n'avons le choix qu'entre deux options, Lisa…, reprit-il sur un ton posé – et l'entendre pour la seconde fois prononcer son prénom la troubla. Ou bien nous décidons de nous revoir et d'emprunter un chemin dont ni l'un ni l'autre ne savons où il nous mènera. Ou bien nous choisissons la sagesse et la prudence, et nous décidons ensemble de ne plus jamais nous recontacter…

Elle hocha la tête en silence. Aucune de ces options ne convenait à son esprit critique.

Imaginer ne plus jamais revoir cet homme lui apparaissait insupportable. Si tout ce cinéma n'était dû qu'à une poussée d'hormones, n'était-il pas plus simple de le retrouver dans une chambre d'hôtel et d'en finir une bonne fois pour toutes ? Elle gérerait sa conscience et sa culpabilité plus tard...

N'avoir jamais caché à Charles qu'elle n'était pas amoureuse de lui l'autorisait-il à lui être infidèle ?

Ce n'était pas la question, si elle était honnête avec elle-même.

Parce que tu sens bien qu'il se joue quelque chose de différent entre vous deux. De bien plus pur. De beaucoup plus grand.

Elle aiguisa son regard et scruta la source de son mal-être.

Lui avait choisi de se marier. Devait-elle à son tour mal se comporter en bafouant une femme qui ne lui avait jamais rien fait, et qui avait suffisamment cru en cet homme pour s'unir à lui devant Dieu en lui jurant fidélité ?

— Écoutez..., commença-t-elle.

Il se souleva juste assez pour pencher son buste au-dessus de la table.

— Quoi que vous décidiez, je respecterai votre choix, souffla-t-il.

Il se laissa retomber sur son siège, répandant ainsi dans son sillage une délicieuse fragrance orientale.

— Simplement, je sais qu'un truc aussi fort et inexplicable ne se produira pas une seconde fois. Alors, même si je culpabilise, et même si ça me fiche un peu la trouille, je n'ai pas envie de regretter tout le reste de mon existence d'avoir commis la plus grosse erreur de ma vie.

Sa franchise la toucha.

La touffeur de l'après-midi tapissait les murs de la pièce. Face à la joie qui déferlait en elle, sa raison fuyait à la dérive.

Elle cala sa nuque contre l'appui-tête du fauteuil, le regard perdu.

Était-elle prête, elle, à passer à côté de cette histoire ?

À toi de décider. Gauche ou droite.

Elle sentit tomber une à une ses défenses. Son âme entière acquiesçait à cette proposition. Elle trouva la force de balbutier :

— Voyons donc où tout cela nous mène…

Les lèvres de Victor esquissèrent un sourire, le grain de beauté remonta légèrement, et il murmura à son tour :

— Alors je crois que nous allons très vite nous revoir, Lisa…

5

Lundi 15 août 2005

Ce n'est pas un coup de foudre. Je ne reconnais pas notre rencontre dans ce terme galvaudé. C'est bien davantage : une évidence, à la fois un état de grâce et un point de bascule dans ma vie.

Victor m'obsède.

Je peux ne pas accepter ce que je ressens, mais il m'est impossible de l'ignorer. Et je ne vis pas un conte de fées. C'est bien plus magique, mais aussi bien plus douloureux, car ce n'est pas une niaiserie de princesse, mais un combat de guerrière : chaque instant est une lutte pour s'arracher de la pensée de l'Autre, chaque seconde une parcelle d'éternité qui amplifie le manque et l'absence.

Après notre rendez-vous au café, le rythme de nos textos a repris avec frénésie. Nous nous étions résolus à ne nous revoir qu'après les vacances, uniquement si notre envie de poursuivre restait aussi forte.

Aujourd'hui, elle l'est bien davantage. Alors nous avons décidé de nous retrouver à Paris le 2 septembre prochain.

Lui est en Bretagne, moi sur la Côte d'Azur. Nous profitons de ce temps pour apprendre à nous découvrir. Nous faisons tout notre possible pour nous éviter le pire. Je crois que nous misons tous les deux sur le fait que l'un finira par décevoir l'autre. Pour le moment sans succès.

Alors, nous comptons les heures qui nous séparent de nos retrouvailles.

Je le connais à peine, et pourtant déjà Victor magnifie tout ce qui m'entoure, comme il rend terne tout ce que je vis lorsqu'il n'est pas à mes côtés.

Tout me ramène à lui.

En ce moment même, je me suis isolée dans le salon, le casque de mon MP3 sur les oreilles.

De mes écouteurs s'échappe la chanson « Et l'on n'y peut rien ».

Et tout un peu tremble et le reste s'éteint
Juste dans nos ventres un nœud, une faim
Il fait roi l'esclave et peut damner les saints
L'honnête ou le sage et l'on n'y peut rien

Une déferlante d'émotions m'empêche de me concentrer sur les sujets qui ne le concernent pas. Toutes mes pensées convergent vers lui. Que fait-il, en cet instant précis ? Songe-t-il à nous ? Ressent-il la même chose que moi ? S'évade-t-il dans mes bras comme je rêve de ses lèvres ? Est-il consumé comme je le suis par cette brûlure intense, cette merveilleuse douleur ?

Terroriste, il fend les armures,
En un instant tout est balayé

Toutes mes convictions, mes certitudes, tout ce qui m'a construite durant trente-cinq années peut-il vraiment être balayé aussi soudainement ?

Dix-huit jours encore avant de le revoir... une éternité ! Je n'arrive parfois même plus à dessiner son visage dans ma tête. Moi qui me disais que j'aurais le temps d'annuler ce rendez-vous... Son attente est un vrai supplice.

Car rien ne m'empêchera de le retrouver. Même si je me sens sur le quai du départ pour un voyage inconnu. Et périlleux. Face à un amour impossible, faut-il s'enfuir ou s'y abandonner ? Tourner le dos à la passion, est-ce l'expression d'une force où tout est question de volonté, ou la démonstration d'une faiblesse par refus d'obstacle ?

Ainsi fait l'amour et l'on n'y peut rien

Vraiment rien.

*

Samedi 20 août 2005

Victor, 16 h 05 : « La Bretagne ne m'est jamais apparue si pesante, ni des vacances aussi fatigantes… »

Lisa, 17 h 01 : « La Côte d'Azur ne m'a jamais semblé aussi vide… »

*

Mardi 23 août 2005

Lisa, 23 h 09 : « Bonne nuit, Victor. »

Victor, 23 h 11 : « On passe au *tu* ? »

Lisa, 23 h 13 : « Oui. On passe au *tu.* »

Victor, 23 h 15 : « Fais de beaux rêves, Lisa. »

*

Lundi 29 août 2005

Je ne dors plus. Et je ne veux plus dormir.

Chaque nuit est enfin l'occasion de penser uniquement à lui, sans être distraite par les contingences du quotidien, bien futiles.

Charles ne s'aperçoit de rien. Mon changement d'attitude, mon air perdu dans mes pensées, mes yeux cernés passent totalement inaperçus. Pourtant, je ne me reconnais pas moi-même. Mes escarpins préservent un semblant d'assurance qu'un simple regard a anéanti, mais j'écrase du talon tout ce qui pour moi avait un sens avant : mes convictions, mon équilibre, ma sérénité.

J'ai cherché à comprendre cet « ouragan » qui m'emporte. La vérité, c'est que cela ne s'explique pas. Tout ce dont je suis certaine, c'est que ce n'est pas une question de beauté, de phéromones ou que sais-je… Je crois que c'est une question d'écho.

Entre Victor et moi, pas de romantisme, de sentiments mièvres ou de déclarations puériles. Il n'y a que la vie, furieuse, réelle, exaltante. Et une parfaite réciprocité dans nos ressentis. Je n'ai jamais connu ça.

Nos échanges pourront-ils se cantonner au genre épistolaire ?

Quoi qu'il en soit, il n'existe pas de mot pour décrire cette impression à la fois délicieuse et nauséeuse de s'échapper de soi-même, mais également des autres.

Alors, certes, je ne me reconnais pas. Mais que c'est doux…

J-4.

III

Deux galets pour l'éternité

Septembre 2005 - Juin 2007

6

Vendredi 2 septembre 2005

Victor avait laissé Lisa choisir le lieu de leur rendez-vous. À l'atmosphère feutrée et aux silences embarrassés, elle avait préféré l'humour et la pénombre. Elle avait jeté son dévolu sur un endroit qui réunissait deux de ses hobbies : la gastronomie et le stand-up.

Ils se retrouvèrent ainsi dans un cabaret, en plein cœur de Paris. Surpris mais amusé, Victor salua son originalité.

La pluie s'annonçait lorsqu'ils pénétrèrent dans le caveau.

Là, assis devant une petite scène à une table cosy, plongés dans le noir, ils passèrent deux heures face à quatre humoristes qui se succédèrent. Entre dérision et satire, aucun sujet ne leur fut épargné : féminisme, racisme, politique… Les rires fusaient, et ni Lisa ni Victor ne furent en reste. L'ambiance chaleureuse et l'esprit décapant des artistes eurent raison de la gêne timide qui subsistait entre eux. Bien qu'entourée de monde, Lisa éprouvait la curieuse impression d'être seule avec lui. Au fur et à mesure de l'enchaînement des sketches, l'espace qui les séparait diminua sans qu'aucun d'eux n'y prête attention.

Lorsqu'ils ressortirent, il pleuvait à torrents. En quelques secondes, Lisa se retrouva trempée jusqu'aux os. Victor tendit sa gabardine au-dessus de leurs têtes en guise de protection, et ils coururent vers le parking où il avait garé sa voiture. De véritables trombes d'eau s'abattant sur eux, ils se réfugièrent à mi-chemin sous un porche.

Trempée, les cheveux plaqués sur le visage, Lisa éclata de rire.

— Ça fait carrément cliché, non ?

Victor lui sourit tout en secouant son imperméable.

— On n'est plus à ça près…

Il se rapprocha, posa délicatement son pardessus sur ses épaules. Gênée et émue, Lisa inclina légèrement la tête. Là, à l'abri de la lumière, ils restèrent quelques instants soudés l'un à l'autre dans un silence embarrassant.

Victor attendit qu'un couple de passants s'éloigne de leur abri providentiel, il lui prit le menton, le releva, avança son visage jusqu'à ce que leurs nez se frôlent, comme pour mieux acculer le regard de Lisa. Enfin les lèvres chaudes goûtèrent la peau de sa joue, s'attardèrent près de sa bouche avant de finir sur un vrai baiser.

Ils demeurèrent enlacés jusqu'à ce que la pluie s'apaise. Alors seulement il s'écarta d'elle.

Ils en restèrent là pour leur première soirée.

Elle ne l'en estima que davantage.

7

Lundi 24 octobre 2005

Cette date restera gravée dans le marbre.

Victor et moi avons fait l'amour pour la première fois.

Après avoir quitté l'association, je l'ai rejoint au parc Monceau. Nous y avons déambulé jusqu'en milieu d'après-midi. J'y ai découvert les contraintes d'une relation secrète : ne pas se tenir la main, rester très discrets…

Nous avons ensuite emprunté quelques rues, sommes passés devant un hôtel. Un seul regard nous a suffi : nous éprouvions tous les deux le besoin impérieux de nous isoler du monde.

Pourtant, à peine la porte de la chambre refermée, une gêne immense s'est invitée. Soudain nous étions stressés, timides et maladroits.

Je me suis précipitée dans la salle de bains, pour en ressortir vingt minutes plus tard emmitouflée dans une serviette. Je me suis glissée entre les draps. Mille fois j'ai pensé me rhabiller et m'enfuir tandis que lui-même se douchait.

Il faut croire en la magie des mots comme en la vérité des corps : il a suffi d'une de ses mains sur mon épaule pour que ma peau frémisse et que mes doutes s'envolent. Ses caresses ont apprivoisé ma honte. Sa douceur a eu raison de ma gêne. Subitement, mus par un magnétisme incontrôlable, nous nous sommes sentis aussi puissants que vulnérables, plus que jamais libres et vivants. Chaque fibre de nos corps traduisait notre exaltation. Il se passait dans mon cœur, dans ma chair un bouleversement jusqu'alors inconnu : la conviction, la certitude que celui qui m'étreignait était mon Autre, ma moitié manquante. Dans ses bras solides et protecteurs, il n'existait plus ni honte ni pudeur. Même nos baisers conservaient la pureté de l'innocence. Pour la première fois de ma vie, je comprenais la signification profonde de l'expression « être faits l'un pour l'autre »... Et le mot qui me vient en tête en repensant à nos deux corps emmêlés est « complétude ».

Jusqu'à ce râle de jouissance. Ce pic paroxystique où l'esprit, l'âme et la chair se sont unis dans un abandon total. Avant, j'associais la relation sexuelle au plaisir physique. Aujourd'hui, je découvre que cela peut être se livrer à l'autre.

Ce que Victor et moi vivons dépasse tout ce que j'aurais pu imaginer.

Je trouve en lui un autre moi-même.

8

Jeudi 21 septembre 2006

Victor et Lisa remontèrent l'escalier central du théâtre, déjà envahi par les spectateurs désireux de se dégourdir les jambes ou de s'offrir un rafraîchissement durant l'entracte.

Ils avaient opté pour une pièce du répertoire classique, dont Victor était un grand amateur. Il aimait la représentation du monde de ce genre théâtral, sa fonction critique de la société, la fine lecture de la complexité des êtres qu'il donnait. Lisa avait choisi *Le Cid*, qu'elle avait adoré découvrir au lycée à travers l'opposition jeunesse contre vieillesse, témérité contre sagesse. Elle en avait également retenu que tout dilemme cornélien permettait un choix.

Ils se dirigeaient tous deux vers le bar quand elle se sentit tirée par le bras.

— Viens ! fit Victor.

Ils longèrent un couloir étroit, le bruit de leurs pas amortis par l'épaisse moquette rouge. Ils dépassèrent les toilettes des femmes, où une file commençait à se former, tournèrent sur leur gauche.

— Attends-moi ici…

Elle le vit entrer dans celles des hommes, pour en ressortir cinq secondes plus tard. À nouveau, le regard malicieux, il lui prit la main et l'attira vers lui.

À l'intérieur, un seul cabinet était occupé. Victor posa un index sur ses lèvres et l'entraîna dans celui du fond. Il verrouilla le battant, se rapprocha de son oreille.

— Je vais te faire l'amour pendant que les gens assoiffés vident le bar, lui annonça-t-il avec une pointe de malice. Je t'accorde qu'il existe plus romantique comme endroit, mais les toilettes d'un théâtre, ça a tout de même du cachet, non ?

— Tu es dingue ! chuchota Lisa à son tour, sans grande conviction.

— Désolé, mais cette pièce me flanque finalement le bourdon ! Chimène et Rodrigue sont encore loin d'être sortis d'affaire, alors remontons-nous le moral en attendant…

D'un bras, il lui enlaça la taille avant de la plaquer contre la paroi carrelée. Il plongea l'autre main sous sa jupe, ses doigts grimpèrent le long de ses cuisses.

— Imagine, si quelqu'un nous surprend ? protesta-t-elle faiblement.

Elle sentit son souffle chaud contre sa nuque.

— Raison de plus pour ne pas perdre de temps, murmura-t-il en lui mordillant le cou et en soulevant sa jupe.

Fébrilement, elle fit glisser sa culotte. Quand le sexe de Victor s'enfonça en elle, la peur céda le pas au plaisir. Comme chaque fois, la soif que chacun avait du corps de l'autre ne fut assouvie que lorsqu'ils se confondirent.

Tandis que leur voisin se lavait les mains, Lisa percevait les halètements de Victor dans le creux de son oreille.

— Je t'aime, Lisa.

« Je t'aime. » Jusqu'à présent, ces trois mots n'avaient de signification pour elle que lorsqu'elle les adressait à Céleste. À cet instant, elle y découvrit tout un monde de promesses avant d'être transpercée par une certitude : Victor demeurerait l'homme de sa vie.

— Moi aussi, je t'aime, Victor.

Ce n'était ni une déclaration ni un aveu. Il y avait dans ces « je t'aime » un serment de « pour toujours ». Et il lui suffit de tourner légèrement son visage pour lire dans ses yeux la même gravité, le même pacte.

9

Mardi 24 octobre 2006

Un an jour pour jour que Victor et moi apprivoisons notre fol amour.

Le temps qui passe ne nous éloigne pas. Il nous soude et nous enivre davantage.

Le seul soulagement à notre obsession partagée se trouve dans les bras de l'autre.

Il m'est difficile de dépeindre précisément ce que j'éprouve. J'ai cette impression que mon esprit se détache de mon corps, d'être propulsée sur orbite autour d'une planète qui ne compte que Victor et moi. Cette bulle dans laquelle nous nous observons prudemment n'appartient qu'à nous. Nous craignons de découvrir en l'autre le produit d'une relation idéalisée, et que nous n'avons fait que croire à tort en l'illusion d'un accord parfait. C'est un écrin dans lequel toutes mes émotions et sensations sont poussées à leur paroxysme.

Victor se montre à la fois doux, tendre même, drôle et attentionné.

Je vois tout ce qui m'entoure d'un œil nouveau, avec moult détails dont je ne soupçonnais pas l'existence. Je trouvais la vie belle, je la sais maintenant exaltante. Et pour n'éveiller aucun soupçon, je m'exhorte à garder cette euphorie secrète.

Chaque étreinte dans ses bras est un voyage me confirmant que ce que nous vivons est rarissime, à défaut d'être unique. Combien de fois avons-nous fait l'amour en respirant l'odeur de la terre, couchés à même le sol dans des forêts désertées, ou en éprouvant la dureté du béton sur nos coudes ou dans notre dos au détour d'un baiser volé dans une ruelle plongée dans l'obscurité ?

Que nous nous réfugiions à la nuit tombée sur les hauteurs de Paris pour admirer la ville illuminée qui s'étale à nos pieds ou que nous nous échappions pour parcourir les pavés de Montmartre, notre amour se nourrit de nos échanges, de nos confidences. Nos deux « je » ont créé un « nous » inséparable. Il fait partie de mon corps, de mon âme, de ma pensée. Et réciproquement.

Tout ce qui m'anime l'intéresse : la carrière dont je rêve toujours, Céleste, ses goûts, ses passions…

Ma puce a aujourd'hui neuf ans. Elle seule parvient à m'ancrer dans la réalité, et elle m'y ramène chaque fois en douceur. Pour elle, je dissimule ce bonheur en veillant à préserver un foyer fait d'artifices. Car Céleste est une enfant épanouie, équilibrée, radieuse. Elle n'a peur de rien. Enfin, de presque rien. Elle semble en effet atteinte d'acrophobie. La simple pensée de se retrouver en hauteur la met en panique. Victor a entendu parler des bienfaits de l'EMDR[1] *dans le traitement de ce type de phobie. Je vais y réfléchir.*

---

1. EMDR (Eye Movement Desensitization and Reprocessing) : psychothérapie basée sur des mouvements oculaires préconisée pour soulager une phobie, traiter des troubles anxieux, faire disparaître des symptômes liés à un stress post-traumatique… (*Note de l'auteure.*)

De son côté, Charles se consacre corps et âme à la politique, d'autant que Dagin lui a confié qu'il se retirerait à l'issue de son mandat et qu'il veut lui remettre les rênes de la mairie. Alors, forcément, il se sent déjà pousser des ailes.

Il essaie malgré tout de se rapprocher de Céleste, même s'il ne lui accorde que peu de temps. Son éducation l'incite à davantage de pudeur et de réserve que moi, mais le lien qui les unit est d'une jolie tendresse.

La seule à pâtir de ma relation avec Victor, c'est Sophie.

Les choses se sont inversées : elle est devenue à son tour mon meilleur alibi. En fait, désormais je ne la vois plus que rarement. Sophie est bien trop contente pour moi pour songer à me le reprocher.

Je suis heureuse. Outrageusement heureuse. Chaque jour me propulse dans un vertige de bonheur. Mais à trop côtoyer les cieux, ne risque-t-on pas de se brûler les ailes ? De plus en plus souvent, la peur d'avoir à vivre chaque moment comme s'il devait être le dernier me rattrape.

10

Vendredi 2 février 2007

Deux heures que Lisa tentait de consoler Sophie, en vain.

La veille, son dernier soupirant en date, après un record de longévité, avait mis fin à leur relation. Il avait rencontré une autre femme.

Le visage ravagé, Sophie avait déversé un flot de regrets : de sa crédulité, de ne pas avoir dessiné avec lui un projet de vie commune, de ne pas avoir tout plaqué pour le rejoindre… Lisa ne l'avait jamais vue dans un tel état.

Sous les yeux de Lisa, la peine amoureuse prenait forme, devenait un risque à part entière. Son amie allait jusqu'à se dénigrer. Quel tsunami pouvait ainsi balayer l'estime de soi ?

— Je n'ai vraiment rien vu venir, gémit Sophie entre deux reniflements. Tu te rends compte ? Dix mois effacés en deux minutes…

Lisa luttait pour ne rien montrer des émotions qui la remuaient. Elle se sentait parfaitement démunie face à cette situation. Comment adoucissait-on un chagrin d'amour ? Elle n'y avait jamais été confrontée… Devait-elle se contenter d'écouter Sophie ou devait-elle la secouer ? Une sensation sourde, malsaine, l'envahissait progressivement, malgré ses tentatives pour l'ignorer.

La peine qu'elle ressentait pour son amie éveillait une peur abyssale en elle. Si l'amour ne s'éprouvait jamais aussi intensément que dans ses désillusions, elle-même n'était pas à l'abri de telles affres.

Elle se reprocha l'égoïsme de cette réflexion. Mais elle ne pouvait s'empêcher de se demander ce qui différenciait son histoire de celle de Sophie. Celle-ci ne s'était-elle pas crue à l'abri de tout, avec son amant, comme elle-même imaginait l'être avec Victor ?

Elle s'obligea à se concentrer sur les propos de Sophie, qui cherchait maintenant à répartir les responsabilités de chacun dans cette rupture, convaincue que cela lui permettrait de reprendre la relation. Lisa n'avait aucune expérience dans le domaine, mais elle savait cette hypothèse fallacieuse.

— Tu me trouves ridicule, c'est ça ? hoqueta Sophie.

Lisa secoua la tête, lui ouvrit ses bras et la serra contre elle, comme elle le faisait avec Céleste.

— Non, Sophie. Je crois simplement que tu souffres, et que ce déni est normal…

— Déni ? répéta son amie avec agressivité. Nous sommes toutes les deux concernées, tu ne penses pas ? Combien de temps imagines-tu que ta *love story* résistera à vos vies de couple respectives, Lisa ? lança-t-elle, les yeux rougis.

Lisa accusa le coup. Elle garda le silence avant de répondre :

— Pardon. Mes mots ont dépassé ma pensée… Mais tu as raison. Je n'ai pas le courage d'affronter le sujet, je le reconnais.

— Oh ! la montre ! s'exclama soudain Sophie en se redressant.

Elle se leva, attrapa son sac à main et en sortit un paquet recouvert d'un élégant papier de soie bleu.

— Je lui avais acheté une montre pour son anniversaire…, souffla-t-elle comme pour elle-même.

Elle tourna et retourna le présent.

— Qu'est-ce que je vais bien pouvoir en faire ?

Son visage s'illumina.

— Je vais l'appeler et lui dire que j'ai une surprise pour lui ! Ce sera une excuse pour qu'on se revoie. Et apr…

— Arrête, Sophie ! Ce n'est pas un cadeau qui le fera changer d'avis !

— Qu'est-ce que tu en sais ?

Lisa se leva à son tour et lui pressa affectueusement l'épaule.

— Si c'était le cas, il ne reviendrait pas pour de bonnes raisons…

Dépitée, Sophie s'affala sur le canapé. Lisa jeta un coup d'œil sur son téléphone : il était déjà 18 h 30. Dans une heure, Pierre rentrerait de l'hôpital. Son amie ne pouvait pas l'accueillir dans cet état.

— Envoie un message à Pierre. Dis-lui que j'ai besoin de me changer les idées et que je t'ai proposé d'aller au resto…

— Je n'ai pas faim…

— L'assiette, on s'en moque.

Sophie s'exécuta sans enthousiasme, puis tendit le cadeau enrubanné à Lisa.

— Tu peux me le garder ? Pour le jour où il reviendra…

N'était-il pas trop tôt pour anéantir ses espoirs de réconciliation ? Lisa opina, attrapa le paquet et le glissa dans son sac.

*

Elle redéposa Sophie à son domicile en éprouvant le besoin impérieux d'entendre Victor. Il lui fallait s'assurer que sa peur viscérale de le perdre se fondait sur des éléments irrationnels.

Elle avait laissé un message sur son répondeur. Il avait dû sentir son désarroi, car il l'avait rappelée quelques minutes plus tard pour lui proposer de la retrouver à Montmartre.

Déjà engagée sur l'A86 pour rentrer chez elle, elle avait pris la première sortie et fait demi-tour. Elle avait prévenu Charles qu'elle s'attardait auprès de Sophie, souffrante. Il n'avait posé aucune question. Elle se demanda quelle excuse Victor avait bien pu évoquer de son côté pour s'échapper à 21 h 30, mais s'interdit de creuser le sujet.

Victor patientait déjà à leur point de rendez-vous. Elle se jeta dans ses bras pour mieux embrasser la réalité concrète de leur amour.

Sans trahir son amie, elle expliqua les peurs, les doutes qui la traversaient soudainement. Il la serra longuement contre lui en guise de réponse.

Toujours silencieux, il lui prit la main et ils remontèrent la rue Lamarck. Dans la pénombre, ils s'octroyaient le droit de quelques gestes affectueux en public.

Ils s'assirent sur l'une des marches du parvis de la basilique du Sacré-Cœur, à l'instar de nombreux touristes. Le panorama saisissant de Paris scintillant de lumières s'étalait sous leurs yeux.

— Tu vois, c'est ça, notre amour…, murmura Victor. Quelque chose de grand, de beau, d'unique, qu'on ne peut capter d'un seul regard. Il faut fouiller pour dénicher les détails qui en font tout l'enchantement…

— Je ne veux pas te perdre, Victor.

— Aimer, c'est forcément redouter de perdre l'autre. Nous le découvrons tous les deux.

— Avant toi, je ne croyais qu'en l'amour maternel.

— Je comprends. Ce qui me lie à mes propres enfants est très fort aussi. Même si cela se voit moins qu'entre toi et Céleste. C'est probablement mon éducation et aussi une certaine pudeur qui m'empêchent de l'exprimer comme toi, mais…

Il s'était interrompu. Lisa l'interrogea du regard.

— J'aimerais moi aussi savoir mieux leur montrer combien je les aime. J'espère néanmoins qu'ils le sentent…

La lumière de fierté qui brillait dans ses yeux exprimait cet amour. Il lui asséna une légère pichenette.

— Cette pudeur excessive est un truc de mâle…, la taquina-t-il.

— Pour moi, tu es bien parvenu à le dire…

Il sourit, lui caressa la joue.

— Je ne t'ai pas tout avoué… Je crois que je suis profondément, irrémédiablement, follement amoureux de vous, Lisa Bocret.

11

Mardi 10 avril 2007

Bientôt deux ans que Victor et moi nous sommes trouvés.

Nous sommes l'alpha et l'oméga. Le commencement et la fin.

Notre amour est fait du même ADN, de la même force. La seule limite à notre bonheur est de ne pouvoir le crier au monde entier.

Aucun sujet que nous ne puissions aborder, que nous ne fouillions pour mieux connaître l'autre et ses zones d'ombre. Même séparés, nous ne sommes qu'un. Pas une heure passée sans un SMS, pas un jour sans échange téléphonique, pas une semaine sans nous rejoindre, longuement ou à la dérobée. Loin de lui, je n'éprouve plus ni faim ni sommeil. Sans lui, je ne suis plus que la moitié de moi-même et ne respire qu'à demi.

Je m'efforce de rester efficace dans mon activité associative, mais seule Céleste m'apporte du bonheur en dehors de Victor. Entre eux deux, je me sens comblée, heureuse. Un tel bonheur est presque trop éblouissant.

Quand je pense à Sophie, j'éprouve de la peine et de la culpabilité. Elle se remet difficilement de sa séparation. Elle a même cessé de sortir, et se noie dans le travail.

C'est elle qui mériterait de vivre ce que je vis. Car, au fond, elle a toujours su, bien mieux que moi, que cet amour-là existait.

Victor est parti pour le week-end en Bretagne chez sa belle-mère, qui fête ses quatre-vingts ans. Nous ne pourrons donc nous voir. Ce ne sera pas la première fois. Mais j'ai le sentiment que chaque jour vécu sans lui est un jour qui ne mérite pas de se lever. Ce qui pose la question de l'avenir. Car combien d'anniversaires, de vacances, de fêtes de la Saint-Valentin, de Noël ou du Nouvel An aurai-je à endurer séparée de lui ?

Depuis notre échange sur les escaliers de Montmartre, nous n'avons plus parlé de l'évolution de notre relation. C'est sans doute la seule porte que nous avons peur d'ouvrir. Nous la voyons tous les deux, mais la contournons l'un et l'autre avec prudence.

Combien de temps allons-nous pouvoir éluder le sujet ?

12

Jeudi 19 avril 2007

Charles raccrocha, contrarié. Sa conversation avec Dagin l'avait profondément ébranlé, même s'il avait veillé à n'en rien laisser paraître.

Le dernier sondage sur les intentions de vote aux prochaines élections présageait un scrutin plus serré que prévu. Le candidat de l'opposition occupait le terrain de manière spectaculaire et marquait de plus en plus de points. Dagin suggérait de se montrer plus présent auprès des citoyens, et de les séduire avec des idées innovantes. Mais il n'y avait pas que cela.

Lisa s'impliquait de moins en moins à ses côtés. Charles ne se rappelait même plus à quand remontait la dernière fois où elle avait bien voulu l'accompagner à une représentation officielle... Si lui-même n'y avait guère prêté attention, ce n'était pas le cas de Dagin. Certes, Lisa ne se montrait plus aussi disponible que par le passé. Du moins pour ce type de cérémonie. Car rien d'autre n'avait changé :

ni dans son travail, ni dans son engagement associatif, ni dans son rôle de mère puisqu'elle passait le reste de son temps avec Céleste.

Charles aimait l'édifice parental qu'ils avaient bâti. Solide, paisible, leur couple avait finalement su trouver un bon équilibre, et il ne regrettait rien du pari qui avait été le sien ce fameux jour de 1997.

Alors, pourquoi Dagin avait-il volontairement pris ce ton lourd de sous-entendus ? Que voulait-il insinuer ?

Piqué au vif, Charles se mit à faire les cent pas dans la pièce. Dagin avait été un mentor précieux. Grâce à son soutien, il avait grimpé les échelons à grande vitesse. Son poste d'adjoint au maire, c'était bien à lui qu'il le devait. Mais il n'avait pas apprécié la tonalité de cette conversation.

Se rendant compte qu'il tournait comme un lion en cage dans son salon, il s'assit.

Céleste attendait dans sa chambre le moment de passer à table. Le dîner se déroulerait sans Lisa, retenue par un pot de départ à son boulot. Entre ses obligations sociales et les invitations de sa grande copine Sophie, ses absences s'étaient multipliées ces derniers temps.

Lisa n'était pas le genre de femme à le tromper. Mais les questions insidieuses de Dagin tournaient en boucle dans sa tête. Allusives ou pas, elles étaient parvenues à y immiscer un doute. Même s'il n'imaginait pas Lisa batifoler avec un amant, il éprouvait désormais le besoin d'en avoir le cœur net. L'appétit coupé, il demanda à Malala de dîner avec Céleste. Lui attendrait Lisa.

Il éteignit la lumière, s'allongea sur le canapé. À force de gamberger, il allait finir par se faire des nœuds au cerveau.

Trois quarts d'heure plus tard, un moteur vrombit au loin. Lisa rentrait.

Il resta étendu sur le sofa, dans l'obscurité, l'entendit déposer ses clefs sur le meuble de l'entrée. Il la vit pénétrer dans le salon.

— Tu as passé une bonne journée ? demanda-t-il.

Elle sursauta, appuya sur l'interrupteur pour éclairer la pièce.

— Pourquoi me regardes-tu comme ça ? l'interrogea-t-elle.

Sans un mot, il se leva, s'approcha d'elle, cherchant le détail qui lui révélerait une gêne inappropriée, un mensonge.

— Je t'attendais pour partager avec toi une nouvelle importante. Et j'aurai besoin de ton aide…

Lisa pressentit immédiatement que cette nouvelle ne la réjouirait pas. Elle masqua néanmoins son malaise derrière un grand sourire.

— Raconte-moi vite !

— Je te confirme ma prochaine candidature en tant que maire, aux municipales de mars 2008, annonça-t-il fièrement. Mais il y a une nouveauté qui te concerne…

Lisa se tendit malgré elle. Cette entrée en matière ne lui disait vraiment rien qui vaille.

— Une loi votée en janvier promeut l'égal accès des femmes et des hommes aux mandats électoraux. Il en découle l'instauration d'une parité entre sexes dans les exécutifs des communes de plus de trois mille cinq cents habitants. Alors, évidemment, je suis en quête de candidatures féminines pour mon équipe…

Cette annonce inattendue figea Lisa.

— Je ne pourrai assumer cette responsabilité supplémentaire, Charles… Je n'ai aucune disponibilité. Et puis, tu le sais, je n'aime pas la politique.

Elle se reprocha sa brusquerie, mais n'eut pas le temps de se reprendre.

— Ta mère s'est battue pour les droits des femmes. Je propose à sa fille de faire partie d'un conseil municipal et elle refuse ? la taquina-t-il.

Lisa se contraignit à sourire. Il courait depuis longtemps après la reconnaissance et le succès, ce moment était décisif pour lui. Pourtant, elle ne parvenait pas à se réjouir. Ni même à faire semblant. Elle voyait en cette candidature un maillon de plus qui l'enchaînait à Charles et l'éloignait de Victor.

— Crois-moi, cette loi ne m'enchante pas plus que toi ! Elle nous plombe plutôt qu'autre chose. Mais il faut des femmes sur ma liste. Et je serais fier de pouvoir y faire figurer la mienne. Alors, si tu ne le fais pas pour toi ou pour tes sacro-saints principes féministes, fais-le pour moi, Lisa.

Elle s'imposa de ne pas rectifier « la mienne ». L'atmosphère était déjà suffisamment pesante.

— Je te le demande comme une faveur. Je ne t'ai jamais réclamé grand-chose, si ?

Elle sentait intuitivement que sa question dépassait le cadre d'un simple service. Elle sonnait presque comme le remboursement d'une dette. Elle comprit qu'il guettait, qu'il avait même désespérément besoin de son enthousiasme pour exulter.

— Écoute, il est tard et j'avoue que tu me prends de court. Nous en reparlerons, bien sûr. Mais… c'est une incroyable nouvelle. Tu accomplis enfin ton rêve de gosse… Je suis heureuse pour toi, Charles ! ajouta-t-elle avec un sourire forcé.

Elle avait admirablement dissimulé son abattement. Charles se tenait droit, le menton légèrement relevé, et affichait cette fausse modestie tranquille qui sied au vainqueur.

— Ce n'est pas un rêve, c'est une vocation, la corrigea-t-il cependant.

Il revint sur le point qui le préoccupait :

— Je dois pouvoir compter sur toi pour la suite, Lisa. Les futurs électeurs voudront voir en moi un maire idéal, proche d'eux. Tu devras t'investir à mes côtés.

— Je ne peux pas laisser tomber mon activité.

— Tout est question de priorités, Lisa. Que tu veuilles garder ton boulot à mi-temps, je le comprends. Mais entre ton bénévolat et moi, tu devrais pouvoir trancher assez facilement, non ?

Son engagement pour l'association se faisait depuis longtemps en pointillé. Il lui servait même souvent d'alibi pour rejoindre Victor. La simple perspective de sacrifier le peu de temps libre dont elle disposait avec lui la tétanisait.

— C'est maintenant que j'ai besoin de toi, Lisa…, ajouta Charles.

Une chape de culpabilité lui écrasa la poitrine. S'il n'avait pas été là dix ans plus tôt, elle n'aurait sans doute pas gardé cet embryon dans son ventre. De cela, elle lui serait à jamais reconnaissante. Et redevable.

— Bien sûr… Nous définirons à l'avance les moments où ma présence sera nécessaire…

Charles ne put retenir un soupir de soulagement.

Vêtue d'une robe couleur parme dont les fines bretelles lui dénudaient les épaules, Lisa se dirigea gracieusement vers le couloir, laissant dans son sillage d'agréables effluves musqués. Charles prit conscience qu'ils n'avaient pas fait l'amour depuis bien longtemps. Il la suivit dans la cuisine. Malala avait préparé une poêlée de légumes que Lisa entreprit de réchauffer. Ce soir, il la trouvait particulièrement jolie. Il s'approcha d'elle et l'enlaça par la taille. Il la sentit se raidir imperceptiblement.

— Je vais embrasser Céleste ! s'exclama-t-elle en s'échappant de son étreinte.

Charles aurait aimé pouvoir mettre cette réaction sur le compte d'un empressement sincère à retrouver sa fille. Mais il n'en était pas convaincu.

*

Le lendemain, dès qu'elles eurent toutes les deux quitté la maison, Charles se lança dans une exploration des tiroirs du bureau de Lisa. Le premier ne contenait que des babioles en tous genres : Post-it, rouge à lèvres, stylos et blocs vierges.

Dans le second, il découvrit un amoncellement de documents administratifs, classés par ordre chronologique. Alors qu'il tirait sur le dernier, un paquet attira immédiatement son attention : recouvert d'un papier bleu et scellé d'un ruban doré, il s'agissait à n'en pas douter d'un cadeau.

À qui était-il destiné ? Lisa aurait-elle pris de l'avance pour son anniversaire ? C'était dans un mois…

Rongé par le soupçon depuis qu'elle l'avait poliment mais fermement repoussé, il entreprit de défaire l'emballage le plus délicatement possible. Il aperçut rapidement le logo d'une marque de montres de luxe.

Machinalement, il regarda la sienne. Même si celle-ci était encore en excellent état, elle datait un peu désormais. Lisa avait-elle pris l'initiative de lui en offrir une autre ?

Il avait envie d'y croire. Il avait *besoin* d'y croire.

Il s'empressa de refaire le paquet avec soin, le replaça exactement où il l'avait trouvé.

Il quitta la pièce rassuré : ses désirs allaient forcément de pair avec la réalité.

*

Samedi 28 avril 2007

Lisa roulait le plus vite possible. Le déjeuner pour lequel Charles avait sollicité sa présence avait duré une éternité. Enfin libérée de cette obligation, elle avait sauté dans sa voiture. Dans deux minutes, elle arriverait chez sa mère, où Victor l'attendait. Céleste terminait l'école à 16 h 30, ce qui lui laissait deux heures de liberté.

Depuis quelques mois, elle ne louait plus la maison, ainsi Victor et elle se rejoignaient là-bas. Elle avait été très émue en lui remettant un jeu de clefs. Souvent, il y arrivait avant elle.

Durant quelques heures, elle s'autorisait à vivre dans la peau d'une autre. Celle d'une femme rentrant chez elle pour y retrouver l'homme qu'elle aimait. Et c'était grisant.

— Je n'en pouvais plus de t'attendre, gémit-il en la poussant lentement vers la chambre qu'elle avait occupée jusqu'à ses vingt-trois ans.

Il la renversa sur le lit, l'embrassa avidement avant de glisser sa langue le long de son cou. Son parfum se mêlait intimement à celui de sa peau, éveillant chez elle une sensualité insatiable. Les doigts de Victor s'immiscèrent rapidement en elle.

Leurs corps se scellèrent et il la pénétra. Unis dans une danse langoureuse, ils étaient submergés par une même onde. Lisa sentit Victor tressaillir d'ivresse avant de se cambrer dans un ultime râle de jouissance. Longtemps, ils restèrent ainsi, inertes. En silence, elle pria pour que jamais ce besoin de leurs chairs entremêlées ne se tarisse.

— Je crois bien être né avec toi, mon amour, lui chuchota-t-il.

Elle se hissa sur un coude et, de l'index, appuya sur le bout de son nez d'un air songeur.

— Tu me sembles bien affectueux, aujourd'hui, lâcha-t-elle sur un ton taquin.

— Je suis sérieux. Avant toi, je n'imaginais pas possible d'aimer autant, Lisa.

Portée par ses mots, elle reboutonna son chemisier.

— J'ai soif… Tu veux boire quelque chose ? dit-elle en se levant.

— Je te suis ! Je nous ai concocté un petit goûter !

Effectivement, la table de la cuisine était garnie de gourmandises et de boissons. Elle y découvrit un coffret de ses macarons préférés, une bouteille de sirop de menthe, le breuvage favori de Victor, du thé au jasmin de chez Mariage Frères. Une magnifique rose rouge à longue tige complétait le tout. Il avait également ajouté une jolie bougie parfumée à la verveine. Ce n'était pas la première fois qu'il rapportait des objets décoratifs. Elle aimait qu'il ait envie de mettre sa touche personnelle à cette maison.

Elle avait d'ailleurs été émue par le tableau qu'il lui avait offert pour la Saint-Valentin, et qui l'accueillait désormais dès qu'elle poussait la porte d'entrée. De son côté, elle lui avait offert un fin bracelet de cuir qu'il portait en permanence au poignet.

— Maman adorait la verveine…, se contenta-t-elle de murmurer.

— Je le sais, ma chérie. Tu me l'avais dit.

C'était exact. Elle lui avait longuement parlé de sa mère.

Elle se rendit compte que, s'il avait fait de même avec la sienne, il avait en revanche à peine évoqué son père en disant qu'il l'avait peu connu.

— Tu ne m'as jamais parlé de ton père…

Le visage de Victor se décomposa subitement, et l'étincelle de colère qui traversa son regard n'échappa pas à Lisa.

— Mon père était un con. Je ne vois donc pas l'utilité d'aborder le sujet.

Pour la première fois, le Victor qui se trouvait face à elle était fermé.

— Je suis désolée, balbutia-t-elle.

Elle repartit vers l'évier, perplexe.

Elle sentit un bras lui enlacer la taille.

— Je n'ai pas voulu te heurter, Lisa. Mais mon père était un sale type.

Victor tenta de masquer son amertume.

— Il a toujours refusé à ma mère la possibilité de travailler. Il n'a pourtant pas hésité à nous planter du jour au lendemain. Un matin, il nous a annoncé qu'il partait, sans même nous dire où il allait. J'ai eu droit à un baiser rapide sur le front, une tape dans le dos. Et il n'a plus donné signe de vie. Ma mère s'est retrouvée sans un sou.

Il avait débité son histoire d'un ton monocorde. Cette indifférence affichée cachait sans doute de profondes cicatrices.

— Mais tu ne l'as jamais recherché ? demanda-t-elle doucement.

— Pour quoi faire ? Il ne s'est jamais soucié de ce qu'il était advenu de son fils. Alors, pourquoi partir à sa recherche ?

— Peut-être pour comprendre ce qui a pu motiver son départ…

— Oh, mais j'en connais la raison. Nous avons appris qu'il s'était amouraché de son assistante, de vingt ans sa cadette. La belle est réapparue un an plus tard, sans lui. Il faut croire que la lune de miel n'a pas duré.

Il lâcha un rire nerveux avant de conclure :

— De tels pères ne devraient pas exister.

Son ton glaça Lisa.

— La nature est cruelle : elle m'a donné des ressemblances physiques avec mon géniteur. Souvent j'ai capté un reproche muet dans les yeux de ma mère. Crois-moi, j'en ai souffert au-delà de ce que l'on peut imaginer. Longtemps j'ai évité les miroirs : je ne voulais pas voir cet homme en me regardant dans une glace.

La douleur de Victor était encore à fleur de peau.

— C'est effectivement terrible, murmura Lisa. Mais peut-être a-t-il…

— Ne lui cherche pas d'excuses, Lisa. Donne-moi une seule raison valable pour quitter son enfant comme ça ?

— Tu éprouves beaucoup de rancœur…

— En tant que fils, oui.

Victor demeura les yeux dans le vague un long moment.

— Cet homme est mort pour moi. Je ne veux plus jamais en entendre parler.

Chacun de ses mots traduisait une haine définitive. Lisa en eut des frissons dans le dos.

Histoire de dissiper la tension qui s'immisçait pour la première fois entre eux, elle s'empara d'un macaron, se rendit au salon et alluma la radio.

Le dernier tube de Lorie envahit la pièce, et les pensées de Lisa s'envolèrent vers sa fille lorsqu'elle apprit que la jeune chanteuse adulée par les adolescentes démarrerait sans doute une tournée fin 2008. Céleste lui vouait un véritable culte. Des dizaines de posters à son effigie ornaient les murs de sa chambre. Elle s'assit à même le tapis, contre l'un des fauteuils, croqua dans son macaron.

— Fin 2008, tu me verras me dandiner sur une chanson de Lorie, entre deux strapontins du Zénith ! annonça-t-elle en souriant pour alléger l'atmosphère.

— Tu feras une jolie groupie…

Il la rejoignit, la prit dans ses bras.

— Je suis désolé. J'ai été maladroit…

— Mais non, répondit-elle en pensant le contraire.

— Merci…, ajouta-t-il en lui pinçant affectueusement le bout du nez. Tu sais, l'abandon de mon père a laissé une plaie béante. Le simple fait de l'évoquer, c'est comme s'il avait encore une place dans ma vie. Et ça m'est insupportable…

Elle se contenta de s'appuyer sur lui, sans mot dire.

Une autre chanson commença, et Lisa reconnut les premières notes de « Pas toi ».

— Ton idole à toi, souffla Victor.

Lisa ferma les yeux et se laissa bercer par la musique.

Lorsque le dernier couplet arriva, elle sentit le bras de Victor entourer son épaule.

— Ça, ce n'est pas notre histoire, Lisa.

— Et tu crois que cela se terminera mieux pour nous que pour eux ?

Pensif, il opina :

— Oui, j'en suis certain.

À cet instant, elle en fut également convaincue.

*

Samedi 5 mai 2007

Céleste refusa d'avancer. Il n'était pas question pour elle de progresser d'un centimètre de plus sur ce filet suspendu au-dessus du vide.

— Ma chérie, tu ne risques rien. Au pire des cas, si tu tombes, tu seras retenue par ces cordes…

Lisa attendit quelques instants. Il ne fallait pas la brusquer. Les séances d'EMDR avaient incontestablement apaisé sa peur du vide, car Céleste pouvait désormais se représenter une scène où elle était en hauteur sans paniquer. Lisa avait voulu passer à une étape supérieure en l'amenant dans ce parc d'Accrobranche. C'était sans doute trop tôt.

— Est-ce que tu me fais confiance, Céleste ?

La fillette hocha vigoureusement la tête.

— Alors, regarde-moi et ne quitte pas mes yeux. Et avance doucement…

Céleste ne put retenir un gémissement. Elle n'avait aucune envie de traverser ce pont, mais voulait faire plaisir à sa mère, la seule personne en qui elle avait totalement confiance.

Tremblante, elle attrapa un premier nœud, qu'elle serra de toutes ses forces. Ses yeux s'arrimèrent à ceux de Lisa.

Elle trouverait dans le regard maternel le courage qu'elle ne parvenait pas à puiser en elle-même.

Elle avança.

*

Lundi 21 mai 2007

Charles avait espéré toute la nuit. Naïvement. Stupidement. Il s'était convaincu que le jour de son anniversaire s'achevant à minuit, il n'était pas à l'abri d'une bonne surprise. Ils étaient allés dîner tous les trois, Lisa, Céleste et lui, au Sourire du Dragon, un restaurant sublimant la cuisine chinoise, et en particulier les incontournables *dim sum* dont il raffolait. Puis ils étaient rentrés à pied en parlant de tout et de rien. Il attendait son cadeau presque avec fébrilité. Pas tant pour la montre, il en avait déjà une, et même si celle que contenait ce mystérieux emballage était certainement très élégante, elle ne constituait qu'un bijou de plus. En vérité, sa crainte de ne pas se la voir offrir était bien plus forte que sa joie d'en être le destinataire. De retour à la maison, Céleste lui avait tendu un paquet, excitée comme une puce. Il avait immédiatement compris que ce n'était pas celui du bureau de Lisa qui, il l'avait vérifié le matin même, était toujours à sa place.

Devant le portefeuille en cuir, il avait dû masquer sa déception derrière un enthousiasme feint.

Sa tranquillité avait trouvé un compromis en imaginant que, peut-être, Lisa lui offrirait la montre en toute intimité une fois Céleste au lit, même si ce n'était pas dans ses habitudes.

Ils s'étaient couchés, Charles avait allumé la télé de la chambre, l'air de rien. Lisa s'était endormie vers 23 h 30. Il avait encore espéré qu'elle se réveillerait catastrophée, le secouerait, lui tendrait le paquet tant escompté… Mais rien. Il avait à présent un mal fou à canaliser son imagination. Car une seule question l'obsédait dorénavant : à qui cette montre était-elle destinée ?

La créativité n'étant jamais aussi fertile que lorsqu'elle est talonnée par l'espoir, il avait pourtant trouvé mille justifications, dont plus aucune ne lui semblait plausible à 6 heures du matin, heure à laquelle Lisa se leva paisiblement.

Plutôt que de se précipiter vers le salon pour en revenir contrite, elle s'éclipsa dans la salle de bains où elle se mit à chantonner.

Les cogitations nocturnes de Charles avaient éveillé en lui de la colère. Il ne parvenait pas à distinguer ce qui, de la blessure d'orgueil, de la déception ou de la peine, lui ferait le plus de mal s'il venait à découvrir que Lisa le trompait. Il ne permettrait pas que des rumeurs démolissent des années d'efforts à se construire une réputation d'homme inattaquable. Il n'avait pas non plus l'intention de devenir la risée de tous. Dans sa ville, de tels on-dit pouvaient facilement se muer en scandale et coûter une élection. Lisa lui avouerait-elle la vérité s'il lui posait la question ouvertement ? Ou grillerait-il une précieuse cartouche en agissant ainsi ? N'était-il pas plus prudent de récolter des indices pour mieux l'acculer le moment voulu ? Alors il aviserait.

Et si Lisa avait quoi que ce soit à se reprocher, elle aurait intérêt à rentrer rapidement dans le rang, en tout cas aux yeux de tous.

Au fond, même si c'était douloureux pour lui, il devait reconnaître s'être fourvoyé. Il avait espéré que l'amour de Lisa viendrait avec le temps, mais finalement, elle ne l'aimerait jamais comme il l'aurait souhaité.

Il se leva à son tour et la trouva attablée dans la cuisine devant une tasse de café et des biscottes, occupée à bavarder à voix basse avec Malala. Si cette proximité l'avait toujours agacé, il se dit que cette fois, elle allait peut-être lui être profitable.

Il attendit que Lisa quitte la pièce, guetta l'instant où elle partit sous la douche, s'empara du paquet et demanda à Malala si elle savait à qui il était destiné. Son regard effaré lui apporta une réponse.

Alors il se planta face à elle et la questionna froidement :

— Est-ce que vous avez remarqué des habitudes un peu différentes, chez mon épouse ? Je veux dire, des absences plus longues, des appels prolongés, des moments où elle laisse Céleste seule avec vous ?

Malala secoua énergiquement la tête tandis que les yeux soupçonneux de Charles fouillaient son visage.

— Non, monsieur !

Elle espéra ne pas se montrer aussi stressée qu'elle l'était intérieurement. Elle craignait cet homme. Ses rapports avec lui étaient beaucoup plus tendus qu'avec son épouse.

Bien sûr, elle se doutait qu'il se passait quelque chose dans la vie de la jeune femme. Elle l'avait toujours connue agréable, gentille, respectueuse, drôle. Depuis un moment, une lumière nouvelle émanait d'elle. Elle s'en réjouissait pour Lisa. Mais cela ne la regardait pas.

Ayant baissé les yeux, elle les releva doucement.

— Rappelez-moi : depuis combien d'années travaillez-vous chez nous ?

— Six ans, monsieur.

Six années durant lesquelles elle avait appris une nouvelle langue, une culture différente, et s'était profondément attachée à Céleste et à sa mère. Elle aimait travailler ici, y vivre, et s'y sentait en sécurité.

— Je ne vais pas y aller par quatre chemins, Malala, dit Charles en tentant une autre approche. C'est moi qui vous paie, vous loge et vous nourris. Alors, voilà. Je trouve ma femme un peu étrange ces derniers temps, et je souhaite que vous me fassiez connaître, à partir de maintenant, les heures de ses allées et venues, les détails de ses conversations téléphoniques que vous ne manquez certainement pas d'entendre, et tout élément qui vous semblerait curieux. Vous voyez ce que je veux dire, n'est-ce pas ?

Il espérait que ce discours fort lui ferait suffisamment peur pour qu'elle obtempère sans en parler à Lisa.

Malala remarqua qu'il l'avait pour la première fois appelée par son prénom, comme Lisa et Céleste le faisaient toujours. N'attendant pas de réponse, Charles reprit :

— Finalement, ces petites escapades culturelles que vous faites parfois avec elle et ma fille, c'est une bonne chose. Ça vous fait du bien…

Au-dessus d'eux, l'eau cessa de couler. Lisa devait être sortie de la douche.

Céleste dévala bruyamment les escaliers.

Un large sourire se dessina sur les lèvres de Charles au moment où elle franchit le seuil de la porte.

— Bonjour, ma fille ! Bien dormi ?

*

Enroulée dans une grande serviette-éponge, Lisa quitta la salle de bains. Charles attendait dans la chambre, assis sur le lit. Il ne l'avait pas entendue revenir, trop profondément plongé dans ses pensées.

Elle comprit à son visage fermé qu'il y avait un problème. Le paquet-cadeau, volontairement posé à côté de lui et qu'elle reconnut immédiatement, confirma son pressentiment.

— Tu peux m'éclairer ? se contenta-t-il de demander.

Prise au dépourvu, Lisa s'efforça d'abord de maîtriser sa respiration. Comment avait-elle pu oublier cette satanée montre ?

— Je ne suis pas certaine de bien comprendre, Charles. Ce paquet était rangé dans mon bureau…

— « Planqué » dans l'un des tiroirs serait un terme plus approprié ! Alors, explique-moi, qui sera l'heureux bénéficiaire de ce bijou ?

Elle le dévisagea. Qu'est-ce qui, de la colère ou de la culpabilité, devait l'emporter ?

— Depuis quand fouilles-tu dans mes affaires ?

— Depuis que j'ai des doutes, répliqua-t-il du tac au tac, sans se démonter.

Les yeux bruns se plissèrent. Il attendait une réponse.

— Si tu as un doute, Charles, tu me poses directement la question. Mais je t'interdis de fouiner ainsi dans ce qui m'appartient !

Il se leva.

— C'est précisément ce que je fais. Et ça fait deux fois que je te la pose, cette question, mais tu n'y as toujours pas répondu…

Elle connaissait suffisamment Charles pour savoir qu'il ne se contenterait pas d'une réponse évasive.

— Cette montre n'est pas à moi. Je la garde pour quelqu'un qui m'a demandé de le faire en attendant de l'offrir.

— Depuis plus d'un mois ?

Elle s'avança encore, jusqu'à quelques centimètres de lui.

— Si une autre question se cache derrière celle que tu viens de me poser, alors crache le morceau, Charles.

Pourquoi avait-elle dit cela ? Dévoiler une liaison, c'était faire courir un danger à Victor.

L'assurance de Charles sembla ébranlée. Avait-il envie d'entendre une vérité qu'il ne se sentait pas capable d'accepter ?

— Je ne veux ni prendre le risque de te perdre ni passer pour un con, Lisa.

— Je ne t'ai jamais caché que je n'étais pas amoureuse de toi, Charles. Ne me reproche donc pas aujourd'hui de ne pas jouer la femme éprise. Et nous sommes suffisamment adultes pour admettre que notre absence de relations sexuelles fait davantage de nous des partenaires de vie. Finalement, c'est ce que nous nous étions promis, non ?

Éberlué, il eut un geste d'humeur.

— Tu ne m'as toujours pas répondu. À qui est destinée cette montre ?

Devait-elle dire la vérité ? Non, il n'était pas question de trahir Sophie.

— Elle n'est pas pour quelqu'un de mon entourage, Charles. Je te l'ai dit, on me l'a temporairement confiée.

Elle n'avait pas menti.

Charles soutint son regard de longues secondes. C'était plausible : avec quoi aurait-elle pu payer un tel bijou ? Ils n'avaient pas de compte joint et il aurait mis sa main à couper que son compte courant personnel n'avait pas dû avoir souvent un solde du montant de cette montre… Le salaire qu'elle percevait ne lui permettait pas d'offrir de tels cadeaux.

Il détourna les yeux. Elle se dirigeait vers la porte quand soudain elle sentit les doigts de Charles agripper son avant-bras.

— Regarde-moi droit dans les yeux et dis-moi si tu as quelqu'un !

L'espace de quelques secondes, elle éprouva le besoin impérieux de se libérer d'un mensonge. Mais pour qui l'aurait-elle fait ? Pour elle ? Pour lui ? Devait-elle ou non éluder le sujet ? Tandis qu'elle cherchait à se faire une religion, la ride entre les sourcils de Charles se creusa un peu plus.

Lui-même luttait de son mieux contre le sentiment terrible, palpable, insidieux et dévastateur qui menaçait de le rendre fou : la jalousie.

— Certaines questions sont dangereuses, Charles. Imagine que je te réponde par l'affirmative, que feras-tu ?

À nouveau, le silence. Lisa le jugea suffisamment éloquent. Charles préféra l'habiller du doute, compatible avec l'espoir.

— Puisque tu m'assures que cette montre ne t'appartient pas, je te crois, grommela-t-il en chassant une poussière hypothétique sur son avant-bras pour se donner une contenance.

Il poursuivit en inclinant légèrement la tête :

— Mais sache que si je venais à découvrir que tu me mens, ou quoi que ce soit d'autre qui puisse compromettre ma réussite, tu le paierais très cher, Lisa.

Il lui décocha un regard noir avant de quitter la pièce en claquant la porte. Et dut admettre qu'il n'avait pas eu le courage d'entendre une réponse différente de celle qu'il espérait.

*

Charles parti, Lisa s'affala sur le lit et se recouvrit le visage des mains. Cette scène avait été un vrai détonateur : elle l'avait confrontée à ses responsabilités. À sa réalité.

Que désirait-elle exactement ? Vivre à demi, vivre dans le déni ?

Victor… Cet homme était entré dans sa vie par effraction et avait redéfini toute son intimité. Mais le temps continuait à filer sans les attendre. Qu'adviendrait-il donc de leur « nous » si les années persistaient à s'enchaîner avec lui d'un côté et elle de l'autre ?

La discussion avait été à deux doigts de tourner à l'aigre avec Charles. Que se passerait-il la prochaine fois ?

Elle avait aujourd'hui trente-sept ans. Elle était encore jeune. Mais la fugacité de la vie accentuait le sentiment d'urgence qui germait progressivement en elle. Pour autant, elle ne pouvait s'accorder ce bonheur sans songer à Céleste. Son autre trésor. La prunelle de ses yeux. La chair de sa chair. Son équilibre en dépendait. Tant qu'elle ferait les choses correctement, pour ne blesser personne et surtout pas Céleste, le reste lui était égal. Même si, en réalité, elle aurait eu envie de s'envoler dès à présent avec Victor, emplie de l'inexplicable certitude d'être à l'abri de tout à ses côtés.

Il leur fallait désormais jouer cartes sur table. Et prendre une décision. Mais Victor en aurait-il seulement envie ?

Plusieurs fois, elle avait voulu évoquer le sujet avec lui, mais elle n'avait pas osé. Aujourd'hui, elle y était acculée.

Une terrible appréhension la fit frissonner. Elle remonta la serviette-éponge sur son cou. Il ne servait à rien de se torturer avec des supputations. Leur histoire était celle d'un amour sacré. D'un amour qui bravait tous les interdits. Qui défiait tous les obstacles. Elle allait donc annuler la table réservée pour le lendemain dans leur restaurant préféré, et proposer à Victor qu'il vienne la retrouver le jour même à Carrières-sur-Seine, chez sa mère. Ainsi, ils pourraient parler.

Un signal sonore la tira de sa réflexion. Elle s'empara de son téléphone. Victor venait de lui envoyer un message sur WhatsApp : « Urgent. Appelle-moi. »

Lisa se prit à espérer que lui-même ait affronté un épisode similaire à celui qu'elle venait de vivre. Ne serait-ce pas un signe du destin ?

Elle n'imaginait pas que cette impulsion allait être donnée par un événement bien plus tangible encore.

*

Victor arriva vingt minutes après Lisa. Les quatre heures écoulées depuis son échange avec Charles l'avaient laissée très préoccupée.

Il vint s'appuyer contre le mur de la cuisine, près de la fenêtre. Elle lui raconta la scène du matin, ses hésitations à tout avouer, ce qui l'avait dissuadée de le faire, les interrogations – nombreuses – qui l'avaient ensuite assaillie.

— Nous n'avons jamais abordé ce sujet, Victor. Mais... comment vois-tu les choses, pour nous ?

Elle leva les yeux vers lui et c'est à ce moment-là qu'elle remarqua ses cernes bleutés, son teint pâle, ses traits fatigués.

— Victor... ?

Elle prit conscience que, toute à ses tourments, elle n'avait plus pensé au message qu'il lui avait envoyé plus tôt.

— Que voulais-tu me dire ? murmura-t-elle.

Il pivota vers la fenêtre. Quelques gouttes de pluie commençaient à s'y écraser.

— Je t'avais parlé de l'éventualité d'un détachement à l'étranger…

Lisa déglutit. Une peur froide l'envahit.

— Ça y est, je suis appelé pour une mission. C'est une urgence.

Il n'osait pas se retourner.

— Je dois partir au plus tard dans trois semaines…

Muette, Lisa attendit la chute, qui tomba telle une sentence :

— Et c'est au Canada. À Vancouver…

Elle ouvrit la bouche, mais aucun son ne franchit ses lèvres.

— Nous travaillons sur un gros programme de modernisation des systèmes de transport collectif… Ma présence est nécessaire.

Ravalant son souffle, elle croisa les bras à s'en faire mal, sans un mot. Victor se mit à faire les cent pas, tout en se broyant les mains.

— Combien de temps ? trouva-t-elle enfin la force de demander.

D'une voix rauque qu'elle ne lui avait jamais entendue, Victor lâcha :

— Trois ans minimum. Peut-être cinq.

Un coup de tonnerre s'abattit au sens propre comme au figuré sur la maison, provoquant une déflagration impressionnante.

Trois ans !

Lisa ferma les yeux, se concentra sur la fin du grondement tonitruant. Elle s'imagina, éteinte de chagrin, emprisonnée dans la monotonie et la douleur d'une existence sans Victor.

Il lui attrapa les mains.

— Lisa, et si, plutôt que d'y voir un problème, nous considérions ces événements comme autant d'occasions d'arrêter toute cette mascarade et d'assumer notre relation ?

Le regard rivé sur elle, il scrutait sa réaction.

Un instant, Lisa vit des images défiler : une petite maison en bois sans clôture, avec un jardin à la pelouse impeccable d'un vert éclatant. Un foyer qui n'appartiendrait qu'à eux, abriterait leur bonheur et dans le même temps le révélerait au monde entier...

— Pourquoi ne m'accompagnerais-tu pas là-bas ? poursuivit Victor. Nous nous épargnerions les critiques et jugements qui ne manqueront pas de nous faire mal, si nous restions ici.

Le visage de Céleste vint s'interposer dans la tête de Lisa.

— Je ne pourrai jamais m'éloigner de ma fille ! s'écria-t-elle.

Préfères-tu vraiment caler tes pieds dans des pantoufles qui te maintiendront sur le chemin plat et morne d'un quotidien que d'aucuns qualifient de normal ?

— Mais cela ne m'est même pas venu à l'esprit ! rétorqua-t-il. Elle est jeune, elle s'adaptera plus vite que tu ne le penses à cette nouvelle vie, crois-moi. J'en ai déjà fait l'expérience avec mes gamins.

Un espoir s'alluma subitement en elle.

— Justement, tu en fais quoi, de tes enfants ?

Une ombre passa dans les yeux verts.

— Il y aura toujours un prix à payer pour notre bonheur, Lisa. Si je pars trois ans, ma famille voudra légitimement me suivre. Pour toi, je suis prêt à renoncer à les faire venir, prêt à ne revoir mes enfants que trois fois par an. Je reviendrai ici tous les six mois. Et eux me rejoindront l'été. J'accepte ce sacrifice.

— Mais que vas-tu dire à ta femme, Victor ?

— La vérité : que nous vivons l'un à côté de l'autre mais que je n'éprouve plus qu'une profonde tendresse à son égard. Je lui rappellerai que, même finie, cette jolie histoire restera à l'origine de deux beaux enfants. Voilà ce que je lui dirai, Lisa.

— Et quand elle apprendra que tu as refait ta vie, comment crois-tu qu'elle réagira ?

— Elle ne le saura que plus tard. Et je suis prêt à assumer notre relation.

Elle s'accrochait aux mots qui sortaient de sa bouche. Mais n'en balayaient pas pour autant la réalité.

— Et moi, que ferais-je là-bas, sans boulot ?

Les yeux brillants, il semblait réanimé.

— Je suis autonome. Je souhaite que ma femme le soit tout autant..., murmura-t-il. Tu en retrouveras un là-bas.

N'était-ce pas là une belle preuve d'amour ? Ne pas chercher à créer de dépendance affective et faire passer l'autre avant soi...

— Tu es obligé de partir si loin ? Tu ne peux pas refuser cette mission ?

— Non, c'est impossible...

Lisa revit Charles la convaincre de garder son enfant, dix ans plus tôt. Elle se sentait prête à tout pour Victor. Mais elle voyait les multiples obstacles, dont leur propre culpabilité, qui se dresseraient en travers de leur route. S'ils les négligeaient, leur amour resterait à jamais entravé par la peine qu'ils auraient répandue autour d'eux, par la déception qu'ils auraient générée chez ceux qu'ils aimaient. Avait-elle envie de ça pour eux ? Elle sentit ses espoirs s'envoler comme autant de feuilles mortes emportées dans une bourrasque.

— Charles n'acceptera jamais que j'emmène sa fille au Canada ! Par ailleurs, Céleste est trop proche de lui pour ne pas souffrir d'un si grand éloignement géographique. Et je ne veux pas la déraciner de son quotidien pour partir à près de dix mille kilomètres de son environnement, au côté d'un homme et dans un univers totalement inconnus. Enfin, je ne peux pas planter Charles de la sorte, Victor. Il est à deux doigts de réaliser l'ambition de ses rêves : devenir maire. J'aimerais l'y aider. Ce sera mon cadeau d'adieu.

Une interrogation se dessina dans le regard de Victor. Et balaya les étincelles qui y brillaient quelques secondes plus tôt.

— Combien de temps te faudra-t-il pour te libérer des chaînes que tu t'imposes, Lisa ?

Elle puisa dans tout ce qu'elle avait de courage pour lui fournir une réponse :

— Je dois rendre à Charles le soutien qu'il m'a un jour apporté. J'aurai ainsi le sentiment d'être allée au bout de mon devoir envers lui.

— Ne crois-tu pas que Céleste lui a juste permis de te garder à ses côtés ?

— Peu importe. S'il n'avait pas été là il y a dix ans, je n'aurais pas mis Céleste au monde.

— En gros, je te propose le choix du cœur, et tu m'opposes celui de la raison.

— Victor, je t'aime et tu le sais. Mais la solution que tu suggères va provoquer beaucoup de souffrance autour de nous. Je ne veux pas que nous ayons à rougir de notre relation, ou que nos regards soient un jour chargés de rancune. Restons attentionnés avec nos conjoints.

— Leur dire la vérité, c'est justement leur porter de la considération et les respecter.

— Ce sera surtout leur faire du mal.

Victor hocha lentement la tête, sans détourner les yeux. Ils étaient devenus sombres.

— Gladys est malade. Mais je t'aime à un point tel que j'étais prêt à me comporter comme le pire des salopards, alors que l'unique chose que je puisse lui reprocher est de ne pas être toi… Tu as raison, Lisa, nous devons bien nous comporter. Hélas, ta temporalité ne pourra être la mienne. Parce que les deux seules options qui s'offrent à moi sont les suivantes : ou bien j'annonce à Gladys qu'elle reste ici avec Arthur et Pauline, ce qui m'obligera à lui dire pourquoi et sera donc brutal. Ou bien ils m'accompagnent, et j'aurai ainsi le temps de préparer calmement Gladys à notre séparation…

Sa voix s'enroua. Il marqua une pause.

— Je vais donc laisser ma femme et mes enfants me rejoindre en juillet, une fois que ma boîte aura trouvé un logement adapté. Arthur et Pauline termineront tranquillement leur année scolaire ici. Ils rejoindront leur nouvelle école pour la rentrée de septembre...

Il se pressa les tempes.

— Avant notre retour en France, j'annoncerai à Gladys ma décision de divorcer. Cette mission me laissera suffisamment de temps pour l'aider à accepter cette séparation.

Lisa noua ses mains : n'en regretterait-elle rien lorsqu'elle compterait trois ans de plus ? Voire quatre, ou même cinq...

— De mon côté, dit-elle, je chercherai un travail à temps plein. Je louerai un appartement pour Céleste et moi, à proximité de son collège et de son père.

Dehors, l'orage redoublait de violence, la pluie fouettait dorénavant les fenêtres sans relâche.

— Ce doit être terriblement douloureux de se savoir quitté pour quelqu'un d'autre. Nous éviterons cela à Gladys et à Charles. Après tout, eux ne nous ont jamais fait de mal... Nous les quitterons pour recouvrer notre liberté, pas pour nous remettre immédiatement en couple. Nous leur éviterons la torture de la jalousie ou de la rivalité. Et nous serons libres de nous aimer à ton retour.

Elle posa une main sur la cuisse de Victor, qui déclara :

— Je crains que tu ne mésestimes la situation, ma chérie. Nous allons vivre aux antipodes l'un de l'autre. Quand je finirai de déjeuner, tu seras en train de te coucher. Nous allons devenir fous, Lisa.

— Je ne doute pas de la force de nos sentiments, Victor. C'est une épreuve, mais nous en sortirons vainqueurs. J'ai confiance en nous.

— Tu es bien certaine que c'est ce que tu veux, Lisa ?

Pour rester juste et raisonnable, elle ne voyait pas de meilleure solution que celle-ci.

— Oui, Victor.

Elle le vit se tasser sur lui-même, accusant le coup.

— Je vais respecter ton choix. Il est louable, même s'il me coupe en deux, et même si ça me rend fou de dépendre de tant de facteurs pour avoir le droit d'être enfin heureux avec toi…

Le tonnerre grondait toujours, comme en écho à leur accablement. Lisa vint se lover contre Victor.

— Nous nous verrons de temps en temps, n'est-ce pas ?

— Bien sûr, ma chérie. Dès que possible. Et nous resterons liés l'un à l'autre. Toujours. Quel que soit le nombre de kilomètres qui nous séparent. Il y aura le téléphone, les SMS…

— Raconte-moi la vie que nous finirons par avoir ensemble…

Il lui décrivit cette maison qui serait un jour la leur, lui dessina un avenir commun. Chacun de ses mots semblait choisi avec soin pour mieux lui faire entrevoir leur futur.

Lorsqu'il eut terminé, elle demeura blottie contre lui pour retenir un peu de cette furtive évasion. Ils restèrent un long moment réfugiés dans le silence, seulement entrecoupé par les grondements de l'orage. Enfin, il murmura :

— Accordons-nous un peu de temps pour réfléchir, Lisa. Et retenons la solution qui nous laissera le moins de regrets. Parce que nous ne pourrons pas revenir en arrière…

Elle acquiesça. Lui seul savait la retrouver là où elle-même se perdait.

*

Mardi 22 mai 2007

Pour la quatrième fois, Sophie incita son amie à prendre suffisamment de recul.

— Lisa, tu n'as pas cinquante possibilités : ou tu pars, ou il reste. Que se passerait-il s'il refusait cette proposition ?

— Ce n'est pas une proposition, c'est une mission qui fait partie intégrante de sa fonction. Ses deux collègues sont déjà sur le terrain dans des pays moins éloignés, mais beaucoup plus dangereux, alors…

— Pourrait-il perdre son boulot ?

— Tu peux enlever le conditionnel.

— Mais il pourrait retrouver facilement un autre job, non ?

— Retrouver, oui, facilement, non. Probablement en quelques mois. Il ne les a pas.

Elle secoua la tête.

— Toi seule peux donc décider de votre avenir, Lisa…

— Te rends-tu compte de l'impact que cela aurait sur Céleste, si je décidais de partir ? Être brutalement arrachée à son père, à ses amis, à son environnement ? Qui plus est pour vivre auprès d'un homme qu'elle ne connaît pas, dont elle n'a même jamais entendu parler, et qu'elle pointera comme le responsable de toute cette débâcle ?

— Elle comprendra plus tard…

— Rien n'est moins sûr. En tout cas, je ne me vois pas lui imposer cela. Et puis je ne peux pas non plus traiter Charles de la sorte ! Il est tout de même son père…

Sophie la regardait, interdite. Elle prit Lisa par les poignets et la secoua doucement, mais fermement.

— Arrête avec ça. Cette façon de vouloir porter le monde sur tes épaules est insupportable !

— Il est vrai que toi, elle ne t'a jamais étouffée ! riposta Lisa, cinglante.

Sophie soupira. La relation de son amie avec ce Victor lui avait fait prendre conscience qu'elle-même s'était bercée d'illusions avec ses amants. Elle s'était chaque fois convaincue d'y puiser le bonheur. Mais ses passions en dilettante n'avaient rien de commun avec ce que Lisa vivait depuis des années.

— Si tu savais ce que je donnerais pour vivre la moitié de ce que tu vis avec lui ! Moi, je n'ai jamais connu un truc d'une telle intensité avec quiconque…, lâcha-t-elle.

Le teint blême de Lisa lui fit de la peine.

— Ton Victor a raison. Réfléchis à sa proposition. Elle est un peu folle, assez radicale, mais pleine de promesses.

Elle acheva à mi-voix :

— L'arrivée de Victor t'a permis de constater le vide de ton existence, en dehors de ta fille, et de comprendre que tu ne partageais pas grand-chose avec Charles. Lui poursuit ses ambitions, toi tu te consacres à Céleste. Mais que deviendras-tu quand elle quittera le nid ? Elle sera peut-être triste de partir loin de son père, mais ce n'est que transitoire et elle s'en remettra.

Sophie avait raison.

— Comment ai-je pu en arriver là sans m'en rendre compte ?

— Pourquoi ne partirais-tu pas un week-end entier avec lui ? lança Sophie. Tu ne l'as jamais fait… Ainsi vous pourrez prendre la décision ensemble.

Lisa haussa les épaules.

— Vu l'ambiance à la maison, m'évader tout un week-end, même si c'est officiellement avec toi, ne calmera pas les choses. Mais je vais t'écouter et bien y réfléchir, oui…

— Parfait. Prends vraiment le temps de le faire en profondeur.

Ces dernières paroles lui firent l'effet d'un baume : en regagnant sa voiture, Lisa se sentait légèrement apaisée. Pour ne pas replonger dans la morosité, elle sélectionna une chanson qui saurait maintenir son sourire : « Tournent les violons ». Quoi de mieux que cette mélodie qui invitait à rêver d'un avenir meilleur ? Même si elle lui rappelait également qu'on ne connaît jamais la portée de ses propres mots sur les autres. Et que ceux qu'elle choisirait de prononcer pouvaient transformer sa vie entière en paradis ou en enfer.

*

Charles se servit une part de quiche tout en jetant un coup d'œil furtif vers Lisa, particulièrement préoccupée depuis quelques jours. Leur discussion était-elle l'unique origine de cette contrariété ?

— Ma chérie, finis ton assiette, s'il te plaît ! dit-il à Céleste en pointant du doigt les légumes étalés sur les bords.

— Mais pap...

— Je dis ça pour ton bien, ma fille. Et si ta mère n'avait pas la tête ailleurs, elle serait d'accord avec moi ! N'est-ce pas, Lisa ?

Lisa préféra ne pas relever l'allusion. Depuis leur dernière conversation, Charles était exécrable. Mais ses sautes d'humeur lui étaient égales. Elle avait bien d'autres soucis.

Elle se contenta d'adresser un signe d'encouragement à Céleste, puis baissa le front pour fixer en silence ce qu'il lui restait de courgettes.

Céleste s'empara de sa fourchette en soupirant. Les dîners étaient devenus pesants. Ni son père ni sa mère ne souriaient ni ne parlaient. Pourtant, quand elle se retrouvait seule avec l'un d'eux, tout se passait bien. Certes, son père était peu disponible, car il travaillait beaucoup, mais il était toujours content de la voir. Elle aussi. Avec sa mère, c'était différent. Elle pouvait lui parler de tout, de ses histoires avec ses copines d'école, Laure et Justine. Lisa comprenait tout. Du coup, elle adorait lui faire des confidences.

Mais, son père avait raison, elle sentait chez cette dernière un changement qu'elle ne parvenait pas à expliquer. Elle semblait perdue dans des pensées tristes. Cela énervait son père… Elle avait bien entendu quelques disputes entre eux. Ce soir, à table, le courant était particulièrement glacial.

— Dagin organise des réunions locales dans chaque quartier de la ville, reprit Charles en avalant la dernière bouchée de sa quiche. Elles commenceront chaque fois aux alentours de 18 heures. J'apprécierais que tu m'y accompagnes, si ton emploi du temps le permet…, ajouta-t-il, un brin sarcastique, à l'intention de Lisa.

— Je te rappelle que je suis aussi bénévole pour une association, Charles. Elle compte…

— Je suis sûr que tu parviendras à leur expliquer qu'une mission également très importante t'attend ! la coupa-t-il. Là, je ne parle pas d'aider quelques femmes, mais tous les citoyens qui vivent dans cette ville.

Lisa ne surenchérit pas. Les petites vexations se multipliaient dorénavant, et elle ne devait pas entrer dans son jeu. C'eût été attiser le feu entre eux.

— Si l'une de ces réunions tombe sur un jour où Céleste a un cours de danse, il me faudra juste le temps de la déposer à la maison avant de te rejoindre, répondit-elle, impassible.

Elle le sentit agacé. Quels étaient donc les vrais démons de cet homme tourmenté ? Elle avait toujours songé qu'il s'agissait de sa soif de pouvoir. Mais s'agissait-il uniquement de cela ?

Une impression étrange l'envahit. Celle de voir une autre qu'elle-même assise à cette table. Qui était cette inconnue qui masquait la vérité, qui n'avait pas le courage de mettre un terme à ce simulacre d'union ? Certes, elle éprouvait de la tendresse pour Charles. Mais leur vie commune se résumait pour elle à un huis clos où ils avalaient ensemble des jours sans faim ni fin.

Elle contempla le jonc doré qui ornait son annulaire droit, offert par Charles pour ses trente ans. N'était-il pas tombé dans une dépendance affective qu'il confondait avec l'amour ? Et n'avait-elle pas à son tour basculé sous le joug d'une alliance virtuelle mais incongrue, dont le symbole fait de métal était devenu trop lourd pour son doigt ?

Certes. Et il est sans doute temps de lever toute ambiguïté vis-à-vis de Charles. En douceur. Car il y a aussi une petite fille qui fait partie de l'équation. Et si tu aimes Céleste, c'est son équilibre que tu dois privilégier. Le prix à payer, ce sera le temps : trois ans minimum. Ta fille ne mérite-t-elle pas ce sacrifice ?

Nul besoin de réfléchir pour répondre à cette question. La vie était faite de choix et de renoncements. Mais l'amour que Victor et elle éprouvaient l'un pour l'autre finirait par triompher de tout.

Pourtant, la projection de toutes ces années à venir, si fades, lui oppressait douloureusement la poitrine.

*

Lisa cogita. Pleura. Trois jours. Deux nuits.

En plein milieu de la troisième, elle se leva, glissa jusqu'au salon, s'empara de son portable. À même le sol, adossée contre le mur, en larmes, elle adressa un SMS à Victor : « Je t'aime plus que tout. Au-delà de toute raison. Mais la mère que je suis doit privilégier Céleste. Je suis terrassée par la peur et la peine. Crois bien que je ne renonce pas à Nous. Je ne fais que le reporter. Tant pis si le prix à payer s'étale sur au moins trois ans : je l'accepte. Vivre par la suite notre amour au grand jour sera notre plus belle victoire. »

Puis elle repartit se coucher sans faire le moindre bruit, glissa son casque audio sur ses oreilles, lança « On ira » de Jean-Jacques Goldman.

Cette chanson était une invitation à aimer.

Cette chanson, c'était Victor, c'était Céleste, c'était aussi une promesse de bonheur.

13

Vendredi 15 juin 2007

Lisa aurait voulu que le temps suspende son vol là, tout de suite, alors qu'ils roulaient tous les deux en direction de la Côte fleurie. Elle avait laissé carte blanche à Victor pour décider du lieu de cette parenthèse enchantée : il avait choisi Cabourg et Étretat. Il faisait beau, chaud, et leur escapade s'annonçait sous les meilleurs auspices.

Tandis que la voiture de Victor avalait les kilomètres qui les séparaient de leur premier point de chute, Lisa se sentait heureuse.

Trois heures plus tôt, elle avait embrassé Céleste avec un petit pincement au cœur. Charles lui avait à peine adressé la parole. Il la pensait avec son amie, mais ne supportait plus le moindre de ses déplacements. Alors, tout un week-end… Cette attitude avait permis à Lisa d'alléger son lourd sentiment de culpabilité.

Sophie était venue la chercher chez elle, puis l'avait déposée Porte de Saint-Cloud, où Victor l'avait récupérée.

Elle n'avait pas souhaité que Sophie patiente avec elle pour le lui présenter.

Son seul souhait était de graver tous les détails des prochaines heures dans son esprit, afin qu'ils alimentent ses souvenirs durant les trois années à venir.

Ses yeux restaient donc fixés sur les mains fines de Victor, mises en valeur par les gestes aériens qui ponctuaient chacune de ses phrases avant de revenir se poser sur le volant.

Ils se rendirent directement au restaurant du Grand Hôtel de Cabourg. Assis à une table ronde recouverte d'une impeccable nappe blanche, entourés d'un décor fastueux, ils dînèrent face aux grandes fenêtres qui donnaient sur la Manche avant d'assister, main dans la main, à un somptueux coucher de soleil sur la mer.

— Tu as lu *À la recherche du temps perdu* ? lui demanda Victor alors que la boule de feu dardait ses derniers rayons sur l'eau.

— Il y a bien longtemps, j'ai dû lire les deux ou trois premiers tomes.

— Si ça te tente, nous marcherons dans les pas de Marcel Proust, demain, en longeant la promenade qui porte son nom.

Elle accepta volontiers, puis Victor lui proposa de monter dans leur chambre. Elle avait hâte de s'y rendre, hâte de s'isoler avec Victor, de se coucher pour la première fois à ses côtés en sachant qu'elle s'y réveillerait le lendemain. Chaque heure, chaque symbole devenait précieux.

Il ouvrit la porte, et Lisa ne put retenir une expression admirative : le décor Belle Époque de la pièce et le sublime parquet en chêne plongeaient instantanément le visiteur dans le passé. Mais la plus grande surprise venait de la magnifique bibliothèque, dans laquelle se trouvaient quelques ouvrages de la Pléiade. Les fenêtres donnaient sur la mer.

— Nous voici dans la chambre 414. Marcel Proust y aurait écrit une partie de son œuvre. Elle a été entièrement refaite avec l'objectif de reproduire au mieux celle d'origine.

Lisa prit le temps de contempler la pièce en détail.

Il l'enlaça et lui murmura au creux de l'oreille :

— Même reconstituée, elle reste mythique et chargée d'histoire. Ce n'est pas une chambre classique. J'ai pensé que c'était important.

Lorsque Lisa s'éveilla quelques heures plus tard, en plein milieu de la nuit, Victor dormait profondément. Une douce clarté s'engouffrait dans la chambre au travers des persiennes à demi fermées.

Elle l'observa un long moment, dans une parfaite nudité qui le rendait presque vulnérable.

Puis elle se blottit contre lui et, dans le calme de la pénombre, elle chercha à graver au plus profond d'elle l'instant présent : le silence à peine entrecoupé par la respiration de Victor, le grain de sa peau qu'elle effleurait de ses doigts, la fragrance discrète de son parfum… Ces souvenirs sauraient-ils rejaillir avec la même force que ceux ressuscités par une simple bouchée de madeleine ? Parviendraient-ils à se faufiler jusqu'à elle sans avoir été convoqués par les doux effluves d'une eau de toilette ?

La gorge serrée, elle songea au dernier baiser qu'ils auraient à échanger bientôt, et l'évocation de cette échéance lui fit monter les larmes aux yeux.

Tu t'étais promis de ne pas y penser. Ce week-end est un avant-goût du bonheur qui vous attendra dans un peu plus de trois ans. Alors, vis-le à fond.

Elle se concentra sur les arabesques qu'elle dessinait de son index sur la poitrine de Victor et sombra dans un profond sommeil sans même s'en apercevoir.

Le lendemain, après un petit déjeuner gargantuesque face à la mer, ils décidèrent de démarrer leur journée par un moment de détente. Ils se rendirent au sauna. À cette heure matinale, ils étaient les premiers.

Tandis que le crépitement des pierres brûlantes témoignait de l'élévation de la température, Lisa sentait son corps se défaire de toute tension. Face à elle, Victor restait assis, un drap de bain noué sur les hanches.

Elle devinait son regard sur ses seins.

— Si je n'avais pas à respirer comme un lémurien pour survivre à cette chaleur, je me jetterais sur toi avec frénésie. Mais pour éviter un éventuel arrêt cardiaque, je vais essayer de me montrer sage.

Elle le vit glisser une main sous sa serviette.

Lorsqu'elle comprit qu'il se caressait, elle chercha à le raisonner :

— N'importe qui pourrait entrer…

— Chut… Nous ne sommes même pas à côté l'un de l'autre. Caresse-toi aussi…

Surprise, elle resta un instant accrochée au sourire suspendu à ses lèvres. Son ardeur était contagieuse. Brusquement excitée, elle glissa à son tour sa main sous le tissu, entreprit d'effleurer lentement son entrejambe. Puis le rythme de leurs attouchements s'accéléra. Leurs souffles semblaient se mélanger, leur désir fusionner en un gigantesque plaisir partagé. Tous deux éprouvaient le sentiment de franchir ensemble un autre cap. Lisa laissa échapper un gémissement, les muscles de Victor se tendirent. Il la rejoignit, lui retira délicatement la main pour la remplacer par la sienne, augmenta la cadence de ses va-et-vient.

— Je suis fou de toi, Lisa, entendit-elle au moment où elle sentit ses doigts pénétrer sa chair.

Elle ferma les yeux, se laissa porter par le courant d'une force prodigieuse qui fit tressaillir son corps, juste avant que Victor ne jouisse dans un ultime râle.

Vingt secondes plus tard, elle jouissait à son tour.

Vingt de plus, et deux femmes, vêtues de maillots de bain, entraient dans la grande cabine. Victor et Lisa échangèrent un regard complice avant de se lever.

Une demi-heure après ils suivaient les traces de Marcel Proust. Ils parcoururent les trois kilomètres de la digue main dans la main, quelques mètres au-dessus du sable, entre des villas Belle Époque et la mer, à parler de tout et de rien comme si leur temps n'était pas compté. Ils dégustèrent une glace au café du mini-golf, tout en contemplant les gens affairés à des plaisirs de vacanciers.

Ils finirent par faire demi-tour pour rejoindre leur voiture, et filèrent en direction de la Côte d'Albâtre. Pour leur seconde nuit, Victor avait réservé un hôtel à Étretat.

Après de nombreuses haltes sur la route pour admirer le paysage, ils récupérèrent les clefs de leur chambre. Ils troquèrent Proust contre Flaubert et Maupassant, et allèrent contempler les falaises depuis la plage. À marée basse, une étendue de galets en côtoyait une autre de sable.

La nature semblait avoir revêtu ses plus beaux atours : l'eau, d'une incroyable transparence, réfléchissait la lumière en jetant des reflets scintillants, le soleil magnifiait les majestueuses falaises de craie blanche et les fameuses deux arches, dressées dans un contraste de couleurs saisissant avec le ciel d'un bleu immaculé.

Ils regagnèrent la plage de galets pour s'y asseoir. Une pensée sombre rattrapa Lisa. Comme si elle l'avait exprimée à voix haute, Victor se tourna vers elle et elle le devina également très ému. Il lui passa un bras sur les épaules, l'embrassa. Pour refouler ses larmes, elle se concentra sur ce qui l'entourait, lança quelques cailloux au loin.

— N'y pensons pas.

— Non, n'y pensons pas..., répéta-t-elle.

Elle souleva plusieurs pierres pour sentir le sable sous ses ongles. Victor scrutait la ligne d'horizon, perdu dans ses songes. Lorsqu'il en émergea, la tristesse de Lisa lui serra le cœur. D'un geste répétitif, ses mains s'enfonçaient dans le sable pour l'égrener ensuite entre ses doigts. Il attrapa un galet.

— Oh ! Regarde ces deux-là ! entendit-elle.

Il pointait de son index deux galets de même taille et même forme : ronds, épais et plats, d'une jolie couleur grise et veinés de fines lignes blanches, ils prenaient l'allure de véritables objets de décoration peints à la main.

Il se leva, s'en empara et les tendit à Lisa.

— Ils sont magnifiques ! confirma-t-elle.

Elle caressa les pierres. Parfaitement lisses, elles étaient douces au toucher.

— Tous ces galets forment une digue naturelle pour la cité. Ils la protègent des assauts de la mer. C'est beau, non ?

Sauront-ils me protéger de la douleur de ton absence ?

— Tu m'as dit que ta famille reviendrait pour la rentrée scolaire de 2010. Tu ne peux pas rentrer en même temps ?

— Non, je devrai rester là-bas jusqu'à la fin de l'année. Je serai définitivement de retour pour Noël.

— Mais tu reviendras quand même de temps en temps ?

— Bien sûr… Mais une ou deux fois par an. Pas davantage…

Les mains de Lisa se refermèrent sur les siennes, les pierres en leur centre.

— Je vais les garder jusqu'à ce que nous nous retrouvions…, dit-elle.

— Il est formellement interdit de piquer ces galets, ma petite voleuse adorée !

Elle rougit, s'accrocha à ses si beaux yeux verts. Son regard avait la couleur des bourgeons qui jaillissent au printemps. Instinctivement, elle frotta doucement les deux cailloux l'un contre l'autre. Elle redoutait de voir les motifs de son désarroi marquer son visage comme autant d'évidences. Elle ne voulait gâcher aucun des moments qui leur étaient offerts.

Ils observèrent la lumière du soir planer au-dessus de la mer, tout en écoutant d'un air distrait le bruissement du vent et de la foule.

Le ciel commençait à se diluer dans la pénombre.

Ils revinrent s'asseoir sur la plage après un dîner rapidement expédié. Il faisait nuit à présent, et des milliers d'étoiles semblaient les surveiller.

Victor lui parla de son enfance, des rêves qu'il nourrissait alors. Il partagea ses peurs, le profond sentiment d'abandon qui l'avait envahi au départ de son père. Il ne s'était jamais confié sur cette période de sa vie.

Elle se tourna vers lui, il s'était allongé. Un bras replié sous la tête, il fixait le ciel étoilé. Elle l'imita. Là-haut, des dizaines de milliers, de millions d'astres étincelaient. Sous ce spectacle féerique, Lisa sentit la main de Victor se poser sur la sienne. Dans le plus grand silence, elle ferma les yeux, craignant que le moindre clignement de paupières ne vienne précipiter la fin de cet incroyable sentiment de plénitude.

*

Ils étaient rentrés à 1 heure du matin.

Ils venaient de faire l'amour une première fois. Elle se leva, enfila une nuisette, s'assit sur le bord du lit. Le silence l'obligeait à réfléchir, à tourner autour de ce moment redouté où elle devrait dire au revoir à son âme sœur, alors qu'elle aurait voulu ne plus penser à rien. Il lui suffit d'un regard en direction de Victor pour le découvrir dans le même état qu'elle.

— Ça te dérange si je mets un peu de musique ?

— Non, mon cœur...

Elle s'éloigna dans une démarche gracieuse, attrapa son téléphone. Goldman. Sa voix. Ses mélodies. Ses mots pour les maux de la vie. Elle sélectionna au hasard un album. Ce fut *En passant.*

Hasard ou acte inconscient, la première chanson résonna doucement dans la chambre : « Sache que je ». Belle déclaration d'amour où la pudeur le disputait à la profondeur des sentiments.

Il y a des ombres dans « je t'aime »
Pas que de l'amour, pas que ça
Des traces de temps qui traînent
Y a du contrat dans ces mots-là...

Elle sentit ses bras l'entourer, sa respiration sur son cou. Il la maintint serrée contre lui. Et elle entendit sa voix, par-dessus celle du chanteur, lui souffler au creux de l'oreille :

— *Il y a mourir dans « je t'aime » / Il y a « je ne vois plus que toi »*... N'oublie jamais, Lisa : quoi qu'il arrive, tu es en moi, je suis en toi, et rien ni personne ne pourra y changer quoi que ce soit. Rien ni personne, tu m'entends ?

Elle se blottit davantage contre lui en guise d'acquiescement.

Chaque note ancrait en Lisa une myriade de souvenirs.

Lorsque Victor reconnut les premières notes de la quatrième chanson, il se mit debout, s'agenouilla aux pieds de Lisa, lui prit une main :

— M'accorderez-vous cette danse ?

Elle sourit, se leva à son tour. Il la plaqua en douceur contre lui, lui enserra la taille.

J'ai fait la liste de ce qu'on ne sera plus
Quand tu danses
Quand tu danses
Mais que deviennent les amoureux perdus ?

Les mains sur les hanches de Lisa, Victor guidait la danse. Lisa tenait tous ses sens en éveil. Elle n'était plus qu'un maelström d'émotions et de sensations. Les battements de son cœur se calaient sur le tempo. De nombreuses impressions paradoxales s'entrechoquaient dans sa tête, tandis que leurs corps virevoltaient lentement au gré des notes. C'était à la fois merveilleux et déchirant, dévastateur et magique.

Et toutes les peines, toutes
Contre une seule de nos minutes…

Elle écarta la tête de son épaule et le regarda. Dans son sourire transparaissait une infinie douceur.

Elle ne put s'empêcher de songer que leur amour était à son sommet. Avant de se dire que si elle devait choisir un seul instant à emporter avec elle dans l'au-delà, ce serait celui-ci.

*

Le matin, ils se douchèrent, s'habillèrent sans un mot.

Chacun gérait l'instant comme il le pouvait.

Plusieurs fois elle ravala les sanglots qu'elle sentait monter dans sa gorge, tandis que la voiture filait à vive allure sur l'autoroute qui les ramenait à leur réalité.

Avant de quitter Étretat, ils s'étaient mis d'accord : il la déposerait à l'endroit convenu, elle l'embrasserait comme s'ils étaient amenés à se revoir le lendemain. Ni l'un ni l'autre ne souhaitaient d'adieux torturants.

Ils se promirent de faire au mieux pour se voir lors des rares retours en France de Victor. Puis ils se donnèrent rendez-vous pour une nouvelle vie dans trois ans, le 24 décembre 2010, 20 heures, chez Lisa, à Carrières-sur-Seine.

Elle approcherait alors de ses quarante et un ans. À condition que la mission de Victor ne soit pas prolongée.

Lorsqu'il la laissa Porte Maillot, ils firent comme prévu : ils s'embrassèrent, elle descendit de la voiture et avança vers Neuilly pour prendre un taxi. Elle s'interdit de se retourner, serra les poings pour ne pas pleurer.

À l'arrière du taxi, elle mit ses oreillettes, reprit l'album qu'ils avaient écouté la veille et poussa le volume pour ne pas avoir à penser.

La chanson « On ira » se déversa dans ses oreilles, la mélodie accrocheuse évoquant l'idée de liberté et de rester maître de son destin. L'amour y était présenté comme un voyage, et Lisa voulut y voir un signe, une promesse de bonheur pour une vie meilleure.

*

À deux pas de chez elle, elle demanda au chauffeur de s'arrêter, récupéra sa valise, marcha jusqu'à la grille. Un chagrin indicible lui écrasait la poitrine.

Elle inspira à pleins poumons, lutta contre l'envie impérieuse de s'enfuir, d'appeler Victor pour lui dire de revenir la chercher.

L'image de Céleste l'en dissuada.

Elle poussa le portail, sortit son trousseau de clefs.

Arrivée devant la porte de la maison, elle s'y adossa, le cœur noué, incertaine de ce qui était en train de se passer. Son tee-shirt était encore imprégné du parfum de Victor. Elle y plongea le nez et respira profondément.

Tu as choisi, Lisa. Il te proposait de partir maintenant avec lui. Et avec Céleste.

Oui. Sauf que se comporter ainsi eût été…

— … mal, prononça-t-elle à voix haute.

Sur l'échelle de Richter des émotions, sa peine était au maximum.

Comment allait-elle résister à cette traversée du désert sans s'écrouler, avec juste quelques oasis pour se ressourcer ?

Par amour, justement, Lisa. C'est l'amour qui te portera. Par amour pour Victor. Et par amour pour Céleste. Voilà quelles seront tes ressources.

Elle ferma les yeux, se composa un sourire et, la mort dans l'âme, introduisit la clef dans la serrure.

IV

Il semble loin, le temps des cerises

Janvier 2008 - Décembre 2009

14

Dimanche 13 janvier 2008

Victor, 12 h 35 : « Dans l'avion. Heureux de ces trois jours passés avec toi. Pas envie de décoller. »

Lisa, 12 h 36 : « Ton parfum flotte encore dans la maison. Envie de pleurer. »

Victor, 12 h 36 : « Rien ne nous éloignera, tu le sais bien. Pas même la distance. Je t'aime. »

Lisa, 12 h 38 : « Je t'aime plus que tout. »

Victor, 12 h 51 : « Avion roule. Je reste sur ton épaule. »

*

Dimanche 16 mars 2008

Lisa, 23 h 57 : « Beaucoup de mal à m'endormir. Tu me manques. Envie de toi. »

Victor, 15 h 02 GMT : « J'aime tellement ton désir. Envie de toi aussi. Je t'aime. »

Lisa, 00 h 04 : « Je t'aime. »

*

Jeudi 22 mai 2008

Victor, 6 h 17 GMT : « Je pars courir. Je t'ai dans la tête. Je vais filer comme une fusée. »

Lisa, 15 h 33 : « Au boulot. Ne peux te tél. Suis sur ton épaule. »

*

Samedi 7 juin 2008

Victor, 8 h 46 GMT : « Que fais-tu mon amour ? »

Lisa, 17 h 51 : « Je vais au ciné avec Céleste. C'est parti pour *Indiana Jones et le Royaume du crâne de cristal.* »

Victor, 9 h 03 GMT : « Émouvant de vous imaginer toutes les deux. Hâte de la rencontrer. »

*

Samedi 19 juillet 2008

Lisa, 10 h 54 : « J -8 ! »

Victor, 6 h 03 GMT : « Doux réveil pour moi… Cette attente me rend fou. Bientôt, je te tiendrai dans mes bras. »

*

Vendredi 10 octobre 2008

Victor, 9 h 23 GMT : « Pauline a 40 de fièvre. Toujours aussi fatiguée. Cou hyper-gonflé. Elle peut à peine respirer. Hospitalisée. Angoisse totale. »

Lisa, 18 h 27 : « Désolée, mon amour. J'espère que tu vas vite être rassuré. Tiens-moi au courant. »

Victor, 10 h 37 GMT : « Attente résultats analyses. Suis plus qu'inquiet. Ma fille… »

Lisa, 19 h 39 : « Je comprends, bébé. Je suis de tout cœur avec toi. Courage. »

Victor, 15 h 01 GMT : « Adénomégalie liée à mononucléose. Galère mais soulagé. J'ai craint le pire. »

Lisa, 3 h 45 : « Ouf. Je t'aime. »

*

Lundi 13 octobre 2008

Victor, 11 h 34 GMT : « Impossible pour moi de revenir pour Noël, cette année. »

Lisa, 20 h 40 : « Alors pas de magie des fêtes pour nous… »

*

Mardi 21 octobre 2008

Victor, 20 h 04 GMT : « Surprise ! Je peux me libérer quatre jours du 18 au 21 novembre soir. On se retrouve à Amsterdam ? Ce serait direct pour moi. »

Lisa, 7 h 35 : « Compliqué avec Charles… Je vois ce que je peux faire. »

Lisa, 9 h 57 : « Réglé grâce à Sophie. Je te rejoindrai en voiture. »

Victor, 6 h 42 GMT : « Tu es sûre ? Je peux t'envoyer un billet d'avion. »

Lisa, 15 h 52 : « Non. Par la route, ce sera parfait. Je suis heureuse. »

Victor, 6 h 54 GMT : « Je m'occupe du reste. »

*

Mercredi 31 décembre 2008

Victor, 14 h 59 GMT : « Mon Cœur, tu vas bientôt basculer en 2009, et je voulais être avec toi pour le passage à cette nouvelle année. Chacune des années qui s'annoncent nous rapproche davantage l'un de l'autre. Mais l'éternité est la seule temporalité digne de notre Amour. Pour être au plus près de toi en pensée, je suis en train d'écouter "Lisa", de ton chanteur favori. Je suis *dans tes yeux verts et bruns à la fois* et, *sans ces yeux-là, je ne me vois pas.* Je t'aime comme un fou, Lisa. Bonne année, mon Essentielle ! »

*

Jeudi 1er janvier 2009

Lisa, 00 h 00 : « Tu es à mes côtés, tu es en moi, tu es partout. Tu es mon air, mon eau, mon Tout. Bonne année, mon Amour. »

15

Samedi 7 février 2009

Nerveuse, Lisa arpentait de long en large le rez-de-chaussée de la maison depuis plus d'une demi-heure. Il était 17 h 30, Charles aurait dû être rentré depuis un bon moment.

Elle avait confié Céleste à Sophie, qui l'avait emmenée à la patinoire. Elle ne souhaitait pas que la petite assiste à cet échange entre elle et son père. Or, avec le retard de Charles, il lui resterait à peine une heure pour aborder le sujet délicat de leur séparation.

Elle avait tout répété dans sa tête, cherché la meilleure manière d'annoncer les choses pour éviter un drame. Elle ferait preuve d'attention et d'empathie, mais elle voulait une discussion franche. Depuis longtemps, ce qui les reliait s'apparentait davantage à une cohabitation qu'à une relation conjugale. S'il était honnête, Charles ne pouvait donc être surpris de cette décision, et il n'y aurait ni attaque frontale ni accablement de reproches.

De repos, Malala, comme souvent, restait discrètement dans sa chambre.

Enfin Lisa entendit la voiture de Charles se ranger dans l'allée. Elle se racla la gorge et tira machinalement sur son sweat, puis le rejoignit dans l'entrée, le ventre noué.

— Tu rentres bien plus tard que prévu…, démarra-t-elle gentiment.

— Le dernier couple que j'ai marié a tenu à m'inviter à boire un verre. Comme ils étaient tous deux très sympathiques et que la salle des fêtes était à deux pas, je n'ai pas pu refuser.

Il se débarrassa de son long manteau en laine, l'accrocha sur la patère murale et frissonna.

— Il fait un froid de canard, dehors !

Elle se contenta d'approuver d'un signe de tête et s'éclipsa dans le salon pour l'y attendre.

— Céleste n'est pas là ? demanda-t-il en tendant l'oreille vers l'étage.

— Non… Je te l'ai dit ce matin, elle passe l'après-midi avec Sophie.

Il entra dans la pièce, s'empara de la commande du téléviseur.

— Je voudrais te parler, Charles…, annonça-t-elle d'une voix grave en prenant place à la grande table.

Son expression se teinta de méfiance. Il tira une chaise et s'assit à son tour.

— Quel ton solennel ! De quoi veux-tu me parler ?

Elle inspira, expira doucement. Elle y était. Combien de fois avait-elle tourné et retourné les mots et les phrases qui lui permettraient de rester juste, tout en cherchant à se convaincre que tout se déroulerait bien ? À présent, confrontée à la réalité, elle n'était plus sûre de rien.

— Nous éprouvons beaucoup d'affection l'un pour l'autre…

Soudainement consciente du ridicule de cette introduction, qui n'avait d'ailleurs jamais figuré dans ses répétitions, elle se demanda si elle ne craignait pas davantage les réactions de Charles qu'elle n'avait voulu se l'avouer.

Elle se redressa sur sa chaise.

— Mais il est évident qu'aucun de nous n'est épanoui dans cette relation…

Une surprise insolite traversa le regard de Charles. Il laissa quelques secondes de silence planer entre eux avant de réagir.

— Nous y voilà…, se contenta-t-il de dire.

— Je n'ai rien à te reprocher, poursuivit Lisa. Nous avons passé de merveilleux moments ensemble. Je voulais avoir cette discussion depuis longtemps, mais j'attendais le bon moment pour toi : tu avais de grands projets, tu souhaitais devenir maire, et il te fallait pour cela rester concentré sur les élections.

— Qu'es-tu en train d'essayer de me dire, Lisa ? Arrête de tourner autour du pot et accouche !

Elle déglutit, déstabilisée par son ton agressif. Il ne pouvait pourtant ignorer l'essoufflement de leur relation, déjà fondée sur des bases fragiles. N'avait-elle pas un peu vite balayé sa capacité à rester dans le déni pour tout ce qui touchait à sa vie privée ?

— Je voudrais que nous nous séparions, Charles.

Un silence monacal s'abattit sur la pièce. Le visage fermé, Charles la fixait avec intensité. Dès son plus jeune âge, il avait appris à contrôler, voire refouler ses émotions. Son père ne cessait de lui répéter qu'exprimer ses sentiments revenait pour un homme à exposer ses vulnérabilités. Cet enseignement s'était bien des fois révélé utile. Mais là, il avait l'impression de prendre un coup de poignard.

Lisa ne se laissa pas décontenancer.

— Je sais que c'est difficile à entendre, Charles. Mais nous ne sommes pas heureux ensemble. Nous le savons tous les deux.

— L'« affection » dont tu parles n'est pas suffisante ? riposta-t-il.

— Je pense que notre attachement est suffisamment fort pour nous permettre de rester attentionnés l'un envers l'autre, mais pas assez pour vieillir ensemble.

L'expression fermée du visage de Charles se mua en mépris.

— Laisse-moi deviner : à l'issue de cette conversation, tu vas inventer une excuse pour sortir appeler ton nouveau jules et lui annoncer que la voie est libre ?

— Non, Charles, reprit-elle d'une voix douce. À la fin de notre échange, notre fille rentrera, nous dînerons tous les trois. Ensuite, je ferai comme d'habitude quelques parties de Uno avec Céleste pendant que tu t'enfermeras dans ton bureau. Et dans les jours et les semaines qui viennent, nous cheminerons ensemble pour trouver la meilleure manière de lui annoncer notre séparation. Ainsi, chacun retrouvera sa liberté en douceur…

Enfant, il avait aussi appris que l'amour-propre permettait de prendre de la distance avec les choses. Il ne devait surtout pas donner de l'importance à ce qu'il fallait considérer comme une simple passade. Il s'imposa donc une expression nonchalante, à la limite de l'arrogance.

— Je ne veux pas que tu partes. Nous sommes très bien ensemble. Tu as tout, avec moi.

— La question n'est pas toi ou moi, mais nous.

— Tu n'es peut-être pas heureuse, mais Céleste et moi le sommes. Ça ne te suffit pas ?

Sonnée par l'argument, elle laissa passer quelques secondes.

— Charles, je suis prête à beaucoup de concessions, mais je veux pouvoir continuer à être moi-même sans avoir à jouer un rôle. Céleste restera épanouie si nous veillons sur son équilibre, et donc sur notre manière de lui annoncer notre séparation.

— Mais ça dépasse le cadre de notre foyer ! Je te rappelle que je suis maire, et que ma situation familiale est déterminante pour mes électeurs ! Que penseront mes administrés ?

— Qu'importe ! Dis-leur que tu t'es lassé de moi. Que j'ai un problème, ou ce que tu voudras….

— Tu parles ! Il va y avoir des commérages dans toute la ville !

Ainsi donc, ce ne serait pas une blessure d'amour, mais d'orgueil, se rassura-t-elle.

Elle quitta sa chaise, s'approcha de lui.

— Charles, je ne veux te causer aucun tort. Je te l'ai dit, j'ai reporté cette discussion justement parce que tu n'étais pas encore maire et que tu avais besoin de moi pour réaliser tes ambitions. Je t'ai soutenu jusqu'au bout. Cela fait presque un an que tu es élu, maintenant. Il est grand temps de voir les choses en face.

Il se leva brusquement et s'adressa à elle comme à un enfant que l'on raisonne.

— Nous allons trouver une solution. Et tu changeras d'avis.

— Non. Je suis déterminée. Et je ne reviendrai pas sur ma décision.

Il sentait la colère gagner du terrain.

Il fit volte-face, le regard mauvais.

— Ne me fais pas ce coup-là, Lisa…

Elle avait anticipé cette réaction. Elle la mettait sur le compte d'une vraie douleur. Il n'était pas facile de mettre un terme à douze années de vie commune, même si leur relation s'était délitée au point de ne tenir qu'à un fil.

— Ne te braque pas, Charles. J'essaie vraim…

— Tais-toi ! lui intima-t-il.

Stupéfaite du ton comminatoire, Lisa garda le silence. Elle l'observa tourner d'un pas lent autour de la table, le menton maintenu entre le pouce et l'index, plongé dans une profonde réflexion. Elle n'osait l'interrompre : cherchait-il à se ressaisir, à remettre de l'ordre dans ses émotions ? Subitement il s'arrêta, se gratta le front et releva les yeux sur elle, visiblement soulagé.

— Je vais prendre une semaine de vacances. Ce n'est pas le meilleur moment mais je vais me débrouiller. Et nous allons partir tous les deux en voyage : aux Antilles, en République dominicaine... Un endroit où il fait chaud, tu aimes le soleil.

Sidérée, Lisa crut avoir mal compris. N'eût été l'air détendu de Charles, elle lui aurait demandé de répéter. Elle posa ses deux mains à plat sur la table, et reprit sans ciller :

— Charles, tu ne m'écoutes pas. Je ne reviendrai pas sur ma décision : je veux une séparation.

— Et pourquoi devrions-nous faire comme toi tu l'entends ? vociféra-t-il, en tapant du poing sur la table.

Lisa sursauta. Jamais Charles ne criait. Il gardait toujours et en toutes circonstances une parfaite maîtrise de lui-même, la tête aussi froide que le sang. Là, il se jouait quelque chose de différent.

De l'étage leur parvint un bruit diffus. Malala avait dû, elle aussi, être surprise par le haussement de ton.

Charles s'était ressaisi. Le cou et le dos droits, le menton légèrement remonté, il se pencha en avant, joignit les mains et darda sur elle un regard perçant.

— C'est vraiment ce que tu souhaites, Lisa ?

— Oui, répondit-elle d'une voix ferme.

De brèves secondes, Charles accusa le coup. Ses épaules s'affaissèrent et il baissa la tête. Puis la colère remonta lentement mais sûrement en lui.

— Très bien. Alors ne compte pas sur moi pour filer doux comme un agneau.

Il refit un tour de table, lentement cette fois, et s'arrêta devant elle.

— Fais immédiatement tes valises.

Le ton résolument calme, presque courtois, tranchait à tel point avec la teneur du propos qu'elle pensa réellement avoir mal compris.

— Pardon ? bafouilla-t-elle, une boule dans la gorge.

— Tu as très bien entendu. Va faire tes valises !

Elle s'assit sur un des accoudoirs du canapé.

— VA-FAIRE-TES-VALISES ! martela-t-il, impassible, en la jaugeant.

— Charles, cette séparation est difficile pour nous deux, et elle le sera peut-être plus encore pour Céleste si nous ne faisons pas preuve de tact. Comportons-nous en adultes et parl…

— Ne cherche pas à m'amadouer ! tonna-t-il. Je suis ici chez moi, et je te demande de foutre le camp. Tout de suite.

Ses propos lui firent l'effet d'une détonation.

— Mais, Charles, il est 18 heures ! Céleste va bientôt rentrer.

— Et alors ?

— Alors, prenons le temps d'en discuter à froid, apr…

— Non. Tu veux me quitter, très bien ! Alors, tu pars immédiatement !

— Mais enfin, Charles, où veux-tu que j'aille ?

— Ne réagis pas comme si je te mettais à la rue ! Tu as la maison de ta mère.

Sa lèvre supérieure tressauta d'une fureur contenue. Et ses yeux s'illuminèrent d'un feu jubilatoire.

— Tu n'as jamais voulu m'épouser. Voici donc le revers mérité de la médaille. Ici, tu es chez moi. Notre seul lien, c'est Céleste. Nous ferons vite le nécessaire au sujet de sa garde.

Charles pivota vers elle : avec Céleste dans la balance, il avait espéré une réaction, une prise de conscience de sa part. Mais, en dehors de la stupeur, le visage de Lisa n'exprimait aucun regret. Alors, la colère contenue se propagea à tout son corps, vibrant brusquement d'une rage inconnue, obscurcissant sa raison. Puisque Lisa avait décidé d'anéantir leur avenir, il allait faire de sa vie un champ de ruines.

Le visage transformé par la fureur, il se précipita vers la cuisine, attrapa deux immenses sacs-poubelle, s'élança dans l'escalier puis dans la chambre. Il ouvrit le premier tiroir de la commode, celui où elle mettait ses chemisiers, puis le côté droit de la penderie, qui lui était réservé. Il jeta ses vêtements par terre, avant de les plonger pêle-mêle dans les immondes sacs en plastique gris.

À présent, Charles laissait libre cours à sa rage – à sa peine ? –, en proférant des insanités inimaginables dans sa bouche. Elle ne l'avait jamais vu dans un tel état.

— Mais, Charles, tu te rends compte de ce que tu fais ? murmura-t-elle, tétanisée par le spectacle de sa colère.

Il s'approcha d'elle, tenta de lui saisir les poignets, mais elle se débattit brusquement.

— Lâche-moi !

Il s'écarta.

— Oh que oui, je vais te lâcher ! Et dans tous les sens du terme…, cracha-t-il. Tu es une grande fille. Tu as pris ta décision. Et tu vas l'assumer.

La tension déformait ses traits, contractés à l'excès.

Elle cherchait les mots pour l'apaiser quand elle entendit la porte de l'entrée claquer, au rez-de-chaussée. Sa gorge se serra.

— Maman, on est rentrées ! s'exclama Céleste d'une voix joyeuse.

Pétrifiée, Lisa se ressaisit. Hors de question que sa fille assiste à une scène aussi sordide. Elle dévala les marches, s'efforça de sourire en prenant Céleste dans ses bras. D'un froncement de sourcils accompagné d'un geste du menton, elle fit signe à Sophie de repartir sur-le-champ.

Sophie écarta les mains en signe d'incompréhension, tout en levant la tête vers le raffut à l'étage.

— Je t'expliquerai, Sophie, mais là ce n'est pas le moment…, souffla Lisa à voix basse.

Sophie s'éclipsa. Malala apparut en haut des marches. Son air terrifié confirmait qu'elle avait tout entendu de la scène. Lisa chuchota un « Je suis désolée » dans sa direction.

Céleste, ignorant tout du drame qui se jouait, tendit un paquet de bonbons à sa mère.

— C'était génial, maman. Il y av…

— Ma chérie, j'ai hâte que tu me racontes. Mais ton père et moi avons un problème à régler. Alors, pour ne pas perdre de temps, tu vas monter avec Malala dans ta chambre, te mettre en pyjama, et préparer tes affaires pour lundi. Nous deux, on discutera plus tard, d'accord ?

— D'accord !

Elle la pressa à nouveau contre elle, avec un sentiment d'amour mêlé à une peur incoercible.

Puis Céleste s'écarta et grimpa l'escalier, d'où elle lança un « Bonjour papa ! » enthousiaste avant de rejoindre sa chambre.

Lisa retrouva Charles occupé à serrer le nœud du dernier sac-poubelle.

— Voilà ! Tes affaires sont prêtes. Et si tu ne décampes pas immédiatement, je me remets à crier. Ce n'est pas dans l'intérêt de Céleste.

Non, ça ne l'était pas. Elle craignait plus que tout d'imposer une telle scène à la petite. Même vis-à-vis de Malala, elle se sentait couverte de honte. Il voulait donc l'humilier. La faire craquer pour qu'elle cède. Mais rien ne la ferait changer d'avis. Au contraire : l'attitude de Charles la renforçait dans sa conviction qu'elle avait pris la bonne décision.

Mais pour le moment, il fallait calmer le jeu, préserver Céleste. Cela signifiait accepter de ne plus être tout le temps avec elle. Au début en tout cas – ce qui allait être douloureux. Mais ça ne serait que transitoire, et elle lui expliquerait pourquoi elle était partie ainsi, comme une voleuse.

Charles la bouscula pour rejoindre le couloir. Il balança le premier sac du haut de l'escalier, revint chercher le second qui suivit le même chemin. Lisa vit la porte de la chambre de Céleste s'entrouvrir puis se refermer aussitôt. Elle pria pour que Malala ait pris les choses en main et veille à ce que la petite ne voie rien de la scène.

Sans un mot, elle redescendit au rez-de-chaussée.

Elle chargea le premier sac dans le coffre de sa voiture, puis l'autre, comme dans un état second. Sa vie se résumait-elle vraiment à ces deux sacs ?

— Tiens, voici le complément !

Dressé devant elle, il lui tendit un carton tout en lui jetant un regard noir.

— Voilà le contenu des tiroirs de ton bureau. Avec la montre !

Elle saisit le carton tandis qu'il pointait l'index sur elle.

— Si toutefois tu changeais d'avis, fais-le rapidement. Mais si ce n'est pas le cas, ne viens surtout rien me réclamer, tu n'auras pas un centime !

Puis il retourna vers la maison, força la voix pour qu'on l'entende :

— Donne-nous vite de tes nouvelles, ma chérie !

Elle n'eut pas le temps de répondre quoi que ce soit que la porte de l'entrée claquait avec fracas dans le dos de Charles. Elle se sentit sur le point de défaillir. D'humiliation. De chagrin. De colère.

Elle se redressa. L'essentiel était de ne pas se tromper de priorité.

Sa vie ne se résumait pas au nombre d'objets ou de vêtements qu'elle avait accumulés durant ces douze dernières années. Sa vie, c'était Céleste et Victor. Elle leva la tête vers la fenêtre éclairée de la chambre de sa fille. Partir ainsi, sans elle, lui laminait le cœur. Mais si elle voulait essayer de faire les choses de manière apaisée, après la scène que venait de lui faire Charles, elle n'avait pas le choix.

Elle s'engouffra dans sa voiture et, face au tableau de bord, éclata en sanglots. Prise de tremblements, elle se cramponnait au volant.

Elle avait honte. Elle avait peur. Elle avait mal.

Elle songea à la maison de sa mère. Elle y était retournée plusieurs fois depuis le départ de Victor, mais n'y avait jamais redormi. Pourrait-elle se recoucher dans ces draps sans lui ?

La simple idée de se retrouver seule la terrifiait. Elle s'en sentait incapable.

En hoquetant, elle appela son unique ressource, sa confidente de toujours. Sophie lui demanda de rappliquer immédiatement chez elle. Lisa ne se fit pas prier. Sonnée par la scène qu'elle venait de vivre, elle roula vite, pressée de déverser le torrent émotionnel qui bouillonnait en elle.

Elle trouva une place à cinq cents mètres de chez son amie, s'élança d'un pas vif sur le trottoir, tout en s'emparant de son portable pour informer Sophie par SMS de son arrivée. Les yeux rivés sur l'écran, elle commença à taper :

« Garée. Je suis là dans 5 min. Je n'arrive… »

Elle leva la tête, chercha le passage piéton, marcha dans sa direction.

« … pas à réaliser que ce que je viens de vivre s'est vrai… »

Concentrée sur l'écran du téléphone, elle ne vit pas le deux-roues qui déboulait à toute allure.

« … ment produit, vois-t… »

Lisa ne put achever son message : le scooter la heurta violemment avant de la projeter au sol. Elle eut juste le temps de se dire qu'aujourd'hui n'était pas son jour de chance : une douleur fulgurante dans le bas de sa jambe lui fit oublier tout le reste.

16

Lisa se redressa péniblement dans le lit grâce à la poignée en forme de triangle accrochée au-dessus d'elle.

Sa jambe droite, plâtrée, était suspendue à une potence. On lui avait diagnostiqué une fracture du plateau tibial et elle demeurait condamnée à une immobilisation d'au moins deux mois. Son visage était quant à lui recouvert de deux gros pansements qui lui mangeaient la joue droite et une partie du front, la faute à quelques contusions et plaies, par chance superficielles.

Incapable de résider seule chez elle, elle devrait prolonger son séjour dans une structure dédiée. Elle avait ainsi refusé de séjourner chez Sophie, qui avait de son côté informé Charles de l'accident. Il avait aussitôt accouru, et attendu que Lisa sorte du bloc. Rassuré, il était reparti alors qu'elle émergeait de son sommeil artificiel. De retour le lendemain avec des bouchées pralinées, il avait expliqué avoir hésité à emmener Céleste avec lui, puis s'était félicité de ne pas l'avoir fait. Parce que voir sa mère le visage couvert de bandages et la jambe plâtrée du pied jusqu'au haut de la cuisse, maintenue en hauteur par tout un arsenal médical, l'aurait effrayée. Lisa s'était rangée à cet avis, et s'était contentée de la promesse d'un appel.

Charles lui avait alors demandé à brûle-pourpoint si elle avait changé d'avis, et si elle avait l'intention de rentrer « à la maison ».

Fatiguée, Lisa s'était bornée à répondre que le moment était mal choisi pour aborder le sujet. Il s'était immédiatement raidi, avait posé la boîte de chocolats sur la table de nuit et rapidement quitté la chambre en prétextant un coup de fil important à passer.

Deux jours plus tard, toujours sans nouvelles de Céleste, elle avait appelé sur le portable de Charles. Elle avait à peine eu le temps de demander à parler à sa fille qu'il lui avait coupé la parole pour déclarer qu'ils n'avaient plus grand-chose à se dire. Il avait raccroché. Elle n'avait plus eu le moindre contact avec lui depuis.

Face à une telle attitude, Lisa avait informé la direction de l'école de sa séparation d'avec Charles, et de sa nouvelle adresse. Elle avait aussi tenté à maintes reprises de joindre quelqu'un à son ancien chez-elle. Mais le téléphone sonnait désespérément dans le vide. Quant au portable de Charles, il basculait invariablement sur sa messagerie.

Lisa regrettait amèrement de ne pas avoir cédé au caprice de Céleste lorsqu'elle lui avait réclamé un téléphone portable. Elle n'avait aujourd'hui aucun moyen de la joindre directement…

Dans ce contexte, ses rares sourires reposaient désormais sur celui qui se trouvait à huit mille kilomètres de ce lit d'hôpital. Car ses seuls moments d'accalmie puisaient leur source dans ses échanges avec Victor.

*

Mardi 17 février 2009

Céleste se figea face à la penderie, où seuls quelques portemanteaux dépourvus de tout vêtement restaient suspendus à la tringle. Elle ouvrit un premier tiroir, un second : les deux étaient vides. Aucun des effets de sa mère ne se trouvait plus dans la partie du dressing qui lui était réservée.

Un sentiment de panique la gagna. Si sa mère était réellement à l'hôpital, pourquoi aurait-elle emporté tous ses vêtements ?

Abasourdie, elle se laissa choir sur le bord du lit.

Depuis cet après-midi du 7 février, toute sa vie avait changé. Elle avait quitté sa mère souriante au pied de l'escalier pour constater en sortant de sa chambre qu'elle s'était volatilisée sans même lui dire au revoir. Malala lui avait soufflé de dîner rapidement sans poser de questions, puis elle s'était empressée de la faire remonter dans sa chambre pour qu'elle se couche.

Céleste avait appris le lendemain que sa mère avait eu un accident. Rien de très grave, l'avait rassurée son père, qui avait ajouté qu'elle s'était cependant cassé la jambe, et qu'elle avait besoin de repos. Il lui avait précisé qu'il lui faudrait attendre avant de la revoir, notamment le temps que ses plaies au visage aient cicatrisé. Céleste patientait comme elle pouvait en attendant ce jour-là, ne puisant un peu de réconfort que dans les bras de Malala.

Mais ce soir, mue par l'envie irrépressible de sentir, de *respirer* le parfum de sa mère, elle s'était glissée dans la chambre de ses parents pour subtiliser un foulard. Et là…

— Que fais-tu ici, ma chérie ?

Elle sursauta et se tourna brusquement vers la porte : Charles se tenait dans l'encadrement. Elle ne l'avait pas entendu rentrer. Elle resta silencieuse, ne trouvant rien à répondre.

Il la rejoignit, s'assit à côté d'elle et la prit dans ses bras. La tête posée contre sa poitrine, elle se demanda à quand remontait la dernière fois où il s'était montré à ce point affectueux.

— Je crois qu'il est temps de te dire la vérité, ma fille…, commença-t-il.

À l'altération du timbre de sa voix, elle crut un instant qu'il allait se mettre à pleurer.

— La vérité, ma chérie, c'est que ta mère a quitté la maison. Elle nous a laissés tomber…

— Mais qu'est-ce que tu racontes, papa ?

Il soupira et garda le silence un long moment.

— J'aurais dû t'expliquer les choses dès le début, mais j'espérais que ta mère reviendrait sur sa décision et qu'elle rentrerait à la maison. À tort…

Il raconta leur dispute de ce fameux après-midi, lorsqu'elle lui avait annoncé vouloir une séparation, l'accident, ses vaines tentatives pour la ramener chez eux. Il lui avoua avoir du mal à affronter la situation.

— Je n'aurais jamais imaginé qu'elle ferait une chose pareille…

Choquée, Céleste essayait de comprendre ce que lui disait son père et qui lui apparaissait délirant. Elle avait beau tourner et retourner ce début de soirée dans sa tête, elle ne s'expliquait pas pourquoi sa mère aurait quitté brutalement la maison avec toutes ses affaires. Et encore moins pourquoi elle serait partie sans elle, sa fille, l'être qui comptait soi-disant le plus au monde à ses yeux. Quel père ou quelle mère s'enfuirait ainsi sur un coup de tête ? Ça n'avait aucun sens.

— Papa, maman va forcément revenir… Elle ne peut pas nous quitter comme ça !

Il y avait encore un mois, à la même heure, sa mère et elle jouaient au Monopoly. Dix jours qu'elle avait déposé sur son front un dernier baiser et depuis, plus rien. Alors certes, il y avait bien une raison. Mais celle que lui servait son père ne pouvait être la bonne.

— Tu m'as dit qu'elle ne pouvait pas bouger de son lit, à cause de sa jambe !

Son propos ressemblait autant à une affirmation qu'au besoin d'être rassurée.

— Oui, et c'est vrai. Elle a eu son accident le soir même où elle est partie. Mais ne te fais pas d'illusions, Céleste. Elle ne reviendra pas ici lorsqu'elle pourra remarcher. Ni toi ni moi ne comptons assez pour elle. Une autre personne semble être plus importante à ses yeux…

Elle se détacha de son étreinte. Il semblait fatigué. Pour la première fois elle se rendait compte que son père aussi pouvait éprouver de la peine. Effarée, elle osa un timide :

— Comment ça ?

Charles la dévisagea avec attention, caressa ses cheveux, puis enfonça le clou :

— Ma chérie, je voulais te préserver, mais à onze ans, tu es en âge d'entendre certaines choses. Et je ne veux pas te mentir comme l'a fait ta mère : elle est partie pour un autre homme. Elle n'a même pas eu le courage de me le dire. Mais je le sais. Beaucoup de détails m'avaient mis la puce à l'oreille. Je ne voulais pas y croire. Et pourtant…

Céleste secoua vigoureusement la tête. Ça, c'était absolument impossible. Il y avait forcément une autre explication. Forcément. Mais, devant la mine décomposée de son père, elle resta pétrifiée. Un tel chagrin ne pouvait reposer sur de simples doutes. Et cela expliquait la disparition de la totalité des vêtements et des chaussures de sa mère…

— Elle nous a beaucoup répété qu'elle nous aimait. Mais l'amour, ça se prouve. Moi, jamais je ne t'abandonnerai, ma fille.

Ce n'était pas ce qu'elle avait envie d'entendre. Elle, elle voulait pouvoir s'accrocher à un espoir.

— Papa, maman va guérir et revenir !

— Non, elle ne le fera pas. Je t'avoue avoir pensé que ne plus pouvoir te voir comme avant la ferait revenir sur cette décision absurde. Mais cela ne fait apparemment pas le poids avec son amourette. Je sais combien c'est dur pour toi. Ça l'est aussi pour moi, Céleste. Après tout ce que j'ai fait pour elle… Mais on va s'en sortir, tous les deux.

Cette révélation sur le motif réel du départ de sa mère était d'une violence inouïe. Se retrouver abandonnée était une chose ; l'être pour quelqu'un d'autre laissait supposer que cet autre était bien plus important et aimé… C'était encore pire !

— À présent, elle est agressive avec moi et menace de faire appel à la justice pour te voir… Il faut que tu l'appelles.

Perdue, Céleste n'arrivait plus à ordonner ses pensées. Qui était cette femme égoïste et méchante dépeinte par son père ? Pas celle qui la serrait tendrement contre elle chaque soir, en tout cas. Pas sa maman. Alors qu'allait-elle lui dire ?

— Pas tout de suite, papa.

Elle s'arracha des bras de son père, dévala l'escalier, s'enfuit dans le jardin, poussée par le besoin impérieux de geler sa douleur dans l'air froid de l'hiver. Même dans le pire de ses cauchemars, elle n'aurait jamais imaginé une telle attitude de la part de sa mère : et encore moins qu'elle puisse préférer un autre homme à sa propre fille, qu'elle affirmait pourtant aimer plus que tout.

Assez étrangement, Céleste ne parvenait pas à pleurer, trop déstabilisée par ces révélations pour libérer ses larmes. Elle qui mourait d'impatience de voir sa mère quelques minutes plus tôt redoutait désormais de l'entendre : le mensonge était aussi insoutenable que la réalité décrite par son père.

Au bout d'une bonne heure, transie de la tête aux pieds, elle se décida à rentrer, se releva, considéra cette maison qu'elle avait tant aimée, et la trouva soudain laide.

*

Trois coups vifs à la porte tirèrent Lisa de ses méditations. Il n'était que 11 heures. Ses soins étaient terminés.

Lorsque Victor apparut, elle crut défaillir.

— Mais non…

— Mais si ! s'écria-t-il dans un immense sourire en s'avançant, une boîte de chocolats à la main. Désolé, mon amour, j'arrive à l'instant de l'aéroport et les fleuristes s'y font rares…

Il s'arrêta brusquement, quitta des yeux le visage de Lisa pour glisser jusqu'à sa jambe. Consterné, il posa son paquet sur la table de lit roulante et se pencha sur elle, toujours figée de surprise.

— J'ai dû convaincre les deux cerbères en blouse blanche de me laisser entrer « en dehors des heures de visite ». Je suis censé être en mission à l'étranger et ne suis là que pour deux jours, mon cœur. Je ne voulais pas perdre la moindre minute.

La joie que Lisa sentit déferler en elle était douce et intense à la fois.

— Mais tu es uniquement venu pour moi ?

Victor fit mine de réfléchir.

— Maintenant que tu me le demandes, non, j'avais une certaine nostalgie des embouteillages parisiens, alors je me suis dit que j'allais me prendre une petite dose et p…

Une tape affectueuse l'interrompit. Elle tendit les bras, il la serra prudemment contre lui, comme si elle était faite de cristal. Lisa ne put s'empêcher de songer que c'était adapté à sa situation, car si elle avait eu l'élégance de taire la violence de son départ de la maison, elle ne s'en sentait pas moins terriblement fragile.

— Tu aurais dû me prévenir… Regarde ma tête…

Ses pansements avaient été enlevés, laissant apparaître deux beaux hématomes et quelques plaies en cours de cicatrisation.

— C'est vrai… Avec tes cheveux crêpés et ton maquillage qui coule, tu ressembles à un mandrill sous amphét'… mais tu es jolie quand même !

— Pour ta gouverne, sache que je ne suis pas maquillée ! rit-elle. Mais… je ne vais pas pouvoir m'allonger dans tes bras. Quant au reste…

Il tira une chaise, s'assit le plus près possible d'elle.

— Que les choses soient bien claires, Lisa. Si notre relation se résumait à des hôtels où l'on s'envoie en l'air, tu serais juste ma maîtresse. Je ne viens pas ici pour l'adorable fossette de ta fesse droite, mais parce que j'étais bien trop inquiet de te savoir à l'hôpital pour ne pas accourir. Je veux aussi que tu saches que je suis là pour toi en cas de coup dur, ma chérie. Voilà ce qu'est notre lien : indéfectible, quoi qu'il arrive. Et je compte sur toi autant que toi tu dois pouvoir compter sur moi. Je ne veux pas que tu aies le moindre doute sur ce point. On est d'accord, tous les deux ?

— Oui, on est complètement d'accord, lui répondit-elle, une confiance sereine au fond du ventre.

*

Malala était de plus en plus préoccupée par Céleste.

Voir cette enfant se refermer sur sa douleur la minait. Depuis bientôt huit années qu'elle partageait leur quotidien, elle s'était beaucoup attachée à Céleste et à Lisa. Elle avait vu cette gamine grandir, et la connaissait donc bien. Ce qu'elle observait depuis le départ de sa mère ne la rassurait pas. Certes, elle n'avait rien entendu du sujet de la dispute du 7 février dernier. Mais les éclats de voix de monsieur étaient pleins d'une colère qui ne lui laissait guère d'espoir sur le retour de Lisa.

Malala s'étonnait de son silence. Il ne correspondait pas à la femme qu'elle avait connue. Céleste lui avait précisé que sa mère s'était cassé la jambe dans un accident. Mais tout cela n'expliquait pas pourquoi Lisa ne cherchait pas à contacter Céleste.

La réponse était venue quelques jours plus tard, alors qu'elle passait l'aspirateur dans l'entrée. En déplaçant légèrement la console, elle avait découvert la prise du téléphone fixe débranchée. Pensant à une erreur, elle l'avait replacée correctement. Le téléphone avait sonné le soir même, en présence de monsieur. Il s'était précipité vers l'appareil, avait violemment tiré sur le câble pour l'arracher de la prise murale.

— Je ne vous ai pas demandé de rebrancher ce foutu téléphone ! l'avait-il fustigée. Si vous avez un appel à passer, vous le faites, mais vous n'oubliez pas de le laisser débranché ensuite, c'est clair ?

Il avait ajouté qu'un appel de Lisa perturberait trop la petite.

Sa culture natale lui avait enseigné de ne pas se mêler des affaires d'autrui.

Le cœur lourd, elle avait donc obéi.

*

Mercredi 25 février 2009

Depuis que Lisa était clouée sur ce lit, sa vie tournait autour de choses simples : manger, lire sans jamais parvenir à suffisamment se concentrer, regarder sans les voir des programmes télévisés dépourvus d'intérêt et, surtout, réfléchir aux moyens de joindre Céleste.

Ne pas avoir de nouvelles de sa fille et demeurer dans l'incapacité de se déplacer jusqu'à elle était une source terrible d'angoisse.

Lisa avait continué à appeler sur la ligne fixe, en vain. C'était d'autant plus inexplicable que chaque fois Céleste aurait dû se trouver à la maison, puisqu'elle était en vacances. Elle avait laissé plusieurs messages sur la boîte vocale de Charles. Il ne l'avait jamais rappelée. Ce qu'elle expliquait plus facilement.

Quant à Malala, elle n'avait pas de portable, n'en ayant jamais éprouvé le besoin.

En dernier recours, elle avait demandé à Sophie de se rendre chez Charles. Malheureusement, ça ne s'était pas passé comme elle l'espérait.

Lisa s'était imaginé voir Céleste débouler dans sa chambre l'après-midi même. À la place, Sophie lui avait rapporté, le plus délicatement possible, que Céleste « allait venir, mais qu'elle ne se sentait pas prête tout de suite ». Sophie avait eu beau lui dire qu'elle manquait énormément à sa mère, que celle-ci l'aimait très fort et qu'elle avait essayé de la joindre chaque jour puisqu'elle était dans l'incapacité de se déplacer, Céleste n'avait cessé de répéter : « Si je lui manque tant que ça, elle doit être pressée de rentrer à la maison. » Gênée, Sophie n'avait pas voulu outrepasser son rôle en entrant dans ce débat.

Lisa tapota nerveusement le dos de son téléphone portable. Le mercredi après-midi, Charles recevait ses administrés sur rendez-vous à partir de 14 h 30. Il était 13 h 50. Elle avait encore le temps de le joindre, et allait donc jouer le tout pour le tout. Elle l'appela sur son portable, qui bascula sans surprise sur sa messagerie.

— Charles, si tu ne me rappelles pas dans l'heure, je demande à Sophie de saisir le juge aux affaires familiales.

Elle raccrocha. Le ton sec dont elle avait usé lui confirmerait sa détermination.

Il la rappela cinq minutes plus tard.

— Quand vas-tu cesser de me harceler ? l'entendit-elle fulminer.

— Céleste est également ma fille et tu n'as pas à la prendre en otage de la sorte !

— *Notre* fille est très affectée et elle a besoin de temps pour se reconstruire sereinement. Voir la maison vidée de toutes tes affaires lui a fait un choc. Tu as choisi de bousculer nos vies sans te soucier de l'impact que cela aurait sur elle : assume !

— Il me reste bien des affaires à récupérer. Tu forces volontairement le trait pour me culpabiliser !

Charles se focalisa sur la première partie de sa réplique. Elle n'en saurait jamais rien, mais il lui décocha un rictus méprisant.

— Tu as en ta possession tout ce qui t'appartient.

— Ça ne fonctionne pas comme ça, Charles, dit-elle d'une voix douce. Je ne suis pas un chien…

Il aurait aimé lui dire qu'il ne demandait qu'à la retrouver, lui avouer qu'elle lui était nécessaire. Elle apportait une chaleur à son foyer, créait le noyau familial dont il avait besoin. Sans elle, il savait n'être qu'un technocrate froid et se sentait perdu. Mais le dire ne suffirait pas à la faire revenir. Alors il se contenta d'éclater d'un rire faux.

— Si je résume bien, tu demandes à venir récupérer des affaires payées par un autre, moi en l'occurrence ? Tu ne vas tout de même pas essayer de me faire croire que ton mi-temps t'a permis d'acheter autre chose que tes vêtements, si ?

Écœurée, Lisa chercha dans ses souvenirs ce qu'elle avait un jour admiré chez cet homme qu'elle ne reconnaissait pas. Elle choisit de ne pas insister : elle n'avait pas envie d'ajouter une migraine à ses problèmes.

— Après tout, je m'en moque. Je n'ai jamais été matérialiste, je ne vais pas commencer maintenant. Seule Céleste compte pour moi. Tu ne lui as pas parlé des conditions réelles de mon départ et tu la manipules. Elle a besoin de sa mère. Je veux la voir !

— Ah oui… Sinon, tu lâches ta copine du MLF à mes trousses, c'est ça ?

— Je n'ai pas envie d'en arriver là, Charles. Je voudrais juste que nous puissions nous séparer sans nous déchirer…

— Alors, laisse-moi te mettre au parfum, ma chère Lisa : contrairement à toi, je ne souhaitais pas mentir à Céleste. Je lui ai donc dit la vérité. C'est une gamine intelligente. Elle a vite cerné qui tu étais. Et elle ne peut, tout comme moi, qu'être fortement déçue et perturbée. Mais puisque tes états d'âme semblent avoir priorité sur les siens, et pour te prouver que je ne l'empêche de rien du tout, elle t'appellera ce soir, acheva-t-il avant de raccrocher.

Lisa resta quelques instants hébétée, le combiné calé contre son oreille.

Ainsi se terminaient douze années de vie commune.

Lisa ne se faisait aucune illusion sur les influences bien orientées que la petite avait dû subir. Si elle n'avait pas idée de ce qu'il avait pu lui dire, elle imaginait la peine ainsi que la déception, voire la colère, que les propos de Charles avaient dû éveiller chez une enfant de onze ans. Elle se rassura : Céleste serait capable de comprendre cette séparation une fois qu'elle pourrait à son tour s'expliquer. Mais elle n'en pouvait plus de prendre son mal en patience.

Dès qu'elle serait libérée de son plâtre, elle retournerait à l'association, chercherait un autre travail à temps plein. Côté argent, elle n'avait jamais touché aux économies qu'elle était parvenue à mettre de côté avant Céleste, ni au montant de l'assurance vie que sa mère avait contractée pour qu'elle en soit la bénéficiaire. Mais des revenus réguliers et pérennes étaient indispensables pour garantir son indépendance.

Le logement, elle l'avait : la maison de sa mère était idéale pour une maman et sa fille. Et elle pourrait inscrire Céleste dans l'un des collèges proches, public ou privé. En attendant, elle la laisserait terminer son année scolaire là où elle était actuellement, afin de ne pas trop la déstabiliser.

Mais elle n'était pas près d'être sur pied. Une fois le plâtre enlevé, il lui faudrait des mois de rééducation.

Elle ferait preuve de bonne volonté et de courage. Elle n'en avait jamais manqué. C'était le prix à payer pour assumer ses décisions, affirmer ses convictions, défendre sa liberté. Sa fille aussi apprendrait un jour qu'à tous les carrefours de sa vie, elle aurait à faire des choix.

*

Céleste avait beau essayer de se concentrer, les figures géométriques devenaient floues et l'emportaient vers d'autres pensées. Elle se moquait bien de savoir si le carré de la longueur de l'hypoténuse était égal à quoi que ce soit, alors que sa propre vie était sens dessus dessous.

Elle ne souhaitait qu'une chose : rester seule.

C'est ce qu'elle avait dit à Margot, quand celle-ci l'avait conviée à une soirée pyjama, puis une autre fois à une sortie avec ses parents à Disneyland Paris. Elle avait décliné poliment les invitations mais son amie l'avait très mal pris. Depuis, elle ne lui adressait plus la parole, pas plus que le groupe de filles avec lequel toutes deux traînaient jusqu'à présent.

Depuis sa dernière conversation avec son père, elle oscillait entre croire et ne pas croire à l'inimaginable. Elle ne parvenait pas à trancher. Dans le second cas, elle se ruait dans les bras de sa mère, mais dans le premier...

Elle s'empara de son équerre, la fit tournoyer entre ses doigts. Demain, elle aurait une interro sur ce fameux théorème de Pythagore. Mais elle avait bien d'autres choses en tête.

Elle entendit la porte d'entrée se refermer, reconnut le pas de son père dans l'escalier. Il apparut bientôt dans sa chambre.

— Bonsoir, ma chérie...

Il déposa un baiser sur son front, s'appuya contre le bureau.

— Ta mère m'a téléphoné tout à l'heure. Elle est convaincue que je t'empêche de lui parler. Alors, nous allons l'appeler.

Lorsque Sophie était venue ici pour la convaincre d'aller voir Lisa, Céleste avait refusé de s'y rendre le jour même.

Encore sous le choc des révélations de la veille, elle avait pris peur. Elle était parvenue à se dessiner une issue acceptable pour elle : celle d'un malentendu. Pourquoi donc chercher à vérifier tous ces dires par elle-même, et prendre ainsi le risque de réduire ce bel espoir en miettes ?

Pour autant, ces deux derniers jours, elle avait remarqué que l'espoir s'effritait avec l'attente. Le moment d'en avoir le cœur net était donc arrivé.

Soudainement nerveuse, elle se redressa, hocha la tête. Cette voix qu'elle espérait chaque soir entendre en rentrant de l'école, puis cherchait au moment de se coucher allait à nouveau résonner. Comment gérer le trop-plein d'émotions qui menaçait de la faire hurler de joie et pleurer en même temps ?

Comme dans un état second, elle entendit son père prononcer quelques mots puis elle se retrouva avec le portable dans la main. Le cœur battant, elle le porta à son oreille :

— Allô...

— Oh, ma puce ! Enfin...

La voix aimée s'était cassée sur le dernier mot. Céleste attendit patiemment qu'elle reprenne.

— Tu me manques tellement, ma chérie...

Un flot de paroles se déversa dans l'appareil. Chacune d'elles réchauffait Céleste, effaçait ses craintes. Sa mère l'interrogea sur sa santé, sur son travail à l'école, lui dit combien il lui tardait de la voir, lui proposa de venir signer son plâtre. Portée par un enthousiasme disparu depuis plus de quinze jours, Céleste répondit, lui posa à son tour des questions sur ses occupations, rit aussi.

— Tu peux venir samedi ? Si ton père ne peut pas t'emmener, Sophie viendra te chercher...

Céleste se tourna vers Charles, assis au bord du lit. Les épaules voûtées, le dos avachi, le regard perdu, il faisait peine à voir. Écrasée par une chape de culpabilité, Céleste revint brutalement à la réalité. Voilà de quoi voulait parler son père lorsqu'il lui répétait que l'amour se démontrait : on ne pouvait pas être joyeux lorsque les gens qu'on aimait étaient tristes.

— Tu reviens quand, à la maison ? demanda-t-elle brusquement, tandis qu'à l'autre bout du fil, les yeux fermés de soulagement, Lisa imaginait déjà leurs retrouvailles.

De longues secondes passèrent. Charles n'avait pas bougé. Céleste ne supportait pas de le voir ainsi abattu. Il n'avait pourtant rien fait de mal, lui non plus. Et la souffrance de son père devait être identique à la sienne. Cette douleur commune les rapprochait. Mais si sa mère l'aimait, elle, sa fille, autant qu'elle le prétendait, son amour balaierait tout le reste et elle accepterait de revenir. Tout serait alors réglé. C'était aussi logique que les formules de maths écrites dans son bouquin.

— Ton père a dû t'expliquer que je ne pouvais pas bouger, ma chérie..., se contenta de répondre Lisa.

Charles leva la tête, tandis que l'espoir nourri par Céleste écrasait toutes ses craintes.

— Papa, je peux y aller samedi après-midi ?

Il hésita un instant, se leva pour reprendre le téléphone.

— Bien sûr, Céleste. Nous irons ensemble...

*

Samedi 28 février 2009

Mal à l'aise, Céleste se tenait sagement assise sur l'une des deux chaises poussées contre le mur, à côté du lit. Son père avait pris le temps de la préparer à voir sa mère immobilisée, la jambe levée et emprisonnée dans un plâtre. Mais les odeurs, les bruits, les blouses blanches, le matériel l'intimidaient.

Cela faisait une demi-heure qu'elle était à côté de Lisa. Elle avait été heureuse de la retrouver mais ne s'était pas jetée dans ses bras, après en avoir pourtant rêvé. Le besoin d'être bien certaine que les propos de son père n'étaient qu'un immense malentendu la poussait à une attitude réservée. Elle attendait de lever le doute pour laisser éclater son bonheur.

Lorsque Charles quitta l'autre chaise et se proposa d'aller chercher café et boissons, Lisa le remercia d'un sourire, auquel il ne répondit pas. Céleste découvrait une tension qu'elle n'avait jamais soupçonnée entre eux. La porte à peine refermée, Lisa se redressa comme elle le put dans son lit.

— Il y a beaucoup de choses que j'aimerais aborder avec toi, ma chérie. Je crois que ton père t'a dit que je ne reviendrai pas à la maison, n'est-ce pas ?

— La dernière fois, tu m'as dit au téléphone que tu ne pouvais pas bouger !

— Oui, mais je te parle d'après mon séjour ici… Ton père et moi en avons discuté ensemble : nous allons nous séparer.

Ainsi, c'était donc bien vrai. Son père ne lui avait pas menti.

— Tu n'y es pour rien, reprit Lisa le plus doucement possible, ce sont des choses qui arrivent. Et nous ferons en sorte que tu en souffres le moins possible, car nous t'aimons tous les deux.

— Papa n'a pas envie que tu partes. Moi non plus. C'est toi qui veux partir.

— Oui, mais…

— Donc, je ne te manque pas tant que ça…

Lisa la considéra d'un air grave, écarta les bras pour qu'elle s'y précipite. Mais Céleste ne bougea pas. Blessée, Lisa reposa ses mains sur le drap.

— Bien sûr que si, Céleste. Et c'est de cela que je veux te parler, ajouta-t-elle en se hissant sur ses deux poings. Je vais partir vivre chez mamie, dans sa petite maison, tu t'en souviens ? Les premiers temps, tu ne m'y rejoindras que les week-ends. Mais ce ne sera que l'histoire de quelques mois, le temps que tu termines ton année scolaire à ton collège. Dès juillet, tu pourras venir vivre avec moi. Pour la rentrée, tu seras inscrite dans un nouvel établissement à Carrières-sur-Seine…, acheva-t-elle dans un sourire, heureuse de pouvoir enfin parler de l'avenir avec sa fille.

Céleste accueillit le projet dans le plus grand silence.

— Pourquoi tu ne rentrerais pas à la maison et qu'on en parte après, à partir de juillet ? Comme ça, on resterait tous ensemble, en attendant…

Lisa s'imagina revenir dans cette maison d'où elle avait été éjectée comme une malpropre, une vie commune de plusieurs mois encore avec Charles, qui était devenu odieux…

— Non, ma puce. Ça, ce n'est pas possible.

— Et papa ? Il va rester tout seul à la maison ? Si je pars, il sera malheureux.

Lisa ne put retenir une expression d'étonnement.

— Tu pourras bien sûr le voir quand tu voudras. C'est ton père…

— Pourquoi tu pars, maman ?

Elle regarda sa mère perdre sa joie et marquer une hésitation.

Lisa réfléchit : Charles la mettait dans une situation difficile. Elle ne voulait pas laisser croire à sa fille qu'elle pouvait infléchir sa décision. Cela donnait à Céleste un rôle dans leur séparation, ce qui n'était pas sain.

— La vie de couple est une chose bien compliquée, ma puce. Ton père et moi ne nous entendons plus en tant qu'homme et femme, mais nous restons tes parents. Nous continuerons donc à t'aimer et t'élever comme avant. Mais chacun de notre côté.

Céleste voyait ses illusions fondre comme neige au soleil. Son père lui avait répété plusieurs fois qu'ils s'étaient tous deux fait manipuler, et que sa mère avait raconté bien des mensonges. À entendre celle-ci, ils voulaient l'un et l'autre cette séparation. Mais c'était faux. Et elle n'avait à aucun moment cherché à lui avouer la vraie raison.

— Est-ce que tu es amoureuse de quelqu'un d'autre que papa, maman ?

Un long silence les enveloppa.

— Céleste, je ne sais pas ce que ton père a p…

— Dis-moi la vérité, maman !

Un autre, assourdissant, celui-ci.

— Oui… Mais je t'assure que…

Céleste n'entendit plus rien, figée sur ce « oui » qui venait d'asphyxier son dernier espoir. Son père, lui, ne lui avait donc pas menti. Sa mère avait bien l'intention de démarrer une nouvelle vie, que sa fille vienne ou non vivre avec elle, et comme si celle-ci n'était pas suffisamment importante à ses yeux pour la préférer à un autre homme. C'était terriblement douloureux. C'était même tout simplement insupportable. Mais tellement révélateur.

Charles revint dans la chambre, un plateau chargé de boissons et de friandises entre les mains.

Un violent spasme retourna le ventre de Céleste. Elle avait envie de vomir. De vomir sa déception, de vomir son histoire, de se vomir tout court.

— Je veux rentrer à la maison, papa.

— Mais, Céleste…, entendit-elle en provenance du lit, tandis que le visage de son père exprimait une surprise non feinte.

Sans un mot de plus, elle attrapa son blouson, se précipita dans le couloir.

— Mais qu'est-ce que tu lui as raconté, Charles ? murmura Lisa, atterrée.

Il posa le plateau sur la table à roulettes, s'empara à son tour de son manteau.

— La vérité, Lisa. Rien que la vérité, se défendit-il avant de refermer la porte.

*

Mardi 10 mars 2009

Lisa, 19 h 05 : « Aucune nouvelle de Céleste depuis notre échange du 28 février. Cela me fait mal. »

Victor, 10 h 18 GMT : « Elle est jeune. Ce doit être dur pour elle. »

Lisa, 19 h 22 : « Je ne sais plus quoi faire. »

Victor, 11 h 03 GMT : « Ta fille est prise dans un conflit de loyauté. Laisse-lui du temps, Lisa. »

*

Samedi 16 mai 2009

Lisa, 20 h 15 : « Hâte de te revoir… Encore trois mois à attendre et je serai dans tes bras. Pas le moral, en ce moment… Ma fille me manque. »

Victor, 11 h 28 GMT : « Je ne pourrai pas remplacer Céleste. Mais je te cajolerai. »

Lisa, 20 h 32 : « Je compte les jours. »

Victor, 12 h 13 GMT : « Je les compte avec toi. »

17

Lundi 18 mai 2009

Je sors d'une séance de rééducation de trois quarts d'heure et j'ai l'impression d'avoir couru un marathon. Je suis vidée. Bien plus que si j'avais travaillé toute une journée... Mais vu la lenteur avec laquelle je récupère, je ne suis pas près de reprendre le boulot.

Relativisons : même si je ne suis pas encore prête pour une double cabriole, je progresse.

Je suis rentrée « chez moi » depuis peu. Comme c'est bizarre d'écrire ça ! Il va pourtant falloir que je m'y habitue.

Je ne me suis pas résolue à dormir dans ma chambre, là où Victor et moi avons rêvé ensemble. J'ai pris mes quartiers dans celle de maman, c'était très émouvant.

La première chose que j'ai faite, lorsqu'on m'a changé le plâtre pour un plus petit en forme de botte, a été de me rendre chez Charles. Là aussi, c'est bizarre d'écrire « chez Charles ». Et là aussi, je vais devoir m'y habituer.

J'ai donc sauté dans un taxi, priant durant tout le trajet pour y trouver Céleste occupée à ses devoirs. J'ai sonné une première fois à l'interphone. Une seconde.

Malala est apparue. Je l'ai tout de suite sentie mal à l'aise. Elle a hésité un instant avant de s'approcher du portail. Je ne pouvais pas l'en blâmer. Charles a dû lui interdire de m'ouvrir la porte.

Arrivée à ma hauteur, elle m'a adressé un sourire timide avant de m'annoncer que Céleste n'était pas là. Son père était sorti avec elle. Ce n'était vraiment pas de chance.

Malala ne cessait de jeter des regards inquiets vers la rue, craignant sans doute leur irruption inopinée. Alors que moi je l'espérais de tout cœur. Ne voyant rien venir, elle s'est progressivement détendue et m'a confié ses préoccupations au sujet de Céleste.

Je suis repartie bouleversée. Ma puce ne va pas bien. Elle mange peu et refuse de me voir.

Lorsque je lui ai confié que je voulais attendre Céleste à la sortie du collège, le lendemain, Malala me l'a déconseillé, et m'a révélé que ma fille se fermait dès qu'elle entendait parler de moi.

Victor m'exhorte à la patience.

J'ai tenté de parler de tout cela avec Sophie, mais je ne le ferai plus. Elle est remontée comme une pendule contre Charles, avec qui elle a envie d'en découdre. Son obsession est de faire respecter mes droits. Je lui suis reconnaissante de cette verve vengeresse, qui apaise mon sentiment d'impuissance. Mais mes préoccupations dépassent de beaucoup celles d'une obligation judiciaire. Elle ne comprend pas que Céleste serait la première victime collatérale d'une guerre ouverte entre Charles et moi. Je préfère l'abandonner à ses frustrations et rancunes. Sans adversaire, il n'y a pas de combat.

En ce qui concerne Céleste, je me suis résolue à écouter Victor et à ne pas la brusquer. Je pense que la contraindre à me parler ou à me voir ne produira que l'effet inverse de celui recherché. Ma meilleure option est effectivement de prendre mon mal en patience, de laisser du temps au temps… Je repousse donc la saisine du juge aux affaires familiales. Maintenant que je suis presque redevenue libre de mes mouvements, je vais doucement mais sûrement aller à sa rencontre. Et je lui ferai voir les choses telles qu'elles sont.

Quand l'émotion de Céleste sera apaisée, elle sera prête à m'écouter et à voir la réalité.

Du moins, je l'espère.

*

Céleste avait beau se concentrer pour trouver le sommeil, elle n'y parvenait pas. Tout son corps semblait à vif : ses seins étaient douloureux, elle avait mal à la tête et souffrait de violents maux de ventre.

Elle s'assit au bord du lit, alluma la lampe de chevet. Avant, elle serait allée réveiller sa mère, qui l'aurait rassurée.

Avant.

Elle allait se remettre au lit quand elle se pétrifia : une immense tache rouge s'étalait sur le drap. Du sang.

Lisa l'avait pourtant préparée à ce moment. Elle lui avait décrit cette première étape qui l'amènerait à devenir une femme. Mais maintenant qu'elle y était confrontée, que devait-elle faire ?

Paniquée, elle changea de chemise de nuit, mit une culotte dans laquelle elle glissa une couche épaisse de papier toilette. Existait-il un bouchon pour éviter que le sang coule ? Le manque de sa mère prenait encore plus d'ampleur qu'à l'accoutumée. Elle avait besoin d'elle. Désespérément. Mais cela ne la ferait pas revenir pour autant.

Désemparée, elle arracha le drap du matelas, le roula en boule et courut réveiller Malala.

18

Céleste posa son plateau sur les rails, face aux entrées. Entre les carottes râpées et la tranche de pâté de campagne, son choix était vite fait : elle glissa ses couverts sur sa droite et alla directement au plat principal.

Cette matinée avait encore été difficile pour elle. Elle venait de se payer un 2 sur 20 en anglais. Comment réagirait son père quand il l'apprendrait ?

Margot passa derrière elle, talonnée par Constance, une autre quatrième. Depuis quelques jours, le duo avait intégré une nouvelle recrue : Emma, jeune rousse à lunettes, dont la monture à pois faisait pourtant l'objet de bon nombre de moqueries quelques semaines plus tôt…

Les choses s'étaient considérablement envenimées entre Céleste et Margot, depuis leur précédente dispute. Vexée par le comportement de son amie, qui n'avait pas daigné lui présenter la moindre excuse pour avoir décliné sa dernière invitation, Margot la surnommait dorénavant « Sac d'os ». Céleste était bien consciente d'avoir un peu maigri.

Beaucoup, même. Mais les persiflages sur sa perte de poids lui faisaient moins mal que ce surnom, qui la ramenait à la cause de sa baisse d'appétit. C'était comme si on s'amusait à tourner et retourner un couteau dans la plaie.

Céleste avait brutalement découvert à quelle vitesse on pouvait être remplacé dans le cœur des gens. Une amitié balayait l'autre. Ce constat valait également pour l'amour. Et elle venait de l'apprendre à ses dépens coup sur coup, dans les deux domaines.

— Qu'est-ce que tu veux ? Bœuf bourguignon-carottes ou filet de merlan et riz basmati ?

Le cœur au bord des lèvres, Céleste n'avait qu'une envie : prendre ses jambes à son cou et fuir loin de ces odeurs qui lui retournaient l'estomac. Elle se fit violence pour répondre, docile :

— Du bœuf et des carottes, s'il vous plaît…

Elle saisit l'assiette tendue, la posa sur son plateau. Inutile d'avancer jusqu'aux desserts : elle n'en prendrait pas.

Elle chercha des yeux une table disponible, en repéra une au fond du réfectoire. Assise à l'un des coins, elle fixa son assiette avec un haut-le-cœur. Deux gros carrés de viande et une flopée de carottes flottaient dans une sauce douteuse. Avec la meilleure volonté du monde, elle n'arriverait jamais à avaler ce truc immonde.

Plusieurs garçons s'installèrent à côté d'elle et en face.

Deux minutes après, Margot et Emma prenaient place à l'autre bout de la table.

Fourchettes et couteaux commencèrent à s'agiter dans un brouhaha de cantine. De sa chaise, Céleste pouvait entendre les filles de son groupe pérorer à n'en plus finir. Comment avait-elle pu supporter ça ?

Tout en écartant machinalement les morceaux de viande avec sa fourchette, elle s'efforça de penser à autre chose. Sa mère lui disait souvent qu'il suffisait de se mettre dans une bulle virtuelle pour se protéger du monde extérieur. Le problème, c'est que tout la ramenait à celle qui ne songeait aujourd'hui qu'à son propre bonheur, sans se soucier de celui des autres. Et elle lui demandait de faire la même chose. Peu importait que son père se retrouve seul avec sa peine. Ce n'était pas juste.

Elle aurait pu revenir vivre à la maison pour quelques mois. Papa aurait fini par comprendre et il aurait été moins malheureux. Elle aurait pu le faire pour moi, si je lui avais manqué tant que ça, et si son amour pour moi était aussi fort qu'elle le dit…

Aussi fort ? Elle t'aime en tout cas bien moins fort qu'un autre… Elle n'a pas hésité à te laisser tomber, toi aussi, pour refaire sa vie ailleurs…

Mais elle ne peut pas m'avoir complètement oubliée après m'avoir autant aimée, quand même…

— Alors, Sac d'os ? Tu cherches à perdre une côte de plus ou quoi ? entendit-elle s'esclaffer du bout de la table, sur sa gauche.

C'était Margot. Céleste fit mine de ne pas l'avoir entendue, tout en se félicitant de ne jamais lui avoir confié ce qu'elle traversait en ce moment.

— Hé, Sac d'os, t'es devenue sourde ? répéta la même voix.

— Foutez-moi la paix ! se contenta-t-elle de dire.

— « Foutez-moi la paix », la singea, moqueuse, une autre voix.

Céleste reconnut celle de la petite rouquine. L'idée de bondir sur la table pour lui faire avaler verres et monture lui effleura l'esprit, mais la violence n'était pas son truc. Elle n'aspirait qu'à une chose : qu'on la laisse tranquille. Le gloussement collectif provenant des garçons appuya encore un peu plus là où ça faisait mal…

Elle releva la tête, et ses yeux s'arrêtèrent sur celui qui avait pris place en face d'elle. Lui n'avait pas ri, il l'observait attentivement. Son regard scrutateur la mettait mal à l'aise. Allait-il lui aussi la chambrer devant tout le monde ?

— Tu veux qu'on te donne la becquée ?

Impossible de dire si la voix qui avait posé la question était féminine ou masculine. Le ventre noué, Céleste se contenta de replonger dans son assiette.

Elle s'empara de sa fourchette. Pas pour se nourrir. Pour qu'on l'oublie.

Elle porta une première bouchée à ses lèvres, ne put réprimer un nouveau haut-le-cœur. Elle en prit une seconde, qui la dégoûta tout autant. Chaque morceau était pénible à ingurgiter. Trop pénible. Alors elle décida d'engloutir le tout rapidement. Elle inspira un grand coup et plongea sa fourchette dans les carottes dégoulinantes pour les engouffrer dans sa bouche. Recommença une autre fois. Puis une autre. Vite. Plus vite. Elle mâchait à peine et avalait aussitôt. Elle continua ainsi jusqu'à ce que son assiette soit presque vide.

Quand elle reposa ses couverts, son cœur battait à un rythme infernal. Elle ressentit comme un doux vertige. Puis, des tréfonds de ses entrailles, elle sentit *quelque chose* remonter jusqu'à sa gorge.

Elle n'eut pas le temps de réagir : un jet de vomi gicla de sa bouche pour atterrir sur la table, éclaboussant au passage les couverts de son voisin.

Une clameur de dégoût se répandit dans le réfectoire, tandis qu'une odeur âcre l'envahissait et qu'une honte colossale submergeait Céleste. Par-dessus les cris et les rires indignés, elle entendit distinctement :

— En fait, son vrai nom, c'est la Crado !

Humiliée, Céleste n'arrivait plus à bouger. Elle aurait voulu pouvoir se fondre sous le carrelage. Elle n'avait pas même un bout de serviette avec lequel s'essuyer la bouche. Le vide s'était fait autour d'elle. Tout le monde la regardait. Elle était à elle seule devenue un spectacle.

— Tiens… Prends ça !

On lui tendit un chiffon. L'un de ceux qu'on utilisait en classe de mathématiques, pour les interros en calcul mental. Les yeux de Céleste remontèrent jusqu'au propriétaire du bras, prêts à détecter un piège. Elle reconnut le garçon qui était assis en face d'elle, avant la débâcle. Il lui sourit et elle décela une vraie douceur dans ce sourire. Elle l'aurait presque pris pour un ange si son visage n'avait été dévoré par des dizaines de boutons.

Elle s'empara du chiffon en tremblant, s'essuya les lèvres comme elle put.

Un chariot chargé de produits ménagers surgit dans l'allée. Une femme en blouse bleue lui ordonna de filer à l'infirmerie pendant qu'elle nettoierait. Céleste ne demanda pas son reste. Elle bafouilla une excuse que personne n'entendit, et le garçon couvert d'acné attrapa son sac.

— Je l'accompagne ! dit-il d'une voix forte de manière que tout le monde l'entende.

Céleste n'osa pas l'en dissuader. Elle était incapable de rouvrir la bouche, tant la peur de vomir à nouveau la terrifiait. Elle sentit une main se poser sur son dos dans un geste protecteur. Elle éprouva encore une fois un immense sentiment de gratitude à l'égard de ce garçon. Il ne pouvait être qu'un ange.

— Moi, c'est Antoine, se contenta-t-il de dire.

Les filles cessèrent aussitôt leurs ricanements. Et Céleste se demanda si, finalement, il n'était pas plutôt magicien.

19

Mardi 2 juin 2009

— Tu t'en fiches ! Ignore-les…

Céleste émit un grognement agacé. Margot venait encore de la traiter de « Sac d'os » en quittant le collège.

— Plus tu réagiras à leurs réflexions, plus elles prendront plaisir à te provoquer.

Céleste se tourna vers Antoine : il savait rester hermétique à tout. Sa force tranquille était apaisante. Pourtant, son acné faisait de lui la cible idéale des railleries. Sa grande taille devait être dissuasive.

— Tu as raison, soupira-t-elle. Il y a tellement de choses plus importantes dans la vie…

— Oui, c'est sûr…

Ils continuèrent à marcher en silence.

— Mes parents vont divorcer, lâcha-t-il comme s'il annonçait que le ciel se couvrait.

Surprise, elle s'arrêta net. Antoine ne parlait jamais de sa vie privée. C'était même la première fois qu'il en levait un pan. Touchée par cette première confidence, elle accéléra le pas pour revenir à sa hauteur.

— Dur, pour toi... Tu dois avoir de la peine, murmura-t-elle, compatissante.

Il continua à marcher, perdu dans ses réflexions.

— Le plus difficile, ce n'est pas leur séparation. Mon frère et moi, on en avait marre de leurs disputes permanentes. Ce qui me fait mal, c'est que mon père parte vivre aux États-Unis...

Céleste devina au ton de sa voix la détresse de ce garçon si discret, sensible et en même temps assez courageux pour avoir pris sa défense un jour où le monde entier riait d'elle.

— Je comprends..., fut la seule chose qu'elle trouva à dire.

Ils approchaient de chez elle. Elle voyait le chêne se dresser au-dessus du toit de la maison. Elle ne mesurait pas ce que le départ d'un père à l'étranger pouvait représenter de peur et de chagrin, mais elle était certaine de traverser une épreuve aussi difficile.

— Ma mère nous a abandonnés, mon père et moi...

Elle se mordit la langue. Était-ce bien de sa bouche que cet aveu était sorti ? Jusqu'à sa fuite, elle n'avait partagé ses secrets qu'avec sa mère ...

Jusqu'à sa fuite.

— Abandonnés ? répéta lentement Antoine.

Sa voix était grave, et un voile de tristesse envahit soudainement son regard. Cela toucha Céleste.

— Oui, elle a quitté la maison pour aller vivre avec quelqu'un d'autre.

Ils étaient arrivés devant la grille. C'était la première fois qu'Antoine la raccompagnait jusque-là. Elle jeta par réflexe un coup d'œil sur la fenêtre du salon d'où la guettait sa mère, avant. Lui fixait désespérément le bout de ses chaussures. Étrangement, elle le découvrait aussi affecté pour elle que pour lui-même. Et, sans pouvoir davantage se l'expliquer, elle se sentit encore davantage liée à lui.

— Waouh ! Tu vis dans une sacrée baraque..., s'exclama-t-il en relevant la tête, changeant volontairement de sujet.

— Tu veux entrer ?

Elle n'avait jamais invité qui que ce soit. Avant, sa mère était toujours là quand elle rentrait. Aujourd'hui, seul le vide guettait son retour. Et Malala.

— Notre femme de ménage m'a dit ce matin qu'elle me préparerait des gaufres. J'ai eu beau lui dire que je n'en mangerais pas, elle s'obstine. Au moins, elle ne les aura pas faites pour rien si tu en goûtes une... Surtout qu'elles sont super bonnes !

— Si elles sont si bonnes que ça, pourquoi t'en manges pas ?

Elle haussa les épaules.

— Parce que je n'ai pas faim.

Il hocha lentement la tête.

— J'adore les gaufres...

Céleste sourit, heureuse de sentir à nouveau une étincelle de joie se frayer un chemin au fond d'elle.

— Mais je n'aime pas les manger seul ! ajouta-t-il.

Elle se retourna : ses yeux espiègles la dévisageaient. Elle éclata de rire.

— Tu as gagné, j'en avalerai un ou deux carrés, concéda-t-elle en ouvrant le portail et en invitant Antoine à passer.

*

Malala alluma le nettoyeur vapeur et s'attaqua au tapis de l'entrée.

Épousseter, laver, lustrer, détartrer, dégraisser, repasser… Depuis le départ de Lisa, elle enchaînait les mêmes activités avec frénésie. Il lui fallait s'exténuer pour ne plus ruminer de pensées négatives. Elle était tellement inquiète pour Céleste…

Elle cherchait à faire disparaître une auréole disgracieuse quand la sonnette de l'interphone retentit.

Céleste était au collège, M. Dupeyron en haut, enfermé dans son bureau.

Elle éteignit l'appareil, tendit l'oreille afin de détecter le moindre mouvement à l'étage supérieur. Aucun bruit ne lui parvint.

Elle se leva, s'élança vers la porte. Derrière la grille, elle reconnut Lisa. Cette dernière se tenait appuyée contre le muret en pierre, sur lequel était posée une béquille. Comme la fois précédente, une botte en plâtre lui tenait lieu de chaussure au pied gauche.

Tout en s'avançant vers elle, Malala regarda par réflexe vers la fenêtre du bureau de Charles.

— Bonjour, Malala…

La jeune femme répondit d'une voix inaudible. Elle semblait éteinte.

Sans perdre davantage de temps, Lisa lui tendit une lettre.

— Malala, je sais que Céleste est perturbée par notre dernier échange et qu'elle ne veut pas me parler. À cette heure-ci, elle doit être rentrée du collège. Alors, donnez-lui cette lettre s'il vous plaît. Elle finira bien par la lire.

En désespoir de cause, elle s'était dit qu'il serait peut-être plus facile pour elle de toucher Céleste par écrit. Malala lui adressa un petit sourire triste.

— J'aimerais beaucoup pouvoir vous aider, souffla-t-elle à voix basse. Mais j'aurai du mal à la lui remettre. Monsieur est en haut et s'il me voit vous parler, il ne le prendra pas bien…

— Malala, s'il vous plaît, c'est important pour moi. Et pour elle. Vous savez sans doute que je vis chez ma mère, à une douzaine de kilomètres d'ici. Je lui enverrai d'autres messages par la poste. Ils finiront bien par lui parvenir. C'est toujours vous qui ramassez le courrier, n'est-ce pas ?

Malala baissa la tête et bredouilla :

— Monsieur m'a demandé de lui signaler tout fait vous concernant. Et moi j'ai besoin de ce travail, madame…

« Madame ». L'unique fois où elle l'avait appelée ainsi ramenait Lisa à l'arrivée en France de cette jeune fille incapable de prononcer un mot de français. Elle était docile, sérieuse et attentionnée. Mais elle avait également peur. Comme aujourd'hui.

— Faites au mieux, Malala. Bien sûr, ne prenez aucun risque… Mais acceptez cette lettre, je vous en prie.

Malala n'osait se retourner vers la fenêtre du bureau. Elle songea au visage de Céleste qui se fermerait à la remise de cette enveloppe, puis à sa main qui agripperait le précieux courrier qu'elle lirait un jour, à l'abri de tout regard, le cœur heureux.

Elle arracha littéralement le pli des mains de Lisa.

— Céleste est encore en cours. Sa classe avait à rattraper une heure d'anglais de la semaine dernière. Mais ne revenez pas, je vous en prie…, murmura-t-elle avant de repartir précipitamment vers la maison.

Elle glissa le mot dans sa blouse de travail, referma la porte sur elle.

— Vous en avez mis, du temps…

Elle sursauta et pivota : Charles se tenait face à elle, le visage dur, la paume tendue. Son regard était aussi glacial que le ton. Il ne la quittait pas des yeux, immobile.

La mort dans l'âme, Malala sortit la lettre de sa poche et la lui remit.

Il la saisit, déchira lentement l'enveloppe en quatre morceaux devant elle.

— La prochaine fois que je dois vous demander quelque chose de ce genre, vous êtes virée.

Il repartit vers l'escalier, les fragments de papier à la main.

Malala demeura debout dans l'entrée, les bras ballants, se répétant pour la énième fois qu'elle ferait mieux de chercher un travail ailleurs, où chacun de ses gestes ne serait pas épié.

Mais ses yeux s'arrêtèrent sur la photo de Céleste posée sur la console. Qui lui rappela aussitôt une raison plus importante de rester…

*

Céleste sentit ses jambes se dérober sous elle en voyant sa mère devant le portail du collège, appuyée sur une béquille. Elle faillit courir vers elle. Mais le souvenir de la tristesse de son père supplanta sa joie. Brutalement rattrapée par le conflit de loyauté qui la déchirait, elle choisit de rester solidaire de celui qui n'avait pas menti. La mâchoire serrée, elle se dirigea vers sa mère d'un pas sec.

— Pourquoi viens-tu ici ? Je n'ai pas envie de te parler ! déclara-t-elle.

— Ma chérie, nous devons vraiment discuter. Laisse-moi au moins t'expliquer…

Céleste se planta face à elle. Son regard noir en disait long sur ce qu'elle avait sur le cœur.

— Je-ne-veux-pas-te-par-ler ! articula-t-elle lentement en appuyant sur chaque syllabe.

Lisa décela un changement en elle, sans pouvoir l'identifier. L'adolescence était une période de grandes mutations et la situation avait dû accélérer ce phénomène.

Les collégiens sortaient à présent par groupes, jetant des regards curieux dans leur direction. Si elle obligeait Céleste à l'écouter, elle la braquerait complètement.

À regret, Lisa capitula.

— Comme je te l'ai dit, je vis dans la maison de mamie. Tu y es la bienvenue quand tu veux, ma chérie. Et je t'y prépare ta future chambre…, se contenta-t-elle d'ajouter avant de se retourner et de s'éloigner clopin-clopant.

20

Vendredi 5 juin 2009

Lorsque le doigt de son professeur la pointa, Céleste crut défaillir.

— Céleste, à ton tour de nous parler du livre que tu as choisi en début d'année. Commence peut-être par nous expliquer pourquoi tu as retenu celui-ci…

C'était une bonne question. Pourquoi avoir choisi *La Promesse de l'aube* ? Elle se le reprochait encore. Sa mère lui avait dit la trouver un peu jeune pour cette lecture. Mais elle s'était obstinée, poussée par l'envie de lire cette histoire, qu'elle savait portée par un fabuleux amour entre un fils et sa mère. Au fil des pages, elle s'était tour à tour émerveillée et émue de ce chemin de vie, de cet élan d'amour, de cette double promesse faite par l'écrivain puis par la vie. Elle n'avait pas compris la rancœur de l'auteur d'avoir été trop aimé. Pouvait-on l'être trop, quand cet amour venait d'une mère ? Comme Romain Gary, elle ne pourrait jamais combler le vide engendré par l'absence de sa mère, le jour où celle-ci quitterait ce monde. Elle avait tourné la dernière page en larmes, avait rejoint sa mère en ressentant le besoin de la toucher et de la sentir vivante. Dans les bras maternels, elle s'était dit que leur amour à elles paraissait aussi fort que celui qui unissait l'écrivain à sa mère. Elle était ressortie fière et forte de cette lecture, alors à mille lieues d'imaginer ce que l'avenir lui réservait.

Elle regarda autour d'elle : les élèves attendaient qu'elle prenne la parole.

— Ou peut-être pourrais-tu commencer par nous proposer une explication du titre, très poétique d'ailleurs…

Céleste baissa la tête.

Elle ne trouvait pas les termes pour décrire ce que ce livre avait remué en elle, ou pour argumenter sur les deux sens contenus dans le mot « promesse » choisi par l'auteur. Elle n'en trouvait pas davantage pour définir cette mère passionnée qui lui rappelait cruellement combien la sienne l'avait été d'une autre manière, et sur un temps bien plus court… Et comment ne pas faire le lien entre cet amour sans limites qu'elle-même vouait à sa propre mère qui, pourtant, avait décidé d'entamer une nouvelle vie sans se soucier des répercussions que cela aurait sur elle ?

Il lui était impossible de parler de cette lecture sans se laisser dépasser par ses émotions. Elle se racla la gorge.

— Je n'ai pas trop accroché avec ce livre-là…

Elle releva la tête, et ajouta, d'une voix à peine audible :

— En réalité, je ne l'ai pas lu…

Elle entendit Margot et Miss Lunettes à Pois pouffer dans son dos.

Le professeur hocha lentement la tête, perplexe. Céleste ne l'avait pas habitué à un tel manque de rigueur dans ses devoirs. Cette élève sensible et douée était même particulièrement appliquée dans son travail. En tout cas, elle l'était encore quelques mois plus tôt. Son changement de comportement ne lui avait pas échappé. Il ne pouvait pour autant pas faire d'exception à la règle, d'autant que tous les camarades de Céleste étaient maintenant suspendus à ses lèvres. À contrecœur, il annonça :

— Très bien… Tu connais la sanction : zéro. Et tu viendras me voir à l'issue du cours, termina-t-il en invitant un autre élève à prendre la parole.

Céleste sentit le feu lui monter aux joues. Elle s'en voulait de décevoir ainsi son professeur.

— Ouh là là…, entendit-elle murmurer dans son dos, tout près d'elle. Qui c'est qui va se faire disputer par sa maman chérie quand elle tombera sur la note de sa fifille adorée ?

Céleste reconnut la voix de la petite rouquine. Elle se retourna brusquement.

— Ferme-la ! Et je t'interdis de parler de ma mère !

— Oh, mais c'est que ça mord, un sac d'os ! Ta maman va peut-être te…

Elle n'eut pas le loisir de terminer sa phrase : en un bond, Céleste se rua sur elle dans un vacarme épouvantable. Si elle avait pu supporter les réflexions de Margot, celles d'Emma étaient intolérables. Les lunettes vinrent heurter le sol tandis que leur propriétaire et Céleste s'écrasaient sur elles.

Prise d'une colère incontrôlable, Céleste attrapa Emma par les cheveux et lui colla une gifle retentissante avant de la tirer sur le sol. Dans un état second, elle n'entendait plus rien : ni les cris ni les bruits de chaise produits par les élèves qui s'écartaient, excités par le spectacle. Mais elle restait suffisamment consciente pour éprouver l'immense satisfaction d'en découdre avec l'un de ses bourreaux. Depuis combien de temps avalait-elle des couleuvres sans broncher ?

Elle lui hurla quelque chose mais n'aurait su dire quoi précisément. Les cris aigus de sa proie décuplèrent sa fureur. Lorsqu'elle tenta de se débattre, Céleste la plaqua à terre pour la neutraliser, la fit rouler sur le dos et s'assit à califourchon sur elle. Les larmes dévalaient ses joues et elle ne cherchait même pas à les retenir. Emma était terrorisée. Céleste s'en fichait. À cheval sur elle, elle lui bloqua les bras avec ses jambes. L'ennemie était à sa merci.

Sa victoire fut de courte durée : elle se sentit brusquement décoller du sol, empoignée par le professeur.

Ce défoulement allait sans doute lui coûter cher.

*

La veille, en rentrant du collège, Céleste avait longuement pleuré dans les bras de Malala. Elle lui avait raconté la bagarre en pleine classe, et sa crainte de la sanction qui allait tomber. À vingt-sept jours de la fin des cours, c'était idiot.

Charles avait surgi deux heures plus tard, alerté par la directrice. Il s'était isolé avec sa fille dans le salon et était entré dans une colère noire. Céleste avait été privée de toute sortie pendant trois mois, grandes vacances incluses. Lorsqu'elle était ressortie de la pièce, Malala avait eu un pincement au cœur en voyant les yeux autrefois pleins de joie et de lumière désormais cernés par de longues nuits d'insomnie. La petite semblait même avoir encore maigri.

Malala monta quelques marches. Pas un bruit ne provenait de la chambre de Céleste, où celle-ci devait rester jusqu'à nouvel ordre. Son père était parti tôt ce matin, et il ne reviendrait que le soir.

Malala savait Charles assez soupçonneux pour surgir à l'improviste, et elle hésitait à prendre la moindre initiative, dont les conséquences risquaient d'être graves. Immobile sur la troisième marche, elle réfléchit.

Sans être paranoïaque, elle se méfiait de son patron. Et comme elle était convaincue que des gens aussi importants que lui pouvaient en placer d'autres sur écoute, elle ne voulait plus passer ses appels personnels du téléphone de la maison. Elle s'était récemment acheté un petit mobile. Certes, il ne lui servirait pas à joindre sa famille, restée au pays, mais il lui serait utile pour certaines urgences. Et là, à n'en pas douter, c'en était une.

Elle grimpa les marches restantes deux par deux, s'engagea dans le deuxième escalier. Arrivée dans sa chambre, elle composa le numéro de Lisa, qui décrocha dès la deuxième sonnerie.

Elle lui expliqua l'incident de la veille, dans la classe de Céleste.

— Je crois que la sanction sera décidée la semaine prochaine… Mais s'il vous plaît, ne dites surtout pas que je vous ai appelée…

— Soyez rassurée, Malala. Je vous promets que Charles n'en saura rien. Merci infiniment de m'avoir prévenue.

Lisa raccrocha. La direction du collège l'avait également contactée, la veille. Mais elle avait préféré n'en rien dire à Malala, car son appel la touchait : il confirmait sa loyauté à son égard.

*

Antoine claqua la porte de sa chambre sur la énième dispute entre ses parents.

Trois mois plus tôt, ils avaient annoncé leur divorce. Son frère et lui avaient également appris le départ de leur père pour New York. Une promotion professionnelle qui tombait à pic, et qui lui offrait l'opportunité de repartir sur de nouvelles bases, loin de cette page qu'il souhaitait définitivement tourner. Il avait précisé qu'une fois installé, il pourrait les accueillir là-bas quand ils le souhaiteraient.

Antoine, Hugo et leur mère resteraient dans cet appartement, qu'ils louaient depuis quatre ans.

Cette nuit-là, Antoine avait songé à ce qui le retenait en France en dehors de sa mère. Certes, il comptait quelques bons potes au collège : il passait de chouettes moments avec Rémy et Lucas. Mais il appréciait plus encore la compagnie de Céleste.

Avec elle, c'était différent. Il ne faisait pas que se marrer. Leurs échanges étaient plus profonds. À ses côtés, il découvrait quelque chose de bizarre et de difficilement définissable : se sentir aussi bien en sa compagnie que lorsqu'il était seul. Leurs silences n'étaient jamais gênants. Il n'avait pas besoin de jouer les caïds, de se forcer, d'être un autre que lui-même. Et puis, la présence de Céleste l'aidait à supporter l'ambiance familiale devenue intenable depuis quelques années. Il avait désormais hâte que l'histoire se termine définitivement entre ses parents.

*

Assise sur l'une des chaises rangées contre le mur, Lisa patientait à quelques mètres du bureau de la directrice, Mme Schmidt. En pleine semaine et à cette heure matinale, elle avait fait preuve de prudence en partant très tôt. Elle était arrivée, de fait, avec près d'une demi-heure d'avance.

Charles se présenta deux minutes avant le rendez-vous. L'exactitude n'était-elle pas la politesse des rois ? La stupéfaction se peignit sur son visage lorsqu'il découvrit sa présence. Sans mot dire, il prit place sur l'un des sièges de la rangée d'en face et attendit que la secrétaire de Mme Schmidt ait regagné son bureau pour attaquer :

— Qu'est-ce que tu fous ici ?

— La même chose que toi ! répondit Lisa du tac au tac. Je viens écouter ce que la directrice entend prendre comme sanction à l'encontre de notre fille.

— Qui t'a prévenue de ce rendez-vous ? fulmina-t-il.

— Qui veux-tu que ce soit ? Le collège ! Je te rappelle que nous avons tous deux l'autorité parentale, donc j'ai évidemment averti l'équipe éducative de notre séparation et leur ai donné ma nouvelle adresse. Je tiens à être informée de tout ce qui concerne Céleste, et j'ai bien noté que tu n'étais pas le meilleur canal de transmission.

Elle laissa planer sa dernière phrase avant de reprendre :

— J'ai donc appris ce qui s'était produit.

Agacé, Charles révéla son état d'esprit en repliant ses avant-bras sur lui-même et en secouant la tête d'un air dédaigneux.

— Si tu m'avais laissé inscrire Céleste dans le privé, cet incident ne serait jamais arrivé !

Lisa préféra ignorer ce reproche gratuit et hors de propos. Sa priorité était ailleurs.

— Charles, je pense qu'il est temps que nous ayons une vraie conversation…

Elle entendit son téléphone émettre les trois tonalités annonçant la réception d'un appel. Elle poursuivit, tout en fouillant dans son sac pour attraper son portable :

— Nous conduire ainsi ne peut que porter préjudice à l'équilibre de Céleste. Et ni toi ni moi…

Elle s'interrompit net. Le numéro affiché sur l'écran indiquait un indicatif étranger : « +604 ». Celui de Vancouver…

Son cœur, enthousiaste, s'emballa sur-le-champ.

— Excuse-moi…, balbutia-t-elle avant de se lever et de se diriger vers l'extrémité du couloir la plus éloignée. Allô ?

— Lisa ? C'est moi. Ma mère est morte cette nuit…

Lisa resta interdite.

— J'avais besoin de t'entendre… Je ne te dérange pas ?

Elle était là, à patienter à 8 h 32 dans ce couloir sombre, angoissée pour sa fille, tandis que l'amour de sa vie se trouvait à l'autre bout du monde, dévasté. Entendre qu'il n'avait su résister au besoin de l'appeler, elle, pour le réconforter, la bouleversait. La rassurait aussi.

— Oh, Victor, je suis tellement désolée…, fut tout ce qu'elle put dire.

Toutes ses pensées convergeaient maintenant vers lui : sa voix, ce grain de beauté, son regard profond, l'apaisement qu'elle n'éprouvait que dans ses bras… Et cette peine qu'elle aurait voulu isoler dans ses mains pour qu'il souffre moins.

— Mme Schmidt va vous recevoir ! annonça la secrétaire, les invitant d'un geste à se diriger vers la porte ornée d'une plaque en laiton où était inscrit « Bureau de la direction ».

Lisa s'efforça de ne pas céder à la panique, alors que Charles lui décochait un regard noir en se levant.

— C'est dans de tels instants que l'on mesure combien certaines personnes comptent. Je n'aurais besoin que de ta présence, Lisa… J'ai l'impression de devenir fou, sans toi à mes côtés…

Oh, comme elle le comprenait ! Sa vie à elle était désormais une succession de complications qu'elle affrontait avec la détermination des gens qui aiment. Combien de fois s'était-elle retrouvée assise en plein milieu de la nuit, laminée par son absence ? Mais il n'était guère opportun de partager cela avec lui. En cet instant, il n'avait besoin que de son énergie, de sa présence, même si elle n'était que vocale.

— Crois bien que je ressens la même chose, Victor...

Si tu savais combien tout est compliqué, depuis que tu es parti. Je donnerais n'importe quoi pour traverser le temps en un claquement de doigts, et me retrouver, nous retrouver instantanément fin 2010...

— Tu vas revenir pour les funérailles ? demanda-t-elle, soudainement portée par cet espoir.

— Oui. Mais je serai avec Gladys et les enfants. Je ne pourrai pas passer te voir...

— Excusez-moi, madame, l'interrompit la secrétaire. Mme Schmidt a un planning chargé. Elle ne va pas pouvoir patienter plus longtemps...

— Tu es occupée, j'ai l'impression. Je te dérange..., bredouilla Victor.

— Non, pas du tout ! affirma-t-elle d'une voix mal assurée. Tu ne me déranges jamais.

Elle entendit comme un reniflement au bout du fil. Et elle se dit qu'à huit mille kilomètres de là, l'homme de sa vie traversait l'une des plus dures épreuves qui soient, et que ce ne serait pas dans ses bras qu'il pourrait trouver du réconfort.

— Je suis tellement triste pour toi. Ce doit être encore plus difficile, de vivre ça de si loin...

— Oui, ça l'est...

Elle le connaissait suffisamment pour sentir qu'il luttait contre les larmes. Et que le simple fait de l'entendre fragilisait son apparente assurance, unique barrière de sa peine.

— Tu m'aimes toujours, Lisa ?

Elle manqua éclater en sanglots. Si elle l'aimait toujours ?

Oh, je t'aime à en perdre la raison, Victor ! Je t'aime même au-delà de tout ce que tu pourrais imaginer… Je t'aime à en crever, tout simplement. Tu fais partie de moi à chaque instant. « Nous » est devenu mon tout. Au point que, sans toi, j'ai le sentiment de n'être plus rien…

— Je t'aime bien plus que je ne saurais le dire, Victor…

Le timbre de sa voix se fêla. Elle se tut, le temps de remettre un peu d'ordre dans ses émotions.

— Y a-t-il quelque chose que je puisse faire à ta place pour ta maman, Victor ?

— Madame, je suis désolée, mais Mme Schmidt me charge de vous dire qu'elle démarre l'entretien sans vous…

Dans le ton de la secrétaire pointait l'agacement, mais également un sous-entendu propice à la culpabilité : « Si vous pensez votre coup de fil plus important que la sanction qui sera décidée pour votre fille… » Si cette femme avait pu connaître une infime partie de sa vie actuelle, elle se serait sans doute montrée plus compréhensive.

Mais, pas plus que Victor, celle-ci n'en avait pas la moindre idée.

— Je sens que je ne t'appelle pas au bon moment, Lisa…

Elle ne pouvait pas lui expliquer la situation en deux mots. Mais elle ne pouvait pas davantage se permettre de manquer cet entretien, crucial pour Céleste.

— Non, c'est juste que je suis convoquée par la directrice du collège de ma fille. Elle a fait une bêtise…

Silence à l'autre bout du monde.

— J'espère que ce n'est pas trop grave. Je sais combien tout ce qui concerne Céleste te touche… Est-ce que les choses se passent bien de ton côté, Lisa ?

Que répondre à cela ? Elle avait toujours évité de lui parler de l'enfer que Charles lui faisait vivre. Victor avait-il besoin de connaître la réalité de son quotidien en un tel moment ?

— Ce serait trop compliqué à t'expliquer. Mais ça va, ne t'en fais pas… Tu veux qu'on se rappelle un peu plus tard ?

— Ce sera difficile pour moi aujourd'hui… J'essaierai plutôt demain. File, mon amour.

À son tour, elle ne put retenir un reniflement. Elle aurait aimé le garder encore, mais elle ne le *pouvait*, ne le *devait* pas.

— Je t'aime, Victor, chuchota-t-elle, dévastée à son tour.

— Je t'aime, Lisa.

Il raccrocha. Elle ravala la boule qui s'était formée dans sa gorge, sécha ses yeux d'un revers de la main et se précipita vers le bureau de la directrice.

À son entrée, la principale s'interrompit. Lisa bafouilla des excuses, se glissa devant le grand bureau. Charles ne lui jeta pas le moindre regard.

— Je disais donc que nous ne pouvions laisser de tels comportements impunis. Et je déplore d'autant plus cette sanction qu'elle concerne une élève dont le dossier était jusqu'à présent remarquable en termes de conduite, de résultats et d'application dans le travail. Tout cela est vraiment regrettable…

— Comme je vous le précisais juste avant que madame n'interrompe l'échange que nous avions tous deux commencé à l'heure, je vous serais vivement reconnaissant d'accorder à Céleste le bénéfice de circonstances atténuantes : ma fille a été sérieusement perturbée par le départ soudain de sa mère du domicile conjugal.

Lisa se retint de riposter. Ce bureau n'était pas l'endroit pour régler ses comptes. Elle resta droite et silencieuse.

— À ce titre, elle souffre beaucoup, elle est particulièrement fragile, et ajouter une sanction trop rude ne ferait qu'ajouter aux difficultés qu'elle traverse ! J'imagine que le rôle d'un établissement public est d'aider les gamins qui traversent de mauvaises passes à maintenir la tête hors de l'eau plutôt qu'appuyer dessus, non ?

Mme Schmidt soutint son regard. Était-ce une impression ou flottait-il bien une menace sourde dans les propos de Charles Dupeyron ? Inutile d'être fin observateur pour deviner la tension entre ses deux interlocuteurs. L'un d'eux s'avérait être le maire de la ville dans laquelle se trouvait son établissement. Même si la gestion de ce dernier restait placée sous l'autorité du département, qui s'adressait à elle en ce moment même ? Le premier édile de la ville ou le père inquiet ? Afin que les choses soient bien claires, elle se refusa à l'appeler « monsieur le maire ».

— Exactement, monsieur. Notre travail est d'assurer un enseignement de qualité à nos élèves, ainsi qu'une totale sécurité aux enfants que les parents ont bien voulu nous confier. Et à ce titre, nous ne pouvons tolérer entre nos murs le moindre acte de violence. C'est pourquoi il existe un règlement intérieur, qui prévoit la tenue d'un conseil de discipline en cas de manquement de la part d'un élève.

— Vous avez tout à fait raison, madame, intervint Lisa. Il est évident que Céleste doit être punie pour ce qu'elle a fait. Mais il est vrai que la période difficile qu'elle traverse peut expliquer une attitude qu'elle n'aurait jamais eue en des circonstances normales...

— À qui la faute ? la coupa sèchement Charles.

Un ange passa.

— Pouvez-vous nous dire quelles ont été les circonstances et les conséquences de cette bagarre ? reprit Lisa sans détacher son regard de la directrice.

Mme Schmidt hocha lentement la tête. Le père ne songeait qu'à la sanction prise contre Céleste, la mère se souciait du problème dans son ensemble. Elle exposa donc le contexte dans lequel la dispute avait éclaté, puis l'enchaînement des faits.

— Aujourd'hui, l'élève agressée ne souffre d'aucune blessure mais l'un des verres de ses lunettes a été brisé. Les parents attendent donc la prise en charge de la réparation, ainsi qu'une punition au titre du préjudice. C'est normal...

— Il me semble que cette gamine a sa part de responsabilité ! Ou doit-on estimer normal aussi de faire subir des railleries permanentes à une élève en difficulté ? interrogea Charles.

— Non, monsieur. Il y aura également une sanction pour cette jeune fille.

— Combien, pour les lunettes ? demanda-t-il encore, en sortant son carnet de chèques.

— Je vous le ferai savoir lorsque les parents m'auront remis la facture.

— Je participerai également, bien sûr…, ajouta Lisa.

Charles ne put retenir un bref ricanement. La gêne ressentie par Lisa n'échappa pas à Mme Schmidt, qui enchaîna rapidement :

— Nous tiendrons donc compte du comportement jusqu'à présent exemplaire de Céleste. Elle aura par principe quelques jours d'exclusion. Mais veillez bien à ce que cela ne se reproduise pas. Il ne faudrait pas entacher son dossier scolaire. Cette enfant est appelée à de brillantes études, j'en suis certaine.

Sur ce, elle se leva. Il lui tardait de se retrouver seule, tant une animosité désagréable flottait dans la pièce.

*

Lisa avait longuement hésité mais avait fini par trancher : sans le dire à Victor, elle assisterait aux obsèques de sa mère.

Elle s'était donc rendue tôt le matin à l'église, s'était tenue à l'écart, sur le trottoir d'en face, regardant la foule s'assembler devant l'édifice religieux. Victor lui avait un jour confié combien sa mère, très pieuse, était investie dans sa communauté. D'où, sans doute, la présence de tant de monde.

Puis le corbillard était arrivé. Victor en était descendu, le visage pâle et fermé, aussitôt suivi de ses deux enfants et de sa femme. Lisa s'était demandé s'il était vraiment nécessaire de s'imposer cela, et si sa propre présence était légitime. Elle s'était raisonnée en se disant que c'était pour lui et que donc c'était juste.

Elle avait attendu la fin de la procession pour pénétrer dans l'édifice religieux, et se glisser devant le premier siège de la dernière rangée.

De noir vêtue, elle se fondait dans la masse. De là où elle se trouvait, il lui était impossible d'apercevoir Victor, assis au premier rang. Mais elle était ici, près de lui, et elle espéra naïvement qu'il sentirait sa présence, que personne n'avait d'ailleurs remarquée. Elle avait ainsi assisté au rite de la lumière, aux lectures de textes de l'Ancien Testament et des Évangiles par le célébrant puis par Pauline et Arthur, à l'homélie.

Lorsque Lisa vit Victor rejoindre l'autel, son cœur se serra. Même de loin, elle savait combien il veillait à ne pas se laisser déborder par son chagrin, ni même le laisser transparaître. Il déplia sa feuille, en commença la lecture sans lever la tête. Il lui avait confié redouter ce moment-là. Cet instant où l'on s'adressait au disparu devant tout un auditoire, où il fallait livrer un peu de soi sans pouvoir le faire totalement.

Victor retraça la vie de sa mère jusqu'à sa naissance, puis celle de sa sœur. Il quitta alors son texte des yeux pour parler du courage dont elle avait su faire preuve tout au long de son existence. Son visage demeurait impénétrable. Lisa n'entendait plus rien de son discours. Seule comptait cette voix légèrement fêlée par l'émotion, seul importait ce regard qui balayait l'auditoire sans le voir réellement, et que, de là où elle se trouvait, elle devinait absent.

Puis il y eut cet instant hors du temps. Ses yeux se posèrent sur elle et, en une fraction de seconde, l'impassibilité apparente de Victor se mua en une émouvante vulnérabilité.

Victor sentit, *entendit* sa voix flancher. Face au pupitre, il garda le silence après avoir terminé sa phrase sur un ton un peu trop haut perché, s'efforça de se ressaisir. La mort de sa mère le plongeait dans un profond chagrin, mais il avait maintenu celui-ci à distance, comme pour remettre son deuil à plus tard, quand il serait seul. Il avait donc écouté sans l'entendre le fameux « Car tu es poussière, et tu retourneras à la poussière ». Il avait regardé sans le voir le cercueil en chêne posé dans le chœur de l'église, s'attardant seulement sur la beauté des fleurs disposées dessus et autour. Et il avait commencé à lire son texte avec application, comme un élève studieux, sans *penser réellement* les mots qu'il prononçait. Découvrir Lisa dans l'assemblée lui avait coupé les jambes. Elle avait réussi là où la Sainte Bible avait échoué : elle lui avait fait prendre conscience de la réalité de la mort de sa mère.

Il aurait aimé descendre de cette estrade, courir vers elle, se jeter dans ses bras et laisser libre cours à sa peine. Son amour pour elle le mettait à l'abri de toute pudeur, de toute honte. Mais ce n'était ni le lieu ni le moment.

Lisa baissa la tête, Victor plongea le nez dans ses feuillets. Tous deux étaient suspendus à ce pont intemporel de la douleur qui se partage en secret, de l'amour qui panse et protège, de ce lien du malgré tout et malgré tous, noués l'un à l'autre en pensée.

Victor, débordé par l'émotion, laissa un long silence planer sur l'assistance. Perdre sa mère le ramenait à son histoire, à la reconnaissance éternelle qu'il vouerait à cette femme qui l'avait nourri d'un amour inconditionnel. Elle avait fait de lui un homme qu'il espérait être fort, droit. En dehors de ce qu'il vivait avec Lisa. Car leur amour même était réprouvé par la morale de Dieu selon les hommes... Mais il aurait aimé qu'elle rencontre Lisa, qu'elle parte en toute quiétude avec la certitude de laisser son fils heureux ici-bas. Il n'aurait finalement jamais l'occasion de la lui présenter. La voyait-elle, de là où elle était, au sein de cette Maison où elle était tant de fois venue prier ?

Il pouvait presque sentir la main de Lisa dans la sienne. Elle était là, dans tous les sens du terme. Elle aussi veillait sur lui.

Lorsqu'il reprit sa lecture, sa voix n'était plus la même. Il n'avait plus le sentiment de livrer l'intimité d'une défunte en pâture : il rendait simplement à sa mère l'hommage qu'il lui devait, habité comme il l'était par le sentiment d'être juste, porté par le soutien d'un seul regard.

À la fin de son discours, il prit le temps de s'arrêter sur certaines personnes dans l'assemblée, avant de s'immobiliser brièvement sur Lisa. Il tenta de lui exprimer toute sa gratitude, tout son amour. Dans cette atmosphère sacrée, à ce point de jonction entre Dieu et les hommes, Victor lui adressait également un autre message : la promesse d'une éternité.

21

Samedi 5 décembre 2009

Dans la pénombre de la salle de cinéma, Lisa observait discrètement sa fille.

Dans quelques jours, elles fêteraient Noël ensemble. Et Lisa ne voulait pas que Céleste en garde un souvenir d'ennui. Elles réveillonneraient donc avec Pierre et Sophie, qui avaient également invité un couple ayant une gamine de son âge.

Charles avait fini par céder à la demande de Lisa et essayé de convaincre Céleste de passer davantage de temps avec sa mère. Mais lorsque Céleste avait refusé de partir deux semaines en vacances avec elle, l'été précédent, Lisa avait écouté Sophie et s'était décidée en septembre à saisir le juge aux affaires familiales. Elle attendait désormais une convocation pour l'audience. Entre-temps, Lisa avait le droit de voir Céleste quand elle le souhaitait. Le problème, c'est que cette dernière le souhaitait peu…

Leurs échanges demeuraient compliqués. Fin juin, Céleste avait refusé de s'installer à Carrières-sur-Seine, prétextant ne pas vouloir changer de collège. Lisa s'était laissé convaincre par les arguments : elle y avait ses amis, connaissait bien les profs, aimait l'établissement qui se trouvait près de chez son père… Elle s'était donc résolue à ne recevoir sa fille que les week-ends, mais, la plupart du temps, Céleste invoquait des raisons plus ou moins valables pour ne pas venir.

De fait, depuis sa rentrée en troisième, Lisa ne l'avait vue que trois ou quatre fois, autour d'une glace rapidement dégustée sur les Champs-Élysées, d'un verre pris dans une brasserie quinze jours plus tard, de quelques plats prestement engloutis dans des restaurants qu'elle lui laissait choisir.

Lisa savait combien sa fille idolâtrait Robert Pattinson et Kristen Stewart. Elle lui avait donc tout naturellement proposé de l'emmener voir le deuxième volet de *Twilight*, récemment sorti. Céleste avait cédé, à condition de pouvoir être accompagnée de Malala. Lisa avait dissimulé sa déception.

Incapable de se concentrer sur le film, Lisa réfléchissait au moyen d'amener en douceur cette adolescente en perte de repères à retrouver son sourire et sa pétillance d'antan. Si leurs échanges avaient progressé, elles étaient à des années-lumière de leur relation fusionnelle d'avant. Céleste restait sur la réserve, fuyait tout contact physique. Lisa savait qu'elle devrait faire preuve de patience, et s'évertuait à la faire avancer sans la brusquer.

Elle la regarda à la dérobée : son visage, éclairé par l'écran, s'illumina d'un sourire devant un dialogue du film.

— Je serai toujours là pour toi, ma fille. Je t'aime et je sais que tu m'aimes. Fais ce que tu as à faire. Punis-moi si cela peut te réconforter. Mais si tu as besoin d'aide, je suis là.

Sa confession à voix basse fut totalement recouverte par un les grognements d'une meute de loups. Mais le simple fait d'avoir exprimé ce qu'elle ressentait l'avait apaisée.

Quand elles quittèrent la salle de cinéma, Céleste voulut rentrer directement. Lisa s'y attendait. Elle ne lui fit aucun reproche, serra sa fille contre elle. Elle sentit une émotion chez Céleste, qui ne la repoussa pas. C'était un premier pas gigantesque pour Lisa, qui ajouta en s'écartant qu'elle lui manquait terriblement et qu'il lui tardait déjà de la revoir. Cette étreinte lui avait mis du baume au cœur, elle se sentait presque joyeuse.

Malala et Céleste s'éloignèrent et Lisa ralluma son portable.

Un message en attente clignotait. Elle le lança : « Bonjour Lisa, c'est Victor… » Le ton de sa voix était grave : « J'ai une mauvaise nouvelle. Le projet d'infrastructure que je supervise n'avance pas aussi vite que nous l'aurions souhaité. Ma mission est prolongée de deux ans. Je ne peux pas planter ce chantier. Je suis anéanti. Je ne reviendrai pas avant décembre 2012… »

V

C’est la belle nuit de Noël, la neige étend son manteau blanc

Mars 2010 - Décembre 2012

22

Jeudi 14 janvier 2010

Lisa, 10 h 26 : « Je viens de recevoir le jugement. Je n'aurai bien que les week-ends… »

Vendredi 15 janvier 2010

Victor, 6 h 08 GMT : « Tu le savais… Mais le voir écrit noir sur blanc doit être dur… Je t'appelle dans 10 minutes. »

Lisa, 15 h 10 : « C'est d'autant plus dur que Céleste refuse souvent de venir le WE. Et je ne veux pas la forcer. Je n'en peux plus de devoir me montrer patiente. T'entendre me fera du bien. »

*

Samedi 13 mars 2010

Victor, 11 h 34 GMT : « Possible de bloquer 3 jours du 23 au 26 mai ? »

Lisa, 20 h 56 : « Tu viens à Paris ???? »

Victor, 11 h 58 GMT : « Non… Mais réponds-moi. Et je t'expliquerai. »

Lisa, 21 h 03 : « Oui, je peux m'organiser. Dis-moi vite, tu m'intrigues… »

Victor, 12 h 34 GMT : « Rdv à Venise, pont du Rialto, le 23 mai. Sur l'une des faces du pont, on peut voir en relief les deux saints patrons de la ville de part et d'autre de l'arche. Tiens-toi du côté de Marc à 17 heures précises. Je t'envoie ton billet. »

Lisa, 21 h 36 : « Tellement hâte… »

*

Mardi 20 avril 2010

Lisa, 16 h 34 : « Je viens de décrocher un job à temps plein ! Avec mon préavis et mes vacances d'août, je démarre début septembre. »

Victor, 7 h 48 GMT : « Bravo ! Hâte que tu me racontes. Je t'appelle dans 20 minutes. »

*

Dimanche 23 mai 2010

Lisa se tenait debout, face à l'escalier le plus à sa gauche du *Ponte di Rialto.* Elle avait suivi à la lettre la feuille de route que Victor lui avait adressée la veille par mail. Arrivée à Venise trois heures plus tôt, elle était passée par l'hôtel réservé à quelques pas de là. Elle y avait déposé son bagage, une jolie valise rouge achetée pour l'occasion, s'était rafraîchi le visage. Incapable de contenir son excitation, elle avait quitté la chambre pour gagner la *Piazza San Marco.* Victor lui avait demandé de ne pas l'appeler, elle avait également respecté cette consigne, même si mille fois elle avait saisi son téléphone pour le faire. Le cœur battant à tout rompre, elle avait attendu 16 h 45 pour rejoindre leur point de rencontre. Quelques minutes plus tard, elle avait découvert l'élégant pont de pierre divisé par des arcades.

16 h 48. Des grappes de touristes montaient et descendaient les marches au pied desquelles elle se trouvait. Une angoisse la traversa soudain : et s'il ne venait pas ?

16 h 59. Elle se raisonna. La vague d'amour qui déferlait en elle était telle qu'elle aurait presque pu en pleurer. Elle égrena les secondes dans sa tête : 38… 37… 36…

9… 8… 7… Elle ferma les yeux.

17 heures. Elle ouvrit les yeux, se retourna. Il n'était pas là. La panique la saisit. Son téléphone sonna.

— Tu es là ?

— Oui…, répondit-elle d'une voix enrouée d'émotion.

— Regarde bien ce pont, Lisa. Je suis précisément sur l'autre rive, du côté de saint Théodore. Tu as vu tous ces gens ? Cette foule et quarante-huit mètres nous séparent. Savoir que tu es à quelques pas de moi me rend fou. De joie, d'amour, d'impatience, de trac aussi. Je vais savourer ce moment en avançant lentement vers toi. Fais-en autant… J'attaque l'escalier.

Elle rit. Elle ne savait pas pourquoi. Mais elle rit. Et elle posa à son tour le pied sur la première marche de pierre. Dans ses oreilles, cette voix chaude capable de la transporter en un instant, où qu'elle soit, dans ce monde qui n'appartenait qu'à eux. Elle avança d'un pas sûr, léger, avec une langueur voulue.

Victor lui décrivait ce qu'il voyait mais qu'elle ignorait : l'affluence touristique, les bruits ambiants, la vue emblématique du Grand Canal… Il lui semblait qu'ils étaient seuls sur ce pont.

— J'ai déjà dépassé quatre arcades. Et toi ?

Elle n'avait pas compté. La seule chose qu'elle savait, c'est qu'elle se retenait de courir.

— Tu n'es plus qu'à quelques pas de moi… ça me rend fou, Lisa.

— Je suis au milieu ! s'exclama-t-elle, arrivée à la grande arche centrale.

— Ne bouge plus !

Elle s'immobilisa. Quelques secondes encore et elle l'aperçut à quelques mètres d'elle. Si le bonheur devait être représenté, elle retiendrait ce moment-là : un instant de plénitude absolue, d'enchantement pur qui s'ancrait à chaque parcelle de son cœur, de son corps et de son esprit. Les déambulations des visiteurs le coupaient de sa vue. Mais elle le sentait, elle le *savait* là.

— Tu viens de Paris, moi de Vancouver…, entendit-elle dans ses écouteurs. Jour après jour, même à distance, tu me fais grandir.

Une larme de joie, de gratitude envers la vie se fraya un chemin jusqu'à sa joue tandis qu'il poursuivait :

— Nous avons tous deux traversé ce pont, portés par une même flamme. Je te savais, *te sentais là*, à quelques secondes de moi. N'oublie jamais cela, Lisa : rien ne pourra jamais se mettre entre nous, personne ne pourra altérer la puissance de notre amour. Chacun de nous deux cherchera toujours, par tous les moyens, à retrouver l'autre.

Puis Victor mit fin à l'appel, s'avança vers elle et lui tendit la main en la regardant droit dans les yeux. Ceux qui les entouraient devaient sans doute trouver cette scène très kitsch ou très cliché. Lisa s'en moquait. Elle savait, elle, sa beauté.

Elle prit sa main. Il l'attira doucement et la serra contre lui, huma le parfum de ses cheveux, de son cou. Lisa le faisait chavirer, il n'y avait qu'auprès d'elle qu'il se sentait complet, il n'y avait qu'avec elle qu'il éprouvait une telle communion.

Elle l'étreignit à son tour, de toutes ses forces.

Elle aurait voulu pouvoir rester ainsi jusqu'à ce que mort s'ensuive. Mais il se recula, la contempla. Elle pensa qu'il allait l'embrasser. Au lieu de quoi il prononça une phrase qui la porterait jusqu'à la nuit des temps :

— Puisses-tu à jamais croire en moi, comme toujours je croirai en nous.

*

Mardi 31 août 2010

Lisa, 16 h 26 : « J'aurais aimé que ton séjour en France se prolonge. Tu dois être au-dessus de l'Atlantique. L'été est passé trop vite. Tu me manques déjà… »

Mercredi 1er septembre 2010

Victor, 11 h 49 GMT : « Atterri. Ciel terne. Cœur en berne. Dur. Comment s'est passée cette première journée à ton nouveau boulot ? »

Lisa, 21 h 13 : « Épouvantable. Ma tête est ailleurs. »

*

Lundi 8 novembre 2010

Victor, 10 h 29 GMT : « Peux-tu être chez toi le 16/11 en fin d'aprèm ? Je dois confirmer pour une livraison. »

Lisa, 20 h 02 : « Après le boulot, à partir de 18 h 30. »

Lisa, 20 h 03 : « J'adore les surprises ! Et je t'adore toi ! »

Victor, 12 h 48 GMT : « Pas possible avant ? Plage horaire trop courte. »

Lisa, 21 h 52 : « OK, je vais m'arranger pour rentrer plus tôt. À partir de 17 heures alors. Impatiente de déballer le cadeau ! »

*

Mardi 16 novembre 2010

Lisa s'était empressée de rentrer chez elle, et guettait le portail avec fébrilité. Elle décrocha le téléphone au comble de l'excitation en découvrant le prénom de Victor sur son écran.

— Je suis à la maison et je trépigne d'impatience ! s'exclama-t-elle.

Elle entendit son rire enjoué.

— Parfait ! Je viens de recevoir un message du livreur : il arrive dans dix minutes !

Il avait déjà raccroché.

Postée à la fenêtre, Lisa manqua défaillir de joie lorsqu'un taxi s'arrêta devant chez elle pour en laisser sortir Victor. Elle se précipita dehors et se jeta dans ses bras.

Heureux de la voir, il la taquina sur son rouge à lèvres, lui répétant qu'il la trouvait bien plus belle sans artifice.

Une fois au chaud dans la maison, il lui expliqua qu'il ne lui avait rien dit de ce déplacement de deux jours en Pologne par crainte de ne pouvoir s'accorder une escale à Paris.

Lisa ne retint qu'une chose : ils avaient douze heures devant eux.

*

Mercredi 17 novembre 2010

5 h 50. Le taxi de Victor était arrivé. Elle s'était levée, avait bu un café avec lui, heureuse et triste à la fois. Il lui avait ensuite demandé de se recoucher.

— Je préfère t'embrasser dans le lit, comme si de rien n'était, et comme si j'allais te retrouver ce soir, plutôt que te voir me dire au revoir de ta fenêtre. Ce sera moins difficile…

Elle s'était donc rallongée, l'avait entendu rassembler ses quelques affaires dans son bagage cabine, refermer la porte. Alors elle s'était assise, et avait écouté jusqu'au bout le bruit du moteur qui s'enfuyait dans la nuit.

La maison soudainement silencieuse criait l'absence de Victor. Elle s'était levée, douchée, habillée. Elle préférait de loin partir tôt au travail qu'avoir à affronter sa peine.

En s'asseyant derrière le volant, elle remarqua une feuille glissée sous l'un des essuie-glaces : un cœur, de couleur vermillon et bien épais, y était dessiné. En dessous était noté au stylo : « C'est à ça que devraient servir les rouges à lèvres… »

*

Lisa, 23 h 15 : « Impossible de fermer l'œil. Tu as oublié un tee-shirt. Je le respire. Tu me manques déjà. »

Victor, 14 h 17 GMT : « Je déteste aussi être loin de toi. Et moi, j'ai ton rouge à lèvres… »

*

Dimanche 13 février 2011

DHL Express 5566890090887 : « Livraison prévue le 14/02/11. En cas d'absence, cliquer sur le lien… »

C'est la belle nuit de Noël, la neige étend son manteau blanc

Lundi 14 février 2011

Lisa, 19 h 45 : « 51 roses ? »

Victor, 10 h 59 GMT : « Autant que le nombre de secondes auquel je pense à toi par minute. Bonne Saint-Valentin, Lisa. »

*

Dimanche 11 mars 2012

Victor, 15 h 39 GMT : « Colloque à New York mi-avril. Tu m'y rejoins ? »

Lundi 12 mars 2012

Lisa, 8 h 09 : « Et comment !!!!!!!!! »

23

Samedi 12 mai 2012

Céleste s'assit en tailleur au centre de la grande tente de camping d'une jolie couleur bleu ciel dont elle avait fait son refuge. Une semaine plus tôt, elle avait supplié son père de l'autoriser à la planter au fond du jardin. Elle aimait revenir seule, au calme, dans ce nid douillet qu'elle s'était créé. Mais s'y retrouver sans personne à ses côtés en pleine nuit lui donnait des frissons dans le dos. En cette fin de soirée de mai, il ne faisait pourtant pas froid. Elle avait beau essayer de minimiser les bruits amplifiés par l'obscurité, le simple bruissement du vent dans les feuilles des arbres devenait source d'angoisse. Sur le qui-vive, Céleste avait dissimulé sa lampe torche sous un coussin rapporté de sa chambre, pour ne pas être vue de l'extérieur, à travers la toile. Elle ne supportait pas l'idée d'être épiée à son insu. Mais elle en payait le revers : le noir complet ajoutait à son inquiétude.

Nul n'avait le droit d'entrer dans cet abri rudimentaire. Pas même Malala. Antoine, c'était différent. Lui et elle, c'était pareil. C'est d'ailleurs pour cette raison qu'elle lui avait lancé un défi, quelques heures plus tôt.

— Pas cap de me rejoindre en pleine nuit sous ma tente !

Et évidemment, Antoine lui avait répondu :

— On parie ?

Rendez-vous avait aussitôt été pris. À présent, elle l'attendait.

Malgré sa nervosité, Céleste ne put s'empêcher de pouffer en imaginant Antoine sauter du premier étage de son immeuble pour venir la retrouver. Elle-même avait dû jouer à la cambrioleuse pour atteindre la porte d'entrée sans être démasquée. Elle était restée tétanisée au milieu de l'escalier lorsqu'une marche s'était rebellée dans un craquement sinistre sous son poids. Par chance, ni Malala ni son père ne s'étaient réveillés.

Son sang se glaça en entendant l'ouverture de la fermeture à glissière. Elle braqua d'une main tremblante sa lampe torche devant elle.

— T'es malade ! Tu m'as fait flipper ! s'écria-t-elle en voyant surgir le visage d'Antoine.

Celui-ci éclata de rire.

— Oh, tu es trop mignonne dans ton pyjama blanc ! On dirait un *stormtrooper*.

— Gnagnagna..., ne put-elle s'empêcher de grommeler en le tirant affectueusement par le bras vers l'intérieur de l'abri, amusée de ce clin d'œil à la saga préférée de son ami, *Star Wars*.

Il se déchaussa, s'assit à côté d'elle.

— Un vrai palace ! s'exclama-t-il.

— Et tu n'as pas tout vu ! Regarde : j'ai pris des gâteaux, du Coca, des Chupa Chups et… mon ordi pour le dernier *Freddy* !

— Un film d'horreur ? Allez, c'est parti ! J'espère quand même ne pas trop flipper. Je dois rentrer tout seul, moi, après…

Céleste lança le générique en riant. Vingt minutes plus tard, son visage était décomposé.

— Tu te rends compte qu'on ne voit rien de ce qui se passe, dehors ? Imagine qu'un cinglé se ramène avec une hache ou je ne sais quoi…

— Oui, genre pour couper du bois pour sa cheminée, quoi… Et à défaut d'arbres, il aurait envie de se défouler en tailladant de la chair fraîche. Ce type est peut-être même déjà en train de nous écouter.

Céleste rabattit brutalement l'écran de son portable et les ténèbres envahirent aussitôt la tente.

Elle entendit un gloussement contenu.

— « Nous avons le regret de vous annoncer la perte d'un *stormtrooper*, décédé d'une crise cardiaque… », plaisanta Antoine. Bon, je n'aime pas les films d'horreur, de toute façon. Moi, ce qui me fascine, ce sont plutôt les histoires paranormales. Tu sais, les poltergeists, les disparitions inexplicables, les phénomènes étranges…

— Tu y crois, toi ? s'enquit-elle, déjà captivée par ce « teaser ».

Il s'allongea, elle fit de même.

— Disons que j'ai entendu de drôles de trucs…, répondit-il, énigmatique.

— Vas-y, raconte !

Il démarra par une première anecdote sur une maison hantée, tout en suçant une Chupa Chups à la vanille. Suspendue à ses lèvres, Céleste avait choisi de garder la lampe allumée. Antoine était intarissable.

Quand ils regardèrent l'heure, il était déjà 1 heure du matin.

— Dormir à la fraîche sous une toile de tente, ce doit être génial, mais si je ne veux pas terminer empaillé dans le salon par ma mère, j'ai intérêt à décoller.

— Reste encore un peu, s'il te plaît…, supplia Céleste.

Il soupira :

— D'accord, mais pas trop longtemps alors…

Dans le noir, ils se blottirent l'un contre l'autre. Antoine se sentit immédiatement envahi d'un fort sentiment protecteur, comme parfois avec son petit frère. Sauf qu'avec Céleste, c'était différent. Parce que, avec elle, il pouvait parler de tout. De rien aussi. Car elle n'était pas qu'une amie avec qui il partageait uniquement de bons moments : elle était une alliée, une confidente et une complice. Il trouvait une profondeur là où il n'avait exploré que superficialité avec ses autres potes. Il n'était plus question d'alliances négociées puis de disputes soudaines. Et c'était apaisant. Il n'avait connu ça avec personne d'autre.

Ils se lancèrent dans un débat sur la vie après la mort, puis, épuisés, finirent par s'endormir.

Lorsqu'ils rouvrirent les yeux, les premières lueurs du jour éclairaient faiblement le jardin.

— Je vais me faire démonter ! paniqua Antoine.

— Et moi donc..., gémit Céleste.

— Retourne dans ta chambre. Je partirai quand tu m'auras fait signe par la fenêtre.

— Mais tu vas perdre trop de temps. File !

— Hors de question ! Je ne serai pas tranquille avant d'être certain que tu as pu rentrer sans te faire griller...

Touchée, elle lui claqua un baiser sur la joue et s'élança vers la maison.

*

Lisa éteignit son ordinateur et souhaita une bonne soirée à sa collègue. Cela ferait bientôt deux ans qu'elle occupait ce poste de juriste au sein d'une entreprise spécialisée dans le textile. Les débuts avaient été difficiles. Le plus dur avait été de renoncer à son engagement associatif la semaine. Elle le poursuivait donc le week-end.

Depuis trois ans, elle n'avait plus que très peu de contacts avec Charles. Nul besoin de le voir pour comprendre combien il la méprisait. Avec le recul, elle n'en était pas étonnée. Son attitude lui confirmait son mode de fonctionnement, qui établissait systématiquement un rapport de force avec ceux qui n'allaient pas dans son sens. Leurs échanges, exclusivement téléphoniques, étaient toujours très brefs. En dehors de ces moments peu plaisants pour elle, il la laissait tranquille. C'était tout ce qui lui importait.

Absorbé par sa carrière, il visait désormais un mandat national. Lisa n'avait aucune peine à l'imaginer s'appuyer sur les bonnes personnes pour y parvenir.

Lorsque Céleste acceptait de venir déjeuner chez elle un ou deux dimanches par mois, elle se montrait agréable mais peu bavarde. Elle évitait de se confier ou de parler de ses amis, comme si elle tenait à garder une distance. Résultat, elles ne parlaient jamais de ce qui semblait vraiment compter pour elle. Lisa avait réexpliqué les conditions dans lesquelles elle était partie, ce fameux soir de février 2009. Elle lui avait demandé pourquoi elle n'avait jamais répondu à ses lettres, que Céleste affirmait n'avoir jamais reçues. Elle lui avait enfin livré quelques confidences, notamment sur sa relation avec Victor, sans entrer toutefois dans la profondeur de son histoire. Céleste l'avait écoutée sans mot dire, et n'était plus revenue sur le sujet.

Lisa avait donc continué à faire preuve de patience, afin de lui prouver qu'elle était prête à tout pour faire partie de sa vie, y compris quotidienne. C'est dans cet état d'esprit que le matin même, elle s'était rendue au lycée sans en avertir Céleste. Toute la soirée de la veille, elle avait guetté l'ouverture de la mise en vente des billets pour le concert de Lady Gaga au Stade de France. Elle était parvenue à acheter deux places très bien situées, et se réjouissait de faire la surprise à Céleste, fan de la première heure de la chanteuse.

Elle avait découvert sa fille accompagnée d'un tout jeune homme, qui s'était aussitôt présenté sous le prénom d'Antoine. Elle l'avait d'emblée trouvé très sympathique.

Le visage ravagé par l'acné, des cheveux châtains suffisamment longs pour qu'apparaissent quelques boucles, le gamin avait posé sur elle de beaux yeux bleus. Il avait un regard d'une profondeur inhabituelle pour un gosse de cet âge. Elle s'était demandé ce que Céleste avait pu lui raconter sur elle, son départ de la maison, le rapport fusionnel qu'elles entretenaient avant. Car il ne faisait aucun doute qu'un lien puissant unissait ces deux-là, et que c'était à lui que Céleste devait dorénavant se confier.

Lisa avait senti Céleste gênée par sa présence, néanmoins elle avait insisté pour faire un bout de chemin avec eux, posant des questions anodines à sa fille, auxquelles celle-ci avait répondu du bout des lèvres. Alors elle s'était intéressée à Antoine. Il s'était montré beaucoup plus disert. Il avait évoqué quelques moments passés avec Céleste, qu'il avait de nombreuses fois taquinée, comme pour l'aider à se détendre durant le trajet. D'une rare maturité pour son âge, il lui avait fait forte impression. L'instinct de protection dont il faisait preuve vis-à-vis de Céleste l'avait profondément touchée, aussi.

Lorsqu'ils étaient arrivés devant le portail de la maison, Lisa s'était arrêtée à contrecœur. Elle aurait aimé poursuivre cet échange, qui lui en apprenait plus sur sa fille qu'au cours des mois écoulés. Elle avait alors tendu à Céleste les deux billets pour le concert. Sous l'effet de la joie, son visage avait été traversé d'un immense sourire, qu'elle avait vite retenu. Mais Lisa en avait assez vu pour se féliciter de cette surprise. Prudente, elle savourerait seule cette première victoire, à l'abri de tout regard. Alors elle s'était contentée de déposer un rapide baiser sur le front de sa fille, avant de saluer Antoine et de repartir.

Mais elle avait retiré un enseignement essentiel de cette rencontre : le refus de Céleste de venir vivre avec elle n'était pas uniquement lié à leur propre relation. Céleste et ce jeune homme avaient besoin de rester à proximité l'un de l'autre, c'était une évidence.

Pour le reste, Lisa s'accrochait comme elle le pouvait.

Sept mois encore avant le retour de Victor…

Si ni l'un ni l'autre ne voulaient de secret entre eux, ils taisaient d'un accord tacite tout ce qui avait trait à Gladys et à Charles. Lisa n'avait ainsi jamais partagé avec lui le cauchemar vécu avec le père de Céleste. Elle se contentait de lui rappeler qu'elle était désormais libre de tout engagement, et qu'elle l'attendait. Comme ils se l'étaient promis.

Chacune de leurs parenthèses volées leur confirmait un peu plus l'intensité et la profondeur de leur lien. Cela ne coulait pourtant pas de source. Car vivre et préserver un amour à distance, et sur tant de temps, n'était pas chose facile. Sans doute était-ce là la magie de leur histoire, ce qui la rendait unique : ils gardaient le cap sur un dessein commun, traversaient chaque jour comme s'ils allaient se rejoindre le soir. Chaque événement était raconté, chaque doute partagé, chaque coup dur surmonté à deux. Leurs échanges téléphoniques étaient interminables, leurs SMS innombrables. Lorsque la solitude submergeait Lisa, il restait à ses côtés à sa manière, lui parlant des heures durant, parfois jusqu'à ce qu'elle s'endorme. Ils s'étaient à distance construit un quotidien qu'ils retrouveraient naturellement quand ils partageraient enfin le même toit. Et cela faisait toute la beauté de leur histoire.

Mais, pour Lisa, la douleur de l'absence s'amplifiait au fil des allers-retours de Victor. Elle se demandait même si ces oasis ne rendaient pas ses traversées du désert paradoxalement plus pénibles. Car, passé l'effervescence des retrouvailles, chaque départ la plongeait plus bas encore.

Elle, autrefois si autonome, n'aurait jamais imaginé pouvoir dépendre à ce point de quelqu'un. Seul le fait de savoir cette dépendance réciproque l'apaisait. Elle se focalisait sur la promesse d'un avenir meilleur. Mais que le chemin de croix était long.

Pour la première fois depuis leur rencontre, elle gardait un très mauvais souvenir de leur dernière escapade. Comme convenu, un mois plus tôt, ils s'étaient retrouvés à New York. Victor s'y était officiellement rendu pour un colloque de quatre jours. Ils s'étaient donné rendez-vous le dimanche après-midi, avaient passé une soirée inoubliable en admirant New York depuis le Top of the Rock, puis avaient dîné dans un restaurant sur Broadway. Mais leur bonheur avait été de courte durée. Appelé le lendemain matin par son fils, Victor avait dû rentrer de toute urgence à Vancouver : Gladys venait d'être hospitalisée.

Victor reparti en catastrophe, Lisa avait tenté de quitter les États-Unis le jour même. Sans succès. Elle n'avait pu avancer son billet qu'au surlendemain, ce qui lui avait valu de passer deux jours complets seule. Si la perspective de découvrir Big Apple l'enchantait quelques heures plus tôt, celle de le faire en solitaire l'avait soudainement minée.

D'autant qu'elle ne recevait de nouvelles de Victor qu'au compte-gouttes. Il lui avait juste indiqué que Gladys avait dû subir une dialyse, et qu'elle quitterait bientôt l'hôpital.

La semaine précédente, il lui avait adressé un texto accompagné d'un fichier audio. Son message précisait : « Je crois que cette chanson a été écrite pour moi. Avec elle, je me retrouve sur ton épaule. Alors je me la passe en boucle… Je t'aime. » Lisa avait reconnu les notes de « Lisa ». Depuis, elle l'écoutait souvent en se disant que, peut-être, lui aussi entendait cette même musique au même moment. Et cela suffisait à lui donner l'impression qu'ils étaient tous deux connectés.

L'attente devenait pourtant une vraie torture. Elle ne parvenait même plus à trouver la paix en écrivant. Elle avait beau se répéter que ça irait, que bientôt il serait là, l'écriture n'était plus cathartique. Le sport et le travail pas davantage. En revanche, elle avait découvert un véritable exutoire, issu tout droit de la sérendipité.

Un jour, alors que passait à la radio une chanson de Goldman, elle s'était remémoré ce que Victor et elle faisaient à l'instant précis où ils l'avaient entendue ensemble. Cela l'avait ramenée à leur premier déjeuner dans cette maison. Des images lui étaient revenues. Des fragments de rire, aussi. Elle avait fermé les yeux, s'était laissé emporter par ces bribes de souvenirs. Puis elle avait relancé la même chanson. Une dizaine de fois. Une autre encore. De multiples détails avaient resurgi, parfois avec une telle précision que Lisa avait presque cru entendre Victor la taquiner sur les financiers oubliés dans le four, carbonisés.

Lisa était partie se coucher, époustouflée par la résurgence de ce souvenir, par la puissance et la fulgurance des sensations que cette chanson avait éveillées en elle.

Le lendemain, elle avait renouvelé l'expérience. De la même manière qu'elle aurait cherché à travailler une technique, elle s'était entraînée, encore et encore, à réveiller et agréger tous les détails de cette journée-là. Après quelques heures de persévérance, elle parvenait à sentir l'odeur de brûlé dégagée par les gâteaux. Avec la même force qu'une hallucination olfactive.

Elle avait compris tenir quelque chose.

Les jours suivants, elle s'était rendue au travail en traînant les pieds, obsédée par l'idée de reproduire la même chose avec une autre chanson. Elle s'était ainsi entraînée sur une quinzaine de titres, tous de Goldman.

Elle s'était contrainte à d'intenses sessions de concentration pour faire rejaillir de sa mémoire des instants vécus mais refoulés. À force de persévérance, elle était parvenue à un résultat dont elle n'aurait jamais pu soupçonner l'ampleur. Son obstination avait dépassé toutes ses attentes.

Aujourd'hui, dès qu'une mélodie démarrait, il ne s'agissait plus de souvenirs qui affluaient : elle *ressuscitait* les moments auxquels la chanson en question la ramenait. Il lui suffisait de fermer les yeux, de se couper du monde pour retrouver les parfums qui flottaient, visualiser les lieux exacts où elle se trouvait alors, les bruits alentour et les images en arrière-plan.

Elle avait ainsi découvert le moyen de voyager dans son histoire en attendant de pouvoir construire son avenir.

Impatiente de rentrer chez elle le soir, elle choisissait en fonction de son humeur, de ses aspirations, le moment qu'elle souhaitait revivre. Elle programmait ensuite une écoute répétitive du morceau retenu, s'asseyait. Elle fermait les yeux, et la flèche du temps s'inversait comme par enchantement : le passé redevenait aussi réel que le présent. Et plus elle se livrait à cet exercice, plus sa mémoire était en mesure de rendre l'instant tangible pour sa conscience.

Voilà ce qui désormais la faisait tenir, et elle s'était émue de cette découverte auprès de Victor. Il avait posé de nombreuses questions sur les souvenirs revécus lors de ces expériences, sur ce qu'ils avaient éveillé chez elle. Lui n'en serait pas capable, certain de ne pouvoir être réceptif à cette astuce, et il le déplorait.

Mais cette nuit faisait partie de celles, difficiles, où l'angoisse et la solitude prenaient le pas sur sa foi en eux. Ce n'était pas la première fois. À cette heure perdue où la France était plongée dans les ténèbres, lui seul pouvait l'apaiser. Elle lui adressa « Tu me manques » par texto. Un quart d'heure plus tard, son portable sonnait.

— Tu n'arrives pas à dormir ? Ça ne va pas, Lisa ?

— Ça va aller. Mais j'ai peur..., lâcha-t-elle dans un souffle.

— De quoi, mon cœur ?

— De ne pas terminer mes jours avec toi...

Silence à l'autre bout du monde. Elle reprit :

— Souvent, il me suffit de repenser à cette phrase que tu as prononcée sur le pont du Rialto. Mais, parfois, cette scène ressemble davantage à un rêve qu'à un souvenir...

Nouveau silence. Puis Victor suggéra :

— Voilà ce que nous allons faire, Lisa : je viens de terminer ma dernière réunion et je t'ai dans mes oreilles. Pose ton téléphone à côté de toi. Je vais rester avec toi jusqu'à ce que tu t'endormes, d'accord ? Ce sera un peu comme si nous passions la nuit ensemble…

— D'accord…

— OK. Commence par me raconter ta journée…

*

Le lundi suivant, Antoine revint du lycée aux alentours de 18 h 30. Son petit frère Hugo, de six ans son cadet, sortit de sa chambre. Leur mère venait de rentrer. Elle était affairée à ranger les courses dans la cuisine.

— Maman, il faut que tu me signes mon papier pour l'inscription au judo. Tu ne l'as pas fait, hier ! commença Hugo.

— Je suis désolée, j'ai oublié… Je m'en occupe tout à l'heure. Vous avez passé une bonne journée, les garçons ?

Elle leur adressa un sourire tout en plaçant une plaquette de beurre dans le réfrigérateur.

— Pas mauvaise pour moi, répondit Antoine. J'ai eu un 19 en maths et un 17,5 en physique…

— Bravo, mon chéri… Hugo, tu as pris ta douche ?

Antoine masqua sa déception. Il se serait attendu à un peu plus d'enthousiasme face à de si bonnes notes.

— Oh non ! Je déteste la fraise ! Pourquoi t'as acheté des yaourts à la fraise ? gémit Hugo.

Leur mère claqua la porte du frigo, s'empara des laitages, consulta l'étiquette.

— Je suis désolée, je n'ai pas fait attention !

— Mais je t'avais demandé des Danette au chocolat, m'man ! Y a déjà trois semaines…

— Eh bien, on n'a pas toujours ce qu'on veut, dans la vie ! rétorqua-t-elle, agacée. Je fais ce que je peux, Hugo. J'ai oublié, n'en fais pas toute une histoire, d'accord ?

Hugo se contenta de hausser les épaules et il quitta la pièce. Jusqu'à ce qu'un bruit de verre brisé l'y ramène.

— Et merde !

Antoine s'avança vers les débris du saladier gisant au sol : des éclats avaient été projetés jusqu'au couloir de l'entrée. Il s'accroupit et en saisit un.

— Laisse, Antoine, je vais m'en occuper !

— Je veux juste t'aider…

— Laisse, je te dis ! répliqua sa mère avec agressivité.

Antoine recula. Ce n'était pas la première fois qu'il notait ses sautes d'humeur. Certains détails prenaient même des proportions délirantes. Il l'entendit claquer la langue contre son palais :

— File dans ta chambre, s'il te plaît !

Il se retira promptement de la cuisine sans demander son reste.

*

Lisa signa le bordereau de remise du recommandé, prit le colis tendu par l'employée de la Poste. Constatant qu'il provenait de Vancouver, elle s'empressa d'arracher les morceaux de scotch qui fermaient les extrémités du paquet, en sortit un écrin. Le cœur battant, elle l'ouvrit.

Elle y découvrit un jonc en or, sur lequel étaient gravés une multitude de chiffres, lettres et symboles : « 45° 26′ 10″ N, 12° 19′ 42″ E ».

Une carte accompagnait le bijou.

« Mon amour, voici un bracelet créé pour nous deux. Je porte le même. Dessus sont ciselées les coordonnées GPS du pont du Rialto. Il te suffira de le toucher, d'effleurer ses gravures pour te ramener à ce jour et à cette phrase, tous deux forts d'une même promesse.

Je t'embrasse comme je t'aime.

Victor »

24

Jeudi 5 juillet 2012

Céleste pinça affectueusement la joue d'Antoine. Assis à même un monceau de terre, sur les hauteurs du parc des Buttes-Chaumont, ils venaient de sortir de leur troisième cours de « danses modernes et de salon ». Céleste était conviée à un grand gala organisé par la mairie, qui se tiendrait fin novembre. Son père ne lui avait pas laissé le choix : elle avait l'obligation d'y assister.

Elle avait confié à Antoine sa crainte de s'y ridiculiser puisqu'elle n'avait jamais dansé de valse ou de tango. Il lui avait alors proposé de les inscrire à quelques cours, qu'ils prendraient ensemble. Céleste avait aussitôt accepté.

L'initiation avait été édifiante. Ils partageaient une même propension à se prendre les pieds dans les jambes de l'autre et à en rire sans grande discrétion. Ce qui leur avait valu de nombreux rappels à l'ordre du professeur. Les séances suivantes leur avaient permis d'acquérir les figures de base, mais ils cherchaient davantage à s'amuser qu'à progresser. Là encore, cela n'avait pas été du goût de l'enseignant.

— Tu es sûre de ne pas vouloir aller jusqu'au temple de la Sibylle ? La vue y est magnifique…

— Non, Antoine, tu sais bien que j'ai peur du vide.

— OK, comme tu veux…, murmura Antoine en écartant les mains en signe d'impuissance.

Céleste avait souhaité venir s'isoler dans ce parc, à l'abri des bruits citadins. Rien ne les pressait, ils avaient tout leur temps : son père avait cédé à sa demande de permission de minuit. Elle lui avait « vendu » la fin des cours avec ses copines. S'il avait su que celles-ci se résumaient à Antoine…

— Tu te rends compte ? Dans deux ans, on passe le bac…, souffla-t-elle.

— Oui, déjà, se contenta-t-il de répondre.

— Il faudra vraiment qu'on s'inscrive dans la même école d'ingénieurs ensuite. Ou alors, on fait la même prépa. Mais on ne doit pas être séparés !

Elle posa sa tête contre son épaule. Il l'écarta doucement pour lui glisser un bras protecteur autour du cou.

Blottie contre Antoine, elle avait toujours éprouvé une sensation à la fois rassurante et légère. Mais depuis quelque temps, elle se sentait gênée par un sentiment différent, qu'elle ne parvenait pas à identifier. Ou qu'elle s'interdisait de nommer.

Mal à l'aise, elle se défit de son étreinte.

— Si tu avais une baguette magique, qu'est-ce que tu demanderais pour ton avenir ?

Il regarda droit devant lui. Elle ne pouvait voir son expression, mais elle le devinait concentré.

— Être utile pour les autres, pour la planète. J'aimerais participer à changer les choses.

Il laissa passer un silence.

— Et toi ?

— Je suis incapable de me projeter. En tout cas, je souhaite être libre de faire ce que bon me semblera. Avoir une famille. M'en occuper tout en exerçant une activité prenante. Je crois que j'adorerais construire des trucs un peu dingues : des ponts hypermodernes, des bâtiments avec des matériaux innovants.

— Tu y arriveras, Céleste.

— Et puis, pour le bac, je vise une mention au-dessus de la tienne. Parce que tu as constamment de meilleures notes que moi. Et ça devient vexant, fit-elle en plaisantant.

— Tu peux toujours t'accrocher ! Si j'étais toi, je ferais un autre vœu. Ça t'évitera d'en gâcher un…

Elle lui donna un coup de coude affectueux dans les côtes.

— Tu crois qu'on pourrait voir une étoile filante ? murmura-t-elle, plus sérieuse.

— Pourquoi pas ? Mais il ne fait pas encore assez nuit…

Toujours sur leur promontoire de fortune, ils demeurèrent figés, le nez tendu vers le ciel, à la recherche d'un présage qui ne venait pas.

En dépit des sentiments nouveaux qu'elle sentait naître à son égard, Antoine demeurerait avant tout celui qui serait resté à ses côtés durant les pires moments de sa jeune vie.

— Tu es précieux pour moi, Antoine. Je t'adore. Tu arrives toujours à me faire croire que tout est possible. Merci...

Il se tourna vers elle. Nul besoin de lui dire que la réciproque était vraie : son regard s'en chargeait. Il revint se plonger dans le ciel légèrement étoilé.

— J'ai fait un vœu...

— Un vœu ? Mais il n'y a pas eu d'étoile filante !

— Ce n'est pas parce que je ne l'ai pas vue qu'il n'y en a pas eu.

— Et c'est quoi, ce vœu ?

— Je ne peux pas te le dire parce qu'une fois qu'on les dévoile, les vœux ne se réalisent plus.

Elle haussa les épaules.

— Tu me le diras quand il sera exaucé, alors.

— Promis.

Elle sourit, revint poser sa tête contre lui, avec la conviction grandissante que sa rencontre avec Antoine était la plus belle chose qui lui soit arrivée.

*

Vendredi 6 juillet 2012

Aujourd'hui, j'ai le cœur en berne. Victor vient de m'annoncer qu'il ne pourrait pas rentrer en août. Moi qui me faisais une joie de partager nos projets pour la maison, de parler concrètement de la vie qui nous attend...

C'est la belle nuit de Noël, la neige étend son manteau blanc

Je le sens de plus en plus nerveux. Quelque chose le travaille. J'imagine qu'il est dans le dur avec la mère de ses enfants. Je suis bien placée pour comprendre ce qu'il doit traverser. Je le lui ai d'ailleurs dit. Il m'a répondu que j'étais la femme de sa vie. Et que ne pas pouvoir me voir en août le rendait fou.

Nous aurons plus que mérité notre bonheur...

25

Vendredi 31 août 2012

Céleste et Antoine en étaient à leur cinquième leçon de danse. Mais ils continuaient à enchaîner les faux pas et les fous rires. À tel point que le professeur les avait fait sortir deux fois de la salle et menacés de les exclure définitivement du cours.

Les consignes du jour étaient de danser dans des conditions réelles avec chaussures de ville et robe de soirée pour les femmes. Céleste avait donc troqué ses Converse et son jean contre des escarpins à talons et une longue jupe à volants. Sa silhouette s'était gracieusement élancée dans une cabriole encore enfantine, et Antoine, en la regardant, n'avait pu s'empêcher de penser qu'elle naviguait entre deux mondes, de l'adolescente à la femme.

Sa réflexion avait été de courte durée : le talon d'une chaussure de Céleste s'était accroché à l'ourlet de sa jupe, elle avait perdu l'équilibre et basculé en avant. Il avait immédiatement réagi et l'avait rattrapée de justesse, lui évitant de s'étaler de tout son long sur le sol.

— Tu as un talent incontestable pour le plongeon. On aurait peut-être dû s'inscrire à la natation synchronisée, on aurait eu plus de succès…

— On vous aurait surtout moins entendus ! avait fulminé le professeur.

Céleste avait manqué s'étouffer de rire et avait mis un temps fou à retrouver son sérieux, blottie contre la poitrine d'Antoine.

Ils étaient maintenant sur le chemin du retour.

Céleste serrait sur son cœur la peluche offerte par Antoine pour son anniversaire. Elle représentait un Minion, l'un des petits personnages jaunes du film *Moi, moche et méchant*, que tous deux avaient adoré.

Elle fêtait aujourd'hui ses quinze ans. Cela lui semblait beaucoup et peu à la fois.

Chaque bougie supplémentaire la ramenait à sa mère. Celle-ci lui manquait, mais pour rien au monde elle ne le lui aurait avoué. Elle ne pouvait prendre le risque de se retrouver de nouveau déçue. La simple idée de savoir qu'elle lirait de nombreuses tentatives d'appels de sa mère sur son portable la réconfortait. Comme si le nombre de fois où elle aurait cherché à la joindre était proportionnel à la force de son amour.

— Il est *swag* ton tee-shirt… Et il te va super bien ! la complimenta Antoine.

Céleste exhiba fièrement son vêtement neuf.

— Mon premier Zadig & Voltaire ! s'exclama-t-elle. Le cadeau de papa..., ajouta-t-elle, flattée de voir qu'Antoine remarquait tout changement ou nouvel accessoire sur elle.

— Et tu as eu des nouvelles de ta mère ?

— Elle m'a proposé de partir une semaine avec elle aux Bahamas, pour Noël. Mais j'ai refusé.

— Mais pourquoi ? Tu m'as toujours dit que tu aimais le soleil...

Passer plusieurs jours seule avec elle l'aurait confrontée au souvenir d'une relation fusionnelle qui n'attendait pas grand-chose pour resurgir. Et Céleste ne se sentait pas prête.

Depuis le temps, elle avait compris que le départ de sa mère ne s'était pas déroulé de la manière dont son père l'avait décrit. Mais celui-ci n'avait pas tous les torts non plus. Céleste lui avait d'ailleurs parlé des lettres évoquées par Lisa. Il avait formellement nié les avoir reçues. Sa mère les avait-elle inventées pour combler le vide qui avait suivi son départ de la maison ? Ça restait un mystère, mais Céleste ne lui en voulait plus pour ce mensonge. Elle avait été touchée par ses confidences, lorsque celle-ci lui avait confié sa « grande histoire d'amour ». Même si elle ne comprenait pas pourquoi elle-même n'avait jamais rencontré cet homme, lors de l'un de ses retours en France.

Tout en marchant, elle livra à Antoine sa crainte d'être de nouveau déçue. À ranimer le lien unique qui existait autrefois entre sa mère et elle, ne s'exposait-elle pas au risque de souffrir encore ? Pour la première fois, elle en parlait à cœur ouvert. Même s'il avait toujours su combien

Lisa comptait pour Céleste, Antoine prenait la réelle mesure de son chagrin.

Bientôt, ils arrivèrent devant le portail. Il n'y avait personne à l'intérieur de la maison.

Céleste s'empara de l'assiette sur laquelle trônaient trois gros beignets à la confiture. Antoine les contempla avec des yeux avides avant de se lécher les babines. Ils montèrent comme à leur habitude dans la chambre de Céleste, savourèrent le goûter préparé par Malala.

Après qu'Antoine eut englouti le dernier beignet, son visage prit une expression grave.

— Pourquoi tu restes si méfiante, vis-à-vis de ta mère ? demanda-t-il d'une voix douce.

Céleste regardait l'assiette vide, les lèvres soudées.

— Elle m'a juste abandonnée pour un type soi-disant en mission au Canada ! finit-elle par dire. Moi, je crois qu'elle se fait tout simplement balader par un mec marié. Tu ferais ça, toi ? Abandonner tes enfants pour une femme mariée ?

Pris de court, Antoine balbutia, honnête :

— Je n'en sais rien. Je ne m'imagine déjà pas en couple, alors avec des gosses… Quoique… Rien que pour toi, je serais sûrement prêt à beaucoup de choses, termina-t-il à mi-voix.

Elle resserra ses bras autour de lui. Cette manière d'essayer de la rapprocher de sa mère attestait du souci qu'il se faisait pour elle. Elle sourit en songeant qu'ils n'avaient désormais plus de secret l'un pour l'autre, puisqu'elle venait de lever le voile sur le seul sujet qu'elle n'avait jamais abordé.

Elle le regarda de biais. Sa bouche était couverte de sucre glace. Dans un élan impulsif, Céleste se pencha et posa un baiser sur ses lèvres : celles-ci avaient la saveur de la confiture de fraises. Réalisant brusquement ce qu'elle venait de faire, elle s'écarta, la honte brûlant la chair de ses joues.

Rouge de confusion, elle baissa les yeux.

— Pardon, Antoine. Je ne sais pas ce qui m'a p…

Elle ne put achever sa phrase, Antoine lui rendant son étreinte. Elle entrouvrit la bouche et leurs langues s'emmêlèrent timidement.

Son premier baiser. Le premier pour Antoine, aussi.

Sans même en avoir conscience, elle glissa une main sous son tee-shirt. Elle avait besoin du contact de sa peau. Quelques secondes encore et le souffle d'Antoine descendit sur son cou, tandis que ses doigts s'attelaient à défaire le bouton de son jean.

Céleste avait déjà expérimenté des jeux de caresses, seule dans son lit. Elle s'était découvert certaines zones plus sensibles, plus propices à l'excitation et au plaisir. Mais ces moments n'appartenaient qu'à elle. Aujourd'hui, c'était différent. Il s'agissait de la rencontre de deux corps. Enflammée par un désir qu'elle ne connaissait pas, elle se laissa guider par les gestes doux d'Antoine.

Lorsqu'elle sentit sa verge en érection contre son ventre, un mélange de peur et de culpabilité l'envahit. Elle en voulut soudainement à sa mère. Elle seule aurait pu la rassurer, aurait dû la préparer à ce qui était en train de se produire. De multiples questions l'assaillaient : S'y prenait-elle comme il le fallait ? Devait-elle le toucher, faire quelque chose de particulier ? Allait-elle avoir mal ?

Elle se raccrocha au regard d'Antoine, empli de douceur et de tendresse. Elle ferma les yeux. Pour lui aussi, il s'agissait de la première fois. Il n'y avait jamais de seconde première fois. Celle-ci marquerait leur vie pour toujours. Alors, ce moment devait rester mémorable. Autant pour elle que pour lui.

Quand il la pénétra, elle plissa les yeux, prête à accueillir la douleur. Elle ressentit un vif mais bref tiraillement. Passé cette sensation fugace, elle se laissa guider par les mouvements d'Antoine. Elle avait l'impression de flotter, n'éprouvait pas à proprement parler de plaisir, mais une sensation agréable et un fort sentiment de plénitude. Il se retira d'elle et elle sentit un liquide chaud couler sur son ventre. Elle rouvrit les yeux : Antoine la dévisageait, inquiet.

Elle mit quelques secondes à comprendre que c'était fini. Alors, c'était ça, faire l'amour ?

— Pardon..., entendit-elle. Je crois que ça dure plus longtemps, normalement...

Céleste ne put s'empêcher de sourire. Cela lui importait peu. À côté d'eux, sur la couette, gisait la peluche qu'il lui avait offerte. Mais son plus beau cadeau resterait à jamais cet instant où ses émotions à lui avaient fait écho aux siennes. Alors elle se lova contre Antoine, heureuse d'accueillir en elle un sentiment qu'elle n'avait jamais voulu qualifier, et qui menaçait maintenant de lui faire exploser le cœur.

*

Au volant de sa voiture, Charles se gara sur le trottoir, et activa les warnings. Il ne lui faudrait que quelques instants pour monter jusqu'à son bureau, récupérer le dossier qu'il avait oublié ce matin, et embrasser Céleste.

Il entra dans la maison, s'élança dans l'escalier. Des bribes de conversation lui parvenaient de l'étage. Il s'arrêta net en reconnaissant la voix du gamin. Il fronça les sourcils. Certes, Antoine montait souvent dans la chambre de Céleste. Ce qui était nouveau, c'était cette porte fermée.

Pourquoi, alors qu'il avait toujours exigé que cette fichue porte reste ouverte quand Céleste s'y trouvait en présence de ce gosse ?

Il grimpa les marches restantes, s'approcha à pas de loup, colla l'oreille contre le battant. Les mots lui parvenaient de manière indistincte. Quelques gloussements fusaient, mais ils parlaient à voix basse. Trop basse. Il se baissa à hauteur de la serrure, regarda au travers et crut défaillir. Le jeune bougre était assis torse nu et en caleçon sur le bord du lit. Le bruit de l'eau d'une douche s'échappait de la salle de bains attenante.

Une image, insoutenable, s'imposa à lui : il la chassa. Céleste venait tout juste d'avoir quinze ans ! Elle restait son petit ange, à l'abri des tourments charnels. Alors, l'imaginer en train de…

Il posa la main sur la poignée de la porte pour l'ouvrir, se ruer dans la chambre et virer ce malpropre comme il le méritait. Il se retint in extremis.

Il n'était pas préparé à cette situation. Un instant, il se dit même qu'il aurait préféré surprendre Lisa au lit avec l'homme pour qui elle l'avait quitté plutôt qu'avoir à se représenter sa fille dans les bras de ce sans-gêne, de surcroît sous son propre toit.

Entrer comme un fou furieux dans la chambre ne réglerait rien. Au contraire, Céleste se sentirait humiliée et se braquerait contre lui. Mieux valait agir en feignant l'ignorance.

Il se força à calmer sa respiration, puis regagna l'escalier le plus silencieusement possible, sans prendre le risque d'aller jusqu'à son bureau. Tant pis. Il se débrouillerait sans son dossier. Tout plutôt que se retrouver nez à nez avec cet énergumène en caleçon. Il redescendit à la hâte.

Et se jura, en refermant la porte de la maison, de faire payer cher sa conduite à ce sale morveux.

26

Mercredi 12 septembre 2012

Charles quitta la grande salle avec soulagement. L'ordre du jour de cette réunion publique tournait autour du projet de financement pour la rénovation d'un bâtiment administratif. Mais entre les invectives ou attaques personnelles des citoyens et les accusations fantaisistes envers l'équipe municipale, les échanges s'étaient rapidement écartés du sujet initial.

Il n'y avait là, hélas, rien de surprenant. Depuis la dernière élection présidentielle, qui avait scellé le retour de la gauche au plus haut sommet de l'État après dix-sept ans d'absence avec l'arrivée de François Hollande à l'Élysée, Charles gérait de nombreux remous, aussi bien externes qu'internes. Il se faisait régulièrement remplacer pour ses rendez-vous avec ses administrés. Aujourd'hui n'avait pas échappé à cette nouvelle habitude. La veille, en regardant son agenda, il s'était étonné d'y voir inscrite une certaine Mme Lendresse. Le nom de famille d'Antoine. Charles avait vérifié : le gamin était bien domicilié à la même adresse. Il ne pouvait donc s'agir que de sa mère. Curieux de connaître le mobile de cette consultation, il n'avait maintenu que ce rendez-vous.

Son acrimonie vis-à-vis de l'adolescent ne s'était pas calmée. Il voyait plus que jamais d'un mauvais œil sa relation avec Céleste. Certes, il reconnaissait que sa présence lui avait permis de mieux traverser les remous liés au départ de sa mère. Cette « relation pansement » avait eu ses vertus. Mais là, le gamin avait dépassé les bornes.

Le simple souvenir d'Antoine cuisses et torse nus raviva sa colère. Il visait le meilleur pour sa fille, et ce n'était pas en fricotant avec un gosse de ce milieu qu'elle s'élèverait au rang qui lui était dû. Pour autant, il savait que toute insistance de sa part pour mettre un frein à cette relation serait contre-productive. Céleste avait un caractère bien trempé. Comment allait-il pouvoir manœuvrer ? Il n'en avait pour l'heure aucune idée.

Lorsque sa secrétaire introduisit Mme Lendresse dans son bureau, il s'efforça de ne rien laisser paraître de son aigreur. La femme qui prit place face à lui était aussi élégante que discrète.

— Merci d'avoir accepté de me recevoir, monsieur, commença-t-elle, visiblement embarrassée.

— Je vous en prie, madame. Qu'est-ce qui vous amène ?

— Je vous remercie tout d'abord de bien vouloir garder cet échange confidentiel. Nos enfants sont proches… Je souhaiterais qu'Antoine ne soit pas informé de ma démarche.

Elle avait prononcé cette dernière phrase en baissant la tête.

— J'ai besoin d'aide, ajouta-t-elle.

Charles demeura silencieux. Il n'appréciait guère de voir cette femme arguer de l'amitié de leurs enfants respectifs pour lui soutirer quoi que ce soit. Il l'invita à poursuivre d'un geste.

— Je traverse actuellement quelques déboires. Vous le savez sans doute, mon ex-mari et moi sommes séparés depuis trois ans.

Céleste avait effectivement évoqué à plusieurs reprises le divorce difficile des parents d'Antoine et le départ du père pour les États-Unis.

— À l'époque, j'occupais un poste de secrétaire dans une petite entreprise d'une vingtaine d'employés. Celle-ci a fini par déposer le bilan.

Son regard s'altéra.

— Les allocations-chômage m'ont permis de tenir quelque temps. Je n'étais pas effrayée, car j'étais persuadée de retrouver rapidement un emploi. Mais cela n'a pas été le cas… Je suis restée dix ans sans activité pour élever mes enfants. Je ne parle pas anglais, et une expérience de quelques années dans une si petite entreprise ne m'aide pas à convaincre les recruteurs.

Elle baissa de nouveau la tête.

— Pour ne pas inquiéter Antoine et Hugo, et par fierté, sans doute, je leur ai caché la réalité. Je leur ai fait croire que j'avais retrouvé un travail. Il n'en est rien. Le problème, c'est que je suis arrivée en fin de droits il y a quelques mois...

— Mais j'imagine que vos enfants se sont rendu compte d'un changement, tout de même ?

— Non, je pars tous les matins comme pour me rendre au bureau. C'est plus simple ainsi...

Un sourire triste flotta quelques instants sur ses lèvres.

— J'ai toujours appris à mes fils à se débrouiller seuls. Et je ne veux rien demander à mon ex-mari. Je finirai par m'en sortir. D'ailleurs, une agence d'intérim accepte de me mettre à l'essai la semaine prochaine, pour un poste à Paris. Mais il est évident que je ne peux plus garder notre appartement. Le loyer est beaucoup trop élevé. Et là, je sais bien que je ne pourrai trouver rapidement un autre logement sans coup de pouce. C'est pour cela que je me suis résolue à vous demander de l'aide... J'ai besoin de votre appui, monsieur, pour me permettre d'obtenir de toute urgence un HLM...

Charles fronça les sourcils. Sa surprise n'était pas feinte. Il imaginait sans peine combien cet appel au secours devait coûter à cette femme humble et réservée. Il l'observa : elle se tenait toujours droite, digne. Peut-être lui apportait-elle une solution sur un plateau. Si elle trouvait un travail à Paris, elle pouvait vivre n'importe où en Île-de-France.

Il songea à son collègue maire d'une ville de l'Essonne, avec qui il déjeunait le lendemain. Cette commune était suffisamment proche de Paris pour s'y rendre chaque jour, et assez éloignée de chez lui pour empêcher les deux ados de se retrouver trop souvent. Il ne se faisait pas d'illusions :

la distance de quelques dizaines de kilomètres ne suffirait pas à elle seule à distendre le lien solide qui unissait Céleste et Antoine. Nul doute que la conséquence naturelle de cet éloignement géographique serait de voir débouler le gosse à la maison tous les week-ends. À moins que…

Une idée germa dans son esprit. Il la laissa prendre forme tout en griffonnant des figures géométriques sur son sous-main en papier. « Il n'y a pas de classe sans conscience de classe », récita-t-il en son for intérieur. Certes, ce n'était pas des plus élégants, mais cela aurait pour mérite d'être radical.

— Je vais peut-être pouvoir vous aider, madame. Voici ce que je vous propose…

*

Jeudi 20 septembre 2012

Antoine attacha son vélo à l'un des arceaux dédiés et se dirigea vers le point de rencontre. Le père de Céleste l'avait contacté deux jours plus tôt sur son portable. Après lui avoir demandé de ne rien en dire à sa fille, il lui avait annoncé avoir quelque chose de grave à lui confier. Antoine n'avait aucune idée de la manière dont il s'était procuré son numéro, mais cela lui importait peu. Depuis cet appel, l'inquiétude ne l'avait pas quitté. Taraudé par la raison de ce rendez-vous secret, il avait préféré ne pas revoir Céleste, qui aurait lu en lui à livre ouvert, et l'aurait harcelé jusqu'à ce qu'il parle.

Il avait donc prétexté un impératif avec sa mère.

Antoine aperçut immédiatement Charles, assis sur le banc face à l'église.

— Bonjour, monsieur, bafouilla-t-il.

— Bonjour, fiston ! lui répondit Charles, sur un ton qu'il souhaita le plus chaleureux possible.

Antoine, mal à l'aise, prit place à ses côtés. Le père de Céleste n'était pas d'un abord facile. Alors pour quelqu'un d'aussi timide que lui, garder un semblant d'assurance n'était pas un exercice aisé.

— Merci d'être venu et d'avoir su rester discret vis-à-vis de Céleste. J'ai longtemps hésité à t'appeler, mais mon rôle de père m'a incité à le faire.

Son visage prit un air contrarié.

— Tu aimes beaucoup Céleste, n'est-ce pas ?

S'il aimait Céleste ? Plus que tout au monde, oui. Mais s'il existait un être auprès duquel il n'avait pas envie de s'épancher sur ses sentiments, c'était bien Charles Dupeyron…

— C'est ma meilleure amie, répondit-il d'une voix à peine audible.

Charles balaya l'air d'un grand mouvement de bras pour signifier qu'il n'était pas dupe. Démasqué, Antoine ne put s'empêcher de rougir.

— Et donc, en tant que « meilleur ami », tu ne souhaites que son bonheur, n'est-ce pas ?

Silencieux, Antoine hocha la tête.

— Tu es au courant : sa mère nous a laissés tomber, Céleste et moi.

Ce n'était pas une question, juste une affirmation. Antoine se garda bien de la rectifier.

— La seule manière pour ma fille de se reconstruire, c'est d'oublier le passé pour se tourner vers l'avenir.

Charles s'interrompit encore, fixa Antoine. Celui-ci ne se laissa pas déstabiliser.

— Sans doute. Mais quel lien avec ma présence ici ?

— Tu vas vite saisir. J'ai de nombreux projets pour Céleste. Elle est brillante, je ne t'apprends rien. Elle est appelée à un bel avenir. Elle fera même mieux que moi. Mais pour atteindre un tel objectif, il faut savoir bien s'entourer.

Il eut une grimace.

— Or, je suis navré d'avoir à te le dire, jeune homme, mais ta présence et ton influence pourraient lui être préjudiciables…

Antoine protesta avec véhémence.

— Je ne vois pas en quoi. Nous ne faisons rien de mal.

— Oui, mais ce que tu ignores, et que je ne devrais pas te dire, c'est que ta mère est venue me rendre visite à la mairie pour me faire part de sa situation financière, catastrophique.

Le visage du gamin se décomposa.

— Elle a perdu son travail il y a quelques années et n'en a jamais retrouvé depuis. Elle n'arrive plus à joindre les deux bouts…

— C'est impossible, balbutia Antoine, frappé de stupeur.

— Elle ne peut plus payer son loyer. Ta mère m'a donc demandé de vous trouver un HLM de toute urgence.

En état de choc, Antoine ne parvenait plus à organiser ses pensées. Face à son air aux abois, Charles feignit une expression peinée.

— Tu sais, petit, la vie n'est pas un long fleuve tranquille…

Antoine le regarda sans le voir. Les mots de Charles tournaient à vide dans son cerveau. Car il songeait soudainement à des détails auxquels il n'avait accordé que peu d'attention, et qui subitement prenaient un tout autre sens : ces départs en vacances constamment repoussés pour des raisons évasives, ces nouveaux vêtements qui ne comportaient pas toujours d'étiquette, cet argent de poche que sa mère ne lui versait plus au prétexte qu'il pouvait mieux faire alors qu'il avait 17,75 de moyenne générale…

Il essaya de revenir se concentrer sur Charles, qui pointait maintenant l'index dans sa direction.

— Moi, je veux bien faire le maximum pour aider ta mère, mais j'aurais également besoin d'un petit service de ta part. Parce que ma situation est aussi pénible, même si c'est dans un autre registre… Tu comprends ?

Non. Antoine ne comprenait rien des attentes de cet homme intimidant. Pourtant, celui-ci guettait une réaction. Alors il se risqua à une réponse pleine de sincère compassion :

— Oui, Céleste m'a parlé du départ de votre femme… J'imagine combien…

— Tu n'imagines rien du tout ! l'interrompit sèchement Charles.

Il changea de cap en adoptant un tout autre ton.

— Ne parle pas de ce que tu ne connais pas. D'abord, Lisa n'a jamais été ma femme et elle n'est même plus ma compagne. Ensuite, ce n'est pas ton problème. Ton problème à toi, c'est de ne pas nuire à l'avenir de Céleste !

Son index vint plusieurs fois marteler doucement mais fermement la poitrine du jeune garçon. Désemparé, Antoine restait figé, incapable de discerner ce qui, du doigt accusateur ou du geste intrusif et presque brutal, le choquait le plus.

— Je ne comprends pas..., bafouilla-t-il.

Agacé, Charles jeta un coup d'œil autour de lui, se leva, fit quelques pas pour recouvrer son sang-froid et revint se camper devant l'adolescent. Il s'adoucit, mais conserva un ton décidé :

— Je suis maire de cette ville, petit. Cela t'a sans doute échappé, mais les personnes que je reçois chez moi ne sont pas les mêmes que celles que ta maman et toi côtoyez. N'y vois aucun jugement, seulement vous n'êtes pas destinés à fréquenter le même monde. Vous n'êtes pas de notre milieu, c'est juste factuel. Je n'ai rien contre ça : la mère de Céleste elle-même était... plus simple. Mais maintenant, Céleste va commencer à se construire un avenir.

— Je ne pense pas être un obstacle à l'avenir de Céleste, rétorqua Antoine, sa timidité envolée devant tant de mépris. L'amitié ne connaît pas de barrières. Et même si je n'ai pas beaucoup d'expérience de la vie, il me semblait avoir appris en histoire que la prise de la Bastille avait quand même fait évoluer bien des choses...

Charles ne put retenir une expression de stupéfaction. Ce gamin avait une sacrée personnalité. Du cran aussi. Il allait peut-être lui donner du fil à retordre. Il s'immobilisa un instant, chercha dans les yeux clairs les arguments qui sauraient le dissuader d'approcher Céleste. La solution lui vint naturellement.

— Je vais tâcher d'être plus précis : si tu continues à fréquenter Céleste, je serai contraint de partager avec elle toute ma commisération à l'égard de la situation de ta mère, que je ne serai pas parvenu à aider... Pour les demandes de HLM, il y a des listes d'attente de trois, cinq ans parfois... Alors, évidemment, il est possible de faire passer certains dossiers en priorité pour des cas « critiques », mais... il faut voir...

Il laissa volontairement flotter quelques secondes de silence, de manière qu'Antoine saisisse bien ce qu'il sous-entendait. Il ne devait surtout pas le rassurer sur le fait qu'il aiderait de toute manière sa mère à obtenir cet appartement. Il était de l'ancienne école, il respectait profondément la valeur du travail. Et il admirait le courage et la pudeur de cette mère, qui se battait seule depuis des mois.

— Autre point... Imagine Céleste, quand elle apprendra que ta mère ne peut plus subvenir à tes besoins essentiels, comment crois-tu qu'elle réagira ?

— Elle me soutiendra, comme toujours, riposta Antoine.

— Bien sûr. Mais comment vivras-tu, *toi*, le fait qu'elle n'osera jamais te proposer d'aller au cinéma à moins de te payer ta place ? Et que ressentiras-tu quand elle posera sur toi un regard dans lequel tu ne liras que de l'apitoiement ?

Les épaules d'Antoine s'affaissèrent : Charles comprit qu'il avait visé juste. Le môme avait de l'amour-propre.

— Alors voilà mon offre : je vais vous aider. Les choses iront très vite, et vous partirez vivre à une trentaine de kilomètres. Tu pourras expliquer à Céleste que ta mère en a décidé ainsi. Elle ne connaîtra rien de ta… situation. En échange, je veux que tu arrêtes de fricoter avec ma fille.

— Rien ne m'empêchera jamais de voir Céleste, monsieur…

Antoine avait réussi à répondre, mais sa voix n'avait plus rien d'affirmé. Il n'avait jamais perçu la différence de milieu existant entre Céleste et lui comme un obstacle à leur lien, quelle qu'en soit la nature. Il était désormais en proie au doute.

— Pas même la honte, Antoine ?

Une ombre crasseuse le traversa. Cette honte prenait brutalement racine dans son ventre, et déployait déjà son poison.

Charles s'approcha suffisamment de lui pour qu'il sente la chaleur de son souffle.

— Libre à toi de préférer cette option. Mais réfléchis vite. Pense à ta mère qui se verra expulsée dès le printemps prochain avec ses deux garçons. Crois-moi, la chute est infernale et rapide : plus de toit, plus de boulot. Tu expliqueras pourquoi à ta mère. Il y a beaucoup de gens bien qui vivent sous les ponts, jeune homme. Surtout par les temps qui courent…

C'est la belle nuit de Noël, la neige étend son manteau blanc

Dans la tête d'Antoine, des centaines d'alarmes clignotaient. Il luttait pour ne pas fondre en larmes. Il ne voulait, *ne pouvait* croire à tout ce qu'il venait d'entendre. Il avait la sensation d'avoir intégré le corps et la vie de quelqu'un d'autre. Mû par le besoin presque vital de se retrouver seul, il planta Charles au milieu du parc, courut jusqu'à son vélo, l'enfourcha, et pédala aussi vite et loin qu'il le put.

Charles, lui, resta longtemps immobile, et suivit Antoine des yeux jusqu'à ce qu'il devienne un point lointain. Le message avait été reçu cinq sur cinq. En manipulateur sans scrupule, il avait atteint son but.

*

Jeudi 20 septembre 2012

Je suis inquiète. Je sens bien que Victor est différent. Mais il ne veut rien me dire.

Depuis qu'il a prononcé le mot « divorce », je devine sa relation tendue avec Gladys. Je suis bien placée pour le comprendre. Mais il refuse de m'en parler. Tout comme moi je l'ai fait.

Pour autant, j'aimerais tant qu'il puise en moi l'énergie nécessaire pour aller au bout de son histoire… Pour le moment, je me contente d'être là s'il le souhaite. Je ne lui ajoute pas de pression supplémentaire, il n'en a vraiment pas besoin. Pourtant, j'aspirerais tellement à partager avec lui mes idées d'aménagement de la maison… Je sais par exemple qu'il dispose d'un bureau, là où il vit actuellement. J'aimerais repeindre mon ancienne chambre et lui réserver cette pièce. Ce sera son endroit à lui, là où il pourra travailler. Ma tête déborde de projets, mon cœur d'enthousiasme.

Il y a quelques jours, il m'a demandé de ne plus le contacter. C'est lui, dorénavant, qui le fait. Gladys doit surveiller son portable... Elle doit se douter de l'existence d'une autre femme. Si j'étais à sa place, j'aurais imaginé la même chose.

Je devrais culpabiliser. Je l'aime trop pour cela.

Plus que quelques mois et il sera là. Enfin. Nous nous retrouverons le 24 décembre à 20 heures, chez moi. Nous n'y célébrerons ni Noël ni la fin de l'année, mais le début de notre nouvelle vie.

J'ai hâte...

*

Vendredi 21 septembre 2012

Le réveil émit plusieurs bips à bas volume. Antoine était déjà prêt depuis une vingtaine de minutes. Il n'avait pas besoin de cette alarme pour se lever : il n'avait pas fermé l'œil de la nuit, dévasté par son échange avec le père de Céleste.

Comme d'habitude, il entendit sa mère éteindre la radio. C'était la dernière étape de son rituel du matin, avant d'enfiler son manteau et de partir au travail. Il attrapa ses clefs.

La veille, il s'était montré particulièrement attentif aux moindres détails. Mais rien ne lui avait semblé suspect. Au cours du dîner, sa mère leur avait proposé, à Hugo et à lui, de raconter leur journée. Elle leur avait ensuite réclamé leur planning du lendemain. Rien d'inhabituel. Antoine l'avait à son tour questionnée sur son travail. Elle lui avait répondu que le rythme était soutenu mais que ça allait. Devant son regard contrarié, Antoine n'avait pas insisté. Il avait eu beau chercher, rien, dans l'attitude de sa mère, n'éveillait le moindre soupçon. Il en était même arrivé à se reprocher d'avoir cru aux horreurs débitées par le père de Céleste, et avait failli poser directement la question à sa mère, en plein milieu du dîner. Mais quelque chose – un pressentiment ? – l'avait poussé à se taire. Il avait alors pris la décision de sécher les cours du lendemain, pour vérifier par lui-même.

Il entendit la porte de l'appartement claquer doucement et se précipita dans le couloir, la surveillant depuis l'œilleton. Quand elle eut disparu, il sortit sur le palier, attrapa son vélo et appela à son tour l'ascenseur.

Au rez-de-chaussée, il enfourcha son tout-terrain et pédala le plus vite possible en direction du parking. Lorsque la voiture de sa mère s'engagea dans la rue, il se lança à sa poursuite.

*

Céleste endossa son Quiksilver et ouvrit le tiroir supérieur de sa commode. Elle en retira une sacoche : celle où elle mettait son argent de poche. Demain, samedi, elle partirait en Normandie avec son père, dans la résidence secondaire de l'une de ses relations. Depuis le départ de sa mère, elle devait le suivre quand ses obligations le contraignaient à quitter le domicile plusieurs jours. Elle s'y était habituée, bon gré mal gré. Cette fois, ce qui la contrariait tout particulièrement, c'était qu'elle ne pourrait pas offrir son cadeau d'anniversaire à Antoine, dimanche. Ils rentreraient trop tard de Normandie. Elle se rattraperait le lundi. Pour ça, il fallait qu'elle aille l'acheter tout à l'heure, après le lycée.

Elle avait déjà choisi le cadeau.

Elle fourra ses deux billets de 50 euros dans sa poche de jean, quitta la pièce et dévala l'escalier.

*

Antoine, en eau, en avait plein les pattes. Cela faisait un quart d'heure qu'il pédalait comme un fou derrière la voiture de sa mère, tout en veillant à laisser suffisamment d'espace pour ne pas se faire griller.

Heureusement, elle n'avait pas pris l'autoroute. Mais s'escrimer à passer entre les véhicules pour ne pas la perdre de vue, tout en restant caché, n'était pas simple. En tout cas, ce qui était certain, c'était qu'elle n'avait pas emprunté le chemin habituel pour se rendre à son travail.

À présent, ils longeaient la Seine. La petite voiture rouge se rangea près des berges du fleuve. Sa mère en descendit. Antoine planqua son vélo dans un fourré pour la suivre. Il la repéra un peu plus bas, assise au bord de l'eau. Elle ne bougeait pas, et semblait réfléchir. Interdit, Antoine resta debout, à distance, dissimulé derrière un arbre. Que faisait-elle ? Attendait-elle quelqu'un ? Peut-être voulait-elle simplement souffler avant d'attaquer sa journée, pensa-t-il sans conviction.

Les questions affluaient dans sa tête. Il y avait forcément une explication claire, rationnelle à cet étrange comportement. Mais le regard de sa mère perdu sur la Seine ne le confortait pas en ce sens…

Au bout d'un quart d'heure, il changea de planque et patienta derrière une haie de houx. Une heure plus tard, il vit sa mère se lever et rejoindre le parking. Déconcerté, il la suivit à nouveau.

Cette fois-ci, elle prit la direction du centre-ville. Bientôt elle se gara le long d'une grande avenue, qu'elle remonta ensuite à pied. Lui grimpa sur le trottoir, descendit de son vélo qu'il poussa à ses côtés. Enfin elle bifurqua entre deux hauts immeubles, avant de s'engouffrer dans celui de droite. Chez qui se rendait-elle ?

Il avança doucement. Arrivé à la hauteur de l'entrée, il se figea à la vue d'une immense affiche apposée sur la façade. Une assiette en forme de cœur entourée de ses deux couverts le toisait. Il ne voyait que ce qui était écrit en toutes lettres : « Les restaurants du cœur ».

Le souvenir de Hugo attrapant un de ces yaourts à la fraise qu'il détestait le heurta de plein fouet, fracassant ses dernières illusions. En un instant, il se remémora une foule de détails, autant d'indices qui auraient dû lui mettre la puce à l'oreille : ces produits qu'elle n'achetait jamais auparavant et qui constituaient dorénavant leurs repas ; ce fameux après-midi où il était rentré plus tôt et l'avait trouvée à la maison, surprise et gênée de son retour à l'improviste. Elle avait alors prétexté être en RTT... Et cette question systématique, chaque soir : « À quelle heure se terminent vos cours, demain ? » Cette demande n'avait rien d'anodin. Elle déterminait l'heure à laquelle elle pourrait réintégrer son domicile sans éveiller la moindre inquiétude.

Sonné, Antoine se laissa glisser le long du bâtiment. Il avait toujours eu une approche assez pragmatique des choses. Le manque d'argent pour couvrir leurs besoins portait un nom : la pauvreté. Il ne s'était jusqu'à présent jamais attardé sur cette notion, car il n'aurait jamais imaginé être un jour concerné. Il découvrait brutalement avoir basculé du côté de ceux qui avaient du souci à se faire pour leur avenir, pour leur présent même. Cette douloureuse prise de conscience s'accompagnait d'un sentiment de honte et d'humiliation. Un mur s'immisçait entre lui et son monde d'avant, celui de ses copains, celui de son insouciance, celui de ses projets.

Antoine n'avait jamais apprécié le père de Céleste. Il le trouvait dur et arrogant. Sûr de lui et dédaigneux. Mais ce dernier avait raison sur un point : jamais il ne supporterait la compassion de Céleste. Bien sûr, il pouvait lui expliquer les choses : son amie était la seule personne capable de le comprendre et de partager ce qu'il ressentait précisément en cet instant. Mais combien de temps lui faudrait-il pour déceler dans le regard de Céleste la commisération qui le ramènerait à sa situation familiale ? Avait-il envie de prendre ce risque-là ?

Il se sentait souillé, et refusait qu'une seule poussière de cette saleté ne se pose sur Céleste. Jamais il ne la tirerait vers le bas.

Il ravala la boule énorme qui lui bloquait la respiration. Il avait pourtant bien entendu parler d'histoires où la vie de certains avait subitement basculé, les amenant à faire de la rue leur domicile. Sa mère, son petit frère et lui étaient-ils sur le point de subir cette descente aux enfers ?

Antoine sentit un sanglot monter dans sa gorge. Et là, devant cette affiche aux tons roses, il vit son monde perdre toutes ses couleurs.

*

Lundi 24 septembre 2012

Antoine monta les marches d'un pas lourd. Charles l'avait accueilli avec un sourire faux qui ne laissait rien transpirer de leur précédent échange.

Il entra dans la chambre, dont la porte demeura béante. Il ne s'assit pas sur le bord du lit, contrairement à son habitude. Sans être froid, il tenait à marquer une distance physique avec Céleste. Cela serait moins difficile pour lui parler. Il prit donc place sur le tabouret à roulettes devant le bureau.

— Attends deux minutes ! lui lança Céleste, visiblement surexcitée.

Pendant qu'elle ouvrait son armoire, Antoine chercha un peu de courage dans l'environnement rassurant de la chambre soignée. Ses yeux s'égarèrent sur les nombreux posters qui ornaient les murs de la pièce : Kristen Stewart, Lana Del Rey, Adele, Lady Gaga… Autant d'idoles adulées par Céleste. La fenêtre grande ouverte laissait apparaître un soleil cerné de quelques nuages.

— Bruits de tambour… Bon anniversaire, Antoine ! s'écria Céleste en brandissant fièrement un paquet-cadeau.

— Mais tu me l'as souhaité au téléphone, hier…, balbutia Antoine, gêné.

— Ouvre ! Tu vas voir !

Il défit avec une infinie précaution les morceaux d'adhésif, aussi bien pour savourer l'instant que pour se remémorer le discours qu'il allait devoir débiter, et pour lequel il s'était entraîné des dizaines de fois dans sa chambre. Le cadeau déballé, il déplia le tissu, le suspendit à hauteur de ses yeux pour mieux le contempler. Il reconnut le même tee-shirt que celui porté par Céleste, le jour où ils avaient fait l'amour… Un Zadig & Voltaire. Combien Céleste avait-elle pu dépenser pour ce vêtement de marque ? Lui-même ne lui avait offert qu'une simple peluche pour ses quinze ans…

Il déglutit douloureusement. S'il avait reçu ce présent une semaine plus tôt, avant qu'il ne découvre le terrible secret de sa mère, il ne se serait même pas posé cette question. Il aurait sauté de joie, embrassé Céleste en la faisant tourner dans ses bras, puis il aurait immédiatement arboré son nouveau tee-shirt en crânant. Mais, en trois jours, son regard sur le monde avait changé.

Ses remerciements se transformèrent en une bouillie indistincte. Incapable de les répéter de manière plus audible, il se leva, déposa un rapide baiser sur la joue de Céleste, se rassit et, le ventre noué, s'éclaircit la voix. Le moment était venu.

— Je suis très touché, Céleste, mais je ne peux pas accepter un tel cadeau. D'autant que je dois t'annoncer quelque chose…

Céleste ouvrit de grands yeux ronds. Il poursuivit :

— Ma mère vient de trouver un autre travail, dans l'Essonne. C'est loin d'ici. Et elle cherche de toute urgence un appartement vers là-bas. Nous ne pourrons plus nous voir.

Elle resta un instant aussi immobile qu'une statue. Puis elle se ressaisit du mieux qu'elle put.

— Pas grave ! On prendra le RER. On se retrouvera à Paris.

Touché par sa réaction, Antoine luttait contre l'envie de la serrer dans ses bras. Contre celle de pleurer, aussi.

— Ce n'est pas si simple, Céleste. Entre mon nouveau lycée, les devoirs et ma mère qui me met pas mal de pression en ce moment, ça risque d'être compliqué.

Céleste chercha à le raisonner. Il n'avait pas tort pour les jours de semaine, mais ils se retrouveraient les week-ends. Elle cessa d'insister lorsqu'elle vit Antoine se fermer totalement. Elle ne l'avait jamais vu dans cet état. Elle comprit que le problème était ailleurs. Elle avait naïvement cru qu'ils avaient franchi un cap supplémentaire en faisant l'amour. Mais lui ne le ressentait probablement pas ainsi.

— C'est à cause de ce que nous avons fait l'autre jour ? trouva-t-elle la force de demander d'une voix étranglée.

Même au cours de ses multiples répétitions dans sa chambre, Antoine n'avait pas envisagé qu'elle puisse penser à ça. Comment pouvait-elle une seule seconde imaginer qu'il regrettait ce qu'il considérait comme le plus beau moment de sa vie ?

Submergé par l'émotion, il fit volte-face avec le tabouret à roulettes pour poser son cadeau sur le bureau, essayant de masquer sa peine. Il savait pertinemment que si Céleste venait à déceler son désarroi, elle s'acharnerait à lui faire dire ce qu'il tenait à taire. Et le pire était qu'elle y parviendrait. Bien sûr, elle le rassurerait, lui jurerait que jamais sa condition sociale ne mettrait un frein à leur relation. Mais ne le regretterait-elle pas un jour ? Il ne voulait pas prendre le risque d'altérer la beauté de cette relation-là…

— Non, rien ni personne ne pourra jamais enlever quoi que ce soit à la profondeur de notre lien, Céleste. Je n'aurai jamais d'autre meilleure amie que toi, termina-t-il dans un sourire contraint.

Céleste, anéantie, hocha lentement la tête. Son amie ? Bien sûr qu'elle l'était. Mais elle pensait être devenue tellement plus depuis sa dernière visite dans cette chambre. Comment avait-elle pu se montrer aussi naïve ? Elle se reprochait autant son aveuglement que d'avoir écorné une si belle amitié. Alors que son cœur se recroquevillait, elle tenta de se comporter dignement.

Lorsque Charles surgit dans l'encadrement de la porte, les deux adolescents sursautèrent.

— Excusez-moi, les enfants. Je ne voulais pas vous effrayer… Malala vous a fait des financiers. Vous descendez ?

Antoine se sentait aux abois. Il se leva.

— Je n'ai pas très faim. Je dois partir. J'ai promis à ma mère de rentrer tôt, aujourd'hui.

Il n'eut pas le courage de se tourner vers Céleste. Il devinait sa peine, et la partageait en silence.

— Merci, Céleste…

Il se précipita dehors. Il avait délibérément laissé le tee-shirt sur le bureau. Il aurait donné cher pour être loin. Très loin. À New York, par exemple.

Il leva la tête vers le ciel : les nuages gris avaient fini par avaler le soleil.

27

Jeudi 15 novembre 2012

Antoine avait évité Céleste toutes ces dernières semaines. Les seuls moments où ils s'étaient vus s'étaient limités à deux, trois mots échangés après les cours, devant le lycée. Il avait systématiquement prétexté devoir aider sa mère à préparer les cartons pour son déménagement. Céleste ne lui avait adressé aucun reproche. Pourtant, il avait lu dans ses yeux cernés et son teint pâle combien leur éloignement la faisait souffrir.

Entre-temps, son père s'était démené pour anticiper l'arrivée de ses deux fils à New York. Car la décision de l'envoyer lui et son frère vivre là-bas avait été prise. Il venait de l'annoncer à Céleste.

— Tu plaisantes ? finit-elle par lâcher d'une voix d'outre-tombe.

Antoine baissa la tête, fixa le bout de ses baskets. C'est lui qui avait pris la liberté de contacter son père. En pleurs, il avait cherché à expliquer le combat caché de sa mère, les problèmes financiers dans lesquels elle se débattait seule dans le plus grand secret. Par pudeur pour elle, il avait volontairement fait abstraction des Restos du cœur. Mais par la suite sa mère lui avait avoué avoir eu plusieurs fois recours à une aide alimentaire, la pension que son ex-mari lui versait tous les mois permettant juste de compléter le montant du loyer.

— Non. Mes parents ont longuement discuté de notre éducation. Mon père ne souhaite pas que mon frère et moi terminions nos études en France. Il pense que la scolarité aux USA est plus qualitative, qu'elle ouvre plus de portes. Je n'ai pas le choix…

Il ne mentait pas totalement. Lorsque son père avait eu connaissance de la situation de son ex-épouse, il avait immédiatement proposé à ses fils de le rejoindre. Entre Athis-Mons et New York, le choix était vite fait. À cette question près : à quoi ressembleraient ses jours de l'autre côté de l'Atlantique, sans la présence de Céleste ?

— Du coup, Hugo et moi devons y aller pour finaliser nos inscriptions pour la rentrée de début d'année, en janvier… Je m'y rends la semaine prochaine pour aider mon père à préparer notre emménagement. Là-bas, je deviendrai quelqu'un, Céleste…, murmura-t-il plus pour lui-même que pour elle.

— Mais, Antoine, tu réalises que…

Elle s'interrompit, incapable de poursuivre. Que dire de plus ?

Elle aurait pourtant aimé lui crier qu'il n'avait pas besoin de s'enfuir si loin pour devenir quelqu'un. Qu'il était même déjà à ce point exceptionnel qu'elle ne parvenait pas à imaginer la vie sans lui. Mais si elle n'avait à aucun moment compté dans sa décision de partir, pourquoi iraitelle mendier sa présence ?

— Et moi ? demanda-t-elle faiblement, sur un ton qui le coupa en deux.

Il aurait voulu tout arrêter à cet instant : le temps, les disparités sociales, les qu'en-dira-t-on, la méchanceté de Charles Dupeyron.

— Crois bien que j'aimerais pouvoir faire autrement, Céleste…

Elle leva la tête vers lui. *« Rien ne nous éloignera. »* Combien de fois sa mère lui avait-elle répété cette phrase ? Et que restait-il de cette belle promesse ?

— Va-t'en, lui ordonna-t-elle en serrant les dents.

— Céleste, je comprends que tu sois énervée…

Elle l'écoutait sans l'entendre. Il avait beau tenter de donner du sens à ce départ, elle ne retenait qu'une chose : lui aussi éprouvait le besoin de s'éloigner d'elle. Le sort s'acharnait et la malédiction se répétait. Il l'abandonnait et la trahissait à son tour.

— Va-t'en ! hurla-t-elle brusquement.

Des lycéens s'arrêtèrent et se retournèrent sur eux. Antoine ne savait plus quelle attitude adopter. Il lui aurait bien avoué vivre un cauchemar et promis qu'ils s'en sortiraient, une fois adultes. Mais son horizon était bien court et ses phares n'éclairaient pas plus loin que la détresse qui lui serrait le ventre.

Il tendit le bras vers elle. Juste pour toucher sa peau. Mais elle se raidit.

— Je t'ai dit de me laisser ! cria-t-elle à nouveau devant une assemblée amusée, ravie d'assister à ce qu'elle assimilait à une scène de ménage.

Antoine essaya de capter son regard : la déception qu'il y lut le dégoûta de lui-même.

Alors, le cœur en capilotade, il grimpa sur son vélo et se mit à pédaler loin de sa honte.

*

Lundi 19 novembre 2012

Je suis inquiète.

Depuis que Victor est rentré en France, je le sens très tendu. Il a maigri.

Il tente de me rassurer en justifiant sa fatigue apparente par les tensions constantes entre sa femme et lui, ainsi que par des soucis professionnels. Mais je n'arrive pas à bien distinguer les choses. Victor se renferme. Pour me protéger ?

Je m'efforce de ne pas être trop intrusive. Je ne veux pas ajouter à la difficulté de ce qu'il traverse... Mais c'est dur.

*

Vendredi 23 novembre 2012

Malala pénétra dans le bureau avec l'aspirateur et repoussa la porte derrière elle. Elle ne voulait pas indisposer Céleste avec le bruit. La petite ne se sentait pas bien aujourd'hui et avait préféré garder le lit.

Ce soir, Céleste ne pourrait accompagner son père au gala, après s'être si longuement préparée à y danser. Elle s'était dite très déçue et Charles l'avait crue. Mais Malala, elle, trouvait ce mal de ventre survenu à point nommé. Comment ne pas faire le lien entre l'annulation de ses derniers cours de danse, la disparition d'Antoine et ces soudaines douleurs abdominales ?

Quand Malala avait cherché à prendre des nouvelles du jeune homme, Céleste s'était contentée de hausser les épaules, signifiant ainsi qu'elle n'en avait aucune idée et que cela lui était égal. Mais son regard éteint exprimait précisément le contraire.

Comme à son habitude, Malala s'attaqua d'abord aux poussières. Lorsqu'elle eut terminé, elle bascula le contenu de la corbeille remplie de papiers dans son grand sac-poubelle. Une enveloppe retint son attention. Elle était destinée à Céleste. Encore un courrier que son père avait subtilisé. Mais celui-ci ne provenait pas de Lisa. Au dos étaient mentionnés les nom et coordonnées d'Antoine. Ceci expliquait peut-être cela…

Céleste saurait-elle tenir sa langue si elle lui remettait cette lettre ? À son jeune âge, rien n'était moins sûr. Malala ne pouvait donc prendre le risque de la lui transmettre, si elle voulait garder sa place. Elle soupira, glissa l'enveloppe dans son gilet.

Un courrier de plus qui irait rejoindre le petit tas qu'elle cachait soigneusement depuis trois ans.

C'est la belle nuit de Noël, la neige étend son manteau blanc

*

Samedi 24 novembre 2012

Victor vient de m'annoncer qu'il devait repartir jusqu'au 20 décembre pour un déplacement professionnel qui le mènera dans plusieurs pays d'Europe. J'espère que cela lui permettra de reprendre un peu de souffle, loin des tensions familiales…

*

Samedi 15 décembre 2012

Lisa, 19 h 30 : « Je viens d'installer le sapin. Tu me manques. Mais je crois n'avoir jamais été aussi heureuse. »

Dimanche 16 décembre 2012

Lisa, 10 h 14 : « Ton silence m'inquiète. Tout va bien ? »

Victor, 11 h 23 : « Désolé. Pas mal de sujets en tête en ce moment. »

Lisa, 11 h 26 : « Tu veux m'appeler ? »

Victor, 11 h 28 : « Non, mon cœur. Trop compliqué. »

*

Jeudi 20 décembre 2012

Lisa, 00 h 37 : « Je n'ai pas bcp de nouvelles. Dois-je m'inquiéter ? »

Victor, 8 h 12 : « Vraiment débordé. Je te rappellerai. Je t'aime. »

Lisa, 8 h 34 : « OK. Moi aussi je t'aime. »

28

Lundi 24 décembre 2012

Lisa embrassa la pièce du regard. Tout était prêt. Même le sapin brillait de mille feux, une étoile lumineuse accrochée à son sommet.

Elle rejoignit la cuisine et se tourna vers la fenêtre. La nuit était particulièrement froide ce soir. La plupart des maisons étaient décorées et clignotaient en hommage à Noël.

Deux jours plus tôt, la météo avait lancé un bulletin d'alerte sur les risques de neige dans la région. De maigres flocons avaient commencé à tourbillonner dans l'air aux alentours de 17 heures. En moins d'une heure, un épais duvet avait recouvert toitures et trottoirs. Cette poudre blanche apportait une touche supplémentaire de féerie. Un enfant entreprenait déjà de la souiller en se roulant dedans, fou de joie à l'idée des batailles de boules de neige qui l'attendaient. Une vieille femme, recroquevillée dans un manteau élimé, avançait prudemment en tenant son petit chien en laisse.

Lisa contempla quelques secondes de plus ce spectacle émouvant. Elle n'avait pu fermer l'œil de toute la nuit précédente, tant son impatience de revoir Victor était grande. Elle frotta du revers de la main une partie du carreau sur lequel elle avait répandu de la neige artificielle. Elle avait décoré sa maison de manière à lui donner le même air de fête que celui qui agitait son cœur.

Pour elle, il ne s'agissait pas de guetter celui qu'elle aimait afin de célébrer Noël.

Il s'agissait d'attendre l'homme de sa vie pour qu'il vienne, enfin, vivre avec elle.

Les rires des enfants des voisins lui parvinrent. Sa propre euphorie était telle qu'elle se serait presque jointe à eux. Elle pensa à Céleste, et ressentit un petit pincement au cœur à l'idée de passer un réveillon de plus sans elle. Mais elle ne voulait pas gâcher cet instant, maintenant qu'elle arrivait au terme de cette interminable attente de cinq ans.

Cinq ans. Plus de mille cinq cents nuits à projeter ce moment de retrouvailles définitives.

Lisa retourna au salon.

La table, dressée pour deux couverts, était harmonieusement décorée. Une rose rouge ornait chacune des assiettes. Les verres en cristal, immaculés, étincelaient au travers de la flamme des bougies posées sur un plateau. Le crépitement du bois sec dans la cheminée participait au sentiment de plénitude qui enveloppait la pièce. Ce soir, tout devait être parfait.

Elle s'assit sur le bord d'une chaise, le dos bien droit, la poitrine légèrement en avant, les jambes savamment croisées. Elle avait pris soin d'attacher ses longs cheveux en un chignon banane, celui qu'il aimait tant.

Vêtue d'une robe noire moulante comme une seconde peau qui laissait apparaître un profond décolleté dans le dos, elle n'avait pour bijoux que deux gouttes d'eau en cristal aux oreilles. Victor n'appréciait pas les artifices. Il l'aimait naturelle.

Dans quelques heures, une nouvelle vie démarrerait pour elle.

Elle imaginait déjà son cœur s'emballer une seconde fois, frappé par le même phénomène de coup de foudre survenu des années plus tôt.

Terminés, les rendez-vous clandestins, les baisers volés à l'abri des regards.

À partir de ce soir, ils auraient un « chez-eux », partageraient un quotidien. Victor aimait les chiens. Ils en adopteraient un dans un refuge. À eux les voyages sur tous les continents du globe, les *road trips* improvisés le temps d'un week-end, l'emménagement dans une nouvelle maison, les fous rires complices au détour d'une séance de cuisine, les discussions endiablées jusqu'au bout de la nuit, les matins qui s'éveillent sur leurs corps enlacés…

Le cerveau et le cœur en effervescence, Lisa s'exhorta au calme.

Chaque chose en son temps. Pour le moment, seul le retrouver comptait.

20 h 20. Vingt minutes de retard un soir de réveillon n'avaient rien de surprenant.

20 h 35. L'excitation de Lisa était à son apogée. Elle surveillait son téléphone. Mais il s'obstinait à rester silencieux. Chaque minute pesait de tout son poids, les secondes s'égrenaient au ralenti.

Elle essaya de le joindre sur son numéro de portable français. L'appel bascula directement sur sa messagerie.

Elle tenta de tuer le temps en regardant la fin du journal télévisé. Les images se succédaient à l'écran sans qu'elle y accorde la moindre attention. Au générique, elle se leva, nerveuse. Elle coupa la télévision, mit de la musique pour se détendre et s'installa sur le canapé face à la cheminée, luttant contre l'inquiétude qui commençait à l'envahir. Pourquoi n'arrivait-il pas ? Avait-il eu un empêchement ? Un accident ? Était-il malade ?

À 21 heures, elle enfila un manteau et sortit sur le perron.

La ville avait plus que jamais des airs de campagne. La neige recouvrait les jardins d'une couche épaisse, les faisant ressembler à de vrais champs de coton. Les rues n'étaient pas encore salies par les roues agressives des voitures, dont les propriétaires fêtaient pour l'heure Noël en famille ou entre amis.

Lisa inspira un grand coup, presque jusqu'à s'en faire éclater les poumons.

Elle décida de l'attendre sur le pas de la porte et se posta sur le paillasson, la tête contre le mur.

Elle chercha à discipliner l'angoisse qui lui serrait le cœur.

Il allait venir. Il allait *forcément* venir. Dans un instant, elle le verrait surgir derrière le portail, et aussitôt elle serait dans ses bras…

Le froid commençait à transpercer son manteau et sa robe. Mais elle ne bougea pas. Ce qui la glaçait de l'extérieur la tétanisait bien moins que la petite voix intérieure qui lui soufflait qu'il ne viendrait peut-être plus…

Sans même s'en rendre compte, elle sombra dans le sommeil.

*

Céleste referma la porte de sa chambre avec soulagement et y resta adossée quelques instants. Son père l'avait traînée à un réveillon auquel un de ses amis de la mairie les avait conviés. Elle n'avait pas eu voix au chapitre. En échange, il lui avait promis de la ramener à 23 heures. Malgré son angoisse d'avoir à ingurgiter un nombre incalculable de mets alors qu'elle ne parvenait plus à rien avaler ou presque depuis le départ d'Antoine, elle avait veillé à sourire toute la soirée. Et Charles avait tenu parole.

L'ambiance avait été bonne. La table comptait au total treize convives. Céleste n'avait pu s'empêcher de songer que si sa mère avait été présente, elle se serait exclamée : « Treize à table ! » Elle y aurait vu un mauvais présage, et elles en auraient toutes les deux bien ri.

Au regard de sa vie actuelle, Céleste s'était dit qu'elle ne risquait plus grand-chose.

De retour chez eux, son père lui avait offert son cadeau de Noël : un iPhone 5. Quelques mois plus tôt, ce cadeau l'aurait réjouie. Maintenant qu'elle n'avait plus de contact avec Antoine, elle n'en voyait plus l'intérêt.

Pour ne pas peiner son père, et faire en sorte qu'il rejoigne au plus vite ses amis, elle avait pourtant manifesté un enthousiasme débordant, à la limite de l'exagération. Charles ne s'était rendu compte de rien, soulagé de la voir si joyeuse, elle qui était si éteinte depuis le départ d'Antoine. Il était donc reparti l'esprit tranquille, tout en lui répétant de bien activer l'alarme de la propriété après son départ et de l'appeler au moindre problème.

Céleste s'écarta de la porte de sa chambre, avança au milieu de la pièce. Malala était partie quelques jours chez des amis. Elle était enfin seule. Dehors, le monde entier était en fête. Dans la maison, le silence était à ce point prégnant qu'il en devenait assourdissant.

La féerie de Noël n'opérait plus sur elle. La vraie magie de cette fête n'était-elle pas de réunir autour de soi ceux que l'on aimait ? Or, aucune des deux personnes auxquelles elle pensait n'était à ses côtés. En revanche, toutes deux avaient su lui démontrer comment les sentiments pouvaient varier.

Céleste se déshabilla, revêtit son pyjama blanc. Le fameux qui la faisait ressembler à un *stormtrooper*.

Elle se coucha et éteignit la lumière sur la terrible sensation d'abandon qui lui mordait la chair au plus profond de ses entrailles.

*

Lisa ne saurait dire ce qui l'a réveillée : un bruit extérieur ? une « alerte » interne ? Lorsqu'elle ouvre les yeux, paniquée, son premier réflexe est de vérifier que son chignon n'est pas défait. Le second de regarder sa montre. Il est 23 h 10.

Un bip retentit. Voilà ce qui l'a sortie de son sommeil. Elle a reçu un premier message, et un second vient d'arriver.

Victor. Enfin.

De ses doigts gelés, elle tapote sur l'écran.

Elle lit le premier SMS : « Pardon… »

Puis le second : « Pardon. »

Le ciel est si noir qu'il paraît habillé d'un linceul. Les arbres se dressent vers lui, drapés de leur nouveau manteau blanc immaculé.

Transie de froid, Lisa s'entoure les genoux de ses bras et se balance d'avant en arrière.

D'une main tremblante, elle effleure le paillasson. Celui-là même que les pieds de Victor ont tant de fois foulé et sur lequel est écrit : *La maison du bonheur.*

Elle contemple la neige qui continue de tomber, voit en ces flocons autant de fragments de son bonheur à elle qui s'éparpillent. Elle ne sait quelle morsure lui fait le plus mal : celle du froid ou celle qui lui mange le cœur. Elle voudrait hurler. Pleurer. Accuser. Mais elle ne s'en sent pas le courage.

Lorsqu'elle finit par rentrer, il lui semble qu'elle ne sent même plus l'hiver glacial sur sa peau. Elle contemple cet intérieur qu'elle a vu tant de fois et qui s'est subitement transformé. Elle n'avait pas remarqué cette fissure, qui traverse le salon comme une zébrure qu'elle aurait dessinée.

Le tissu du canapé s'est altéré, les assises en mousse sont affaissées. La peinture murale s'écaille à de nombreux endroits.

Sa montre lui indique 23 h 25.

Il y a encore trois heures, elle se pensait à l'aube du miracle qu'elle espérait depuis tant d'années. Et finalement, ce prodige prend des allures de mirage. L'avenir vient de lui refermer ses portes.

Elle tire d'un coup sec sur la prise de la guirlande électrique, plongeant le sapin dans l'obscurité, lève son visage vers son sommet assombri, sur lequel plus aucune étoile n'est allumée pour elle.

Elle est soudainement secouée de violents frissons, se voit glisser dans une détresse sans issue tandis que son corps et ses espoirs s'effondrent simultanément.

VI

Par une nuit noire, le monde s'est arrêté

Janvier 2013 - Juillet 2016

29

Jeudi 3 janvier 2013

Lisa est allongée sur le canapé. Il est très tôt mais, depuis neuf jours, ses nuits sont devenues courtes et agitées. Sur la table basse à côté du sapin aux branches affaissées, son téléphone vibre pour lui signaler l'arrivée d'un SMS.

Victor, 7 h 12 : « Besoin de te voir. Possible ce soir, 19 heures ? »

Lisa, 7 h 17 : « À la maison ? »

Victor, 7 h 19 : « Non, au café de notre première rencontre. »

Lisa, 7 h 20 : « Je ne comprends pas… Mais OK. »

*

Cette fois, c'est Lisa qui est arrivée en avance, le cœur beaucoup moins léger que lors de leur premier rendez-vous. Il règne dans la brasserie une ambiance de lendemain de fête. Ces réveillons de Noël et de la Saint-Sylvestre ont été les pires de sa vie. Cela se lit d'ailleurs sur son visage pâle, dont les yeux cernés révèlent les dernières nuits d'insomnie. Elle n'a pas cherché à maquiller ces marques d'angoisse. Elle n'a jamais triché avec Victor. Elle n'entend pas commencer maintenant.

Elle est assise sur cette banquette depuis vingt minutes. Elle n'a pas la tête à s'attarder sur les changements, nombreux, de l'établissement. Le ventre noué, elle attend. Elle a pour elle sa dignité et ne s'effondrera pas. En tout cas, pas devant lui. Elle écoutera ce qu'il a à lui dire, et qu'elle devine déjà, même si elle n'en comprend rien. Ils n'ont eu aucune dispute, ils se dessinaient un avenir commun encore quelques jours plus tôt et d'un seul coup… plus rien. Que peut-il venir lui annoncer dans ce café à part une rupture ?

Elle le voit enfin pousser la porte. Son ventre se serre un peu plus. Est-elle vraiment en train de vivre ce moment ?

Il s'assied face à elle.

Lui non plus n'a pas cherché à préserver les apparences. La contrariété et la fatigue lui mangent le visage.

— Je suis désolé, Lisa…

Il semble à ce point bouleversé qu'elle se demande s'il ne va pas se mettre à pleurer. Elle aimerait lui dire que tout ira bien ; elle n'y parvient pas. Elle redoute trop les paroles qui vont suivre pour perdre du temps dans des banalités. Et encore plus dans des mensonges.

— Je n'ai pas voulu t'en parler plus tôt parce que je ne pensais pas que tout prendrait une telle ampleur…

Il ne la regarde pas. Même cela, il ne l'a jamais fait auparavant.

— Tu m'as préservé de certains détails lors de ta séparation d'avec Charles. Et je sais pourtant combien ça n'a pas été facile, pour toi. Je vais tâcher d'en faire autant. Mais je dois néanmoins te dire certaines choses. Tout d'abord, Gladys a très mal réagi lorsque je lui ai annoncé que je voulais divorcer. Depuis que nous sommes revenus en France, elle me flique en permanence. C'est pour cette raison que j'ai dû te mentir à deux reprises, Lisa : la première pour te dire que je ne rentrerais pas pour l'été alors que je suis revenu, la seconde quand je t'ai annoncé que je partais en mission en Europe. J'espère que tu me pardonneras. Toujours est-il que Gladys me mène une vie infernale et utilise les enfants pour faire pression sur moi. C'est dégueulasse. Mais en même temps, c'est bien la seule carte dont elle dispose…

Lisa se garde de lui rappeler qu'elle a dû affronter le même problème quelques années plus tôt, et que la réponse s'est imposée à elle, envers et contre tout, malgré le prix à payer, si élevé. Mais il ne sert à rien de revenir sur le passé : ce qui se joue en ce moment, c'est leur avenir à eux.

— Viens-en au fait, Victor…

Il daigne enfin plonger ses yeux dans ceux de Lisa, sans parvenir à soutenir son regard, arrimant le sien à la carte des boissons posée sur la table. Cette seconde d'échange silencieux lui a suffi pour deviner ce qu'elle pensait.

— Je sais que tu as persévéré jusqu'au bout et que ça t'a coûté cher. Mais Charles n'était pas malade, Lisa. Depuis mon retour de New York, la santé de Gladys s'est détériorée de jour en jour. Prendre la décision de quitter ma femme alors qu'elle allait de mal en pis m'aurait fait passer à juste titre pour un salaud. Je ne voulais pas être cet homme-là. Et encore moins ce père.

— Qu'est-ce qui vous ferait plaisir, m'sieur-dame ?

Victor se redresse et répond machinalement :

— Un jus d'ananas et un café serré, s'il vous plaît.

Lisa baisse la tête à son tour. C'est effectivement ce qu'elle aurait commandé en temps normal, Victor le sait bien. Mais là, elle se sent incapable d'avaler la moindre goutte. Le serveur repart avec un sourire.

— Gladys vient de subir une greffe de rein. Elle a quitté l'hôpital le 22 décembre. Jusqu'au bout, j'ai espéré pouvoir te rejoindre. Et je n'ai pas trouvé le courage de te dire que je ne pourrais pas le faire… Je te demande pardon, Lisa. Je suis vraiment perdu…

— Qu'attends-tu de moi, Victor ?

— Du temps, Lisa. Juste du temps. Poursuivons notre chemin comme nous l'avons toujours fait, la distance en moins. Certes, je ne pourrai te donner que des bouts de moi, des bouts de temps. Notre gare d'arrivée reste inchangée. Simplement, le voyage pour y parvenir sera plus long que prévu…

Lisa ne sait comment réagir, divisée entre le soulagement de ne pas entendre parler de rupture et le refus de se perdre dans un engrenage passionnel qui ne se nourrira que de promesses. Les mots de Victor sont vibrants de sincérité. Ils ne cherchent qu'à lui faire partager la complexité de ce qu'il vit actuellement. Elle comprend ses élans et ses résistances, ses doutes et ses certitudes, ses contradictions et ses déchirements. Mais elle ne peut tout accepter. La beauté de leur histoire est à ce prix.

— Tu as eu cinq ans, Victor. Quatre de plus que moi.

— Lisa, si Gladys n'avait pu être greffée, je ne serais pas en train de te tenir ce discours. Mais ce don, c'est un miracle. Pour elle, bien sûr, mais pour nous également. Sans lui, son état général aurait rapidement décliné. Dorénavant, elle va pouvoir vivre une vie presque normale. Et moi, reprendre la mienne en main.

Le serveur surgit à nouveau, dépose leur commande sur la table. Tous deux attendent qu'il s'éloigne pour relancer leur conversation.

— Lisa, je te demande un an. Juste un an. Pas un jour de plus.

Elle le regarde pousser d'un doigt le sachet de sucre sur sa soucoupe. Combien de femmes avant elle ont expérimenté ce statut pénible de l'amante cachée espérant la libération de celui qui promet et qui ne vient pas ? Elle ne doute pas de son amour. Mais elle se défie de son courage à affronter les reproches de ses enfants.

— Je refuse d'être uniquement ta maîtresse, Victor.

— Tu ne l'as jamais été et tu ne le seras jamais pour moi, Lisa ! Je t'aime réellement comme un fou.

— Les choses me semblent désormais claires, Victor. Dramatiques, dévastatrices pour moi, mais claires… Parce que si tu n'as pas le courage de partir maintenant, rien ne me garantit que tu l'auras davantage dans un an.

Les épaules de Victor s'affaissent brutalement.

— C'est un cauchemar…

Elle ne trouve rien à redire à cela. Elle-même a l'impression de suffoquer. On n'est jamais préparé à endurer les souffrances d'amour.

— Si tel est ton souhait, et je le respecte, reprends ta liberté, Lisa. Mais la mienne te reste acquise. Je ne tiendrai jamais d'autre femme que toi dans mes bras. Jamais.

Elle saisit le verre de jus de fruits entre ses doigts, le fait lentement tournoyer.

— Je sais que tes sentiments demeurent inchangés, Victor. Les miens le sont également. Mais notre relation ne peut pas s'épanouir dans un tel compromis. Je t'en propose donc un à mon tour : reviens-moi lorsque tu seras enfin libre et que nous pourrons vivre notre amour aux yeux du monde entier. Et ne cherche pas à me contacter avant.

— Mais j'ai besoin de toi dans ma vie de tous les jours, Lisa ! De te voir, de t'entendre, de…

— Moi, j'ai besoin de ne pas salir notre histoire, Victor. Chaque heure passée loin de toi m'asphyxie. Et j'espère que l'absence te donnera la force nécessaire pour faire ce qu'il te semble bon pour nous. Promets-moi de respecter ce que je te demande, Victor…

Désemparé, il secoue la tête avant de la cacher dans ses mains.

— C'est ça ou rien, Victor…, lâche-t-elle dans un souffle.

Un long moment s'écoule. Lisa s'étonne de voir les gens qui les entourent parler et bouger normalement, alors qu'un tsunami menace d'anéantir sa vie sous leurs yeux.

— Tout plutôt que te perdre, Lisa. Je ferai ce que tu voudras. Je te le jure.

Elle repousse le verre qu'elle n'a pas même porté à ses lèvres, se lève, se penche vers lui, pose sa main sur son poignet droit, là où se trouve un bijou identique à celui qu'elle porte.

— Tu vas me manquer. Mais je sais où te retrouver quand ce sera trop dur…, ajoute-t-elle en effleurant son bracelet.

Elle se redresse et quitte la brasserie sans se retourner, le cœur dévasté.

30

Jeudi 1er janvier 2015

Une nouvelle année vient de débuter. Encore une.

Une énième année sans les résolutions coutumières du Nouvel An.

Les mois se superposent, les heures se fondent les unes dans les autres. Et j'attends.

Deux ans que je n'ai pas reçu la moindre nouvelle de Victor. Son silence me fait mal, mais il doit puiser ses raisons dans la promesse qu'il m'a faite. Sans doute lui faut-il davantage de temps. Je ne me laisse pas déborder par ma peur. Victor m'a juré qu'il reviendrait un jour, quoi qu'il arrive. Et je sais qu'il tiendra parole.

« Quoi qu'il arrive. »

J'y crois si fort. Quand je doute, le bracelet qui orne mon poignet me ramène à notre horizon.

En l'attendant, je vis comme s'il était à mes côtés. Je me demande souvent ce qu'il penserait de telle situation, de telle personne. Car je le connais suffisamment bien pour deviner ses réponses. Je sais ce qu'il me dirait.

Non, je ne vis pas comme s'il était à mes côtés. Je continue simplement à le faire vivre en moi. Je lui parle, partage avec lui ce que je ressens. Ce qui m'incite parfois à agir différemment.

J'ai confiance en lui. J'ai confiance en nous.

Le temps semble s'être fossilisé. Le soleil est en train de se coucher sur le premier jour de cette nouvelle année.

Un jour de plus.

Un de moins à l'attendre.

*

Samedi 3 janvier 2015

Malala entre dans la cuisine. La maison est silencieuse. Céleste se trouve pourtant à l'étage du dessus, mais, comme à son habitude, elle reste enfermée dans sa chambre, le nez plongé dans ses livres de cours. Depuis qu'elle a intégré sa nouvelle école, elle passe l'intégralité de son temps libre à travailler.

D'une main lasse, Malala promène furtivement l'index sur la paroi en inox de la hotte. Sans surprise, son doigt revient dépourvu de toute trace de graisse ou de poussière. Elle est allée jusqu'à en nettoyer les filtres il y a à peine une semaine…

Elle croise les bras sur sa poitrine et se poste à la fenêtre de la cuisine.

À son arrivée, treize ans et demi plus tôt, elle a été engagée dans cette maison pour y faire le ménage, garder Céleste lorsque Lisa travaillait, préparer les repas du soir.

Plus tard, elle a adoré concocter des goûters pour Céleste et le jeune Antoine. Elle a aimé vivre au sein de ce foyer. Beaucoup.

Mais l'eau a coulé sous les ponts depuis son premier coup d'aspirateur sur ce même carrelage. D'abord, il y a eu le départ de Lisa. Avec ses rires se sont envolées l'ambiance chaleureuse qui régnait et son impression – fausse – de faire un peu partie de la famille.

Maintenant que Céleste a grandi, qu'Antoine n'est plus là pour se réjouir de ses talents culinaires, Malala se sent inutile.

Les premières années, elle sortait peu, préférant rester terrée et espérer, comme Céleste, le retour de Lisa. Puis, l'ennui la gagnant, elle s'est petit à petit ouverte à des occupations extérieures, et donc aux autres. Depuis deux ans maintenant, elle a rejoint une communauté pakistanaise qui se rassemble régulièrement non loin de son domicile. Elle y a fait la rencontre de Qamal, un réfugié originaire du district de Gujrat, dans la province du Pendjab. Comme elle. Ils se fréquentent depuis quelques mois. Mais il est trop tôt pour savoir sur quoi débouchera leur relation.

Elle quitte son poste d'observation, se dit qu'il lui faudra un jour songer à partir de cette maison, où elle devient de plus en plus transparente.

*

Céleste repose son livre et se frotte les yeux.

Son père lui a demandé de se tenir prête pour 19 heures. Elle dispose encore de deux heures pour travailler. Mais elle se sent fatiguée et plus du tout en capacité d'assimiler ce cours sur les primitives et les intégrales.

Pourtant, elle a ce qu'on appelle la « bosse des maths » et elle aime cette matière. Dans cette science exacte, il n'y a ni surprise ni fausse promesse, donc pas de déception. Tout est question de logique, de rigueur et de précision, de chiffres fiables pour comprendre le monde, et peut-être un jour le changer.

Dans ce même esprit de se montrer utile, Céleste est passionnée par les belles constructions. Car ce sont bien les mathématiques qui permettent de monter les édifices qui protègent les gens, de bâtir les ponts qui relient les hommes.

Actuellement en prépa, elle s'est inscrite au concours commun Mines-Pont, dont les épreuves débutent dans trois mois. Elle sait qu'elle a visé haut. Mais elle bûche dur pour atteindre son objectif. Ses parents sont fiers de son parcours.

Céleste ne peut se retenir de maintenir une certaine distance entre elle et sa mère, malgré toutes les tentatives de Lisa pour la faire disparaître. C'est plus fort qu'elle. Elle redoute trop d'être une nouvelle fois déçue.

Côté relationnel, son quotidien n'est guère exaltant.

Elle ne sort que pour aller en cours. Ce soir est une exception imposée par son père. Face à son insistance, elle n'a pas osé persister dans son refus. Elle sent bien que sa vie d'ermite commence à l'inquiéter. Alors, en acceptant de se rendre à cette soirée, elle a fait d'une pierre deux coups : le rassurer et lui faire plaisir.

Elle s'est entourée de peu de gens. Aucune de ses copines de terminale n'a choisi la même trajectoire. Et durant son année de prépa, elle a rapidement compris que le lieu n'était pas propice à la naissance de solides amitiés. D'abord parce qu'il règne dans sa classe un esprit de compétition assez malsain, où le « chacun pour soi » prime. Ensuite parce que les deux seules élèves dont elle se sent la plus proche lui ressemblent : elles se consacrent exclusivement au concours. Elle n'y a donc tissé que des relations de camaraderie superficielle, qui lui conviennent plutôt bien. Pour elle, l'amitié se résume dorénavant à quelques bons moments passés avec d'autres ; il n'est plus question de profondeur ou de confiance. Tout cela, elle n'y croit plus.

Côté sentimental, le calme est encore plus saisissant. Les garçons qui lui tournent autour ne manquent pourtant pas, dans sa classe. D'autant que les filles s'y font plutôt rares. Mais ces relations-là ne l'intéressent pas.

Même son père a fini par trouver ça anormal.

Elle l'a vu venir de loin lorsqu'il lui a présenté Benjamin, un jeune de Sciences Po, comme lui, qui a rejoint l'équipe municipale. Depuis, il est presque constamment fourré à la maison. Toutes les occasions sont bonnes : un jour, ils doivent travailler sur un dossier et s'installent au salon ; un autre, ils se réjouissent d'un projet, d'une anecdote autour d'un verre. Et Benjamin finit toujours par rester dîner.

Céleste soupçonne son père de voir en ce jeune loup le fils qu'il n'a jamais eu, et son digne successeur en politique. Elle sait d'ailleurs que son propre manque d'appétence en la matière l'a déçu. Il aurait rêvé d'un destin similaire au sien pour sa fille. Mais elle en a décidé autrement et ne s'est pas laissé dévier de sa trajectoire. Benjamin est tombé à point nommé pour que Charles en fasse le deuil, et puisse assurer ce rôle de mentor qu'il rêvait d'endosser.

Céleste n'est ni sourde ni aveugle : elle entend bien ses compliments permanents à l'égard du jeune homme, repère tout autant ses manœuvres pour qu'elle et ce garçon passent davantage de temps ensemble, ce qui l'agace autant que cela la touche. Elle y voit une preuve de l'affection et de l'attention de celui qui a toujours cherché à la protéger et ne vise que son bonheur.

Ce soir, son père lui présentera la femme avec qui il sort depuis quelques mois. Il a réservé une table dans un grand restaurant, et a convié Benjamin, prétendument pour qu'elle se sente moins seule. À l'annonce de cet invité surprise, Céleste s'est contentée d'un sourire narquois, histoire de lui montrer qu'elle n'était pas dupe.

La perspective de cette soirée ne l'enchante guère.

Même si elle est curieuse de rencontrer la femme qui partagera bientôt officiellement la vie de son père, l'idée de se savoir embarquée dans une tentative de rapprochement avec ce Benjamin l'horripile. Depuis Antoine, elle n'a connu qu'un simple flirt, avec un garçon de terminale, qui n'a pas duré plus de trois semaines. Céleste l'a trouvé un peu trop vite entreprenant. Et cela ne s'est pas bien fini.

Elle pense souvent à Antoine. Dans ces moments-là, elle s'empresse de le chasser de son esprit. Du moins, elle essaie. Ça ne marche pas à tous les coups.

Céleste range son livre de maths en soupirant. Les grands yeux bleus, le sourire chaleureux et les joues criblées de boutons se sont imposés à sa mémoire. Comment ne pas penser à lui, avec la soirée qui l'attend ?

En contemplant les murs dénudés de leurs anciens posters, elle réalise que plus de deux ans se sont écoulés depuis qu'ils ont fait l'amour dans cette même chambre, sur ce même lit. Sa première et unique fois. Elle s'en souvient comme si c'était hier.

Et lui ? Songe-t-il à moi, de temps en temps ?

Les premiers temps, après son départ pour New York, Antoine lui a envoyé de nombreux textos. Elle n'y a jamais répondu. Elle a préféré le silence total aux échanges gênés. Les messages ont cessé. Mais en cette période symbolique où chacun se dessine un nouvel horizon, se fixe des objectifs pour l'année qui vient de pointer le bout de son nez, et tandis que ses résolutions personnelles se focalisent sur le concours à venir, Céleste se lance dans une rétrospective des années précédentes.

A-t-il beaucoup changé ? Lui qui voulait se montrer utile pour les autres et pour la planète, quelle voie a-t-il choisi d'emprunter ?

Elle éprouve soudain le besoin impérieux de savoir ce qu'il est devenu. Elle attrape son téléphone, cherche le compte d'Antoine sur Instagram. Son profil s'affiche et l'émotion de Céleste est vive en voyant ce visage, autrefois si familier, que la maturité a changé. L'acné a disparu de ses joues. Elle en caresse les contours de son index. Puis clique sur « photos » et Antoine surgit dans un tourbillon de sourires. Elle sent son cœur se gonfler de tendresse.

Puis se fige tout d'un coup : sur son écran viennent d'apparaître plusieurs clichés où il tient une même jeune fille dans ses bras. Leur proximité ne laisse planer aucun doute sur la nature de leur relation. Antoine semble épanoui.

Le cœur en miettes, Céleste met son téléphone en veille.

Pourquoi éprouve-t-elle autant de chagrin ?

Parce qu'il lui aura fallu bien peu de temps pour passer à une autre…

Plus de deux ans ? Ne te raconte pas d'histoires.

C'est juste. Peut-être aurait-elle dû faire pareil. Si Antoine est à son tour allé fouiller sur son compte, il n'aura trouvé que des articles de presse vantant les mérites du développement durable, ou des projets architecturaux futuristes. Rien de bien *fun.*

Elle quitte sa chaise, dépitée. Ce soir, elle aurait envie d'être dans la peau d'une autre, de poster sur son profil des photos festives où elle serait accompagnée d'une bande de potes. En lieu et place, la seule réjouissance qu'elle s'autorisera avant son concours sera un dîner au restaurant, entourée de son père, d'une illustre inconnue et d'un type avec qui on cherche à la caser.

Si Benjamin possède autant de qualités que le clame ton père, peut-être devrais-tu apprendre à mieux le connaître…

Elle rallume l'écran de son téléphone, retourne sur la photo d'Antoine, souriant, et de cette fille, ravissante et visiblement heureuse du bras qui enveloppe son épaule.

Céleste pose son portable sur le bureau et se dirige vers son dressing, bien décidée à se mettre en valeur.

31

Samedi 23 juillet 2016

Lisa ne cesse de rafraîchir le fil d'actualité de son compte Instagram, créé deux jours plus tôt. Aujourd'hui, elle guette désespérément la notification qui l'informera de la réception d'un message.

Depuis leur dernière rencontre en janvier 2013, où Victor et elle ont pris cette terrible décision, elle s'est investie corps et âme dans son travail, et sa vie sociale est réduite au strict minimum, par choix. Ses sorties se limitent à une soirée mensuelle avec Sophie et aux rares moments que Céleste lui accorde, au gré de ses envies et de ses disponibilités.

Le plus dur pour elle est de vivre ainsi sans pouvoir partager ses tourments. Car Victor est devenu un sujet tabou. Depuis longtemps maintenant, elle ne se confie plus à Sophie, qui ne comprend plus rien à leur relation. Que Lisa s'accroche encore à l'espoir de le voir revenir quatre ans après lui apparaît délirant. Et Lisa n'a aucune réponse à apporter à la question que ne cesse de lui poser son amie : « S'il t'aime et puisqu'il sait que tu es libre, pourquoi ne se libère-t-il pas à son tour ? »

À maintes reprises, elle a capté dans le regard de Sophie un mélange d'inquiétude et d'exaspération. Mais elle ne lui en tient pas rigueur. Que pourrait-elle appréhender de cet amour hors du commun, de cette exaltation passionnée que rien ne peut atteindre, alors qu'elle-même n'a croisé que son illusion au travers d'aventures sans lendemain ?

Pour ne pas passer pour une folle ou une hystérique, elle prend son mal en patience, sans mot dire. Mais, à maintenant quarante-six ans, combien de temps devra-t-elle encore attendre ?

Lisa ne cesse de tourner et retourner dans sa tête toutes les explications possibles au silence de Victor. Elle refuse de croire en ce qui pourrait paraître évident. Et elle essaie de chasser le doute lorsqu'il s'instille en elle. Comme aujourd'hui. Il lui suffit d'effleurer le jonc gravé qui encercle son poignet pour revenir au centre du pont du Rialto, et que les mots magiques prononcés par Victor conjurent ses craintes. Alors, l'espoir, la *certitude*, même, de le retrouver un jour finit toujours par l'emporter.

Quelques mois plus tôt, elle a cherché le nom des enfants de Victor, Pauline et Arthur, sur Facebook. Aucun d'eux n'y figurait. En revanche, elle a déniché deux Pauline Boicaud sur Instagram. Elle y est allée des dizaines – des centaines – de fois depuis, traquant dans les posts de la jeune fille la moindre information sur son père : une célébration d'anniversaire, des photos de vacances…

Mais aucune fête de famille n'a fait l'objet d'une publication.

Si, souvent, Lisa avait été tentée de contacter ces deux Pauline, elle se l'était jusqu'à présent interdit. Mais avant-hier, elle avait craqué. Après avoir créé un compte Instagram sous un faux nom, elle avait adressé un bref message à chacune d'elles. Elle y expliquait avoir perdu de vue un certain Victor Boicaud, un ami d'enfance, qu'elle cherchait à retrouver. La première lui avait répondu le matin même qu'elle ne connaissait aucun Victor.

À présent, Lisa guette la réaction de la seconde.

Elle sursaute lorsque son portable sonne.

— Bonjour, maman, c'est moi !

La voix de Céleste agit chaque fois comme un baume sur elle.

— Bonjour, ma chérie…

Céleste, assise sur le bord de sa baignoire, se regarde dans la glace tandis qu'elle s'exclame :

— Je suis désolée mais je ne vais pas pouvoir maintenir notre déjeuner au resto, demain midi…

Céleste ne s'est pas quittée des yeux tout en parlant. Elle découvre un air dur au reflet que lui renvoie le miroir. Même sa manière de s'exprimer reste sèche quand elle s'adresse à sa mère. C'est plus fort qu'elle.

Elle attend, silencieuse. Ces annulations de dernière minute sont devenues une sorte de jeu : sa mère va tenter de la faire changer d'avis, lui promettre de la ramener plus tôt ou de juste aller boire un verre au bistrot qui se trouve à trois cents mètres de chez elle… Et peut-être, alors, acceptera-t-elle elle-même d'enchaîner sur un déjeuner. Car elle a passé son oral hier, les épreuves du concours sont terminées. Rien ne justifie qu'elle reporte ce déjeuner.

Céleste sait ce petit jeu malsain mais elle éprouve le *besoin* de se faire désirer par sa mère, et de l'entendre l'exprimer. Elle poursuit :

— On peut peut-être remettre ça à une autre fois ?

Lisa tique au mot « peut-être ». Elle s'apprête à la convaincre de lui accorder une demi-heure autour d'un verre lorsque son cœur manque s'arrêter. Sur l'écran, la petite flèche dédiée aux messages mentionne « 1 ».

— Tu m'as entendue, maman ?

À l'autre bout, Lisa fixe l'écran et ne voit plus que ce « 1 ». Elle n'aspire qu'à se retrouver seule pour découvrir le message dissimulé derrière ce chiffre.

— Maman ? !

— Excuse-moi, Céleste, répond Lisa d'une voix flageolante. Oui, c'est d'accord. Rappelons-nous plus tard, termine-t-elle, pressée de raccrocher.

Elle mime un baiser, qui claque dans l'oreille de sa fille, puis met fin à l'appel.

Interloquée, Céleste pose son téléphone. Jamais sa mère n'a réagi ainsi. Que lui arrive-t-il ?

Lisa, elle, clique avec fébrilité sur la flèche. Il s'agit bien d'un message de la deuxième Pauline. Et il tient en dix mots : « Mon père est heureux sans vous. FOUTEZ-NOUS LA PAIX ! »

*

Assis sur l'un des bancs des vestiaires du club de tennis, Charles se délecte de son soda « light ». Il a pris cette habitude depuis qu'il joue avec Benjamin, après chaque entraînement. Il savoure ainsi le plaisir de la sensation de sucre sans l'inconvénient des calories. Il a décidé de faire attention à son alimentation depuis le jour où il a constaté qu'il perdait de son tonus. Il résiste encore au rythme des échanges de balles, mais éprouve de plus en plus de difficulté à placer ses coups droits liftés juste devant la ligne de fond de court. Et se mesurer à un gosse de presque trente ans de moins lui a fait prendre conscience de sa baisse de niveau.

Appuyé contre l'une des armoires du vestiaire, Benjamin termine sa canette et la balance d'un tir habile dans la poubelle.

— Je prends ma douche et je file ! s'exclame-t-il en adressant un clin d'œil à son mentor.

Charles hoche la tête, satisfait.

Il connaît les raisons qui poussent Benjamin à se dépêcher : il emmène Céleste au théâtre. Ces deux-là entretiennent une relation amoureuse depuis plus d'un an, et celle-ci, Charles l'approuve sans réserve. Tout a commencé lors de ce dîner de janvier 2015, au cours duquel il a présenté celle qui est aujourd'hui sa compagne à Céleste. Benjamin avait su détendre l'atmosphère un peu tendue de la table.

Benjamin et Céleste se sont ensuite revus seuls, une fois, deux fois… Et la magie a opéré, à la plus grande satisfaction de Charles.

Dès qu'il l'a rencontré, il a senti que ce jeune homme brillant était appelé à un bel avenir et il ne regrette pas de l'avoir pris sous son aile. Le temps lui a donné raison. Âgé de seulement vingt-trois ans, le gamin en avait sous le pied, et Charles souhaitait l'emmener le plus loin possible. Alors, finalement, qu'il soit tombé amoureux de Céleste s'inscrivait dans la logique des choses.

*

Dimanche 31 juillet 2016

Malala referme sa valise toute neuve, la pose par terre, lisse une dernière fois le boutis de lit du revers de la main.

L'idée de partir de cette maison a fait son chemin, depuis janvier. Mais pas de la manière dont elle l'imaginait. Elle pensait se mettre simultanément en quête d'un nouveau logement et d'un travail, bien distincts l'un de l'autre car elle aspirait à avoir son propre chez-elle. Elle se laissait le temps de mûrir son projet.

La vie s'est chargée d'accélérer les choses pour elle. Début mars, Qamal l'a demandée en mariage.

Heureuse, elle a accepté.

Et aujourd'hui, elle emménage chez lui.

Certes, elle ne connaîtra pas les noces pakistanaises organisées dans la pure tradition. Elle ne vivra ni le Mayoon ni le Mehndi, pas plus que le Shadi, le Nikah ou la Valima, ces jours de rituels colorés qui scellent l'union des deux époux. Elle ne portera aucune robe sublime, ne perpétuera pas toutes ces coutumes plus flamboyantes les unes que les autres. D'abord par manque d'argent, mais aussi parce que tous deux ne comptent plus beaucoup de famille. Elle n'aura donc aucun consentement à recevoir, puisque ses deux parents sont décédés, et que son fiancé a fui son pays afin de ne pas honorer un mariage arrangé par les siens.

Ils ne connaîtront rien de tout cela, mais ils vivront heureux de leur amour.

Malala considère sa valise avec un mélange de tristesse et d'apaisement. Elle a longtemps redouté ce moment où elle aurait à faire ses adieux à Céleste. Mais la perspective de quitter cette maison pour rejoindre un toit qui sera le sien en tant qu'épouse la console un peu. Ici, elle a le sentiment d'être allée au bout de son devoir. Une fois mariée, elle cherchera un autre emploi. Elle n'est guère inquiète. L'avenir lui sourit.

Malala se tourne vers l'armoire, en ouvre un pan, attrape le manteau suspendu sur le seul cintre restant, l'étend sur le lit, à côté d'un petit paquet de lettres entourées d'un ruban.

Ces missives volées lui posent un vrai problème de conscience.

Des années durant, elle les a dissimulées comme elle l'aurait fait pour un trésor, avec la peur de voir Charles découvrir son larcin. Souvent, elle a songé à s'en séparer. Mais chaque fois elle s'est mise à la place de Céleste et s'est dit qu'elle aurait aimé que quelqu'un les subtilise pour les lui remettre un jour.

Et ce jour est arrivé.

Ou pas.

Les enveloppes passent dans sa main : celles recouvertes de l'écriture féminine de Lisa, dont l'une est déchirée, puis une autre, qu'elle associe aux pattes de mouche d'Antoine. Le jeune homme est sans doute loin d'imaginer que Céleste ne l'a jamais reçue.

Que doit-elle en faire ? Les confier à Céleste et risquer de raviver d'anciennes blessures ? Les emporter ? Pour quoi faire ? Elle va démarrer une nouvelle vie et compte ne conserver de sa précédente que les bons souvenirs. Cette correspondance n'en fait pas partie. Doit-elle la jeter ? En a-t-elle seulement le droit ?

Perdue, Malala s'assied sur le rebord du lit. Finalement, l'unique question à laquelle il lui faut répondre est : « À qui appartiennent ces lettres ? » Et la réponse coule de source : à leur destinataire. Donc, à Céleste. Et peu importe la réaction de Charles Dupeyron. Dorénavant, les cartes sont rebattues puisqu'elle s'en va. Ses menaces ne pourront plus l'atteindre. Au pire, elle ne communiquera que les coordonnées de Céleste aux futurs employeurs qui lui demanderaient des références.

Malala sait que Céleste l'attend dans sa chambre pour lui dire au revoir. Ces lettres seront son cadeau d'adieu. Et la jeune fille seule décidera de ce qu'elle voudra en faire.

Malala s'applique à refaire un joli nœud avec le ruban qui entoure le paquet, attrape sa valise et son manteau, jette un dernier regard sur la pièce avant de refermer la porte avec un petit pincement au cœur.

*

Dévastée.

C'est le seul mot qui vient à l'esprit de Céleste tandis qu'elle observe les cinq lettres, dont l'une est déchirée en quatre morceaux, éparpillées autour d'elle : quatre proviennent de sa mère, une d'Antoine. La dernière date de 2012.

Malala lui a remis ce paquet deux heures plus tôt, juste avant son départ. Céleste s'attendait à lire de banales excuses formulées par sa mère pour justifier sa fuite, et dont son père aurait voulu la préserver à l'époque. Elle a découvert bien davantage.

La première enveloppe n'avait pas de cachet de la Poste, mais la feuille pliée à l'intérieur mentionnait la date du 12 juin 2009. Sa mère revenait en détail sur ce fameux soir où elle l'avait quittée au pied de l'escalier, sans imaginer qu'elle la voyait pour la dernière fois.

Les autres lettres expliquaient les choix difficiles qu'elle avait dû faire, et ce qui les avait motivés. Chaque mot criait l'amour qu'elle ressentait pour sa fille. Elle.

Ces courriers, surgis d'un autre temps, bouleversent Céleste.

Pour la première fois, elle comprend ce que sa mère cherche à lui dire avec pudeur depuis tant d'années. À travers l'écriture fine et affirmée, elle parvient à imaginer le désarroi de Lisa, tout au long de ces années, en se sentant ainsi brutalement rejetée par celle qu'elle qualifie elle-même de « prunelle de mes yeux ». Elle apprend également par ces lignes combien sa mère a été amoureuse. Cette relation, dont la profondeur et l'intensité la fascinent autant qu'elles l'interpellent, semble bien loin de l'« amourette » mentionnée à l'époque par son père.

Décontenancée, elle replie avec précaution la dernière feuille, la range dans son enveloppe. Encore aujourd'hui, Lisa ne parle que rarement de ce Victor. Elle refuse toute conversation le concernant, comme s'il s'agissait d'un sujet tabou. Après ce qu'elle a lu des projets qu'ils nourrissaient tous les deux, Céleste se demande si sa mère n'a pas tout simplement sacrifié sa vie d'avant sur l'autel d'un amour qui n'aurait existé que dans sa tête. Ce serait fou.

À présent, la jeune femme effleure la lettre d'Antoine.

Elle parcourt à nouveau les cinq pages d'écriture appliquée, très scolaire, où Antoine lui avoue ce qu'il vient de découvrir de la situation de sa mère, la honte qu'il éprouve.

Et elle ne lui a jamais répondu.

Comment a-t-il pu interpréter son absence totale de réaction ? Comment aurait-il pu imaginer que son courrier ne lui parviendrait pas ?

« Dévastée » est bien le terme qui dépeint le mieux ce qu'elle ressent en cet instant. Et « désastre », le mot qui définit parfaitement les conséquences de l'attitude abjecte de son père. Elle a rejeté sa mère, l'a traitée de menteuse lorsqu'elle affirmait lui avoir envoyé des lettres, s'en est volontairement écartée pour ne plus prendre le risque de souffrir d'un second rejet. Elle a douté d'Antoine au point de croire qu'il l'avait quittée à son tour, alors que c'est à ce moment précis qu'il aurait eu le plus besoin d'elle.

Les dégâts ont été considérables aussi de son côté. Elle a grandi avec la douloureuse certitude d'avoir été un jour abandonnée par les deux personnes qui comptaient le plus pour elle : sa mère d'abord, puis Antoine. Et cette certitude était une illusion…

Une rage sourde envahit Céleste. Son père l'a manipulée. Il a profité de sa fragilité, de son désarroi pour la rallier à sa peine et se venger. Peut-être – *probablement* – l'a-t-il fait de manière inconsciente. Sans doute aussi a-t-il dissimulé la lettre d'Antoine en pensant agir dans l'intérêt de sa fille. Quoi qu'il en soit, il a décidé pour elle. Il lui a délibérément menti. Et a tordu son destin.

Au plus mal, Céleste se lève brusquement et s'agrippe les cheveux : elle a l'impression de devenir folle. Car que peut-elle y faire, maintenant ? Partir en guerre contre son père alors qu'il a certainement cherché à la protéger ? Rattraper le temps perdu avec sa mère ? Réparer l'irréparable, avec Antoine ?

Non, pour les trois questions.

Elle est prise d'une violente nausée.

La même bouffée de colère remonte en elle dès qu'elle pense à son père. Comment a-t-il osé lui cacher ces lettres ? Le monde était-il ainsi fait qu'il ne fallait faire confiance à personne ?

Son père va devoir s'expliquer. Et cette explication sera décisive pour l'avenir de leur relation.

Le téléphone de Céleste sonne. Benjamin cherche à la joindre.

Mais elle n'a envie de voir ni de parler à quiconque. Elle ne veut qu'une chose : fermer les volets, se coucher dans le noir, et dormir pour ne plus songer à rien. Ou alors courir retrouver sa mère. Et tout lui raconter. Lui demander pardon, aussi, peut-être.

Elle appuie un coup sec sur le bouton permettant de basculer l'appel sur sa messagerie. Puis se rue vers les toilettes pour se défaire de la brûlure acide qui lui remonte dans la gorge.

Elle avisera plus tard.

*

Lisa se tait enfin et resserre la ceinture de son peignoir.

Céleste est arrivée à l'improviste trois heures plus tôt, en pleurs. Il a fallu beaucoup de temps à Lisa pour parvenir à apaiser les hoquets qui secouaient la poitrine de sa fille, autant de paroles réconfortantes pour lui permettre de recouvrer un peu de calme. Lorsque, enfin, la pâleur de ses joues s'est atténuée, Céleste s'est confiée.

Elle lui a parlé de lettres conservées en secret. Des siennes. De celle d'Antoine.

Elle lui a raconté ce vide de sept années, ce trou béant qu'elle sent dans son ventre depuis son départ de la maison, celui d'Antoine, ses peurs, ses angoisses et ses chagrins. Elle a terminé par Benjamin.

Ses propos ont souvent été décousus mais Lisa en a capté l'essentiel.

Puis Céleste a éprouvé le besoin de lui parler de Victor, s'est étonnée de l'absence de cet homme pour lequel elle a un jour tout plaqué.

Elle lui a reproché de s'être emballée pour une passion qui n'avait été qu'un feu de paille dans sa vie, alors qu'elle-même portait encore les stigmates de son départ précipité de la maison. Lisa a tenté de faire court en lâchant du bout des lèvres que ce n'était pas si simple. Mais Céleste a insisté.

— J'avais besoin de toi… Mais tu as choisi de t'enfuir ailleurs. Dans un endroit où je croyais ne pas avoir de place. Alors j'ai décidé d'essayer de t'oublier. Chaque fois que je pensais à toi, je me disais « Passe à autre chose ». Je t'ai fait souffrir à mon tour, mais je t'assure que je ne savais pas, maman…

Lisa observe attentivement sa fille, dont les yeux embués implorent son pardon.

— C'est une période durant laquelle nous aurons toutes les deux beaucoup souffert. Mais je n'ai jamais douté du fait que tu me reviendrais, ma chérie. Certains liens sont indestructibles, et le nôtre fait partie de ceux-là…

En disant cela, elle se sent très émue, elle aussi. Elle voit mille questions se précipiter dans le regard de Céleste. Toutes se rassemblent dans la seule qui s'échappe de ses lèvres :

— Et tout ça pour quoi, maman ? Pour un homme qui s'est évaporé…

Lisa prend le temps de réfléchir.

— Longtemps, tu as souffert d'une cause qui était erronée. Tu as cru que je t'abandonnais, mais je ne l'ai jamais fait, Céleste. Maintenant que tu le sais, ne rends pas mon histoire avec Victor responsable de ta peine.

Lisa lui raconte alors leur rencontre, leur passion, leur décision, leurs promesses. Elle se contente de rester factuelle. Elle n'entre pas dans la description de ses sentiments, ni même dans la dimension extrême de leur amour qui, à l'instar d'une expérience de mort imminente ou de méditation chamanique, ne peut être imaginée par ceux qui ne l'ont pas vécue. Sa fille est bien trop jeune pour le comprendre. Mais elle se fait la promesse de le lui expliquer un jour, quand le moment sera venu.

Céleste ne l'a pas interrompue une seule fois. Et Lisa n'a pas prêté attention à ses yeux ronds qui la fixaient comme des soucoupes. Elle termine en lui disant qu'elle attend le retour de Victor.

Maintenant qu'elle a cessé de parler, et encore portée par la force de ses confidences, Lisa resserre donc la ceinture de son peignoir et pose un regard inquiet sur sa fille.

En état de sidération, et du haut de ses dix-neuf ans à venir, celle-ci laisse passer un long, un très long silence.

— Tu te rends compte de ce que tu es en train de faire ? souffle-t-elle enfin, accablée. Maman, cet homme t'a lâchée au réveillon de Noël alors que c'était votre grand soir, il t'explique qu'il ne peut pas quitter sa femme et qu'il faut juste une année de plus pour qu'elle aille mieux, et ne te donne plus de nouvelles depuis plus de trois ans. Et tu t'attends encore à ce qu'il vienne frapper à ta porte ? Ça me désole d'avoir à te dire ça, mais tu nages en plein délire…

Déçue de n'avoir su convaincre sa fille de la magie de son histoire, Lisa secoue la tête.

— Je t'assure que non, ma chérie. Victor reviendra…

Effarée, Céleste se presse les tempes. Elle donnerait cher pour voir sa mère enfin heureuse, mais elle ne peut la laisser croire en un miracle qui n'arrivera jamais. Pour lui ouvrir les yeux, elle va devoir être dure.

— Maman, tu refuses de regarder la réalité en face… Cet homme ne t'aime pas !

Lisa lui sourit.

— Tu me fais penser à moi, à ton âge. Ce que le temps m'a appris, c'est qu'une histoire d'amour reste une chose insaisissable pour qui ne la vit pas. Alors, quand elle est hors du commun…

La consternation monte crescendo en Céleste. Elle est presque tentée de se pincer pour s'assurer qu'elle est bien en train de vivre cette scène, que c'est bien sa mère qui se trouve devant elle : une femme qu'elle a connue forte et engagée, dotée d'un esprit cartésien. Pourtant, elle ne parvient pas à afficher sa désapprobation face à tant de naïveté, car le regard contrit de Lisa la touche au plus profond d'elle.

— Une histoire d'amour est toujours perçue comme étant hors du commun par ceux qui la vivent, maman ! reprend-elle avec douceur. Mais la vérité, c'est que c'est chaque fois la même histoire… Le cliché du type marié qui embobine sa proie. Cet homme t'a simplement menée en bateau pendant onze ans. C'est… c'est du délire.

Un instant, Lisa se revoit au côté de Sophie, autant d'années plus tôt, alors que son amie venait d'être quittée par « l'homme de sa vie ». Elle repense à la montre, qui doit toujours se trouver au fond d'un vieux tiroir. Que reste-t-il de cet amour-là ?

— Et la vérité, c'est que tu as un jour fait le choix d'abandonner tout ce qui comptait pour toi, juste pour lui. Parce que toi tu étais sincère. Parce que toi tu l'aimais vraiment. Et parce que tu as cru en ses paroles. Mais tu t'es trompée, maman… Il t'a manipulée.

Céleste se lance ensuite dans une logorrhée contre Victor. Lisa est bouleversée par ces accusations qui sont paradoxalement autant de déclarations d'amour de sa fille, même si son regard lui en veut encore. La voix de Céleste est enrouée par l'émotion, ses larmes coulent sans qu'elle cherche à les retenir. Face à la souffrance et à la rancœur que sa fille exprime pour la première fois, Lisa voit ses espoirs se disloquer les uns après les autres. Les arguments de Céleste sont incisifs. Ils font mal. Lisa aimerait y apporter une solide contre-argumentation. Mais l'absence et le silence obstinés de Victor lui opposent un bataillon hostile.

Elle reste donc au bord d'un précipice d'où elle contemple ce passé qu'elle ne pourra réécrire, se dit qu'elle a sans doute fait un mauvais choix, et culpabilise d'avoir cru seule en un miracle. Ainsi, le mutisme de Victor ne serait pas imposé par une situation dont il chercherait à s'évader, mais par son désir inavoué de la sortir de sa vie. Lisa sent quelque chose vaciller en elle.

Elle revient s'ancrer au moment présent, dans ce salon dont les murs suintent encore des relents de son bonheur révolu, et se concentre sur les paroles de Céleste.

— Tu pourrais être morte qu'il n'en saurait rien. Et il n'en saurait rien parce qu'il s'en moque ! Tu ne fais plus partie de sa vie depuis longtemps…

Céleste sait que les termes sont violents, elle espère juste qu'ils atteindront leur cible.

Engloutie dans son peignoir, le regard fixé sur ses mains jointes, Lisa tente de dissimuler le mal provoqué par chacun des mots qu'elle entend. Même sa lutte pour maintenir une expression paisible est devenue douloureuse. L'insistance de sa fille la rejette dans les affres du doute.

Céleste n'a-t-elle pas raison ? Depuis combien de temps regarde-t-elle les années humilier leurs promesses ?

Après avoir tellement pleuré, Céleste a l'impression d'avoir une enclume entre les deux yeux. Elle voudrait s'allonger dans le noir. Mais elle tient à remporter ce combat mené à tort par sa mère depuis des années, et dont elle-même ignorait tout.

— Si tu veux remonter la pente, il n'y a pas cinquante moyens, maman…

Même les gravures de son bracelet ne parviennent plus à apaiser son incertitude.

— Je dois l'oublier…, murmure Lisa.

— Tu m'enlèves les mots de la bouche.

Elle saisit les deux mains de sa mère.

— Promets-moi de le faire…

Les affirmations de Céleste continuent à cheminer en Lisa. Ce qu'elle a refusé de voir lui apparaît désormais comme une évidence. Devant celle-ci, elle préfère battre en retraite. Sans réfléchir, elle acquiesce et ajoute de manière mécanique :

— Demain, je fais changer mon numéro de téléphone, je supprime mon compte Facebook…

Épuisée, elle murmure qu'elle irait bien se coucher. Céleste, n'ayant pas pris d'affaires, commande un VTC. Tandis qu'elle referme la porte du véhicule, Lisa, elle, claque celle de sa maison et s'essuie les joues avec la paume de ses mains.

Céleste a raison : elle doit se rendre à l'évidence. Elle s'est construit toute une justification autour du silence de Victor. Elle a tout sacrifié pour lui et le tribut à payer a été élevé. Peu lui importait, tant cet amour dépassait tout. À chaque instant de doute, elle s'est accrochée à ses souvenirs. Sa discussion avec Céleste éteint le peu de certitudes qu'il lui restait. Si Victor avait vraiment voulu quitter sa femme, il aurait eu le temps de le faire. Or, plus de trois ans après sa promesse, il n'a effectivement jamais cherché à la recontacter. Pas plus qu'il ne s'est soucié de savoir ce qu'elle devenait.

Quelque chose vient d'être mutilé dans sa poitrine.

« Tu ne fais plus partie de sa vie depuis longtemps… »

Et son incompréhension se mue en chagrin effaré.

Elle aspirait à rester seule mais éprouve soudainement le besoin de bruit dans sa maison, pour ne surtout pas être confrontée à sa solitude. Elle allume la télé. Les informations ne parlent que de l'attentat contre le père Hamel, survenu quelques jours plus tôt et à peine deux semaines après celui de Nice… Lisa s'empare de la télécommande et coupe brusquement la chique au téléviseur. Elle ne veut plus rien voir de ce monde devenu laid. Comment va-t-elle survivre à ça, sans *lui* ?

Elle se réfugie dans sa chambre, s'écroule sur son lit. Elle sait que la nuit ne lui soufflera aucune solution, qu'elle devra fuir ce faux bonheur et affronter ses vrais démons. Dans quel exil trouvera-t-elle enfin le repos ?

Elle a perdu sa fille le jour où elle a choisi de vivre avec son grand Amour. Et elle perd ce dernier quand sa fille réapparaît dans sa vie. Quel dieu a-t-elle un jour froissé au point de finir seule et tour à tour désaimée par l'un des deux êtres au monde qui comptent le plus pour elle ?

La douleur est si vive qu'elle en éprouve des difficultés à respirer. Et le peu d'air qu'elle inspire se peuple d'un même fantôme. Comment le chasser d'elle ?

Elle comprend à cet instant que l'on peut effectivement mourir d'aimer.

Elle découvre aussi que l'amour passionné a son revers : la peine passionnelle.

Elle se plante au milieu de la pièce, lance un regard circulaire : le tableau que Victor lui a offert un jour, en lui disant qu'il marquerait la chambre de son empreinte, ces bougies qu'ils allumaient le soir avant de discuter une bonne partie de la nuit, ces draps de satin dans lesquels ils avaient partagé des rêves… Chaque objet lui renvoie un moment de leur histoire, des paroles, des émotions passées.

Elle sent quelque chose sourdre en elle. Une chose qu'elle ne parvient pas à identifier tout de suite, mais qui monte lentement, sûrement. Sa respiration s'accélère, et soudain sa colère se déverse : elle se rue sur sa table de nuit, en expulse le tiroir et le retourne. Pourquoi lui a-t-il fait cela ? Elle s'empare d'une première bougie qu'elle lance de toutes ses forces contre le mur, arrache les draps du matelas. Et ce tableau sur lequel ses yeux s'attardaient avant d'éteindre la lumière… Elle le décroche, le fracasse contre sa commode jusqu'à ce que son cadre se brise.

Comment a-t-il pu l'entraîner dans une telle folie, comment a-t-il pu lui faire de telles promesses, et surtout comment a-t-elle pu y croire ? Son bracelet est soudain trop lourd, trop brillant, trop tout. Elle ne parvient pourtant pas à se résoudre à le jeter. Alors elle l'enlève brutalement de son poignet, se rue dans le salon pour l'enfermer dans la boîte à chaussures où gisent d'autres vestiges d'*eux*. Un jour, elle balancera le tout aux ordures. Mais elle n'y est pas encore prête.

Jamais elle n'a ressenti autant de colère. Il lui semble qu'elle pourrait arracher le vieux papier peint avec ses ongles, si grande est sa fureur.

Elle le méprise autant qu'elle se dégoûte.

Elle hurle son prénom, les murs le lui renvoient. Mais Lisa n'entend plus rien. Elle tourbillonne avec frénésie dans cette chambre comme le ferait un ouragan dévastant tout sur sa trajectoire. Tout y passe : les bibelots, les rideaux, ces décorations en laiton apposées sur une cloison. Le gouffre qu'elle porte en elle est aussi profond que sa douleur. Elle voudrait pouvoir s'écrouler sur le sol et mourir, là, tout de suite, en même temps que s'éteignent ses dernières illusions.

— Pourquoi tu nous as fait ça ? Pourquoi tu m'as laissée tomber ?

Elle a crié tellement fort que la paroi vitrée de la fenêtre a légèrement tremblé. Elle renverse la commode qui s'écrase sur le sol dans un bruit étourdissant, projette de toutes ses forces le premier objet venu contre un carreau.

Un son clair de bris de porcelaine fige soudainement sa fureur. Une poupée désarticulée gît à terre. Celle que sa mère plaçait autrefois sur l'édredon de son lit, entre les deux oreillers. Lisa est pétrifiée : elle vient de briser un objet chéri par sa mère, seule personne à ne pas l'avoir rejetée.

Sa rage retombe aussi vite qu'elle a pris possession d'elle.

Elle pose un regard effaré sur le capharnaüm qui l'entoure. L'un des carreaux de la fenêtre est fendu, le fatras autour d'elle est indescriptible.

— Victor… Victor !

Seul le silence lui répond, qu'un coup de klaxon dans la rue vient interrompre. Le monde au-dehors continue de tourner tandis que le sien s'est arrêté. Qui s'en soucie ?

Les murs ondulent, la lumière y projette des ombres sans forme, sinistres.

Elle voudrait fermer les yeux. Ne plus songer. Ne plus souffrir. Et ne plus appartenir qu'à l'aube.

VII

À toutes ces musiques qui nous trottent dans la tête

Mars 2019 - Juillet 2020

32

Vendredi 1er mars 2019

Le froid glacial continue à s'engouffrer par la fenêtre grande ouverte.

Vêtue d'une fine nuisette, Lisa demeure allongée sur son lit. Elle a repoussé à ses pieds la couette qui lui permettrait de se réchauffer. Elle ne souhaite pas se couvrir. La morsure du gel lui rappelle qu'elle est encore vivante. Et cette douleur semble si douce comparée à celle qui la poursuit depuis ce soir du 31 juillet 2016…

Neuf cent quarante-trois jours que la lame du chagrin la taillade sans répit, la maintient éveillée malgré l'épuisement et les somnifères. Neuf cent quarante-trois nuits qu'elle lutte contre l'obsession de *son* visage, de *sa* voix, de *son* parfum. Autant d'intervalles durant lesquels, tel un esprit frappeur, un seul regard la hante.

Il y a une heure, une terrible sensation de pesanteur lui a oppressé la poitrine au point de lui rendre chaque respiration pénible. Elle a craint de finir asphyxiée. D'où l'ouverture de cette fenêtre, et le froid ambiant.

Lisa a tenu parole. Elle a fermé ses comptes Facebook et Instagram dès le lendemain de la promesse faite à Céleste, changé de numéro de portable. Cette période a été d'autant plus difficile que sa fille a dû s'absenter plusieurs mois afin d'effectuer des stages à l'étranger. Son cursus l'imposait. Alors, Lisa a pris son mal en patience et entrepris son sevrage de Victor comme elle le pouvait.

Courageusement, elle s'était rendue à son travail, semaine après semaine, et s'était même investie plus encore auprès de l'association contre les violences faites aux femmes, le week-end. Elle avait cherché à redonner le sourire à des personnes moins bien loties qu'elle en amour. Mais chacune de ses nuits était devenue une caisse de résonance amplifiant ses tourments, et elle en était arrivée à ne plus pouvoir fermer l'œil. À l'approche de Noël 2016, ses forces avaient flanché. Elle s'était réveillée un matin incapable de se lever. Son médecin généraliste l'avait reçue en urgence et l'avait arrêtée quinze jours. Deux semaines plus tard, il prolongeait son arrêt et lui recommandait de consulter un confrère psychiatre.

Consciente de ne pouvoir sortir seule de sa détresse, elle avait pris rendez-vous auprès de ce spécialiste. Également formé en psychothérapie, celui-ci l'avait mise d'emblée sous antidépresseurs et anxiolytiques. Au bout de six mois, Lisa avait demandé à reprendre son activité. Elle avait tenu huit semaines.

Son thérapeute lui avait tour à tour parlé de grave dépression et de « deuil pathologique ». Il lui avait affirmé qu'un deuil dit « normal » durait environ un an et qu'il allait l'accompagner pour qu'elle tourne la page, mais qu'il faudrait qu'elle y mette du sien. Elle avait joué le jeu, consentant à ne plus se replier sur ce qu'elle considérait comme son devoir : rester utile aux autres.

Elle avait ainsi accepté les sorties qui lui étaient proposées çà et là, s'efforçant de faire bonne figure afin de ne pas blesser ceux qui l'invitaient.

Peine perdue.

Embastillée bien malgré elle dans son chagrin d'amour, elle n'avait trouvé aucun intérêt à ces dérivatifs. Sauf lorsqu'elle se rendait à l'association : elle avait continué à comprendre la souffrance des femmes qui se confiaient à elle. Comprendre, au sens de « prendre en soi ».

Aujourd'hui, Lisa ne travaillait plus. Elle avait fini par être licenciée pour inaptitude.

Ne plus avoir à se confronter chaque jour à la vie extérieure la soulageait autant que cela la minait. Certes, tourner ainsi en rond dans sa maison éveillait parfois un sentiment de solitude. Mais devoir sourire aux autres, se heurter chaque matin à leur bonheur était pire. Au moins, son humeur n'ayant que ces murs pour témoins, elle pouvait laisser libre cours à ses ruminations, et repasser en boucle certaines des questions qui ne trouvaient pas de réponse. À bientôt quarante-neuf ans, le vide de sa vie avait fini par rencontrer celui qu'elle portait en elle.

Pour s'aider, Lisa s'était essayée à plusieurs techniques, dont aucune n'avait réellement marché : la méditation, la lecture, le dessin, les sorties avec Sophie… Tout cela n'avait fait que la ramener à ce vide existentiel qu'était devenue sa vie sans Victor.

Mais depuis quinze jours, elle expérimente une nouvelle méthode qui semble donner de premiers signes encourageants. Lisa l'a baptisée « la thérapie par le néant ».

Le principe est assez simple : s'accorder le moins d'occasions possible de « penser ». Pour ce faire, elle s'est concocté un programme qui cadence toutes ses journées. Chacune des étapes est notée sur un Post-it : du réveil à la douche, du café à la préparation de ses repas, en passant par le visionnage de ses séries préférées. Chaque activité est minutée, orchestrée de manière à la faire agir comme un robot, sans avoir à réfléchir.

Des Post-it ont ainsi commencé à fleurir ici et là.

Sur le miroir de sa salle de bains, un premier autocollant rose indique sa routine beauté du matin : se laver la figure, se brosser les dents, appliquer son sérum, sa crème pour les yeux, pour le visage. Un autre, bleu, celle du soir : eau micellaire, sérum de nuit, lait pour le corps, s'attacher les cheveux.

Dans la cuisine, un Post-it mauve énumère différents menus de petits déjeuners pour chaque jour de la semaine ; un vert, ceux des déjeuners ; un jaune, ceux des dîners. Un orange lui rappelle qu'à 10 heures, en dehors du dimanche, elle doit se rendre à pied au centre-ville où elle flâne jusqu'à 11 h 30, et qu'à 15 heures, il faut qu'elle se promène durant une heure dans le parc situé à un kilomètre de chez elle.

Le salon, lui, s'égaie d'autres adhésifs de couleur selon les émissions ou séries qui animent son programme quotidien.

Lisa ajoute ces pense-bêtes tous les jours. Cet amoncellement de Post-it, ces nuages de couleurs la tranquillisent. Plus il y en a, moins elle pense.

Pour l'heure, l'aube se lève à peine, il est encore trop tôt pour démarrer sa journée. Les petits feuillets multicolores ne lui sont donc d'aucun secours. Lisa se concentre sur le froid qui la pénètre. Elle sent les extrémités de son corps s'engourdir.

Elle ne sait plus qui elle est. Victor et elle ont toujours eu l'impression de ne faire qu'Un. Mais lequel d'eux était-ce ? Qui avait absorbé l'autre ? Et parviendrait-elle un jour à s'arracher de ce Un qui n'existait vraisemblablement que pour elle ?

*

Mercredi 1er avril 2020

La France entre dans son seizième jour de confinement.

Quelques mois plus tôt, Lisa a repris une activité rémunérée deux jours par semaine auprès de l'association pour les femmes. Ses besoins n'étant pas importants, cette rémunération suffit à son train de vie. Et cela lui a permis de renouer des contacts avec l'extérieur, malgré ses réticences à croiser du monde et à faire « comme si de rien n'était ». Ce confinement la contraint à s'isoler de nouveau.

Traîner chez soi sans éprouver le besoin de mettre le nez dehors est une chose. Y rester cloîtrée avec l'interdiction d'en sortir en est une autre. Lisa en sait quelque chose. Lorsqu'elle a refermé sa porte avec la sensation bizarre de ne plus pouvoir quitter sa maison quand elle le souhaiterait, elle a eu l'impression d'être emmurée avec un secret honteux.

Les débuts de ce confinement sont très durs. Ce n'est pas sa mise au chômage partiel qui la gêne. La privation de ses deux sorties quotidiennes a cassé la routine qu'elle s'imposait six jours par semaine. Elle se sent à nouveau glisser dans de sombres réflexions. Et chaque nouveau matin lui annonce une nouvelle chute, plus violente que la précédente.

Il est 15 h 30. Lisa essaie de remplacer sa balade au parc par une sieste.

Elle se remémore sa dernière consultation chez le psychiatre, il y a un mois. Celui-ci lui a posé une question qui continue à la travailler : « Pourrions-nous concevoir qu'à force de croire en cet amour, vous vous soyez tissé un possible qui n'était pas la réalité ? » Elle a immédiatement rejeté cette option, et s'est une fois de plus sentie incomprise.

Maintenant ramassée en chien de fusil sur son lit, la tête pleine d'ombres, Lisa gravite à la périphérie de la folie.

— Je dois l'oublier…, murmure-t-elle tout haut.

Ses illusions s'effilochent, mais pas ses sentiments. Elle se sent plus toxicomane que la pire des junkies. Pas du fait de ces drogues masquées qu'elle ingurgite chaque matin. Plutôt à cause de la seule qui lui est interdite : *lui.*

Sa dope à elle, c'est lui.

Elle a tout traversé : les affres du manque, le supplice d'un avenir où elle ne voit qu'une succession de jours et de nuits fades, la torture des tremblements irrépressibles, la volonté d'en finir, la prière pour guérir et l'imploration, l'instant d'après, pour y goûter encore…

Le seul moyen de me sevrer serait de l'oublier…

À force de le répéter, elle y parviendra peut-être.

Les yeux de Lisa s'ouvrent.

— Oui, je dois l'oublier, et je vais l'oublier…, ressasse-t-elle dans le silence.

Ça y est : elle vient enfin de mettre le doigt sur ce qui la tarabuste depuis sa dernière séance chez le psychiatre. Un spécialiste des méandres de la souffrance, un expert de la santé mentale pense possible de se convaincre d'une chose pour y croire… Cela pourrait-il signifier que, comme pour le principe de l'endoctrinement, il lui suffirait d'être persuadée de ses propres affirmations pour que celles-ci deviennent une réalité à ses yeux ?

Lisa s'assied sur le lit.

Et pourquoi pas ?

Peut-être a-t-il raison.

Peut-être suffit-il de répéter un mensonge pour qu'il devienne vérité…

Je dois l'oublier, je vais l'oublier. Je dois l'oublier, je vais l'oublier…

Pour se couper du monde, elle se prend la tête entre les mains, et réitère à voix haute :

— Je dois l'oublier, je vais l'oublier. Je dois l'oublier, je vais l'oublier…

Voilà donc ce qu'elle va rabâcher des centaines, des milliers de fois par jour si cela est nécessaire.

Elle se lève, referme la fenêtre, se recouche.

— Je dois l'oublier, je vais l'oublier. Je dois l'oublier, je vais l'oublier…

*

Lundi 20 avril 2020

Dehors, la pandémie de Covid-19 continue à se propager, les services de soins intensifs saturent. La détresse des personnes âgées, des malades, me culpabilise. J'ai la « chance » d'être en bonne santé physique. Alors qui pourrait entendre sans me juger mon sentiment d'être une survivante ?

C'est pourtant bien ce que je suis.

Le mot est fort. Mais il est juste.

Qui n'a jamais souffert d'un vrai chagrin d'amour ne pourra le comprendre. Les autres, oui. Ils connaissent ce sentiment d'être allé au bout de l'enfer. Là où la raison s'achève et où la folie prend le relais. Chaque nuit, je rêvais de nos étreintes et me réveillais en sursaut, incapable de distinguer le baiser de la morsure. Chaque matin, je me levais, mais pour quoi faire ?

Et puis, j'ai eu l'idée de mon mantra : « Je dois l'oublier, je vais l'oublier. »

Depuis que je l'ai adopté, je crois que je vais mieux.

Ces deux phrases, répétées comme une litanie, ont fini par me faire l'effet d'un sédatif bien plus puissant que les pilules que j'avale. Celles-ci me volent transitoirement ma douleur, mais pas mes souvenirs. Et pour m'empêcher de réfléchir entre deux incantations, je me suis imposé une routine quotidienne dictée par des dizaines et des dizaines de papiers jaunes, roses, verts, bleus, orange...

Apposer ces autocollants teintés sur les murs et les meubles a empli le vide de mon existence et coloré mes jours. Grâce à eux, j'agis comme un automate. Ça ne ressent rien, un automate. Chacune de mes activités est programmée et ritualisée. Douche à telle heure, telle émission à telle autre. Les seuls écarts autorisés à ce train-train sont les appels de Céleste et de Sophie. Le confinement m'évite les visites qui me contraindralent à dlsslmuler tous ces Post-It...

Néanmoins, je ne me coupe pas du monde. Tous les jours, de 15 heures à 16 heures, puis de 23 heures à 23 h 30, j'apprécie de m'égarer dans la contemplation de la rue, par la fenêtre de ma cuisine. Engoncée dans mon peignoir et mes illusions perdues, j'essaie de me remplir de la vie, réelle ou imaginaire, des rares passants qui s'aventurent au-dehors pour courir ou promener leur animal. Je connais dorénavant les nouvelles habitudes de chacun de mes voisins, reconnais chaque jappement de chien.

Je respecte ce programme à la lettre. Avec acharnement même. Et je le ferai jusqu'à ce que mort de ma douleur s'ensuive. Pour le moment, l'abattement, la résignation et des sursauts d'espoir s'enchevêtrent encore. Je continue donc à conditionner mon cerveau pour qu'il stocke ses souvenirs dans un recoin très éloigné. Ce sera là le bastion de notre amour. Ou les égouts de notre histoire.

Mon quotidien est devenu une errance sans fin. Mes lendemains n'ont aucune saveur, mais je ne souffre plus. Enfin, je crois. Même si chaque jour appelle les mêmes efforts. Chaque matin, chaque réveil signe un recommencement : effacer toute trace de ces images surgies du passé, ignorer les promesses qui résonnent encore à mes oreilles. Et avancer, coûte que coûte.

Pour ne pas inquiéter Céleste ou Sophie, je masque ma réalité. Pour Sophie parce qu'elle ne comprend plus mon histoire depuis longtemps, et pour Céleste parce qu'elle a suffisamment de pression avec les épreuves de son master. Le confinement ne lui simplifie pas les choses.

Sophie m'appelle tous les deux jours, Céleste me contacte via WhatsApp tous les soirs. Il m'est plus facile de les convaincre que tout va bien par écran interposé.

Il est tellement plus simple de taxer de folie l'extraordinaire, le merveilleux…

33

Vendredi 22 mai 2020

Céleste répond machinalement au texto de Benjamin, qui lui demande si elle va mieux. Elle a un peu honte, car elle a prétexté être fiévreuse pour ne pas le suivre. Moins de deux semaines après le déconfinement, des amis communs les ont invités à séjourner quelques jours chez eux, en Normandie. Elle doit se l'avouer : après avoir passé deux mois enfermée avec lui, rester seule le temps du week-end lui fait du bien.

Cet isolement contraint à deux a permis à Benjamin de se rendre compte qu'ils pouvaient passer à une étape supérieure. Depuis qu'il lui a proposé de venir vivre avec lui et de lâcher le studio dans lequel elle a emménagé en début d'année, Céleste s'interroge beaucoup sur l'avenir de leur couple. Certes, elle n'est pas malheureuse à ses côtés. C'est un jeune homme brillant, ambitieux, et ils s'entendent bien. Par ailleurs, les turbulences de la séparation de ses parents l'incitent à se sentir rassurée par une relation de couple apaisée. Et c'est ce qui décrit le mieux son lien avec Benjamin : le calme.

Le problème, c'est qu'elle ne ressent ni l'envie ni le besoin de partager un quotidien avec lui. Elle aime son indépendance, l'idée de ne pas avoir à dîner si elle n'a pas faim, la possibilité de s'immerger dans une série jusqu'à des heures indues sans se justifier. À vingt-deux ans, sa vie lui convient parfaitement ainsi. Toutes ses réflexions la mènent donc à la terrible conclusion qu'elle ne se sent pas assez mal avec lui pour rompre, mais pas assez bien non plus pour s'engager davantage.

Ce n'est pas à son père qu'elle pourra se confier. Lui jubile de les savoir ensemble. Il l'interroge déjà sur leurs projets de mariage, de bébé… Resté vieille école, il associe encore le mariage à une approche paternaliste, et sans doute de manière plus inconsciente à une appropriation du ventre de l'épouse, tandis qu'elle-même (en bonne fille de sa mère) n'y voit qu'une logique patriarcale – voire phallocratique – qui la révolte. Céleste le soupçonne même de faire pression sur Benjamin pour accélérer les choses.

Depuis la discussion difficile qu'elle a eue avec lui quatre ans plus tôt, au sujet des courriers qu'il lui avait cachés, son père se montre plus respectueux des décisions qu'elle prend pour son avenir. Intelligent, il a compris ce jour-là qu'il jouait plus gros que son ego et qu'il pouvait la perdre. Face à sa terrible colère, il avait rapidement troqué sa mine offusquée contre une autre, repentie. Céleste avait accepté de passer l'éponge sur cet acte inqualifiable, notamment parce qu'il ne pouvait lui faire oublier qu'il s'était, malgré tout, toujours occupé d'elle.

Aujourd'hui, leur relation est apaisée, mais Céleste ne lui accorde plus béatement sa confiance.

De son côté, Charles envisage de s'unir à cette femme rencontrée presque six ans plus tôt et qui vit avec lui depuis plus d'un an. Il ne nourrit plus le projet d'un autre enfant, mais cette idée de mariage le rend heureux.

Céleste s'en réjouit pour lui.

Elle surfe machinalement sur les applis de son téléphone, s'arrête sur Instagram. Elle a reçu un message. À sa grande stupeur, elle constate qu'il provient d'Antoine.

Celui-ci lui annonce sa venue à Paris en juillet prochain pour une douzaine de jours, et lui propose de passer la saluer à cette occasion. Elle accuse la nouvelle avec un mélange d'excitation et d'inquiétude. Après huit années sans s'être revus, ni même parlé, que trouveront-ils à se dire ?

Ses amitiés plus récentes l'attachent par des activités et des goûts similaires. Elles n'ont rien à voir avec ce qu'elle a partagé avec Antoine. Leur lien était cimenté par le sentiment d'appartenir à une même famille, choisie, au moment où les leurs, de sang, éclataient. Ensemble, ils s'étaient forgés avec une histoire commune. Et elle était belle. Du moins jusqu'au départ d'Antoine pour New York et cette lettre qu'elle n'avait jamais pu lire…

Huit ans plus tard, que resterait-il de cette belle histoire ?

Tu le sauras dans deux mois…, songe-t-elle en répondant à Antoine qu'elle se fait déjà une joie de le revoir.

*

Dimanche 14 juin 2020

Céleste s'arrête brusquement à l'entrée du salon. Un bref instant, elle n'a pas reconnu cette femme engoncée dans le canapé, la chevelure négligée, ratatinée sur elle-même comme si elle cherchait à disparaître derrière les vieux coussins.

À sa vue, Lisa se lève lentement. Son regard s'éclaire.

— Je suis heureuse de te voir, ma fille. Ça fait si longtemps !

Céleste sourit mais ne dit mot. Sa voix trahirait son émotion.

Elle déballe les gâteaux achetés à la pâtisserie, les préférés de Lisa : millefeuille et saint-honoré. Elle s'empare de deux assiettes, dégage la table de l'amoncellement de médicaments : Xanax, Seroplex, Stilnox… Pourquoi avaler autant de substances chimiques pour n'obtenir qu'un si piteux résultat ? Sa mère paraît plus fragile que jamais, et d'une tristesse à ce point extrême que même la maison en semble imprégnée.

Céleste ouvre la porte du réfrigérateur, y découvre trois ou quatre tomates fripées qui se partagent une clayette tandis qu'une boîte d'œufs et un pack de yaourts se répartissent les autres. C'est tout.

— Mais ton frigo est vide ! s'exclame-t-elle.

— Oui, je dois aller faire les courses tout à l'heure…

— Maman, nous sommes dimanche et il est 3 heures de l'après-midi… Aucun supermarché n'est ouvert !

Lisa prend une profonde inspiration avant de lui répondre :

— J'ai complètement zappé qu'on était dimanche. Le temps passe si vite…

Céleste se tait. Ce qu'elle a soupçonné par webcam interposée, lors de leurs échanges durant le confinement, a l'air de se confirmer : sa mère a de plus en plus d'oublis. Ces troubles sont-ils liés aux médicaments ?

— Tu ne retournes pas travailler pour l'association ?

— Non, j'ai arrêté. Juste le temps d'aller mieux.

Céleste n'a pas l'intention de la laisser se morfondre dans ce terrible état mélancolique. Elle se lance, décidée à ne pas y aller par quatre chemins.

— Tu devrais sortir un peu prendre l'air…, suggère-t-elle en lorgnant le visage pâle aux traits réguliers. Tu n'en as pas marre, de rester enfermée à longueur de temps ? Maintenant que le confinement est levé, sors !

Lisa se contente de se murer dans son silence.

— Tu m'écoutes, maman ? insiste Céleste en attrapant assiettes et couverts dans le buffet.

— Avec les cachets que j'avale chaque jour, je ressemble à un zombie. Je n'ai aucune envie de voir dans les yeux d'étrangers ce que je lis déjà dans ceux de ma fille…

Céleste fait brusquement volte-face :

— C'est-à-dire ?

— Une dépressive !

— Parce que tu te considères en pleine forme ?

— Je suis juste fatiguée…

Une quinte de toux la plie en deux. Céleste ne répond pas, dispose les gâteaux sur les assiettes.

— Benjamin aimerait que l'on emménage ensemble, dit-elle soudain. Il veut même qu'on se fiance…

Sa mère lève les yeux.

— Et que vas-tu décider ?

— Je ne sais pas encore. Qu'en penses-tu ?

Lisa observe longuement sa fille. Elle choisit ses mots avec circonspection.

— La seule question qui vaille la peine d'être posée, c'est : l'aimes-tu assez pour cela, Céleste ?

Celle-ci ne peut retenir un bref ricanement.

— Venant de toi, c'est plutôt surprenant ! Tu n'as cessé de me répéter que tu n'étais pas amoureuse de papa, lorsque tu es partie vivre avec lui !

— J'avais alors un bon motif pour le faire. Mais regarde comment ça s'est terminé…

Les yeux perdus dans son assiette, Céleste avoue :

— Je n'ai aucune envie de reproduire le scénario familial…

— Et tu as bien raison. Il faut un peu de passion dans la vie.

— Très peu pour moi ! Le mot passion provient du latin *passio*, qui signifie « souffrance ». Ma passion à moi, ce sera le travail. Je suis acceptée à l'École des ponts pour une sixième année. Ce master complémentaire me permettra de me spécialiser dans un domaine très pointu en génie civil.

— Tu as toujours été brillante. Je suis contente pour toi si tu parviens à t'épanouir d'un point de vue professionnel. Mais je doute que cela suffise pour être pleinement heureuse…

— En ce qui me concerne, je préfère de loin la constance et le calme à la passion. Je n'ai aucune envie de souffrir, maman. C'est aussi une sacrée bonne raison.

Lisa soupire, secoue lentement la tête, navrée de ce qu'elle entend.

— Je ne peux pas te laisser dire ça. Certes, il faut du courage pour aimer. Et ce, dans tous les registres de l'amour. Il existe peu de personnes sur qui on peut vraiment compter dans la vie. Ces personnes-là, il faut savoir les reconnaître et les chérir. Pour elles, rien n'est trop beau ou trop fou.

— Pour moi, aimer, c'est prendre un risque, conclut Céleste, amère. Je l'ai appris à mes dépens. Je ne veux pas revivre ça.

Sur ce, histoire de clore le sujet, elle pousse vers sa mère les deux assiettes garnies.

—Tiens ! Choisis celui qui te tente le plus.

*

Vendredi 17 juillet 2020

Antoine et Céleste se sont retrouvés dans un café proche de leur ancien lycée. Céleste, un peu nerveuse, s'y est rendue avec la Twingo d'occasion offerte par son père pour ses vingt-deux ans. Elle y a découvert une ambiance très cosy.

Les murs, revêtus d'une jolie couleur chaude, encadrent de nombreux canapés molletonnés et fleuris. Une musique relaxante s'échappe des enceintes fixées au plafond.

Installés depuis maintenant trois quarts d'heure dans de larges fauteuils, ils se remémorent leurs aventures passées et Céleste a tout oublié de son anxiété. Elle l'écoute lui raconter comment il a évolué : il termine son ultime année d'études au NYIT, un établissement d'enseignement supérieur privé situé à New York, pour devenir ingénieur en génie civil. Il la félicite lorsqu'elle lui fait part de la voie qu'elle a choisie.

Sans surprise, Antoine s'est métamorphosé depuis leur dernière rencontre. Céleste a quitté un adolescent en pleine poussée d'acné. Aujourd'hui, un homme se tient face à elle : les contours de son visage se sont affermis, il a coupé ses boucles au profit d'un dégradé sur les côtés, et il n'existe plus la moindre trace des boutons qui lui mangeaient les joues.

À son tour, elle se dévoile un peu plus et veille à se montrer enthousiaste : sous le regard bleu et attentif, elle parle de sa mère, évoque ses quelques amis, s'arrête sur Benjamin. Elle termine en précisant qu'elle le lui aurait volontiers présenté si ce dernier n'avait dû s'envoler quelques jours pour Glasgow, afin de finaliser un projet de jumelage entre deux villes.

— L'Écosse est un joli pays. Pourquoi n'y es-tu pas allée avec lui ?

— Mon acrophobie, tu sais bien…

Il sourit.

— Il est vrai que l'avion reste le moyen de locomotion le plus rapide pour s'y rendre... Mais... une fois que tu es assise, si tu baisses le store de ton hublot, tu ne vois rien du vide.

— Aucune envie de tester ! Une fois les portes refermées, je ne pourrai plus m'éjecter de l'appareil et je n'aime guère me ridiculiser en public ! Certaines expériences m'ont suffisamment marquée comme ça..., achève-t-elle avec un clin d'œil en direction d'Antoine, en référence à ce jour où elle avait vomi dans le réfectoire bondé.

Un premier silence s'installe. Il n'est pas gênant. Il a la douceur de la nostalgie.

— Et toi ? Es-tu aussi heureux en amour que dans tes études ? demande-t-elle innocemment en songeant à la jeune femme aperçue dans ses bras sur Instagram.

Elle apprend qu'elle se prénomme Alyson, qu'ils ne vivent pas encore ensemble, mais que cela ne saurait tarder. Céleste accueille sans mot dire l'enthousiasme d'Antoine.

— Comment va ta mère ? s'enquiert-il. Tu m'as dit qu'elle traversait une passe difficile. Mais t'es-tu rapprochée d'elle ?

Antoine n'a rien oublié du lien particulier qui les unissait toutes les deux. Cela touche Céleste.

— Nous avons tenté de réparer les dégâts. Ça n'a pas été facile. Nous sommes restées liées de la même manière, mais notre façon de l'exprimer a changé.

Il hoche la tête.

— A-t-elle fini par retrouver cet homme pour lequel elle est partie ?

Céleste hausse les épaules.

— Hélas, c'est beaucoup plus compliqué. Je crains qu'elle n'ait rêvé et embelli une histoire qu'elle a vécue seule...

— La pauvre..., se contente-t-il d'ajouter.

— L'amour..., soupire Céleste d'un air songeur.

Un deuxième silence s'immisce entre eux.

— J'ai reçu des années plus tard un certain nombre de lettres que ma mère m'avait adressées à l'époque, reprend-elle au bout d'un moment. Mon père les avait volontairement jetées sans m'en parler. Je ne sais pas si tu te souviens de Malala...

— Son visage n'est plus très net, mais j'ai encore le goût de ses gaufres et de ses beignets dans la bouche !

— Elle avait soigneusement conservé ces courriers, et me les a remis il y a cinq ans...

La mâchoire d'Antoine se crispe.

— Les manières de faire de ton père sont vraiment... particulières. *No comment.*

Elle termine son verre de Perrier, se racle la gorge.

— Il y avait ta lettre, dans le lot...

La surprise d'Antoine n'est pas feinte. Sidéré, il bredouille :

— Tu ne l'avais pas reçue, alors...

— De toute manière, est-ce que cela aurait changé quelque chose ? riposte Céleste, sur la défensive.

Elle baisse les yeux, embarrassée. Antoine ne répond rien. Un troisième silence s'installe et s'étire. Elle regarde machinalement sa montre. Il se méprend sur son intention et se lève.

— Je n'ai pas vu l'heure passer, désolé… Tu es venue à pied ? Je te raccompagne chez ton père, si tu veux. Ça nous rappellera le bon vieux temps !

Elle sourit et se lève à son tour.

— J'ai ma propre voiture, figure-toi ! Et ça rend paresseux, je dois le reconnaître…

— La classe ! Moi, j'ai pris quelques leçons de conduite à New York, mais j'ai vite arrêté. J'avais suffisamment d'emprunts sur le dos avec mon école, et vu comment j'étais doué, je crois que le permis aurait fini par me coûter aussi cher que toutes mes années d'études !

Les yeux espiègles se posent sur elle.

— Finalement, j'ai appris sur le tas, lors d'un stage bénévole au Sahel. Là-bas, ils sont beaucoup moins tatillons. Et ils me trouvaient moins dangereux…

Elle attrape son sac à main, soutient son regard.

— Et tu vas où, de ton côté ?

— Je vais retourner à la gare, puis prendre le RER pour repartir chez ma mère, à Athis-Mons.

— Viens, je t'y dépose.

*

Lisa part vers la cuisine, ouvre le robinet, rince un verre avant de le remplir d'eau.

Elle a le sentiment d'aller mieux. Même si parfois le chaos revient dans sa tête. Son psychiatre, qu'elle ne consulte plus depuis quelques mois, lui a un jour affirmé que les rechutes faisaient partie de la guérison. Elle est donc rassurée sur ces récidives chroniques.

Je dois l'oublier. Je vais l'oublier…

Combien de centaines, de milliers de fois peut-être, s'est-elle répété ce mantra ? La technique fonctionne. Toute l'intensité de son histoire avec Victor semble s'affadir, s'affaiblir, disparaître. Elle réussit à tout gommer de sa mémoire. Du moins, en surface. Car elle ne tient finalement pas à ce que tout s'efface. D'eux, il faut que quelque chose reste.

Que feraient-ils à cet instant précis, si Victor était venu la rejoindre, ce fameux 24 décembre 2012 ?

Elle ferme brusquement les yeux et, à voix haute, elle récite sa formule sacrée. Dix fois à toute vitesse, dix autres plus lentement. Plus qu'une prière, elle renferme la magie d'une parole incantatoire. La scander en boucle à n'en plus comprendre le sens l'apaise presque aussitôt.

Le trou noir qui la guettait a disparu. Elle est devenue ce trou. Mais elle est surtout parvenue à mettre ses démons à genoux.

Elle rouvre les yeux, demeure un instant interdite à contempler le gobelet qu'elle tient à la main, sans se souvenir de ce qui l'a conduite ici. Pourquoi l'eau coule-t-elle du robinet ? Elle ne ressent pourtant aucune sensation de soif…

Elle coupe l'eau, pose le verre dans l'une des deux cuves de l'évier.

Elle se tourne vers le réfrigérateur : sur sa porte, plusieurs Post-it collés dont l'un énumère son programme du soir. Au regard de l'heure, elle constate qu'il est temps d'allumer la télévision. Cela tombe bien : elle éprouve juste l'envie de regarder défiler des images sans plus penser à rien…

*

Rester concentrée sur la route est un défi impossible à relever pour Céleste avec Antoine assis à côté d'elle. Son humour n'a pas changé et elle n'a pas souvenir d'avoir autant ri depuis longtemps.

Ils viennent de quitter l'A86 quand elle a une idée. Elle se range le long d'un trottoir, coupe le moteur.

— À toi de jouer ! déclare-t-elle en sortant du véhicule pour lui laisser la place.

— Hein ? Non mais tu plaisantes ? Tu n'as pas peur que j'enroule ta Twingo autour d'un poteau ?

Il glisse sur le siège conducteur, passe la première, s'engage sur la D7, puis accélère brusquement. Elle avance sur son siège et agrippe sa ceinture à deux mains.

— Attention au virage, ralentis !

Il le négocie de manière trop serrée et doit faire une embardée pour redresser le véhicule.

— Je me demande si mon idée était bonne, finalement…, gémit-elle.

Il se tourne vers elle.

— Tu as peur ? la taquine-t-il avec un grand sourire.

— Garde les yeux sur le pare-brise au lieu de me regarder !

— T'inquiète ! Il ne va pas nous tomber sur les genoux…

— Très drôle ! Je t'ai connu beaucoup plus appliqué. Franchement, il y a de quoi flipper…

Antoine éclate de rire.

— Pour commencer, ajoute-t-elle sur un ton de maîtresse d'école, ce serait bien que tu te soucies de ce qui se passe autour de toi. Tu n'as pas jeté un seul coup d'œil dans les rétros depuis que tu as pris le volant.

— Pour quoi faire ? Je ne recule pas, j'avance !

Il pile à un feu rouge, elle se retient des deux mains plaquées sur le tableau de bord.

— Tu vois, j'assure…, fanfaronne-t-il, visiblement ravi de sa prouesse.

Céleste blêmit subitement. Il tourne la tête et découvre l'origine de cette soudaine pâleur : une voiture de police sur leur gauche, à leur hauteur. Antoine éclate encore de rire, tandis que Céleste se demande s'il n'a pas perdu la raison.

— Arrête ton délire ! Redémarre calmement au vert. Si tu cales, ça va attirer l'attention des flics. Et vu ce que je vois, c'est sûr, on va avoir droit à un contrôle… C'est quoi la sanction, pour laisser conduire quelqu'un sans permis ? Cinq ans de suppression ? Mon père va me tuer…

— Alors pourquoi m'avoir confié le volant ? demande-t-il, plus sérieux.

— Je ne sais pas… Sans doute parce que j'ai toujours eu confiance en toi ! maugrée-t-elle, les mâchoires serrées. Feu vert ! Embraie à fond de ton pied gauche, passe la première, et accélère légèrement pendant que tu relâches la pédale de g…

— On a plus de chances de se faire arrêter s'ils voient ta tête ! On dirait que je te séquestre…

— Qu'est-ce que tu attends pour démarrer, Antoine ? Ils nous regardent, là !

Antoine se tourne négligemment vers le véhicule de patrouille. L'officier assis à côté du conducteur lui indique d'un geste le feu tricolore passé au vert. Antoine remercie d'un bref signe de tête, enclenche la première vitesse.

— Que la chance soit avec nous…, entend-il sur sa droite, telle une prière.

La Twingo s'élance. Céleste, les mains crispées sur son fauteuil, reprend :

— C'est bien, Antoine. Reste concentré ! On va essayer de tourner à la prochaine à droite. Eux devraient continuer tout droit. Vas-y, mets ton clignotant !

Mais Antoine ne l'écoute pas. Il passe la quatrième et poursuit sa route.

— Antoine ?

— Détends-toi, Céleste. J'ai mon permis.

— Quoi ? Mais tu m'as dit qu…

— Je t'ai dit que j'avais renoncé à prendre des cours de conduite à New York. Mais je t'ai aussi dit que j'avais pu apprendre sur le tas au Sahel. J'ai passé le permis à mon retour…

— J'le crois pas ! s'exclame-t-elle, mi-soulagée de cette nouvelle, mi-honteuse de sa réaction.

Antoine, pris d'un fou rire, ne peut rien ajouter.

Ils arrivent à Athis-Mons, Antoine stoppe la voiture à quelques encablures de la cité HLM où sa mère réside toujours. Le calme est revenu dans l'habitacle. Céleste se racle la gorge.

— Tu sais, connaître ta situation n'aurait rien changé à...

Elle cherche le bon mot.

— ... à l'amitié que je te portais, dit-elle en évoquant à nouveau sa lettre découverte sur le tard.

Il coupe le contact, croise ses bras sur le volant.

— Cela aurait changé quelque chose pour moi, Céleste.

Elle hoche la tête, songeuse.

— Mon père est parfois maladroit et brusque. Mais il aurait aidé ta mère à obtenir un HLM, quand bien même tu n'aurais pas cédé à ses menaces..., ajoute-t-elle, mal à l'aise.

— Je pense préférable de ne pas m'épancher sur ce que je pense de ton père, Céleste.

— Moi aussi, j'ai été très en colère contre lui, Antoine. Mais il voulait seulement me protéger...

Antoine la dévisage longuement avant de conclure :

— C'est la seule qualité que je veux bien lui reconnaître. Mais je t'assure que, si la conversation qu'il m'a imposée alors que je n'étais qu'un gamin se déroulait maintenant, les choses seraient différentes.

— Je comprends que tu sois amer...

— Amer ? Si c'est là tout ce que son attitude t'inspire...

Un malaise palpable envahit l'habitacle. Céleste comprend ce qu'il ressent, elle-même l'a éprouvé. Elle se demande ce qu'elle pourrait dire pour apaiser la rancœur d'Antoine. Mais il reprend déjà :

— En tout cas, le temps lui a donné raison : tu as réussi tes études, moi les miennes, tu as rencontré Benjamin, qui répond aux critères de ton père, et moi Alyson. Chacun est resté à sa place. Tout va pour le mieux dans le meilleur des mondes.

Il ouvre la portière et sort. Elle l'imite, le cœur gros, tout en se disant qu'elle vient sans doute de rater une dernière occasion de rattraper les errements passés de son père.

Le regard éteint, il s'approche d'elle, claque un baiser affectueux sur sa joue.

— Je te souhaite plein de bonnes choses pour la suite, Céleste…

— Moi aussi, Antoine…, s'entend-elle répondre, incapable d'ajouter quoi que ce soit.

Le cœur serré, elle le regarde s'éloigner. Pas une fois il ne se retourne. Quand elle ne parvient plus à distinguer qu'une silhouette, elle se dit qu'il ne voudra sans doute jamais plus la revoir.

*

Samedi 18 juillet 2020

3 h 12, SMS de Céleste à Antoine : « Impossible de fermer l'œil. Je ne peux pas garder sur le cœur ce que j'ai été incapable de te dire dans la voiture. J'étais trop émue. Je me sentais trop coupable et honteuse. Coupable d'avoir pour père un homme capable d'agir de la sorte. Coupable aussi de dire du mal de lui alors qu'il a toujours été présent pour

moi. Coupable encore de l'aimer malgré tout ça. Et honteuse pour ces trois mêmes raisons. Sache pour autant, à toi je peux le confier, que je l'ai haï pour ce qu'il t'avait fait, haï pour m'avoir arraché cette part de moi-même en t'envoyant à des milliers de kilomètres. J'ai souffert de ton départ, et plus encore de ton absence. Entre toi et moi, il n'a jamais été question de "mondes différents". Tu étais mon ami. Et tu l'es encore. Parce que, quoi qu'il arrive, je sais que tu resteras le plus grand que la vie m'offrira. Cette amitié s'est construite à un moment douloureux de mon existence, qui a révélé des vulnérabilités que je masque désormais, et sur une candeur que je n'ai plus. Alors, pour tout ce qui nous a été enlevé malgré nous, et pour les mots que je n'ai pas su trouver hier, je te demande pardon, Antoine. Du fond du cœur. Je t'embrasse fort. »

3 h 33, Antoine : « Merci, Céleste. Merci… »

*

10 h 20, Antoine : « Finalement, sympa, la virée d'hier ! On a réussi à éviter une nuit en cellule !!! 🤪 »

10 h 43, Céleste : « Je ne m'en suis pas encore remise. 😉 »

10 h 45, Antoine : « Je t'offre un verre en terrasse pour fêter ça ? »

10 h 46, Céleste : « OK pour un soda aussi frappé que toi ! »

11 h 03, Antoine : « 😂 Demain, à 15 heures, à Paris, au Café du Trocadéro ? »

11 h 05, Céleste : « Deal ! 😘 »

À toutes ces musiques qui nous trottent dans la tête

*

Lisa s'arrête au milieu du couloir. Elle se rappelle subitement qu'elle a prévu de voir Sophie aujourd'hui : elle est certaine de lui avoir dit de passer la chercher, mais elle ne sait plus ni à quelle heure ni pour quel motif…

Elle a remarqué combien de petites pertes de mémoire perturbent sa vie quotidienne depuis quelques mois. Y compris à son travail. Ce n'est pas grand-chose : une date, un horaire, un lieu… Les antidépresseurs n'y sont probablement pas étrangers. Elle songe de plus en plus à les arrêter.

Lisa regarde les passants défiler devant sa fenêtre, sous une pluie battante. Un premier promène son chien, protégé d'une capuche ; un second, armé d'un parapluie, avance d'un pas rapide en mordant dans un sandwich.

Elle a une illumination soudaine : c'est pour déjeuner ensemble que Sophie et elle devaient se retrouver. Le nom d'un restaurant lui revient : La Nonna, la *trattoria* qui vient d'ouvrir à proximité du cabinet de Sophie. Lisa se souvient même de sa réticence à accepter l'invitation de son amie, la météo n'étant guère clémente ces derniers jours. Mais sur l'insistance de Sophie, elle a fini par céder.

La pendule de la cuisine lui indique qu'il est 13 h 30.

Comment Sophie peut-elle être aussi en retard ? Contrariée, elle rejoint le salon pour lui téléphoner.

Sophie décroche rapidement en la saluant joyeusement.

— Mais que fais-tu ? Nous allons rappliquer trop tard ! s'inquiète Lisa.

— Nous allons rappliquer trop tard où ? lui répond une voix étonnée.

— Mais… à ton resto italien, voyons !

Un grand blanc.

— Quel resto italien, Lisa ?

— Tu as oublié qu'on mangeait ensemble ? s'exclame celle-ci, sidérée que son amie ait pu zapper leur déjeuner. Tu voulais qu'on aille à La Nonna…

Sophie rit, soulagée.

— Mais c'est toi qui délires ! C'est la semaine prochaine ! Tu m'as fichu une trouille…

Deuxième silence, plus court, avant que Sophie ne reprenne :

— Rassure-moi, tu plaisantais ?

Encore un silence, gêné.

— Je… Excuse-moi, je me suis effectivement emmêlé les crayons. On a dit quel jour, déjà ?

— Jeudi, Lisa.

Sophie ne rit plus du tout. À plusieurs reprises, elle a constaté ce genre de comportement curieux chez Lisa, des absences, des mélanges de dates. Isolés, ces troubles ne lui ont pas paru inquiétants, mais mis bout à bout…

— Ne t'en fais pas, Sophie, je ne perds pas la boule ! Je me suis juste plantée de jour sur mon calendrier. Maintenant, quand j'y repense, je m'en souviens très bien. Désolée de t'avoir appelée. J'aurais dû réfléchir avant ! rit à son tour Lisa.

Sophie se réfugie dans le ton clair de Lisa pour chasser ses doutes et cette petite voix intérieure qui, malgré elle, lui souffle que quelque chose ne va pas. Inutile de s'alarmer pour rien. Après tout, qui n'a jamais souffert de « trous de mémoire » ? Elle-même passe un temps fou à chercher constamment ses clefs, ce qui agace Pierre.

Lisa met fin à la conversation et repose le combiné sur son socle en fermant les yeux. Sa mine est beaucoup moins réjouie. Comment a-t-elle pu confondre les dates à ce point ?

À force de gamberger toute la journée, comment veux-tu qu'il en soit autrement ? Tu es juste épuisée et ton cerveau est assommé par tous les trucs chimiques que tu ingurgites !

— Oui, il va falloir que j'arrête ces cochonneries pour que tout rentre dans l'ordre ! s'écrie-t-elle.

D'ailleurs, si sa mémoire se montre parfois rétive, elle la surprend aussi par ses sursauts, d'une précision redoutable. Certaines scènes du passé lui reviennent en effet avec une exactitude chirurgicale. Il n'en irait pas de même si elle avait un vrai problème de ce côté-là.

Rassurée, Lisa se campe au milieu du salon, les poings sur les hanches. Elle va pouvoir s'atteler à son activité favorite, désormais, qui épuisera son corps autant qu'elle apaisera son esprit : le ménage.

Comme la veille et l'avant-veille, elle ouvre en grand les fenêtres, secoue les tapis, astique le mobilier, passe l'aspirateur tout en psalmodiant à voix haute :

— Je dois l'oublier, je vais l'oublier… Je dois l'oublier, je vais l'oublier…

Une heure plus tard, les placards étant déjà vidés de toute chose inutile, elle s'attaque aux gonds des portes, qu'elle huile avec précaution, comme s'il s'agissait de pièces d'orfèvrerie. Dès qu'elle s'arrête, elle se sent gagnée par une insondable tristesse. Le souvenir d'un sourire orné d'un grain de beauté vient effleurer ses pensées.

— Je dois l'oublier, je vais l'oublier…

Elle refuse de laisser ce démon entrer en force : il l'avalera tout entière. Aujourd'hui, elle ne veut songer qu'à des moments doux. Elle va donc se concentrer sur Céleste.

Lisa branche la musique, s'allonge sur le canapé, sélectionne « Fermer les yeux ». Certes, elle n'est ni prisonnière ni prostituée. Mais c'est bien sur cette chanson-là qu'elle s'est découverte enceinte. C'est ce morceau qui a accompagné l'un des grands moments où sa vie a basculé.

Dès les premiers accords, les chœurs aux magnifiques harmonies jaillissent du néant. Une mélancolie lancinante gagne Lisa, tandis que de majestueuses voix féminines résonnent et s'entremêlent. Elle se retrouve face à cette table de formica bleu, le test de grossesse dans la main, perdue. Les cymbales surgissent avant de laisser place à un bref mais total silence, puis retentissent les premières notes d'une sublime mélodie jouée au piano.

Lisa se revoit, penchée sur sa feuille, à songer aux listes de sa mère, à tracer à son tour cette ligne verticale au centre d'une page blanche, à imaginer ce bout de vie prendre racine au fond de son ventre… Elle contemple l'écriture arrondie, distingue avec précision le long trait qui sépare les deux colonnes. Ses fameux « pour » et « contre ». Elle peut même sentir le délicat parfum du mimosa qui embaumait alors son studio.

Il lui suffit de fermer les yeux pour fuir loin de son quotidien, s'envoler vers un ailleurs où elle ne souffre plus. Pour elle également, le combat est devenu vain, et l'évasion son seul salut.

Revenir à cet instant la réconforte.

Après la dix-septième écoute de cette unique chanson, Lisa éteint l'enceinte, ouvre les yeux et regarde autour d'elle. Tout est propre, tout brille.

Encore un pas vers l'oubli.

*

Dimanche 19 juillet 2020

Amusée, Céleste avale une gorgée de son café et taquine Antoine :

— Ça fait très cliché de venir ici, pour un Parisien.

Il sourit.

— Je ne suis plus parisien. Et je n'ai vu la tour Eiffel qu'une seule fois, dans mon enfance…

Ils se sont donné rendez-vous place du Trocadéro, face à la célèbre Dame de Fer.

— Alors j'ai pensé faire d'une pierre deux coups, aujourd'hui, reprend-il. Remonter au sommet de cette tour mythique, et mesurer les progrès que tu as accomplis sur ta phobie…

Surprise, Céleste se contracte.

— Pas question de me faire grimper la moindre marche, ni même de me faire monter dans l'un des ascenseurs. Et inutile d'essayer de me faire changer d'avis, Antoine !

Il la considère d'un air grave et veille à ne rien montrer de sa déception. Mais Céleste l'a perçue.

— J'espère que tu ne m'en voudras pas…

Elle aurait aimé lui faire plaisir et l'accompagner. Mais rien que lever la tête vers le premier étage du monument lui donne le tournis.

Ils terminent leur café, sortent de la brasserie, longent les jardins du Trocadéro, avant de traverser le pont d'Iéna. Ils furètent une vingtaine de minutes sur le Champ-de-Mars puis intègrent la file d'attente.

Céleste patiente avec lui, le quitte lorsque la jeune femme du guichet indique à Antoine de rejoindre le pilier nord. Elle repart lentement vers le pont qu'ils ont tous deux emprunté un peu plus tôt, nostalgique. Elle a promis d'attendre qu'il soit parvenu au deuxième étage de la tour pour partir.

Vingt minutes plus tard, son portable sonne.

— La vue de l'Empire State Building est beaucoup plus vertigineuse, mais aussi un tantinet moins magique. Dommage que tu ne puisses en profiter…

— Elle est belle aussi, d'en bas…

— Où es-tu ?

— Au bout du pont…

— Je n'arrive pas à te voir.

Elle observe autour d'elle, court vers l'une des quatre statues qui encadrent le pont.

— Je suis au pied du Guerrier arabe, rive droite de la Seine ! Tu m'as retrouvée, là ?

Elle sautille en agitant les bras vers le ciel. La réponse ne tarde pas.

— Je n'aperçois qu'un point. Mais je sais que c'est toi. C'est le principal.

Ils se regardent l'un l'autre sans se voir, séparés par des centaines de mètres. Céleste songe à la belle complicité qui les lie encore.

— Je dois y aller…

— File, Céleste ! Merci d'avoir patienté avec moi…

Elle range son portable dans son sac, rejoint un passage piéton. Après un tel moment, elle ne veut pas se retrouver seule. Elle éprouve le besoin de voir sa mère, se dit que c'est là-bas qu'elle doit aller. Quelques secondes plus tard, elle reçoit une photo du panorama offert aux yeux d'Antoine, accompagnée d'un SMS : « En souvenir d'un vertige que tu n'auras pas voulu partager… »

Émue, elle se retourne une dernière fois sur la tour Eiffel.

Puis traverse la chaussée.

*

Mardi 21 juillet 2020

Céleste est sans nouvelles d'Antoine depuis deux jours. Et il repart dans cinq. Pourquoi ne lui écrit-il pas ?

Et toi, pourquoi tu ne le fais pas ?

Vu la chaleur, et comme Benjamin n'est pas encore rentré, elle s'est finalement invitée quelques jours chez sa mère. Assise en tailleur sur le tapis du salon, elle tend l'oreille vers la chambre de Lisa, qui dort toujours. Le souvenir d'un de leurs récents échanges lui revient par bribes.

« Folie… Confiance… »

Céleste est bien consciente de ne pas laisser une grande place aux folies dans sa vie.

« Il existe peu de personnes sur qui on peut vraiment compter dans la vie. Ces personnes-là, il faut savoir les reconnaître et les chérir. Pour elles, rien n'est trop beau ou trop fou. »

Sa mère lui a parlé de tous les registres. L'amour. L'amitié.

« Il faut du courage pour aimer. »

Va-t-elle rester murée dans son orgueil et regretter de ne pas avoir osé le rappeler ?

Elle s'empare de son portable, tape sur son clavier : « On peut se revoir avant ton départ ? »

Elle guette son téléphone. Combien de temps mettra-t-il à lui répondre ? Son cœur bat à toute vitesse. On dirait une collégienne. Un bip, enfin.

« Je suis à Deauville avec ma mère. Nous rentrons après-demain, car elle doit passer le vendredi chez une amie à elle. Je suis donc libre toute la journée… »

Une vague de joie déferle dans le cœur de Céleste.

« Tu me la réserves ? »

Quelques secondes d'attente.

« OK ! »

Elle veut surprendre Antoine, lui prouver qu'elle a gardé la même audace qu'autrefois. Céleste inspire un grand coup, allume son ordi, et s'exclame :

— Allez ! Folie et confiance…

À toutes ces musiques qui nous trottent dans la tête

*

Jeudi 23 juillet 2020

Les trois derniers jours, j'ai vécu sans mes Post-it, car Céleste a dormi à la maison. J'avais donc pris soin de tout enlever.

Je sens ma puce malheureuse. Et je ne sais pas pourquoi. Elle se confie peu. Mais je la connais si bien…

Je sais qu'Antoine, son ami d'enfance, est revenu passer quelques jours à Paris et qu'elle devait le revoir. J'ai trouvé son air un peu trop détaché lorsqu'elle m'en a parlé…

Quoi qu'il en soit, Céleste a regagné ses pénates aujourd'hui. Son absence me laisse un vrai vide. J'aime la savoir à mes côtés.

Je suis tout de même contente : j'ai noté les chansons qui ont le plus marqué ma vie. Et je suis heureuse de pouvoir les ajouter à ces feuilles…

Lisa lève son stylo. Elle écarte les anneaux du classeur, introduit la page où figure la liste des dix-sept chansons. Chacune la catapulte à un moment précis de son passé. En face de chaque titre, un mot, une ville, un nom…

Son estomac lui rappelle dans un gargouillis qu'il est temps de déjeuner. Effectivement, il est déjà 12 h 45. Satisfaite, elle referme le classeur.

Arrivée dans la cuisine, elle se dirige vers le réfrigérateur. Et soudain, un trou noir.

Combien de temps s'écoule-t-il ? Elle ne saurait le dire.

Mais elle se fige brusquement : pourquoi se tient-elle face à ces étagères remplies ?

Elle essaie de se concentrer mais son cerveau ne semble plus connecté.

Enfin, une étincelle s'allume dans ses yeux. Elle vient de repérer une anomalie : un paquet de biscottes logé dans le compartiment réservé aux bouteilles. Elle s'en empare, secoue la tête et referme la porte en se disant qu'une bonne douche lui permettra de se rafraîchir.

Dans la salle de bains, le miroir fixé au-dessus de la double vasque lui renvoie l'image d'une femme fatiguée, atone. Elle lui tourne le dos, demeure un instant perdue. Puis elle se saisit d'un Post-it, griffonne quelques mots dessus avant de le coller au centre de la glace : « Penser à rester belle. »

34

Vendredi 24 juillet 2020

Accrochée à la rambarde du pont, suspendue au-dessus du vide, Céleste se demande si l'hystérie ne va pas la gagner d'une seconde à l'autre. Sous ses yeux s'étendent le bocage et des milliers d'arbres, immenses.

Ce matin, Antoine l'a rejointe chez elle. Ils ont pris sa voiture.

Au volant, Céleste a emprunté l'A11 sans rien dévoiler de leur destination.

Deux heures et demie plus tard, ils sont arrivés à Saint-Georges-le-Gaultier, dans la Sarthe. Plus précisément, au viaduc. Duquel ils sont censés sauter, attachés par un élastique.

Mais maintenant que son projet prend forme, Céleste se demande quelle mouche a pu la piquer pour se lancer dans un tel délire…

— Non… Tu as *vraiment* fait ça, Céleste ?

Elle se tourne vers Antoine, ou plus exactement tourne son visage vers lui, trop occupée à se retenir à la barrière. L'adverbe ne manque pas de pertinence. Est-il *vraiment* possible qu'elle ait *fait ça* ? Quand elle songe à tous les arguments dont il lui a fallu user afin d'obtenir de la place en plein été pour cette activité suicidaire, elle se dit qu'elle ne peut qu'avoir perdu la raison.

Antoine, lui, observe, médusé, l'équipe d'encadrement récupérer le matériel des deux fous furieux précédents qui ont accepté de se jeter dans le vide, simplement maintenus à ce pont par un élastique.

Oui, elle a *vraiment* fait ça.

Et elle ne s'explique toujours pas une telle aberration.

Antoine s'approche d'elle. Il semble bouleversé, mais elle juge en toute lucidité qu'elle-même l'est bien davantage, dans un autre registre. Elle se concentre. L'urgence est de gérer au mieux la crise de panique qu'elle sent monter. Cramponnée à la balustrade d'une main, elle pivote sur elle-même pour tourner le dos au vide, ferme les yeux.

— Bonjour ! C'est vous, Mme Dupeyron ?

Un homme s'est approché d'eux. Son grand sourire franc est rassurant. Ses jambières, le baudrier et les mousquetons qu'il brandit le sont beaucoup moins.

— Oui, c'est bien elle ! répond Antoine à sa place. Elle m'a organisé une petite surprise mais j'ai l'impression qu'elle la regrette déjà..., s'amuse-t-il.

L'homme s'esclaffe :

— Nous sommes habitués ! Mais faites-moi confiance, vous allez vivre une expérience inoubliable !

— C'est un euphémisme..., plaisante Antoine.

Céleste, tétanisée, n'a toujours pas pu prononcer le moindre mot.

— La réservation est pour deux personnes. Vous préférez deux sauts individuels ou un unique en duo ? Vous serez filmés dans les deux cas de figure...

Ce qui restait de sang dans les joues de Céleste disparaît en un instant.

— Il n'est pas question d...

— À deux, bien sûr ! la coupe Antoine. Céleste aura besoin d'être rassurée : elle a peur du vide, moi non. Enfin, en temps normal. Parce que là, c'est vrai, même une peluche sentirait une poussée d'adrénaline...

— Exactement, jeune homme ! Ici, c'est sensations fortes garanties ! Je prépare le matériel. Rejoignez-moi quand vous êtes prêts.

Il s'éloigne en sifflotant.

— Antoine, hors de question que je me jette dans le vide ! Cette idée était absurde ! Et ce type-là ne m'inspire rien qui vaille... Je le trouve un peu léger, quand même. Tu te rends compte des risques qu'il prend à faire sauter des gens d'une telle hauteur ? Lors de la réservation, il a juste demandé si l'un de nous avait des problèmes cardiaques ou de dos, sans exiger de certificat médical...

— Et puis, qui nous dit que ce n'est pas simplement un touriste qui cherche à arrondir ses fins de mois ? s'esclaffe Antoine. C'est un pro, Céleste ! Cette activité est très encadrée, rien n'est laissé au hasard. Tout repose sur des calculs, nous sommes bien placés pour le savoir.

Céleste secoue énergiquement la tête.

— Non, non, non, non, non… Je tenais vraiment à te faire plaisir, et je pensais réussir à dépasser ma peur, mais là, ça ne va pas être possible. Tu comprends ? *Je ne peux pas !*

Il la dévisage durant de longues secondes, s'approche d'elle, presse son épaule d'une main rassurante. Le même geste qu'il a eu la première fois, quand il est venu à son secours, un midi bien lointain, dans un vieux réfectoire à jamais à l'abri dans sa mémoire.

— Ça va aller, Céleste. Laisse-toi guider…

— Je te le répète : il n'en est pas question ! C'est trop dangereux, trop haut, trop fou, trop… tout !

— Mais je serai avec toi…

— Peu m'importe. Je ne peux pas lutter contre cette peur. Je suis désolée…

Il plonge ses yeux dans les siens.

— Ce n'est pas ta capacité à lutter contre ta peur que nous mesurons, Céleste. C'est le degré de confiance que tu as en moi.

Elle jette un dernier regard en contrebas.

— Alors, pardon, mais ça fera un peu juste…

Ce n'est pas cela qu'elle voulait exprimer. Mais c'est pourtant ce qu'elle a dit. Consternée, elle voit le visage d'Antoine s'assombrir.

— Ça n'a rien à voir avec toi, tente-t-elle de se rattraper. C'est incontrôlable !

— Rassure-toi, je comprends…

— Je regrette, Antoine…

Il hoche lentement la tête.

— OK… Allez, on rentre !

Il a parlé d'une voix basse mais ferme tout en repartant vers la rive.

— Antoine ! Ce n'est pas parce que je me dégonfle que tu ne peux pas le faire, toi !

Il s'arrête quelques instants, revient sur ses pas, effleure de son index la main de Céleste.

— Tu sais, j'étais presque aussi terrifié que toi à l'idée de sauter de ce viaduc. Il faudrait être complètement cinglé pour ne pas baliser face à une telle hauteur ! Moi, j'ai juste pensé que nous allions avoir une occasion unique de partager une peur commune et de la vaincre ensemble. Et je trouvais ça beau. Mais tu ne le peux pas. Je le comprends. Fin de l'histoire.

Céleste se retrouve face au dos d'Antoine et une certitude s'impose à elle : toute sa vie, elle regrettera ce moment où elle n'aura pas su faire le bon choix entre sa peur et ce frémissement qu'elle a senti dans son cœur lorsque la main d'Antoine a effleuré la sienne. Elle en est parfaitement consciente.

Ressaisis-toi ! Tu es bien placée pour savoir que cette activité relève de la physique. Tu ne crains rien. La vraie question est : peux-tu, oui ou non, réussir à dépasser ta phobie ?

Une fraction de seconde, elle visualise le théorème de l'énergie cinétique dans sa tête. Le saut à l'élastique lui semble bien moins terrifiant sous forme de formules arithmétiques.

Tu peux le faire ! Tu ne penses à rien, tu le regardes, lui, et rien d'autre. Rien d'autre.

Elle court vers Antoine, le retient par le bras.

— Je ne veux rien voir, tu m'entends ? Rien !

Elle est tellement tétanisée que sa voix s'apparente à celle d'une soprano colorature.

Abasourdi, Antoine se laisse tirer par la main jusqu'à l'homme aux mousquetons en acier. Celui-ci commence par harnacher Céleste, plus raide qu'une statue. Puis il passe à Antoine, et leur explique le déroulement du saut.

Céleste préfère ne rien entendre. Elle n'arrive d'ailleurs plus à capter le moindre mot. Elle se laisse juste guider, comme si elle n'habitait plus son propre corps. Elle se sent à son tour tirée par la main, et se retrouve collée à Antoine. Elle blottit son visage contre son cou. Elle ne peut s'empêcher de chercher à quand remonte la dernière fois que leurs corps se sont ainsi retrouvés l'un contre l'autre. Elle ne le sait pourtant que trop bien. À ce souvenir, son cœur s'emballe encore plus. Sur quoi vaut-il mieux se concentrer, en cet instant ? Sur sa peur ou sur le sentiment plus enfoui qui se réveille au contact d'Antoine ? Elle lève légèrement la tête et le dévisage.

Celui-ci a bien écouté l'ensemble des consignes. Il ne la quitte pas du regard. Dans ses yeux, il lit de la pure terreur. Il sait ce que ce saut représente de frayeur viscérale pour Céleste. Lui-même n'en mène pas large, mais sa crainte passe loin derrière l'émotion que l'attitude de Céleste a fait naître en lui. Il enroule ses bras autour de sa taille. Ils sont prêts.

Elle ferme de toutes ses forces les paupières, prie pour ne pas faire une crise cardiaque tant son cœur palpite. Elle sent qu'elle va fondre en larmes ou se mettre à hurler d'un instant à l'autre.

— Je suis là… Je suis mort de trouille, moi aussi, avoue-t-il. Mais nous sommes tous les deux…, lui souffle-t-il dans l'oreille.

Céleste se retrouve soudain transportée treize ans plus tôt, suspendue à un pont en corde, dans ce parcours d'Accrobranche. Sa mère lui tend la main. Elle revoit son regard, lumineux, serein.

Elle lit la même chose dans les yeux bleus qui la fixent.

— Vous sautez quand vous voulez ! entendent-ils.

Céleste sent des larmes se faufiler sous ses paupières. Sont-elles de terreur ou de nostalgie ?

— Quand tu veux, Céleste…, murmure Antoine.

« Folie… Confiance… » Elle inspire lentement, hoche brièvement la tête en guise de top départ.

Et ils s'élancent dans le vide.

*

Lisa vient d'achever le nettoyage de la dernière fenêtre de la maison.

Toutes y sont passées : celles de sa chambre, de la cuisine, du salon, de la salle de bains… Elle s'est démenée sur chaque centimètre carré de verre au point de se déclencher un tour de reins. Elle range la raclette en silicone, le produit à vitres, l'éponge, puis se laisse choir sur une chaise.

Elle est parvenue à remettre sa maison en ordre, mais pas ses pensées.

Tout cela à cause du film qu'elle a fini de regarder à peine deux heures plus tôt.

Elle en reste profondément remuée.

Ce matin, elle s'était pourtant levée de bonne humeur. La journée s'annonçait belle et sereine : un immense soleil flottait dans un ciel azuréen sans un seul nuage, et la chaleur était moins écrasante que la veille. Son ciel à elle aussi semblait dégagé. Jusqu'au moment où elle s'était installée dans le canapé, l'un de ses Post-it lui indiquant qu'il était l'heure de sa pause télé. Son émission habituelle portant sur un sujet qui ne l'inspirait pas, elle était passée d'une chaîne à l'autre avant de tomber sur le début d'un film dont elle avait beaucoup entendu parler, mais jamais vu : *Sur la route de Madison.*

Elle avait hésité, puis s'était laissé tenter par les premières minutes. Avant d'être totalement aspirée par l'histoire.

Impossible de se détacher des deux personnages principaux, qu'elle a accompagnés jusqu'au bout de leur amour tout en pudeur, le cœur battant.

Elle en est ressortie bouleversée.

Comment ne pas faire le lien entre cette merveilleuse communion portée à l'écran, et la sienne avec Victor ? Comment ne pas retrouver en cette rencontre passionnée qui ne se produit qu'une fois dans une vie la magie de la leur ? Comment ne pas reconnaître en cette alchimie à fleur de peau la fusion mystérieuse des chairs que Victor et elle ont connue ?

Et cette scène poignante dans la voiture, où Francesca se sent gagnée par un terrible pressentiment… Lisa la repasse en boucle dans sa tête, à l'instar de celle où elle-même a pris la décision de ne pas suivre Victor quand il le lui demandait. Ce moment, éphémère, qui aurait pu changer sa vie, à elle aussi.

Comme eux, elle a connu cet incommensurable vertige où même les certitudes les plus profondes titubent, cette douce obsession qui consume et dévore le corps et l'esprit sans que l'on s'en rende compte. Jusqu'à cette fin, déchirante, sous la pluie. Pour Victor et Lisa, la pluie est restée le symbole de leur premier baiser. Mais finalement, elle a mené à la même blessure.

Lisa sent une larme perler à sa paupière, la laisse glisser le long de sa joue. Pourquoi pleure-t-elle ?

Une voix chaude et grave jaillit des profondeurs de sa conscience.

« Puisses-tu à jamais croire en moi, comme toujours je croirai en Nous. »

Cette voix s'habille d'un visage, d'un sourire orné d'un grain de beauté.

— Je dois l'oublier, je vais l'oublier…

Sa raison renonce, pas sa mémoire. Les fantômes semblent s'être donné le mot : ils se sont tous soudainement éveillés, sortent de la cage dans laquelle Lisa était parvenue à les enfermer.

— Je dois l'oublier, je vais l'oublier… Je dois l'oublier, je vais l'oublier !

Elle a beau le crier, le sésame a perdu son pouvoir. Son cœur est devenu sourd à ses incantations. Robert n'a jamais oublié Francesca. Et réciproquement.

Malgré tout. Malgré tous.

Victor n'a pu l'oublier davantage.

Ce film ne peut être qu'un signe qui lui est adressé.

Comment a-t-elle pu croire que Victor l'avait abandonnée ?

Rapidement, elle éprouve le besoin de s'accorder le droit d'une parenthèse enchantée, de retrouvailles avec un bonheur promis. Elle ne songe plus qu'à replonger dans son histoire, la revivre.

Elle se précipite dans la cuisine, ouvre l'un des placards, sort du fond de la première étagère une vieille bouteille de sirop de menthe laissée par Victor. Après avoir dilué le liquide transparent dans de l'eau bien froide, elle s'attable face à la fenêtre, porte le bord du verre à ses lèvres.

La puissance de la menthe lui dégage presque douloureusement les voies respiratoires. Elle conserve la boisson dans sa bouche, en imprègne sa langue, savoure la sensation de fraîcheur provoquée par le menthol. Puis une explosion d'images, de souvenirs, surgit. En fermant les yeux, elle peut revivre les baisers de Victor, encore parfumés de ce même sirop.

Le regard de Lisa erre sur ce qui l'entoure. Il se pose sur la place à présent vide sur le mur, là où se trouvait autrefois l'un des tableaux qu'il avait apportés. Aujourd'hui remisé à la cave, il n'incarnait plus que le rappel des promesses non tenues, de ses illusions perdues.

Elle se lève précipitamment, jette le reste du breuvage dans l'évier.

« Puisses-tu à jamais croire en moi, comme toujours je croirai en Nous. »

Elle revient dans le salon, ouvre l'armoire, grimpe sur son rebord pour attraper sur l'étagère du haut la grande boîte en carton dans laquelle sont enfermés les vestiges dont elle n'a pu se séparer. Elle s'assied sur le canapé. Son émotion est telle que ses doigts tremblent en en ôtant le couvercle.

Elle soulève un chiffon en toile de jute et fixe les escarpins qui ont guidé ses pas lors de leur dernière danse. Ils semblent encore neufs. Pourtant, ils ont à ce point marché dans ses rêves qu'elle trouve leur couleur épuisée. Comme elle.

Elle glisse une main dans le fond de la boîte, en retire un écrin où se dissimulent deux galets, recouverts d'une étoffe de soie. Celle-ci symbolisait hier l'élégance et la lumière du tulle, promesse de mariage. Aujourd'hui, elle ressemble à un suaire.

Elle libère les deux pierres lisses, les pose au creux de sa main. En se chevauchant, elles émettent un léger crissement. La voilà immédiatement projetée sur la plage d'Étretat, Victor à ses côtés.

En proie à une vive émotion, elle frotte doucement les deux galets l'un contre l'autre. Ils lui murmurent les mêmes souvenirs. En fermant les yeux, Lisa peut presque entendre les vagues, le ressac. L'intensité de sa réminiscence est telle qu'elle s'attend à voir Victor lui sourire en la surnommant sa « petite voleuse adorée ». Quand elle rouvre les paupières et écarte les doigts, elle constate qu'elle a serré les galets si fort qu'ils ont marqué sa paume de leur empreinte.

Comment donc a-t-elle pu douter de leur histoire ?

Elle se précipite vers l'enceinte, la rallume avec fébrilité.

Elle cherche une chanson précise. « Quand tu danses » envahit la pièce : les notes, les paroles, les souvenirs congédient ses dernières craintes. Victor est là, devant elle, et l'invite d'une main tendue à s'engouffrer dans ses bras. D'une virevolte elle se retrouve pelotonnée contre lui, serrée si près qu'elle peut sentir son cœur battre.

Son cœur à elle était gelé ; ces pierres et cette chanson viennent de le réchauffer en un instant.

Comment a-t-elle pu douter de leurs sentiments ? Leur passion ne peut finir ainsi. Leur histoire est celle d'un amour indéfectible et éternel. Même la Grande Faucheuse ne saurait les arracher à leur destin. Pour lui, elle reste prête à tout sacrifice. Ses années de sombres orages ne parviendront jamais à effacer leurs quelques sublimes soleils passés.

La mort s'immiscerait-elle en elle ? Ou s'agirait-il plutôt de la folie ? Les deux peuvent frapper n'importe quand, sans s'être annoncées. Peu lui importe. N'en déplaise à quiconque, chacune de ses blessures prend l'apparence d'une victoire. L'aliénation lui paraît plus douce que le renoncement.

Ces galets demeureront pour elle un rempart contre tout. Et pour l'éternité.

*

Antoine et Céleste sont rentrés en commentant fièrement leur exploit durant tout le trajet.

Il leur tarde de visionner la vidéo immortalisant leur saut.

Céleste se gare entre deux véhicules, non loin de l'immeuble où vit la mère d'Antoine. Celle-ci attend son fils pour le dîner. Le dernier avant son départ.

— Alors, ça y est, tu repars pour New York ?

— Oui, demain…

Lui dire au revoir est plus difficile qu'elle ne l'aurait imaginé. Pour Céleste, c'est renoncer à libérer un secret enfoui en elle depuis longtemps.

— Quelle expérience, cette dernière journée française ! Merci, Céleste…

Il ne tient pas plus qu'elle à s'éterniser dans cet habitacle, où toute joie s'est éteinte.

Il s'approche pour lui déposer un baiser sur la joue. Mais leurs lèvres glissent et se rejoignent. Il s'arrache à ce baiser, sort du véhicule sans la regarder.

Elle s'engage sur l'avenue et accélère.

*

Céleste n'a réfléchi ni à ce qu'elle devait faire ni à l'endroit où elle pouvait aller. Elle éprouve le besoin de rester seule. Mais elle a spontanément pris la direction de Carrières-sur-Seine, et s'est retrouvée face au portail du petit pavillon de Lisa. Benjamin rentre ce soir d'Écosse. Pour l'éviter, elle a prétexté que sa mère ne se sentait pas bien et qu'elle devait dormir chez elle.

Elle entre dans le salon. Lisa, surprise de la voir, la détaille avec attention.

— Ça va, ma chérie ?

— Oui, très bien ! répond Céleste un peu trop rapidement.

Son visage défait dit le contraire, mais Lisa ne pose aucune autre question et se contente de lui préparer un chocolat chaud, comme elle le faisait jadis, lorsqu'elle était petite. Assise sur le canapé, Céleste s'empare de la tasse et la porte à ses lèvres. Les images défilent sur le téléviseur allumé, mais le son est coupé.

Lisa connaît suffisamment Céleste pour reconnaître sur ses traits l'expression du chagrin.

Elle prend place dans un fauteuil, face à sa fille, qui remarque le jonc en or à son poignet.

— Pourquoi as-tu remis ce bracelet, maman ?

Elle darde sur elle un regard inquiet.

— Dis-moi que tu ne vas pas repartir dans ton délire…

— Je n'en ai pas l'intention, non, la coupe Lisa d'une voix ferme mais posée. Mon seul « délire » est de m'être égarée. Je viens de me retrouver.

— Je ne comprends pas…

Lisa soupire.

— Tu sais, je crois que l'on devient souvent prisonniers de rôles ou de personnages que les gens qu'on aime nous imposent. De manière inconsciente, nous tentons alors de nous montrer dignes de leurs attentes. Sophie et toi ne l'avez pas fait sciemment, mais vous êtes parvenues à me mettre en tête des choses fausses.

Céleste n'a pas le courage de lutter ce soir.

— Tu vas te faire encore plus de mal..., se contente-t-elle de dire.

— Chercher à me convaincre d'une réalité fausse m'en faisait bien plus, Céleste.

Lisa s'avance au bord du fauteuil.

— Tu sais, ma puce, une bonne partie de notre vie repose sur les choix que l'on fait pour soi. Parfois, c'est une question de chance, mais presque toujours c'est une question de choix. Comme rester avec un homme que tu te contenterais d'estimer, par exemple...

L'allusion de Lisa n'a pas échappé à Céleste. Mais elle préfère revenir sur son sujet :

— Raison de plus pour oublier ton Victor, qui semble avoir fait un autre choix que le tien puisqu'il n'est pas à tes côtés...

Lisa se lève, lui serre l'épaule avec tendresse.

— Tout ne repose malheureusement pas sur les choix que nous faisons. Il arrive aussi que nous soyons amenés à subir la décision des autres et, par la force des choses, à en payer les conséquences. Je reste convaincue que c'est pour cette raison que Victor n'est pas ici.

— Es-tu en train de me dire que tu ne regrettes pas d'avoir tout sacrifié pour un homme qui n'est jamais venu, et qui ne viendra sans doute jamais ?

Lisa marque un silence. Elle reprend doucement :

— Contrairement à ce que tu penses, ma chérie, je n'ai pas tout sacrifié pour lui. C'est lui que j'ai un jour sacrifié...

— Je ne te suis pas, maman. Tu peux être plus claire ?

Lisa dévisage sa fille. Le moment de tout lui raconter est peut-être arrivé…

— Lorsque Victor a appris son départ pour Vancouver, il m'a proposé de partir avec lui. Plus exactement, avec toi et lui…

Elle avale sa salive, chasse l'émotion qu'elle sent monter, retombe mollement sur le fauteuil.

— Il m'a laissé prendre la décision pour nous deux, en mon âme et conscience…

Céleste se redresse sur le canapé.

— Mais pourquoi…

Elle ne va pas au bout de sa question, l'évidence s'impose à elle.

— Tu ne l'as pas fait pour moi…, conclut-elle, la voix brisée.

Lisa baisse la tête. Elle n'a pas besoin d'acquiescer. Elle précise simplement :

— Il n'y avait pas que toi. Je voulais aussi que ton père réalise son rêve… Je me sentais redevable, vis-à-vis de lui. J'espérais naïvement que tout se ferait naturellement, après…

Céleste est abasourdie par cette révélation. En onze ans, elle s'est imaginé beaucoup de choses, mais certainement pas ça. Elle mesure en un instant le poids des sacrifices consentis par sa mère, le prix, terrible, qu'elle a payé. Face à l'étendue d'un tel désastre, elle se révolte en son for intérieur contre la cruauté de la vie.

Elle pose sa tasse sur la table basse, se lève, s'accroupit face à Lisa et lui attrape les mains.

— Maman, pourquoi ne m'en avoir jamais rien dit ? Si seulement j'avais su…

— Tu n'as rien à te reprocher, ma chérie. Je te le rappelais il y a un instant, il existe bien des aléas qui nous orientent à notre insu. C'est comme ça…

Lisa se dégage en douceur des mains de Céleste. Il lui faut marcher, boire un verre, respirer. Elle part se servir de l'eau fraîche, revient au salon. Céleste s'est rassise sur le canapé et a calé son menton sur ses poings. Elle demande, d'une voix tendre :

— Raconte-moi, maman. Je veux *comprendre* ton histoire…

Lisa sourit, caresse la surface du bracelet, là où se trouve le chemin pour la ramener sur le pont du Rialto. C'est l'occasion d'expliquer à Céleste tout ce qu'elle n'a pu lui dire la fois précédente. Elle se lance. Elle décrit leur rencontre. L'évidence. Le tsunami. La déraison. L'ordinaire transformé en merveilleux. Les moments chargés d'éternité. Les lieux enchanteurs. Elle dépeint Paris. Cabourg. Étretat. Venise. New York. Amsterdam. La sombreur des séparations. L'incandescence des retrouvailles. Elle parle de ces textos qu'ils s'adressaient par milliers, le jour pour elle, la nuit pour lui et vice versa, de cette connexion permanente qui traversait la planète et le temps, défiant toute raison et renforçant leur lien.

Lorsqu'elle se tait, elle prend conscience que ses joues sont baignées de larmes, tout comme celles de Céleste.

— Ton histoire est magnifique, maman…

Céleste cherche les mots pour accueillir au mieux les confidences de sa mère.

— Je suis si désolée de ne pas l'avoir comprise plus tôt…

Lisa sourit, hoche la tête en silence. Céleste reprend une gorgée de chocolat. Depuis le temps, il est froid. Une fois la tasse vide, elle s'allonge.

— Comment savoir que l'on aime vraiment, maman ?

— Le véritable amour ne connaît aucune nuance. Il est trop tout : trop intense et trop douloureux, trop léger et trop profond, trop éclairant et trop sombre, éphémère et tellement éternel… Aimer, c'est à la fois perdre et recouvrer ses esprits, c'est mourir et ressusciter.

Elle sourit, mélancolique.

— Depuis que je l'ai retrouvé en moi, je me sens revivre. À nouveau, je peux poser son regard sur ce qui m'entoure, deviner son avis, ses remarques…

Elle plaque ses deux mains sur ses cuisses, redresse le buste.

— Victor a été et restera pour moi ma boussole, mon refuge, mon Éden. Avant lui, je n'étais pas. Sans lui, je ne suis plus. Et je sais qu'il en va de même pour lui. Mais je sais aussi – m'entends-tu ? –, je *sais* qu'il reviendra un jour. Je l'attends.

— Toi qui étais si féministe…

— Je le suis toujours. Le parfait équilibre des genres n'existe que quand la question ne se pose plus. C'est le cas entre Victor et moi.

Céleste est tentée de lutter pour la ramener sur la rive de la raison. Mais elle y renonce. Par deux fois elle a commis l'erreur de douter de ceux qu'elle aimait. Ça lui a coûté cher. Sa mère croit en cet amour avec une ferveur touchante. Et elle attend du soutien de la part de ceux qu'elle aime. Alors elle lui offrira le sien.

— Je ne sais pas comment tu fais pour garder une telle confiance en lui. C'est beau, finalement. Pour moi, croire à ce point en quelqu'un s'assimile à un vrai suicide… C'est dangereux…

— Aimer quelqu'un au point de croire totalement et inconditionnellement en lui oblige à beaucoup d'humilité. Et l'humilité, c'est la puissance des sages, Céleste. Dieu sait pourtant combien Victor et moi étions insolents. Nous avions en effet l'arrogance de penser que nous étions différents. Que notre histoire ne ressemblait à aucune autre. Et malgré tous nos déboires, je persiste à penser que nous avions raison. C'est là que l'humilité fait son travail : quand je doute, elle resurgit et me rappelle que notre amour dépasse tout. Y compris moi.

Céleste se recroqueville.

Lisa se lève, va allumer l'enceinte, cherche la chanson qu'elle souhaite faire découvrir à Céleste. Les premières notes de « On ira » se répandent dans la pièce.

— Laisse-moi te faire écouter un titre de Goldman qui m'a mille fois portée. L'amour y est présenté comme un voyage, mais il nous raconte également que la finalité de la vie n'est pas d'atteindre un but, mais de longer le bon chemin qui mène à cet objectif. Quand je me suis retrouvée seule ici, chaque fois que j'avais trop mal, je me passais ce morceau et je nous voyais, toi, Victor et moi, partir tous les trois « sans nos clefs, nos cartes et nos codes »…

Lisa s'approche de sa fille, s'assied, lui soulève doucement la tête pour la reposer sur ses genoux. Puis elle lui caresse les cheveux, comme elle le faisait lorsqu'elle était petite.

— Pour moi cette chanson c'est toi, Victor et moi…

Céleste murmure :

— Eh bien, si un jour j'arrive à trouver le chemin qui me mène là où je rêve d'aller, j'écouterai cette chanson. Mais, crois-moi, ce n'est pas pour demain.

Elle sent les doigts maternels soulever délicatement sa crinière. Cela fait plus de dix ans qu'elle n'a plus eu de contact aussi intime avec sa mère. Elle y puise immédiatement le même réconfort qu'autrefois.

— Et s'il ne venait pas, maman ?

Lisa laisse retomber la longue mèche, en enroule une autre autour de son index.

— Ça n'enlèvera rien à ce que notre amour aura été : magistral, exaltant, titanesque. Et quoi qu'on en dise, sa toute-puissance n'aura jamais été illusoire.

Céleste se concentre sur les gestes de sa mère dans ses cheveux.

— Ce que tu as vécu est triste et beau à la fois…

Elle s'interrompt, reprend :

— Je ne connaîtrai jamais rien de tel avec Benjamin.

Elle a lâché cette information comme elle aurait débité une banalité.

— J'ignore comment il réagira quand je lui annoncerai qu'il vaut mieux tout arrêter entre nous… Et papa ! Il sera déçu…

— Défendre ses propres choix s'assimile parfois à un chemin de croix. Surtout lorsque le monde entier ne les comprend pas…

Cela, Céleste ne le sait que trop bien. Quand elle songe à toutes ces années perdues pour sa mère et Victor, à ce qu'aurait pu être sa relation avec Antoine s'il n'était pas parti pour New York… Elle sent les larmes lui monter aux yeux.

— Je suis là, ma puce. Je suis là…

Lisa la serre tendrement contre elle. Céleste sent combien ces gestes lui ont manqué. Elle adorerait pouvoir confier à sa mère tout ce qu'elle a sur le cœur, mais ses lèvres semblent soudées. Alors elle garde le silence, et se laisse aller à la douceur et à la chaleur de ces bras retrouvés.

— Tu sais, moi non plus, je n'ai jamais vraiment aimé New York…, lui souffle Lisa.

Céleste ne répond pas immédiatement. Elle n'a jamais parlé à quiconque de ce qu'elle éprouvait pour Antoine. Mais sa mère n'a pas eu besoin du moindre aveu pour comprendre.

— Il y repart demain, maman…

Lisa garde le silence. Elle n'a pas oublié combien ces départs font mal.

— Il a été mon premier amour. Et l'unique, d'ailleurs…

Céleste desserre ses lèvres et entame pour Lisa le récit de son histoire. Elle lui dessine la tente dans le jardin, les bouts de chemin accomplis ensemble, les confidences, la secrète connivence que seules connaissent deux âmes sœurs, la lettre dissimulée qui a peut-être changé leur destin.

— J'ai essayé, avec Benjamin. Vraiment. Sans même chercher à le comparer à Antoine.

Elle hausse les épaules, fataliste.

— De toute manière, comment aurais-je pu comparer quiconque à Antoine puisqu'il ne ressemble à personne ?

Lisa ne peut s'empêcher de sourire à cette remarque qu'elle-même s'est faite des centaines de fois au sujet de Victor.

— Sa vie est désormais ailleurs. Je n'arriverai jamais à le retenir…

— Les difficultés de la vie ne sont pas faites pour abattre mais pour être abattues. Accroche-toi à ce que tu désires.

Céleste sent les doigts suspendre leurs caresses dans ses cheveux. Puis sa mère ajoute, d'une voix que l'émotion rend râpeuse :

— Mais, s'il repart demain, cela signifie qu'il lui reste encore ce soir. Tu devrais retourner chez toi, ma chérie… Qui sait ?

*

Il est 22 h 30. Céleste a écouté Lisa et filé tambour battant chez elle. Mais elle n'a aucune nouvelle. Elle s'apprête donc à se coucher lorsqu'elle reçoit un SMS.

« Tu dors ? »

Elle se hâte de répondre :

« Non, Antoine. »

Trente secondes plus tard, son portable vibre à nouveau.

« Suis en bas de chez toi, dans un Uber. 2 options. »

Vingt autres secondes.

« A – Tu ouvres ta fenêtre, tu me fais un coucou, et je repars dans mon carrosse, la tête pleine de magnifiques souvenirs de mon escapade en France. »

Et encore dix.

« B – Je monte. »

Céleste laisse échapper un bruit qui ressemble à un sanglot, alors qu'une joie immense se déverse en elle.

Et elle s'empresse de répondre :

« B. »

VIII

Ici s'effondre un château de cartes

Janvier 2021 - Juin 2022

35

Samedi 9 janvier 2021

Céleste et Lisa sont assises sur l'une des chaises qui longent le couloir de l'allée des consultations du service neurologie.

Céleste n'a pas vu passer ces derniers mois : entre sa rupture avec Benjamin, ses études auxquelles elle consacre tout son temps et sa mère, dont les agissements l'inquiètent de plus en plus, elle n'a plus une minute pour elle. Le seul intérêt est que cette suractivité lui a permis de ne pas trop penser à Antoine. Depuis son retour à New York, ce dernier l'a appelée aux grandes occasions : son anniversaire, la nouvelle année… Parfois tout simplement pour prendre des nouvelles.

Ni l'un ni l'autre n'ont jamais reparlé de la magnifique parenthèse qu'avait été cette fameuse nuit. Leur histoire était donc restée en apesanteur. Il y avait entre eux une belle connivence, mais aussi l'Atlantique. Chacun avait réintégré sa routine sans aller plus loin.

Depuis le départ d'Antoine, elle s'est beaucoup rapprochée de sa mère.

La semaine, elle vit toujours dans le studio loué par son père, près de son école, mais dès que ses cours du vendredi sont terminés, elle se rend à Carrières-sur-Seine. Elle n'en repart que le lundi matin. Même si elle travaille sans relâche, le simple fait de savoir Lisa à ses côtés lui fait du bien. Elles ont retrouvé leur complicité d'antan. Mais cette proximité lui a surtout permis de se rendre compte que sa mère avait de plus en plus de trous de mémoire.

Elle avait fini par appeler Sophie pour lui en parler. Cette dernière lui avait alors confié les anecdotes et incidents qu'elle avait mis sur le compte des antidépresseurs.

Les absences de Lisa leur semblant de plus en plus rapprochées, Sophie et elle avaient arrangé un apéritif dînatoire chez Lisa. Pierre en profiterait pour échanger avec elle. Le regard d'un neurologue permettrait de lever leurs inquiétudes à toutes les deux.

Arrivée en fin d'après-midi, Sophie avait prétexté avoir oublié les petits-fours pour emmener Céleste en centreville. Pierre était ainsi resté seul avec Lisa.

Après leur retour, il avait attendu une bonne heure pour glisser dans la conversation que Lisa lui avait fait part d'étourderies récurrentes, et qu'il lui avait proposé de passer une batterie d'examens afin de la rassurer. Lisa avait acquiescé, ajoutant que c'était effectivement « juste pour se tranquilliser ».

Sophie avait joué l'étonnée et la discussion s'était poursuivie sur des sujets plus légers. Mais en les raccompagnant à leur voiture ce soir-là, Céleste avait demandé ce que Pierre voulait vérifier. Il s'était contenté de lui répondre qu'une petite investigation permettrait d'écarter toute maladie liée à une dégénérescence neuronale. Qu'il s'agissait d'une simple mesure de précaution. Souriant, il avait ajouté que, statistiquement parlant, et compte tenu de l'âge de Lisa, il existait peu de probabilités pour que l'on découvre un motif médical à l'origine de ces incidents.

Lisa avait dès lors passé des examens étalés sur plusieurs jours, et attendait désormais les résultats. Lorsque Pierre avait appelé sa mère pour lui donner rendez-vous le soir même à l'hôpital, Céleste s'en était étonnée. Mais elle n'était pas parvenue à le joindre depuis, et Sophie n'avait aucune information.

Voilà pourquoi mère et fille patientent à présent entre ces murs. Un petit voyant rouge clignote dans la tête de Céleste, sans qu'elle parvienne à l'éteindre. Et cette question, qui tourne en boucle : *Pourquoi n'a-t-il rien voulu me dire au téléphone ?*

À cette heure-ci, les consultations sont terminées. L'aile qui leur est dédiée est déserte. Ajouté à la lumière blafarde projetée par les néons, cela contribue à alimenter une ambiance lugubre et peu rassurante.

La silhouette de Pierre se dessine enfin au bout du couloir. Arrivé devant elles, il s'excuse de les avoir fait patienter, les invite à entrer dans la salle d'examen, actionne l'éclairage.

Lisa se tourne vers Céleste et lui demande de l'accompagner.

Elles s'asseyent toutes les deux face au bureau, sur lequel il n'y a qu'un écran d'ordinateur et un stylo-bille planté sur son socle noir. Austère, pour le moins. Céleste remarque l'expression grave de Pierre. Il pose ses deux coudes sur le plateau stratifié, noue ses mains, y appuie son menton, et entre directement dans le vif du sujet :

— Je n'ai pas de bonnes nouvelles…

Céleste et Lisa échangent un regard insondable, mélange d'inquiétude, de peur, de fatalité, de refus par avance.

Pierre retrace la genèse de ce qui a amené Lisa à effectuer ces examens médicaux. Il relate ces petits incidents, que mère et fille pensaient liés aux effets secondaires des antidépresseurs. Cette étape fait partie du processus d'annonce.

— Ne tourne pas autour du pot. Viens-en directement au diagnostic, Pierre…, demande Lisa dans un souffle.

Ce dernier soupire, cherche ses mots. Révéler une maladie grave à un patient n'est jamais facile, mais lorsque celui-ci s'avère être un proche, c'est un dilemme infernal. Si Pierre a tenu à le faire lui-même, c'est parce qu'il sait combien cette épreuve est terrible pour celui qui découvre être atteint du mal qu'il va bientôt nommer. Car les choses doivent être dites, il ne doit laisser aucune place au déni, tout en les entourant de toute la chaleur amicale qu'il pourra.

— Les tests ont confirmé les troubles mnésiques que tu évoquais, Lisa.

Toutes deux gardent le silence, suspendues aux lèvres du médecin.

— Et les examens ont permis de déceler une maladie du cerveau.

— Une maladie du cerveau ? répète Céleste.

Pierre toussote, déclare le plus délicatement possible :

— Il s'agit plus précisément de la maladie d'Alzheimer, Lisa…

Cataclysme. Voilà le mot qui s'impose à Lisa.

À ton cerveau gâteux, tu veux dire…

Le choc la laisse sans voix.

Céleste, elle, n'est pas sûre d'avoir bien compris. Elle a déjà entendu parler de cette maladie. Mais elle ne l'associe qu'aux personnes âgées.

— Qu'est-ce que tu racontes ? Maman n'a pas encore cinquante et un ans…

Pierre se racle la gorge.

— Nous sommes effectivement en présence d'un Alzheimer précoce. Cette déficience, assez rare, est provoquée par une accumulation anormale de certaines protéines. Je ne suis pas certain qu'entrer dans des termes médicaux t'éclairera davantage, Céleste.

Il a parlé lentement, avec une douceur que Lisa n'avait jamais entendue dans sa voix. Si elle avait imaginé se retrouver un jour dans un tel contexte…

— Ce n'est pas juste, reprend-il. Vraiment pas juste. Mais nous ne pouvons échapper à cette réalité…

— Concrètement, ça veut dire quoi ? Que maman va perdre la mémoire ?

— Oui, Céleste. Cette maladie se traduit aussi par la dégradation progressive de certaines fonctions intellectuelles, avec des répercussions dans les activités de la vie quotidienne…

— Comme ?

— Le langage, la capacité de raisonnement, les mouvements, le caractère…

Il n'a guère envie d'entrer dans les détails maintenant. La prise de conscience se fera graduellement.

Il baisse les yeux, laisse passer quelques secondes.

— Je suis désolé…

« Le silence est bruissant de paroles » : jamais citation n'a semblé à ce point adaptée à la situation.

— Mais maintenant que le diagnostic est posé, nous allons pouvoir t'aider, Lisa…, ajoute-t-il en pivotant vers elle, le regard empli d'une sincère compassion.

Lisa sourit. Du moins, elle essaie. L'aider ? Comment pourrait-on l'aider ? Elle voit déjà les mots qui se dérobent, les souvenirs qui s'abîment, les visages qui se délitent, les repères qui s'effacent, les aiguilles du temps qui tournent à l'envers, une traversée du désert où les pensées s'abrasent, l'horreur du vide… Que peut-elle faire contre cet Alois Alzheimer, homme qui s'invite, qui *s'impose* dans sa vie ? Ce n'est pas que sa mémoire qui chancelle, c'est toute son existence…

Pour Céleste, c'est un coup de massue. Elle aimerait se tourner vers sa mère, la prendre par la main et sortir en courant de ce bureau impersonnel en lui disant que tout cela n'est qu'une immense et mauvaise plaisanterie. Mais la gravité qui a envahi la pièce la confronte à la réalité. Elle s'accroche aux rebords de sa chaise, comme pour ne pas basculer.

Lisa, elle, est restée interdite.

Alzheimer…

Le verdict, tombé comme un couperet, sonne l'heure du jugement dernier.

Pierre s'est tu. Il attend que les émotions s'expriment face à cette terrible annonce, pour pouvoir ensuite aider mère et fille à mettre des mots sur leur ressenti, puis répondre à leurs questions.

Par un sourire, il tente d'adoucir la brutalité de la nouvelle. Mais il ne veut pas que le moindre espoir d'erreur subsiste, car le diagnostic est catégorique. Il veillera d'ailleurs à évaluer leur niveau de compréhension de cette maladie, de ce qu'elle va impliquer de changements dans leur futur, proche et moins proche.

Dans l'immédiat, Lisa et Céleste laissent le silence s'étendre, chacune se confrontant à sa propre impuissance, à son propre désarroi.

Abasourdie, Céleste reçoit chacune des secondes de mutisme de sa mère comme autant de coups. Et elle s'approprie à son tour, brutalement, chaque réalité pétrifiante dissimulée derrière ce nom de neuf lettres : démence, dégénérescence cérébrale, amnésie, effacement. Des gens, des choses, de soi-même… Elle croit entendre une brève plainte, inarticulée. S'aperçoit que ce gémissement provient de sa propre bouche.

Lisa, elle, a sombré dans les profondeurs de l'enfer. Un gouffre, celui de l'oubli, s'est ouvert sous ses pieds, mais elle retient ses larmes. Pour quelqu'un qui s'est efforcé de répéter des milliers de fois une même phrase afin de tenter, en vain, d'oublier quelqu'un, la situation pourrait presque paraître cocasse. Presque. Parce que son sort relève finalement bien plus du tragique.

Et Céleste ? Comment crois-tu qu'elle vive l'instant présent ?

Une seule pensée l'obsède alors : masquer sa détresse pour ne pas effrayer sa fille. Cela devient presque une mission qu'elle s'assigne. Voilà ce à quoi à elle préfère s'accrocher en ce terrible instant.

Elle entend Céleste s'éclaircir la voix et prendre la parole. Mais elle refuse de participer à cette conversation, dont seules quelques bribes lui parviennent : « capacités préservées », « projets », « progrès », « stratégie thérapeutique », « aides possibles »...

Le refrain de « Quand tu danses » vient chahuter ses pensées :

J'ai fait la liste de ce qu'on ne sera plus
Quand tu danses...

Lorsqu'elle dansait dans les bras de Victor, elle n'imaginait pas n'être plus de cette manière...

Et toutes les peines, toutes
Contre une seule de nos minutes
Mais n'être plus rien après tant, c'est pas juste...

Non, ce n'était pas juste. C'était même terriblement cruel.

Elle s'efforce de revenir à Pierre. Il parle à présent d'associations, de la recherche et des progrès dans le domaine de cette pathologie. Elle interrompt ce qu'elle considère comme du charabia.

— Est-ce que l'évolution sera rapide ? trouve-t-elle le courage de demander.

Pierre ne répond pas immédiatement. Chez les malades d'Alzheimer dits « jeunes », la progression est souvent brusque, voire fulgurante. Et il n'est pas rare de voir ces patients plonger dans un état de dépendance totale peu de temps après le dépistage. Mais à quoi servirait-il de l'annoncer à Lisa ? S'il n'a pas le droit de lui cacher la gravité de sa maladie, la nouvelle du diagnostic est suffisamment violente comme cela. Lisa n'a pas besoin de savoir que tout risque d'aller très vite. L'ami préfère s'effacer derrière l'homme de science. Il se retranche derrière une grimace qui ne traduit rien de sa pensée profonde.

— La progression des lésions du cerveau peut être lente... Mais la médecine n'est pas une science exacte. L'évolution diffère d'un patient à l'autre...

Lisa hoche la tête et baisse les yeux. La richesse de son passé se confronte à l'absence d'avenir.

Mais que restera-t-il de tous tes souvenirs ?

Bonne question. Combien d'années, de mois existeront-ils encore dans sa tête ?

— Et l'espérance de vie ? lâche-t-elle dans un souffle.

— Elle varie fortement d'un patient à l'autre, Lisa. Il faut tenir compte d...

— Combien, Pierre ?

— Dix ans. Mais ce n'est qu'une moyenne. Cela peut être plus.

— Ou moins...

Un silence abyssal écrase désormais la salle de consultation.

Céleste est plus pâle que la peinture blafarde des murs. Elle risque enfin un regard sur le côté : il y a quelque chose de terrible dans l'expression figée de sa mère. Elle doit agir. Lui prendre la main. Mais la sienne tremble tellement qu'elle ne ferait que lui communiquer sa propre détresse.

Lisa s'efforce de garder la tête droite : elle sent les yeux de sa fille posés sur elle. Elle aimerait l'attraper par le bras pour l'entraîner loin de cette pièce morbide. Mais le simple contact de sa peau abattrait tous les barrages qui contiennent son accablement. Pour s'échapper au moins en pensée de cet endroit, elle visualise ce qu'elle va faire en rentrant : se déshabiller, se coucher, prendre la main de Goldman qui l'emportera dans un ailleurs moins sordide que sa réalité. Le visage de Victor se substituera aux paroles du chanteur, et lui ouvrira un ciel azur dépourvu de nuages. Puis elle s'emparera de ses deux galets. Leur simple frottement suffira à réchauffer sa vie. Elle attendra ainsi patiemment que l'aube s'éveille.

Elle se lève, écarte les bras en signe d'impuissance.

— Merci pour tout, Pierre. Je vais prendre rendez-vous pour… la « stratégie thérapeutique » dont tu as parlé. Je crois que nous en avons assez entendu pour aujourd'hui…

Elle regarde Céleste : il est temps pour elles de prendre congé.

*

Samedi 6 février 2021

Céleste pointe une dernière fois les dates qu'elle a gribouillées sur la feuille. C'est jouable. Compliqué mais jouable. Avec le lundi de Pentecôte, cela leur laisserait trois jours. Cela lui en enlèverait autant de révisions pour préparer ses examens. Mais l'annonce de la maladie de sa mère lui a brutalement fait prendre conscience de l'urgence de vivre l'instant présent avant qu'il ne soit trop tard, et donc de changer l'ordre de ses priorités.

— La séance de 14 h 45, ce serait bon pour toi, Céleste ? l'interpelle Lisa du salon.

— Oui, maman, ce sera parfait !

Combien de temps encore pourra-t-elle espérer une réaction aux fois où elle dira « maman » ? Un éclair douloureux la traverse. Bientôt, sa mère sera remplacée par une silhouette famélique. L'âme qui habite ce corps s'envolera pour un monde dont elle ne reviendra pas, et dans lequel elle-même ne pourra entrer.

Dans l'immédiat, elles appliquent toutes les deux le principe du *carpe diem.* Elles passent beaucoup de moments ensemble. Se démènent comme elles peuvent contre le temps qui s'écoule et qui réduira progressivement le champ de leurs activités. Ce matin, Lisa a proposé d'aller au cinéma. Céleste s'est empressée d'accepter. L'heure de la séance lui permettrait de terminer ce qu'elle avait entrepris.

Elle entoure de son stylo la première option : celle du samedi 22 au lundi 24 mai, allume son ordinateur, ouvre une page internet et tape « Air France » dans la barre de recherche.

*

Céleste accourt dans le salon et se plante face à sa mère.

— C'est déjà l'heure d'y aller ? demande Lisa en se levant précipitamment.

— Oui, on y va ! Mais avant, j'ai une petite surprise pour toi…

Lisa la regarde, interrogative.

— Fin mai, nous partons toutes les deux quelques jours…, déclare Céleste avec malice.

Un éclair de joie éclaire les jolis yeux bruns, qui se sont considérablement assombris depuis l'annonce du diagnostic.

— Rien ne pourrait me faire plus plaisir, ma chérie. Mais tu as tes examens et j…

— T'inquiète, je gère. Allez, dis-moi : si tu pouvais d'un simple claquement de doigts te téléporter quelque part, quel serait l'endroit que tu choisirais instinctivement, *tout de suite,* maintenant ?

Lisa s'amuse de la gaieté et de l'empressement de Céleste. Plusieurs fois elle a rêvé de retrouver certains lieux de son passé. Elle a fait le deuil de ces désirs-là. Ce qui compte, c'est d'être auprès de sa fille, là où elle le souhaitera. Impatiente à son tour, elle bat des mains d'enthousiasme.

— Quelle que soit notre destination, je serai heureuse. Dis-moi vite !

Céleste lui attrape les poignets.

— Je te ramène à Venise, maman...

*

Mardi 2 mars 2021

Je me sens aujourd'hui rattrapée par un sentiment d'urgence, alors que la vie me fuit doucement. À moins que ce ne soit moi qui fuie doucement la vie.

De plus en plus fréquemment, j'ai comme des passages à vide. Cette sensation étrange de coton dans ma tête s'est accentuée. C'est devenu comme une douleur, mais que je ne ressens pas vraiment. Plus précisément, j'ai la certitude de la souffrance alors que j'en ignore le tourment. C'est très curieux.

Quand cela se produit, j'ai l'impression que mon cœur s'est transformé en roche, mes souvenirs en grains de sable qui s'écoulent dans un puits sans fond, au rythme du sablier dont je suis convaincue d'avoir déclenché le mécanisme. Avoir à ce point tenté d'effacer Victor de mes pensées ne m'a-t-il pas entraînée dans un tourbillon d'oubli dont je ne parviens plus à sortir ?

Chaque jour qui naît me voit mourir et ressusciter, perdre la raison puis recouvrer mes esprits. Ces intermittences continues, où le cœur le dispute à la pensée, m'épuisent. Je m'accroche et me résigne tour à tour avant de terminer aspirée par cette lame de fond d'une force prodigieuse.

Lorsque celle-ci vient à bout de moi, je me laisse entraîner au large et reprends conscience tandis qu'elle me recrache sur le rivage, où je me retrouve vidée de tout souvenir. Chaque fois que cela m'arrive, je redécouvre une maison qui m'est devenue terre inconnue. Je reprends doucement mes habitudes. Jusqu'à la fois d'après.

J'ai l'impression de vivre par ellipses…

Pour l'heure, je n'ai pas le choix, je dois essayer de combattre le mal qui me gagne par les mots qui jaillissent de ma mémoire, de ces images qui me portent encore, mais pour combien de temps ? Il m'est arrivé de retrouver des pages de textes à peine compréhensibles, des phrases décousues, n'ayant aucun sens. Même consciente, il m'a été douloureux d'admettre les avoir rédigées. Heureusement qu'il s'agit d'un classeur. J'ai pu en arracher les feuilles. Elles sont de plus en plus nombreuses…

Cette évolution de la maladie me terrorise : comment pourrai-je exprimer ce que j'ai sur le cœur quand écrire ne me sera plus permis ? L'écriture sait raconter ce que la parole ne peut que taire, et bien plus joliment. Comme le chante si bien Goldman, « on écrit bien mieux qu'on ne dit, on ose tout ce que la voix bannit ». Il s'agit sans doute d'une question de pudeur. Le problème est que je ne trouve plus toujours les mots justes pour le faire. J'ai beau les convoquer, ils restent absents.

Avec Victor à mes côtés, je me serais sentie plus forte. Sa voix apaisante aurait suffi à mettre mes peurs en déroute. Mais reviendra-t-il seulement à temps ?

J'ai tellement hâte de retourner à Venise ! De réapparaître sur ce pont d'un autre temps. Et d'y retrouver le souvenir de Victor. Céleste n'imagine pas la valeur du cadeau qu'elle me fait. Je sais combien cela doit être difficile, pour elle, de vivre tout cela. Et je sais qu'elle aussi lutte contre la montre…

À mon tour, je ne dois pas exposer Céleste et Victor au vide dont je serai bientôt remplie. Il faut que je leur laisse une lettre. Elle leur permettra de ne pas oublier celle que j'aurai été, pour eux. Vu comme les choses évoluent dans mon cerveau, le temps presse.

Je viens de mettre un Post-it pour me rappeler de le faire au plus vite. C'est-à-dire demain.

Une fois que ce sera fait, je n'aurai plus qu'à continuer d'essayer de vivre intensément l'instant présent, lorsque je suis en pleine conscience.

Je regarde Céleste éclore et passer de la chrysalide au papillon, tandis que je m'éteins. C'est dans l'ordre des choses, même si cela arrive un peu tôt pour moi. La vie n'est pas toujours juste, mais je lui voue une gratitude infinie pour ce qu'elle m'a offert : une histoire d'amour pour laquelle j'aurai brisé tous les murs, qu'ils soient de pierre ou de silence.

Je me demande parfois si je n'ai pas aimé au point de m'effacer, de m'oublier moi-même. C'est une forme de mort, non ? Mourir d'aimer est tellement plus beau que vivre sans passion… D'autres que moi sont sans doute morts d'avoir trop aimé. Cela doit être rare. Mais cela doit se trouver. Moi, quand je songe à Victor, quand je me revois dans ses bras, yeux dans les yeux, virevolter sur les notes de notre dernière danse, eh bien je me dis que cela valait le coup de vivre, juste pour cette danse-là.

Après tout, les plus belles histoires n'ont-elles pas pour point commun une triste fin et un certain goût d'inachevé ?

*

Mercredi 3 mars 2021

Ma chérie,

Difficile de trouver les mots qui sauraient résumer tout ce que j'ai à te dire.

Nous faisons tous nos propres expériences, dans la vie. Chaque personne renferme un monde en elle. Ce monde-là est fait des individus qu'elle rencontre, qu'elle aime ou déteste, des événements qu'elle vit et a vécus, des projets et rêves qu'elle nourrit, des choix qu'elle a faits – ou pas. Imagines-tu le nombre d'univers que cela représente ? Chaque fois que l'un d'entre nous meurt, son univers s'éteint avec lui. Moi, je vais continuer à vivre alors que mon monde aura disparu… C'est un peu comme se retrouver sans pays. Je vais bientôt devenir apatride…

« Nous sommes nos choix », a écrit Sartre. Pas uniquement. Je te l'ai dit un jour, mais j'insiste : nous sommes également la somme des choix des autres. C'est un point que j'ai trop sous-estimé.

J'ai longtemps cru que notre chemin se dessinait en fonction de nos seules décisions, et qu'il suffisait de voir différemment le monde pour transformer le nôtre. J'ai négligé à tort l'impact que les décisions ou les non-choix des autres pouvaient avoir, par la force des choses, sur notre propre vie. Car cette force des choses opère quoi qu'il arrive.

Je suis convaincue que l'absence de Victor est liée à des éléments qu'il ne peut contrôler. Il ne pourrait en être autrement. C'est dur, d'admettre que son destin dépend du choix et des décisions d'autres que soi. Mais c'est ainsi.

Si je devais exprimer un regret sur certains de mes choix passés, je le ferais pour deux d'entre eux : ne pas avoir suivi

Victor dans sa folie, le jour où il m'a proposé de te prendre avec moi et de partir au Canada ; avoir accepté de m'arracher de toi en pensant que ce serait de courte durée quand ton père m'a flanquée dehors. Voilà deux terribles erreurs qui m'auront séparée des deux êtres qui auront le plus compté dans ma vie, alors que je ne cherchais qu'à faire le moins de mal possible autour de moi.

Ces deux décisions, également par la force des choses, auront eu de lourdes conséquences sur tout le reste de mon existence…

Mais je ne regrette rien du reste, Céleste.

Victor est imprimé en moi, dans chaque parcelle de ma peau, jusque dans ma rétine. Son visage est là, intact lorsque mes yeux s'ouvrent, merveilleux quand mes paupières se referment.

J'ai longtemps lutté contre l'idée de vivre cet amour. Je craignais de me brûler les ailes. Mais aimer, c'est au contraire affronter le chaos pour rester vivant. Aimer, c'est accepter d'être vulnérable. Tout cela ne s'oppose pas au féminisme engagé que j'ai toujours défendu, dans lequel chacune doit apprendre à se battre avec ses émotions et non pas contre. Il n'y est plus question de servitude ou de soumission mais de partage et de gratitude.

Il m'est difficile d'amener la chair de ma chair à comprendre la puissance d'un amour à laquelle je ne croyais pas moi-même avant ma rencontre avec Victor.

Avec lui, j'aurai connu des pics d'extase et des abîmes de détresse. Mais les affres de mon enfer n'égaleront jamais le bout de ciel que j'ai caressé. J'ai tutoyé le bonheur, le vrai. Celui que beaucoup de personnes poursuivent, imaginent ou remettent au lendemain. Cela aura été la plus belle et la plus inoubliable période dans mon existence de femme. Certes, elle aura été courte, mais elle aura été suffisamment intense pour me porter jusqu'à ce que je ne sois plus.

Pour rien au monde je ne troquerais mon destin contre un autre où Victor n'aurait pas été. Le mien m'aura permis d'apprendre que l'amour est de croire en l'Autre bien au-delà de soi.

Tu vois, malgré les chaos successifs, je reste convaincue que jamais une histoire d'amour n'aura été aussi belle, aussi solide et profonde que la nôtre. Tu dois me penser folle. Je ne le suis que de lui. Même ma maladie ne me volera pas cela. Mon amour demeurera intact, pur. Mais je crains de ne pouvoir le lui dire de vive voix.

J'ai donc un dernier mais immense service à te demander, ma fille : devenir ma messagère. Quoi de plus normal et de plus paradoxal, finalement ? C'est grâce à toi que je l'ai retrouvé, cet après-midi de juin 2005 où tu étais transformée en ange... Alors, si un jour Victor se trouve face à toi, peux-tu lui remettre les feuilles de ce classeur ? Après tout, cette histoire est aussi la sienne. Tant qu'il en parcourra les lignes, elle vivra dans le présent.

Prends le temps de les lire avant. Et tires-en les enseignements que tu voudras. J'espère qu'elles sauront t'ouvrir les yeux sur ce que tu n'oses t'avouer à toi-même. Car connaître un jour ce que j'aurai moi-même connu est ce que je peux te souhaiter de mieux, Céleste.

Il reste de nombreuses feuilles vierges dans ce classeur. Certaines d'entre elles conservent l'empreinte de mes écrits. Tel un palimpseste, tu pourras à ton tour y apporter ta propre histoire, plus belle encore que la mienne, j'en forme le vœu. Tes mots recouvriront les miens, ta vie camouflera la trace de mon passé. Toi seule sauras ce qui se trouve en dessous. Tu seras comme ma mémoire. Ce sera un autre de nos secrets. Et quand je serai partie tout en étant encore là, ne me regarde pas pour ce que je serai devenue, mais fixe ton esprit sur nos moments de bonheur et de complicité, sur les épreuves que nous avons traversées ensemble.

Enfin, je voudrais te confier quelque chose, ma fille.

Seule la passion qui te happe brutalement, qui t'arrache d'un regard à ta réalité, celle qui avive une flamme en toi d'un simple souffle, ou qui d'une caresse troublante te propulse subitement dans les étoiles, donnera un véritable sens à ton existence. Et tu vois non seulement de quoi, mais aussi de qui je veux te parler en écrivant cela. Car nous savons toutes les deux qu'un même visage fait battre ton cœur depuis des années.

Nous avons tous en nous le souvenir d'un premier amour que l'on a chéri de baisers, de gestes timides et maladroits, le nez au vent, portés par la légèreté de la jeunesse. Il en reste une douce cicatrice indélébile à laquelle on songe parfois quand on se retourne. Lorsque l'on en vient à la caresser régulièrement en secret, c'est que l'on a aimé très fort.

Moi, je me rappelle ce jeune garçon qui marchait à tes côtés, ce jour de juin 2009 où je t'attendais devant ton collège. D'emblée, je l'ai trouvé sincère, touchant et attachant. Il était déjà si protecteur vis-à-vis de toi…

Je vois bien, des années plus tard, combien l'étincelle qui s'allume dans tes yeux est belle quand tu parles de lui. Je suis certaine que ce qui te lie à Antoine dépasse la grande amitié que tu mets en avant. Et pourtant, je te sens malheureuse, presque résignée à perdre un combat que tu n'as néanmoins jamais tenté de mener. Ose l'appeler. Dis-lui ce que tu as sur le cœur. N'attends pas le « bon moment » pour le faire, il ne viendra jamais. Il y aura toujours quelqu'un ou quelque chose pour te renvoyer dans les cordes d'un amour impossible. J'ai connu l'amour absolu avec Victor : je te souhaite de vivre la même chose avec Antoine, à la différence que j'espère te voir réussir tout cela mieux que moi... Mais ne perds pas trop de temps, ma chérie. Parce que chaque seconde est un instant de vie qui ne reviendra pas.

Voilà, Céleste, ce qu'il me semblait essentiel de t'écrire.

Ne me juge pas trop durement. Je sais combien tu m'admirais, petite. J'ai essayé de rester forte. Dans mes convictions, mes décisions, mes actions. Je suis simplement et misérablement coupable d'aimer sans limites. Et je suis immensément riche de cela.

Le crépuscule de ma vie vient donc de commencer. Ne rate rien du soleil qui se lève sur la tienne, et cours retrouver Antoine au plus vite.

« On ira », chante Goldman.

Là où je n'irai plus, vas-y pour nous deux.

Maman

*

Lisa glisse les feuillets dans une première enveloppe, humidifie de sa salive le rebord du rabat qu'elle replie, ajoute « Pour Céleste » sur le recto.

Elle s'empare ensuite d'une feuille d'un joli papier à lettres, réfléchit. Au bout d'un long moment, elle sourit, rédige un seul mot d'une écriture appliquée. Elle le glisse ensuite dans une seconde enveloppe qu'elle referme, et sur laquelle elle mentionne « Pour Victor ».

Elle pose les deux courriers sur la console du salon.

Elle se sent bien trop fatiguée pour poursuivre son travail d'écriture.

Elle s'en chargera demain…

*

Jeudi 4 mars 2021

Maintenant que je sais – que j'espère – que ces feuilles te reviendront, Victor, je voudrais ajouter quelques lignes. Elles seront un peu l'épilogue des pages précédentes. Comme je l'ai fait pour Céleste, je t'ai laissé une lettre. La tienne compte bien peu de choses, et pourtant contient tout. Car tu trouveras le reste dans ce classeur.

Si tu me lis, c'est que j'ai eu raison. Raison de croire en nous, raison de lutter contre l'adversité qui m'encourageait à renoncer, raison de me noyer dans notre ivresse plutôt que de survivre dans une vie bordée de prudence et de sagesse.

En pensant à nous, il m'est souvent arrivé d'imaginer deux étoiles en orbite, tournant, dansant l'une autour de l'autre. La loi de l'attraction universelle les empêchait-elle de se rapprocher ? Les poussait-elle à plonger dans la folie d'une vitesse qui les aurait fait exploser ?

De la morale des hommes aux forces de la gravitation, cette explosion n'aura donc pas eu lieu, mon amour. L'amalgame de nos deux astres non plus.

Peu importe.

Chacun de nous a sa part d'éternité. Et cet infini nous appartient désormais. Quand j'écoute une de mes chansons, le temps s'arrête. Lorsque tu liras ces lignes, le temps s'arrêtera. Rien ni personne ne pourra plus nous empêcher de virevolter au-delà de la voûte céleste, à l'abri des jugements, des regards et des idées reçues.

Te souviens-tu de notre dernière danse ?

« Les jolies danses sont rares, on l'apprend plus tard. »

Celle-ci aura été ma plus belle. La plus inoubliable. Son souvenir est ancré au plus profond de moi. Il se niche dans l'ADN de chacune des cellules de mon corps. Personne ne pourra me l'enlever. Pas même Alzheimer.

Rien n'aura été plus enivrant que les moments passés dans tes bras.

Ces feuilles retracent notre histoire, combleront le vide des années de silence.

Merci, mon amour, de m'avoir permis de vivre éveillée le rêve le plus magnifique qui soit.

Merci de m'avoir offert le plus précieux de tout : la certitude, cet état de l'esprit qui est sûr de détenir la vérité.

Merci enfin de m'avoir aimée au point de garder en tête que, où que j'aille, tu seras.

*

Elle signe « Lisa », en bas et à droite de la page. Puis elle pose son stylo. Referme délicatement le classeur.

Il était temps. Elle a l'impression de flotter entre deux eaux, et se sent lentement aspirée. La sensation est douce, encore supportable. De toute manière, dorénavant, elle n'a plus peur.

Elle est allée au bout de ce qu'elle avait à faire.

*

Vendredi 30 avril 2021

La maladie progresse. J'en ai bien conscience. Je sens la brume gagner puis envelopper mon cerveau. Elle m'empêche de raisonner.

Il m'arrive parfois de me retrouver debout, au milieu d'une pièce, incapable de me souvenir de ce que je suis venue y faire.

L'autre jour, j'étais perdue dans un endroit que je ne connaissais pas. J'ignore combien de temps il m'a fallu pour réaliser que cette pièce était mon salon…

Ces absences sont de plus en plus longues. Mais en dehors d'elles, j'ai l'impression d'avoir encore toutes mes capacités.

Je sais combien Céleste s'inquiète pour moi. Je le vois dans ses regards résignés. Ce qui doit sans doute signifier que les choses s'accélèrent bien plus que je n'en ai conscience.

J'aimerais pouvoir dire à ma fille de ne pas s'en faire. Car là où je me réfugie, je suis bien…

*

Dimanche 23 mai 2021

Ponte di Rialto.

Elle y est.

Lisa se tient droite, la main de Céleste dans la sienne, au centre du pont qui surplombe le Grand Canal de Venise, et dont l'évocation est intacte.

Il y a exactement onze ans, jour pour jour, elle se tenait à ce même endroit, et Victor lui délivrait une promesse.

Céleste reste silencieuse. Elle sait combien ce moment est profondément émouvant pour sa mère.

Lisa fait abstraction des bruits qui l'entourent. C'est difficile, car la foule se révèle encore plus dense que dans son souvenir. Elle lâche la main de Céleste, la pose sur son poignet droit. Elle ferme les yeux, caresse le métal sculpté, respire lentement en suivant le trajet que l'air parcourt dans son corps. Elle se surprend à rechercher l'écho de leurs pas sur le sol tant foulé. Avec de la concentration, elle perçoit encore le grain de la voix de Victor à son oreille.

Quand elle se sent prête, elle met ses écouteurs. Elle a prévenu Céleste. Elle veut ancrer ce moment-ci dans une dix-huitième chanson. Ce sera sa clef à elle pour retrouver le chemin qui la mènera à ce pont.

Le sésame qu'elle a choisi est « Je voudrais vous revoir ».

Elle lance le morceau et les premières notes de guitare se faufilent dans ses oreilles. Rapidement, la voix de Goldman les recouvre.

Quelques braises échappées des cendres
D'un amour si loin déjà
Vous en souvenez-vous ?
Nous étions fous de nous

Le passé s'enchevêtre au présent, au futur. La mélodie abolit le temps et toute raison. La cornemuse martèle son cœur et l'espace.

Ici s'effondre un château de cartes

Tombe mon soir et je voudrais vous revoir

Lisa s'imprègne de chaque note, du souffle d'air qu'elle sent courir sur sa peau. Elle enracine à jamais chaque détail de ce qu'elle éprouve à cet instant.

... Mais je ne veux que savoir
Même si c'est dérisoire, juste savoir
Avons-nous bien vécu la même histoire ?

Elle sait que jamais plus ses pas ne la porteront sur ce pont.

L'âge est un dernier long voyage
Un quai de gare et l'on s'en va
Il ne faut prendre en ses bagages
Que ce qui vraiment compta
Et se dire merci
De ces perles de vie
Il est certaines blessures au goût de victoire
Et vos gestes, y reboire
Tes parfums, ton regard
Ce doux miroir
Où je voudrais nous revoir

Elle sait également que rien ne pourra jamais l'empêcher d'y revenir en songe.

*

Septembre 2021

Lisa a retrouvé son classeur rouge. Elle le cherchait depuis plusieurs jours.

Elle en a extrait une feuille vierge. A commencé à écrire dessus.

Elle n'a pas le temps de terminer sa phrase.

Une lame de fond, plus forte que les précédentes, l'emporte dans une chute vertigineuse.

Le vide la happe, l'étreint, pulvérise son monde.

Lorsque cette vague la recrache sur la rive des hommes, Lisa se tient debout, face à une table qu'elle ne reconnaît pas. Sur son plateau, un objet rouge : un cahier avec des anneaux.

Que fait-elle ici ?

Paniquée, elle ne bouge plus, sa bouche laisse passer un gémissement.

Une jeune femme accourt. Son visage lui semble familier, mais elle ne parvient pas à mettre un prénom sur ces beaux yeux bruns. Les lèvres joliment ourlées s'entrouvrent. Des mots, prononcés avec une grande douceur, s'en échappent. Lisa n'en comprend pas immédiatement le sens, mais la voix est rassurante. Elle se laisse donc guider jusqu'à un lit, sur lequel elle s'assied. Sur sa droite, un meuble de petite taille, sur lequel sont posés deux cailloux. Lisa sent son cœur palpiter de joie : elle se jette sur eux. Elle serait incapable d'expliquer pourquoi, mais elle sait que ces deux cailloux-là sont magiques. D'instinct, elle les frotte délicatement l'un contre l'autre. Elle ferme les yeux et laisse leur pouvoir enchanteur opérer, tandis qu'elle entend la jeune femme murmurer :

— Tout va bien, maman. Je suis là…

*

Novembre 2021

— Combien de temps gardera-t-elle de longs moments de lucidité, Pierre ? Est-ce qu'on peut retarder cette évolution ?

Céleste a refusé de retourner voir Pierre à l'hôpital. Elle a préféré se rendre chez Sophie pour lui parler. Sa mère est couchée mais elle ne veut pas s'attarder. Si jamais elle venait à s'éveiller dans un état de confusion…

— Même si la recherche avance à grands pas sur le sujet, il n'existe toujours aucun traitement pour guérir la maladie d'Alzheimer, ou pour arrêter sa progression. Je suis d'accord, la situation de ta mère s'aggrave vite. Les médicaments qu'elle prend ne permettent que d'en retarder l'évolution. Ils atténuent quand même les pertes de mémoire, les problèmes de raisonnement… Mais tu ne pourras vivre encore longtemps seule avec elle, Céleste. Cela va devenir vraiment difficile.

— Pierre, je viens d'être reçue à mon examen. Je peux m'autoriser quelques mois avant de me mettre en quête d'un boulot. Et tant que je ne travaille pas, je veux rester auprès d'elle…

Céleste se masse lentement les tempes. Elle hésite à poser la question qui lui brûle les lèvres.

— Je vais demander un truc stupide, mais cette idée m'obsède…

— Il n'y a aucune idée stupide, Céleste, intervient Sophie.

— Est-ce que cette maladie peut être provoquée par un choc, ou par une grave dépression ?

Pierre fronce les sourcils.

— À quoi penses-tu ?

— Tu es sans doute au courant, maman a entretenu une histoire un peu dingue avec un homme qui n'est jamais revenu. À partir du moment où elle n'a plus reçu de nouvelles, elle a sombré dans une dépression très sévère.

Elle baisse la tête, reprend :

— Elle, si joyeuse, s'est coupée du monde du jour au lendemain… Et puis, un jour, je l'ai convaincue de tourner la page. Je sais qu'elle a essayé de le faire par amour pour moi. Pour tenter d'oublier cet homme, elle s'est mise à coller des Post-it un peu partout, qui lui dictaient un emploi du temps très précis, obsessionnel, par heure, par pièce… Comme si elle ne voulait pas laisser un seul instant de ses journées en proie à ses pensées… Elle a voulu me les cacher lorsque je lui rendais visite, mais plusieurs avaient échappé à sa vigilance.

Elle s'arrête un instant, poursuit :

— Elle m'a avoué s'être inlassablement récité une sorte de mantra. Juste pour l'enfoncer dans son crâne jusqu'à ce qu'il n'y ait plus rien d'autre… N'importe qui de sain d'esprit y aurait perdu la raison…

— Tu peux immédiatement t'ôter cette idée de la tête, Céleste ! la coupe Pierre. Alzheimer est une maladie neurodégénérative. Elle résulte d'une lente détérioration des neurones, qui débute au niveau de l'hippocampe puis s'étend au reste du cerveau. Pardonne ce jargon, mais je cherche juste à te dire que, cela, c'est clair pour nous.

— Tu nous as parlé d'une accumulation de protéines. Qu'est-ce qui peut provoquer ce phénomène ?

— Je ne comprends pas où tu veux en venir…

Céleste se frotte les bras, comme pour se réchauffer.

— Un stress majeur peut-il être impliqué dans la maladie d'Alzheimer ?

Pierre soupire.

— C'est un facteur de risque, bien sûr… Mais c'est une supposition parmi d'autres. Le stress pourrait n'être qu'un accélérateur du début des symptômes, et la cause pourrait provenir d'autre chose…

— Je sais bien que je ne suis pas médecin, mais je voudrais juste émettre une autre hypothèse qui me semble tout aussi plausible : pourrait-on concevoir que l'on choisisse de s'enfermer dans une sorte d'oubli qui déclencherait le processus de la maladie d'Alzheimer ? Serait-il vraiment délirant de concevoir que quelqu'un puisse volontairement conditionner son cerveau ?

Elle se met à tourner dans la pièce. Sophie reste silencieuse.

— Quand je te dis qu'elle se récitait un mantra, ce n'est pas anodin. Imagine quelqu'un qui se répéterait des centaines de fois par jour, peut-être plus encore, qu'elle doit oublier telle chose ou telle personne... *Des centaines de fois par jour, Pierre !* Ne crois-tu pas que cela pourrait chambouler n'importe quel cerveau sain ?

Elle se tient la tête en continuant à faire les cent pas nerveusement.

— Je t'assure, pour avoir essayé de me répéter le même truc une cinquantaine de fois, que j'ai eu l'impression de perdre la boule. N'importe qui y laisserait la raison..., termine-t-elle d'une voix étranglée.

Pierre la scrute, ému par cette jeune femme qui se confrontera au pire dans quelques mois : chercher en Lisa une mère qu'elle ne sera plus, affronter un regard qui jamais plus ne la reconnaîtra, et bien d'autres choses encore...

— C'est vraiment ce qu'a fait Lisa, Céleste ?

— Oui... Les Post-it et sa phrase magique l'aidaient à ne plus penser. Elle a mis du temps avant de faire marche arrière. Je ne peux m'ôter de la tête que les dégâts étaient peut-être déjà irréversibles...

Pierre quitte le canapé, passe derrière le bar rétro en Corian translucide. Il se sert un verre de whisky, en propose un à Céleste, puis à Sophie.

— Nous savons de plus en plus de choses sur cette pathologie. Mais bien d'autres nous échappent encore. Pour autant, je ne crois pas un instant qu'il y ait un lien de causalité entre ce que tu me décris et sa maladie.

— Tu en mettrais ta main à couper, Pierre ?

Il porte le verre à ses lèvres, sans quitter Céleste des yeux.

— Je ne fais que te répondre en fonction de ce que nous savons aujourd'hui.

Dubitative, elle hoche lentement la tête.

— Une dernière chose..., reprend-elle. Maman a travaillé une sorte de « méthode d'ancrage » avec la musique. Et le fait est que lorsqu'elle écoute certaines chansons, bien précises, elle est comme... transfigurée. C'est comme si elle revenait à la conscience. Enfin, c'est difficile à expliquer. Crois-tu que cela pourra résister longtemps ?

— La musique a le pouvoir de ramener certaines personnes à des situations du passé et, selon leur réceptivité, de ranimer ces moments durant quelques instants. Nous avons souvent recours à des thérapies musicales pour des patients atteints d'Alzheimer. Elles nous aident à stimuler leur mémoire.

— Mais ça ne dure pas « quelques instants », Pierre. Je t'assure qu'elle semble revivre quelque chose de très intense pendant toute la chanson. Et aussi longtemps que je la repasse, il se produit la même chose incroyable...

Pierre hausse les épaules.

— Quand j'écoute le morceau qui était mon préféré quand j'avais quinze ans, je suis ramené à cette époque-là. C'est là le pouvoir de la musique : activer nos émotions et nous rappeler des moments de vie qui ont compté... Mais ce qui me donne cette capacité, c'est ma mémoire. Si celle-ci venait à disparaître...

Il cherche à se rattraper :

— Maintenant, les paroles ou la mélodie ont peut-être en effet réveillé le souvenir d'un événement qui s'est produit alors qu'elle écoutait cette chanson. Mais si tu les lui fais réentendre dans une heure, elle ne réagira sans doute pas de la même manière... Ce que je veux dire, c'est qu'il ne faut pas trop t'accrocher à cet espoir-là, Céleste...

Céleste le remercie. Ce n'est pas ce qu'elle a envie d'entendre. Parce qu'elle est persuadée qu'il s'est réellement passé quelque chose de moins fugace et de beaucoup plus profond. Elle l'a lu dans les yeux de sa mère. Et elle connaît ces yeux-là mieux que quiconque. Bien sûr que cela repose sur la mémoire. Mais Céleste est convaincue que ce que Lisa est parvenue à figer dans la sienne est si enfoui que cette saleté de maladie mettra du temps à l'atteindre. Cela, bien sûr, un homme de science ne peut sans doute pas l'entendre. Et encore moins le confirmer.

36

Lundi 3 janvier 2022

Céleste se lève. Ça fait des semaines qu'elle n'a pas aussi bien dormi. Elle entend sa mère s'affairer au petit déjeuner. Une agréable odeur de pain grillé se répand, la mettant en appétit.

Elle bondit hors du lit, rejoint Lisa dans la cuisine. Celle-ci semble figée face au plan de travail, une plaquette de beurre à la main. Tandis que la joie de Céleste s'estompe, Lisa se tourne vers elle, mais son regard est différent. Un sourire s'esquisse sur ses lèvres.

— Oh… Bonjour Céleste. Je suis tellement contente de te voir ! Ça fait si longtemps.

L'entrain de Céleste s'éteint définitivement. L'air semble soudainement vicié, irrespirable. Elle voudrait sortir, humer le vent glacial. Mais, face à l'enthousiasme de sa mère, elle s'assied à ses côtés, et bafouille à son tour :

— Oui, je me suis dit que j'allais passer prendre le petit déjeuner avec toi…

Elle sait que bien pire l'attend. Qu'un jour, Lisa aura oublié son prénom. Qu'un autre, elle ne se souviendra plus avoir eu une fille. Et qu'un autre encore, elle ne saura même plus reconnaître son visage…

*

Mardi 11 janvier 2022

Céleste attend la personne qui va désormais venir l'aider à s'occuper de sa mère jusqu'à ce qu'il ne soit plus possible de la garder chez elle. Une ergothérapeute intervient déjà trois fois par semaine. L'auxiliaire de vie, Fabienne, se chargera de la toilette de Lisa, des courses et des repas lorsqu'elle-même doit vaquer à autre chose.

Pierre leur avait parlé d'une moyenne d'espérance de vie de dix ans. Le jour de l'annonce du diagnostic, elle n'avait pas trouvé le courage de demander comment les choses évolueraient. Depuis, elle a consulté un nombre incalculable de sites pour comprendre cette maladie. Et se préparer à l'inéluctable.

Céleste n'a aucune idée de l'échéance où rien ne viendra plus faire sens pour Lisa, mais elle sait en revanche combien l'évolution des troubles a été rapide et spectaculaire.

Diplômée mi-2021, elle a rendu son studio et emménagé dans la maison de sa mère. Comme elle l'avait annoncé à Pierre et à Sophie, elle a remis la recherche d'un travail à plus tard. Ce ne sont pourtant pas les propositions qui manquent. Mais elle a choisi de consacrer quelques mois à

Lisa, pour profiter au maximum de ses derniers instants de lucidité. Beaucoup de personnes le lui ont déconseillé, à commencer par son père, qui craint qu'elle ne tienne pas le coup. Aucune n'est pas parvenue à la faire changer d'avis.

Depuis qu'elle a décroché son master, Céleste se dévoue donc exclusivement à Lisa. Elle fait au mieux pour l'accompagner affectivement, lui épargner les angoisses du quotidien, s'occuper de la paperasserie administrative. Mais sa jeunesse ne l'aide pas à faire face à certaines situations, pour lesquelles elle se sent de plus en plus souvent dépassée. Et elle est bien consciente de n'en être qu'au début de la course d'obstacles. Sophie lui est d'un immense secours. Elle répond présente à chaque fois. C'est sur ses conseils qu'elle s'est résolue à faire appel à un soutien extérieur.

La sonnerie du portail annonce l'arrivée de Fabienne. Céleste se dirige vers la porte.

Le but est de tenir le plus longtemps possible, coûte que coûte.

*

Mercredi 30 mars 2022

Céleste est réveillée par un bruit. Assise sur son lit, elle tend l'oreille avant de se glisser hors de sa chambre. Elle trouve Lisa dans la cuisine, un stylo dans la main. Celle-ci lève vers elle un visage hébété.

S'approchant lentement, Céleste lui parle d'une voix douce et rassurante. Fabienne lui a expliqué que les personnes atteintes d'Alzheimer font parfois preuve d'agressivité. Elle ne doit donc surtout pas la brusquer pour la convaincre de regagner sa chambre. Elle lui présente les deux galets dans sa main à plat, Lisa s'en empare. Puis elle la guide avec précaution jusqu'à son lit, la recouche.

L'état de Lisa s'est considérablement dégradé ces deux derniers mois.

Céleste a promis à Pierre et à Sophie qu'elle se résignerait à placer sa mère lorsque le moment serait venu. Elle doit aujourd'hui ouvrir les yeux : ce moment approche à grands pas.

Elle revient dans la cuisine. Elle ne sait dire comment Lisa a fait, mais elle est parvenue à retrouver le classeur rouge qu'elle avait pris soin de ranger dans le buffet du salon. Sur la feuille restée sur la table, quelques mots figurent, d'une écriture que l'on pourrait associer à celle d'une personne âgée : *il fait noire chien abois.*

Céleste l'insère dans le classeur.

Le moment tant redouté n'est sans doute plus très loin.

*

Mardi 12 avril 2022

Céleste attrape le premier plat surgelé qui lui tombe sous la main et l'enfourne dans le micro-ondes.

Elle vient de coucher sa mère, qui débitait des mots incompréhensibles.

Tandis qu'elle attend les trois tonalités lui indiquant que les lasagnes sont chaudes, elle déambule jusqu'au salon, allume la télé. Ses yeux s'arrêtent sur les deux enveloppes, posées bien droites sur la console. Elle se saisit de la lettre qui lui est destinée.

Le moment de la lire est peut-être arrivé…

Elle repart dans la cuisine, attrape son plat, une fourchette et un couteau, retourne au salon, lit la longue missive.

Elle s'était promis de ne pas pleurer. Elle tient parole. Mais elle se sent incapable d'avaler quoi que ce soit et repousse les lasagnes.

Elle quitte la pièce et y revient avec le classeur rouge.

Comme sa mère l'y a invitée, elle va en lire le contenu.

Céleste se rend à la première page, qui mentionne la date du lundi 3 février 1997.

Elle scrute l'écriture ronde de la jeune femme encore pleine de rêves, qui avait approximativement, au moment où elle a couché ces lignes, l'âge qu'a sa fille aujourd'hui.

Et elle plonge dans son histoire.

Sa lecture s'achève aux alentours de 1 heure du matin.

Céleste est bouleversée.

Ces pages lui ont ouvert un monde qu'elle n'aurait jamais imaginé.

Elle vient de découvrir une autre facette de sa mère. Aussi belle que son histoire.

*

Vendredi 29 avril 2022

Lisa se tient debout, face au lavabo.

Une dame s'agite derrière elle, près de la douche. Elle a oublié son prénom. Elle est assez âgée. Mais elle est plutôt gentille. Le son de sa voix lui parvient par bribes.

Elle revient se concentrer sur l'émail de la vasque, regarde face à elle.

Une autre femme la toise. Celle-ci ne lui dit rien. Elle n'a jamais vu ce visage atone. Les yeux vides cernés de bleu lui font peur. La peau blafarde aussi.

Lisa fixe son propre regard.

De son côté, Fabienne prépare le nécessaire pour la toilette de sa patiente, tout en gardant un œil sur elle. Elle la délaisse quelques secondes pour étendre le tapis de bain au sol, lorsqu'un bruit fracassant retentit. Elle fait brusquement volte-face, trop tard : Lisa a jeté de toutes ses forces le porte-serviettes contre le miroir, qui s'est brisé en mille morceaux sous la violence de l'impact.

*

Jeudi 12 mai 2022

Le salon est plongé dans la pénombre. Céleste a fermé les volets en fin de matinée, afin de préserver la pièce du soleil. En ce mois de mai, la France enregistre des records absolus de chaleur.

Céleste jette un regard à Lisa, assoupie sur le canapé. Sa mère tient au creux de sa main un premier galet, avec autant de soin que s'il s'agissait de la pierre philosophale. Le second a glissé à ses côtés. Elle passe désormais des heures à les frotter l'un contre l'autre. Cela l'apaise quand elle est tourmentée.

Lisa a toujours son casque sur les oreilles et Céleste n'ose le lui enlever, de peur de la réveiller. La musique est peut-être un activateur puissant de la mémoire, mais Céleste sait dorénavant qu'elle est plus que cela pour sa mère. Elle est une porte d'entrée dans un autre monde : celui où sa mère aime, danse et vit.

Aujourd'hui, Céleste a choisi de lui passer la chanson numéro 7 de la liste : « Encore un matin ». Sur le répertoire créé par Lisa, cette chanson lui rappelle apparemment une longue virée en voiture avec Sophie, lorsqu'elles étaient toutes deux parties à Nice, un été de sa jeunesse. Un sourire s'est aussitôt dessiné sur les lèvres de Lisa, balayant simultanément la tristesse qui commençait à la gagner.

*

Jeudi 16 juin 2022

Lisa dort depuis plus de deux heures et Céleste se sent nerveuse.

La veille, Antoine lui a envoyé un message pour qu'ils s'appellent en vidéo sur WhatsApp. Elle lui a proposé ce soir, 23 heures, heure française, pour être sûre de ne pas être interrompue. Afin de faire le moins de bruit possible, elle s'est installée dans la cuisine.

Elle attrape le classeur rouge, ouvert sur la dernière page manuscrite. Les anneaux en acier sont encore écartés. Sa mère n'est pas allée au bout de ce qu'elle avait commencé à faire : la feuille sur laquelle elle écrivait tout à l'heure est juste posée. Céleste y jette un coup d'œil et y découvre un ensemble de gribouillis illisibles. Ce n'est pas la première fois. Il lui est déjà arrivé de n'y trouver qu'un trait, voire un seul mot. Les meilleurs jours, qui remontent maintenant à loin, les propos étaient totalement décousus mais il y avait plusieurs lignes.

Elle ajoute cette dernière page aux autres, referme anneaux et classeur.

Elle s'assied ensuite en tailleur sur une chaise, son ordinateur ouvert posé sur la table, face à elle.

La simple idée de revoir Antoine l'émeut, même par écran interposé.

Elle prend l'appel dès la première sonnerie.

Le visage d'Antoine apparaît, souriant. D'entrée, il la taquine sur son sweat orné d'un énorme Snoopy. Depuis qu'il a appris la maladie de Lisa, il l'appelle tous les deux mois pour prendre de leurs nouvelles à toutes les deux. Son écoute est précieuse.

Nombre de ses relations ont disparu sans éclats de son quotidien. Surtout depuis qu'elle vit recluse auprès de sa mère. Les recroiser au détour d'un hasard l'amène à les saluer et à s'étonner du temps qui file. Seul Antoine continue de compter parmi ces relations magiques, rares, qui, lorsqu'elles s'éloignent un moment de la vie de l'autre, savent y resurgir comme s'il n'y avait jamais eu aucune interruption, avec la même complicité que s'ils s'étaient quittés la veille.

Il lui demande si elle va bien, depuis leur dernier échange.

Sa jovialité contraste avec le chagrin qui est devenu son compagnon de vie à elle. Mais elle sait que se confier ouvrira les vannes de sa tristesse, et elle ne veut pas gâcher ce moment.

Elle s'entend donc répondre :

— On fait au mieux…

Un silence accueille sa réponse. À l'écran, Antoine exprime une surprise inquiète. Il se méprend sur son propos.

— Je te dérange, peut-être ? Il est tard, en France… Ton ami et toi aviez peut-être prévu quelque chose…

— Non, je suis chez ma mère. Benjamin est sorti…

Elle allait dire « de ma vie depuis longtemps » mais s'interrompt. Ni Antoine ni elle ne se sont jamais aventurés sur le terrain de leur vie sentimentale. Le sujet n'est donc pas Benjamin. Le sujet, c'est lui et cette boule d'amour qui lui serre la gorge dès qu'elle entend sa voix.

— Comment va ta maman ?

« Ta maman ». Il aurait pu dire « ta mère ». Il a choisi de parler de Lisa avec la même douceur dont il aurait fait preuve avec un enfant.

Mais que peut-elle répondre ? La dureté de son quotidien est bien éloignée de qu'il est possible d'imaginer. Aussi loin que New York l'est de Paris.

Difficile de lui raconter qu'elle doit demander à sa mère de bien se brosser les dents après chaque repas, veiller à ce qu'elle ne regarde pas trop longtemps la télé, cacher ses médicaments pour qu'elle ne dépasse pas les doses prescrites, la prendre dans ses bras quand elle se met à pleurer comme une enfant… Elle se dit qu'un seul coup d'œil jeté sur la feuille qu'elle a trouvée un peu plus tôt suffirait à Antoine pour appréhender la situation. Mais elle se contente de rester évasive.

— Ce n'est pas toujours facile. Ça l'est même de moins en moins, car l'état de maman s'est aggravé. Mais on gère au mieux…, résume-t-elle.

— Je connais peu de personnes capables d'endurer ce que tu es en train de vivre, lui souffle Antoine, qui lit entre les lignes. J'imagine qu'il est impossible d'en comprendre la difficulté tant qu'on n'y a pas été soi-même confronté. J'espère que tu peux t'appuyer sur quelqu'un de solide. Et si tu as besoin de parler, tu sais que je suis là à n'importe quel moment…

— Dis-moi plutôt comment toi, tu vas, murmure-t-elle pour changer de sujet. Que me vaut le plaisir de t'entendre ce soir ?

Antoine sourit, réfléchit.

— Je voulais t'appeler avant de m'envoler, finit-il par annoncer.

— T'envoler ?

— Oui. Je pars à Madagascar pour une longue mission humanitaire. À Majunga, pour être exact. Je vais rejoindre une équipe de jeunes ingénieurs spécialisés en génie civil : nous allons y construire une école…

Céleste est sonnée. Madagascar. Elle tente de situer précisément cette île sur la carte du monde. Elle en est incapable. Tout au plus sait-elle qu'elle se trouve en Afrique. C'est-à-dire loin, encore plus loin que New York. Elle essaie d'apaiser l'espèce de panique qui la gagne.

— J'ai besoin de me recentrer, Céleste. De revenir à l'essentiel…

L'essentiel ? Le sien à elle est sous ses yeux. Elle trouve la force de se réjouir pour lui.

— Si ça te rend heureux, alors je suis heureuse pour toi. Combien de temps va durer ton voyage ? trouve-t-elle encore le courage de demander.

— Six mois pour commencer. Un an, peut-être. Ça dépendra de ce que je trouverai là-bas.

— Et tu pars quand ?

— Le 5 septembre…

Les yeux de Céleste glissent sur l'enveloppe posée sur le plan de travail : « Pour Victor ». Non, ce n'est pas la feuille qu'elle a trouvée tout à l'heure qu'Antoine devrait lire, c'est la lettre que sa mère lui a laissée. Avec tout ce que celle-ci a compris du sentiment qu'elle éprouve pour lui. De cette belle écriture soignée qui était encore la sienne, elle a tout si bien résumé. Céleste sent qu'elle va craquer. Les larmes montent malgré sa détermination à ne pas les laisser couler. Elle leur intime vainement de repartir, s'efforce de se concentrer sur autre chose. Elle repense au beau visage entouré de cheveux blonds, lové contre son épaule sur Instagram. « Alyson », croit-elle se rappeler.

— Et tu pars seul ? ose-t-elle.

Antoine ne répond pas immédiatement.

— J'espère que non. Mais ça ne dépend pas de moi…

Elle acquiesce, compréhensive. En tout cas, agit comme si elle l'était. Elle ne connaît pas cette jolie Alyson mais la pointe acérée de la jalousie l'accule à lui en vouloir malgré tout. C'est stupide. Mais c'est plus fort qu'elle.

Le silence qui s'installe entre Paris et New York s'éternise au point d'en devenir embarrassant. Elle le rompt.

— Je te souhaite d'y trouver ce que tu vas y chercher, Antoine. Tu le mérites.

Bien qu'il reste plongé dans un profond mutisme, elle mettrait sa main à couper qu'il semble déçu. Qu'espérait-il ? Qu'elle saute de joie ?

— Nous n'aurions jamais dû refaire l'amour, Céleste. Je crois même que je n'aurais jamais dû te revoir…, réplique-t-il à mi-voix. Je suis incapable de vivre dans le mensonge…

Elle ne s'attendait pas à entendre ces regrets-là. Elle est à deux doigts de lui rétorquer qu'il n'appartient qu'à lui de raconter toute la vérité à sa compagne. Mais l'urgence pour elle est de mettre fin à cet appel, car les larmes ne vont pas tarder à déborder.

Sur la console, l'enveloppe destinée à Victor semble la narguer. Elle l'ignore, parvient à dessiner l'un de ses plus beaux sourires.

— Ne t'inquiète pas, Antoine. Nous avons toujours été fusionnels, toi et moi. Alors, parfois, tout se mélange. Mais sois tranquille : je resterai à jamais ton amie. Quoi qu'il arrive.

Un ange passe, Céleste termine sur un mensonge.

— Je dois te laisser : maman m'appelle !

Elle donnerait n'importe quoi pour que ce soit vrai. Non pas pour quitter précipitamment la pièce. Juste pour trouver un peu de réconfort dans les bras maternels. Même si à cela aussi elle doit apprendre à renoncer. Il paraît que ça porte un nom : le deuil blanc. Un mot synonyme d'épreuve associé à un adjectif symbolisant la pureté, pour définir le deuil progressif d'un être aimé qui reste physiquement présent, mais dont l'altération des capacités est telle qu'il est transformé en une personne que l'on ne reconnaît plus… Il va lui falloir s'y habituer : Lisa sera bientôt là sans être là.

Sur l'écran, Antoine a perdu son sourire.

— Envoie-moi quand même quelques nouvelles de Madunga ! ajoute-t-elle.

— Majunga, corrige-t-il d'une voix devenue atone. Madunga, c'est en Tanzanie…

— Désolée. Moi et l'Afrique du Sud…

— Les deux se trouvent en Afrique de l'Est…, rectifie-t-il à nouveau, dans une grimace attendrie, cette fois.

— Tu as toujours été bon en tout, Antoine. Et tu réussis tout, aussi. Je t'admire. Et je t'envie…

Céleste a senti sa voix faillir sur les derniers mots. Elle se hâte de lui envoyer un baiser virtuel qu'elle accompagne d'un coucou de la main, coupe la vidéo.

Elle rabaisse l'écran de son portable, court au salon, se recroqueville sur le canapé. Puis elle écrase l'un des oreillers contre son cœur, comme pour le réduire au silence.

*

Vendredi 17 juin 2022, 2 heures du matin

Elle jette la dixième feuille en boule sur le sol carrelé de la cuisine. Elle n'arrive pas à trouver les bons mots. Elle a décidé de suivre le conseil de sa mère : s'accrocher et essayer de retenir Antoine. Mais elle n'a pas son talent pour exprimer ce qu'elle ressent.

Lisa, elle, aurait su coucher par écrit tout ce qu'elle avait sur et dans le cœur.

Céleste mordille son stylo. Voilà l'un des rares problèmes qu'elle ne pourra jamais résoudre par les maths. Il n'existe aucune formule type.

Une idée l'effleure, s'installe.

Elle avait raison, tout à l'heure. Sa mère saurait bien mieux expliquer les choses qu'elle.

Elle s'empare de la lettre de Lisa, la relit une dernière fois, la glisse dans une enveloppe vierge, sur laquelle elle mentionne l'adresse d'Antoine, à New York.

Le 5 septembre… Ça lui laisse encore deux bons mois pour décider de l'envoyer. Ou pas.

IX

Quand tu danses…

Juillet - Septembre 2022

37

Mercredi 27 juillet 2022

Assise sur l'une des chaises de la cuisine, Céleste observe Lisa décortiquer le morceau de pain qu'elle vient de lui donner.

Pierre a pris le temps de lui expliquer et de la préparer à cette étape qu'il qualifie de « phase intermédiaire ».

Impuissante, mais courageuse et déterminée, Céleste assiste donc lentement au naufrage du cerveau de sa mère, regarde l'abîme de sa conscience se creuser davantage chaque semaine, emportant dans son trou noir et pour l'éternité les souvenirs de Lisa. La coordination des mouvements se révèle de plus en plus compliquée. Son autonomie pour tous les gestes de la vie quotidienne diminue progressivement, ses épisodes de lucidité se font plus rares, avec de faibles capacités de concentration. La plupart du temps, Lisa devient en effet inconsciente du temps passé et à venir. Mais, parfois, un sursaut de conscience volé à l'abîme rallume une étincelle dans ses yeux inexpressifs.

Il lui arrive régulièrement de ne plus reconnaître tantôt les lieux où elle se trouve, y compris lorsqu'elle est chez elle, tantôt les personnes qui l'approchent. C'est ce qui a été le plus difficile pour Céleste : elle n'oubliera jamais le soir où, alors qu'elle rentrait de sa séance de footing et que Fabienne s'en allait, Lisa l'avait accueillie avec un « Bonsoir, madame » poli.

Ce soir-là, Céleste a eu l'impression de perdre sa mère.

Elle en avait parlé avec Lisa, il y a quelques semaines, un matin où celle-ci était, curieusement, parfaitement lucide.

— La seule clef à notre chagrin, c'est l'acceptation. Parce que, quoi que nous fassions, quoi que nous espérions, la maladie évoluera et me rongera jusqu'au bout. Mes jours mourront avant moi. C'est ainsi. Je peux te l'avouer, j'étais terrorisée à l'idée de perdre toute dignité. Et puis j'ai compris que ma peur n'était pas tant liée à l'anéantissement de ma mémoire qu'à la puissance et à la précision de la tienne. La mienne se gommera de la même manière que des mots tracés au crayon noir, c'est inéluctable. Mais qu'en sera-t-il de la tienne, ma chérie ? Trouvera-t-elle assez de force pour te restituer celle que j'aurai été ? Saura-t-elle se rappeler l'amour que je ressentais pour toi de « mon vrai vivant » lorsque je te vouvoierai comme une étrangère ? Parviendra-t-elle à te convaincre que je ne suis pas une mauvaise personne quand je me montrerai agressive à ton égard, quand, peut-être, je chercherai à te frapper ? Ta mémoire à toi arrivera-t-elle enfin à te restituer ta mère quand la femme que je serai devenue n'aura plus rien de commun avec celle que tu auras aimée ?

Lisa avait marqué un temps de réflexion. Puis elle avait conclu :

— J'ai décidé d'arrêter d'avoir peur. Je sais que ce sera terrible pour toi, mais je sais également que tu ne me réduiras jamais aux manifestations de cette maladie. Si tu le fais, et cela t'arrivera nécessairement, ce ne sera que transitoire. Tu me détesteras l'espace d'une minute, tu me fuiras quelques jours. Mais je reviendrai toujours dans ton cœur telle que j'étais. Désormais, je me concentre sur ce que le présent nous offre encore. Oui, ce sont là les deux grands secrets pour avancer. Accepter, puis confier ses craintes et sa fierté à plus solide que soi.

La retenue – la dignité, aussi – dont sa mère avait fait preuve ce jour-là avait appris à Céleste à ne plus regarder en elle que la puissance de la vie, sans plus se focaliser sur cette force obscure qui nécrosait un à un ses neurones. Céleste s'était aussi juré de ne jamais plus voir en elle une figure maternelle vacillante, mais de garder en tête sa force d'antan. Et le seul moyen pour y parvenir était de l'aimer. Telle qu'elle était, mais aussi telle qu'elle deviendrait.

En dehors de cela, dans ses moments d'absence, l'occupation favorite de Lisa consiste à frotter minutieusement ses deux galets l'un contre l'autre. Assise, les yeux hagards, elle reproduit inlassablement le même geste des heures durant.

Désormais, en plus de l'aide à domicile, elle se rend trois demi-journées par semaine dans un EHPAD, où elle participe à divers ateliers sollicitant ses capacités cognitives et motrices. C'est dans cet établissement que Pierre et Sophie ont convaincu Céleste de placer temporairement sa mère, à compter du 1er septembre prochain.

Épuisée, Céleste a accepté, mais uniquement pour une durée de trois mois en accueil spécialisé. Juste le temps pour elle de reprendre un peu de forces, puis de trouver un travail. Habituée à cette structure et au personnel, Lisa n'y perdra pas ses repères. Elle s'arrangera ensuite pour reprendre sa mère dès Noël, et organiser une prise en charge à domicile qui lui permettra d'assurer une présence permanente.

Ses projets ne vont pas bien loin. Toute visibilité à plus long terme est impossible.

Elle aussi avance pas à pas.

*

Lundi 22 août 2022

Céleste pose la tablette sur le lit, puis referme la grande valise qu'elle a achetée la semaine précédente. Elle a anticipé en commençant à y plier quelques robes, chemises de nuit, sous-vêtements, tous lavables à 90°, et tous marqués aux nom et prénom de sa mère.

Il lui reste dix-neuf jours pour rassembler un nécessaire de toilette complet, les objets et affaires personnelles qui la rassureront et permettront de lui rappeler son chez-elle. Tout devra également être étiqueté.

Céleste a l'impression de gérer un enfant. Pendant que les parents s'attellent aux préparatifs de la rentrée des classes de leur progéniture, couvrent et étiquettent livres scolaires et cahiers, elle marque de papiers thermocollants chacun des vêtements de sa mère avec le fer à repasser. D'une certaine manière, les rôles se sont totalement inversés. On ne lui a jamais dit que les enfants pouvaient un jour devenir les parents de leurs parents. Compte tenu de son jeune âge, ce rôle est déroutant. Elle le tient du mieux qu'elle peut.

Elle se souvient de toute la panoplie Diddl que sa mère lui avait offerte quand elle allait entrer en maternelle. La peluche représentant la célèbre souris doit d'ailleurs croupir au fond du coffre à jouets dans les combles de la maison de son père. Elle aussi a cherché à gâter Lisa pour cette rentrée un peu différente : elle se sent fière de lui avoir acheté cette tablette, ainsi qu'un nouveau casque audio. Les dix-huit chansons de Goldman énumérées par Lisa sont programmées sur l'appareil. On lui a déconseillé de prendre du matériel de valeur, mais Céleste a exigé de pouvoir apporter celui-ci. La direction a consenti à le mettre en sécurité tous les soirs, lorsque Lisa serait couchée. Ce n'est pas grand-chose, mais Céleste est soulagée d'être parvenue à imposer cela.

Elle tire sur la poignée rétractable. La valise fait un bruit sourd en touchant le sol.

— Vous avez besoin d'aide, mademoiselle ?

Fabienne est apparue dans l'encadrement de la porte. Depuis l'épisode du miroir, durant lequel par chance personne n'a été blessé, Céleste ne veut plus laisser Lisa seule dans la salle de bains.

— Non merci, c'est gentil, ça va aller. Restez avec elle...

L'auxiliaire de vie lui sourit et repart.

La valise glissée sous le lit, Céleste retape la couette et s'empare de la tablette tactile. Elle a choisi ce modèle pour sa simplicité d'utilisation. Tant que dureront ses sursauts de conscience, Lisa pourra y regarder des films, surfer sur Internet... Céleste essaie l'appareil, va sur Google, a l'idée de visiter le profil Instagram d'Antoine.

Son dernier post date de la veille et représente le drapeau tricolore de Madagascar. Le commentaire qui l'accompagne est court, mais explicite : Majunga, J -15 !

La gorge nouée, Céleste éteint la tablette et la range dans son étui.

Elle n'a jamais envoyé la lettre. Elle a eu trop honte, c'était trop compliqué... Elle n'a pas osé.

Qu'est-ce que ça aurait changé, de toute manière ?

Au moment où elle quitte la chambre de Lisa, la sonnette du portail retentit.

*

Céleste ouvre la porte : un homme d'une cinquantaine d'années se tient devant la grille. D'allure décontractée mais élégante, il ne ressemble guère aux démarcheurs que Céleste a l'habitude d'éconduire poliment.

— Bonjour, monsieur...

Visiblement mal à l'aise, l'inconnu marque un temps d'hésitation.

— Bonjour, je souhaitais voir Lisa. Mais peut-être est-elle absente ? finit-il par dire, embarrassé.

Céleste est pétrifiée. Il ne s'agit pas d'un colporteur, et encore moins d'un étranger. Dès qu'il a prononcé le prénom de sa mère, celui de cet homme s'est imposé à elle.

— Que faites-vous ici ? ne peut-elle retenir.

Il hoche lentement la tête, la baisse.

— Vous êtes Céleste..., lâche-t-il comme une évidence.

À son tour de perdre contenance.

Céleste ne bouge pas. L'entendre prononcer son prénom comme s'il la connaissait depuis toujours est déstabilisant. Que doit-elle faire ? Comment doit-elle réagir ?

Derrière elle, elle entend l'eau couler dans la salle de bains.

— Que faites-vous ici, monsieur ? répète-t-elle.

— Je suis venu parler à votre mère.

La voix est douce mais ferme.

Céleste sent la panique la gagner. Elle s'applique à n'en rien montrer, sort de la maison, referme la porte sur elle, descend les marches et se rapproche du portail. Séparée de Victor par la grille, elle le considère un long moment à travers les barreaux.

— Un simple coup de fil vous aurait évité le déplacement. Ma mère ne vit plus ici.

Une lueur d'angoisse traverse le regard vert.

— Elle a déménagé ? J'ai tenté de la contacter. Mais elle a vraisemblablement changé de numéro de portable, ainsi que celui de la ligne fixe...

Visiblement ému, il se passe une main dans les cheveux. Ce geste découvre suffisamment son avant-bras pour qu'apparaisse un fin bracelet en or. Le même que Lisa porte à son poignet. Déstabilisée, Céleste pense à sa mère, qui a attendu cet instant durant tant d'années. Ce fameux jour où elle pourrait enfin comprendre pourquoi cet homme ne l'a jamais rejointe…

— Écoutez, reprend-il, il faut vraiment que je puisse parler à Lisa. C'est très important…

— Vous pointer est la moindre des choses, mais vous auriez dû le faire il y a plusieurs années ! réplique-t-elle froidement.

Victor hoche la tête sans quitter Céleste des yeux. Il retrouve dans ce visage certaines expressions qui n'ont jamais déserté ses souvenirs.

— Lisa vous a mise dans la confidence… Je comprends donc que vous soyez en colère. Mais je vous en prie, il faut absolument que je la voie… Vous ne croyez pas qu'elle aussi en a besoin ?

Malgré l'assurance qu'il dégage, Céleste mettrait sa main à couper qu'il est profondément et sincèrement bouleversé.

Bien sûr, tu peux l'envoyer balader et ne plus jamais entendre parler de lui. Mais, si ta mère n'était pas rongée par ce mal, ce qui est en train de se produire ne serait-il pas l'un des plus beaux instants de sa vie ?

— Je vous en prie, Céleste…

Et toi-même, n'as-tu pas envie de connaître les explications qu'il a à fournir ? Tu as longtemps pensé que Lisa avait vécu cette histoire d'amour sans réciprocité. Peut-être as-tu là l'occasion de mieux comprendre les choses… ou pas.

— Je vous le répète, maman n'est pas ici.

Il ouvre les bras en guise d'impuissance.

— Alors, laissez-moi au moins éclaircir certains points. Vous déciderez ensuite de me dire où je peux trouver Lisa…

— Ne bougez pas. Je reviens !

Céleste pivote sur ses talons et retourne à l'intérieur de la maison, va voir Fabienne pour lui dire qu'elle reçoit quelqu'un dans la cuisine et qu'il ne faut pas la déranger. Puis elle ferme la porte du couloir qui donne accès au salon.

Elle inspire lentement à pleins poumons, et regagne le portail.

— Entrez, le temps pour moi d'essayer de comprendre. Je suis vraiment curieuse de vous entendre, j'espère que vos explications seront à la hauteur de votre retard…

*

Victor est installé dans la cuisine. Sans le savoir, Céleste lui a demandé de s'asseoir à la place qui était la sienne lorsqu'il déjeunait ou dînait avec Lisa : sur la chaise qui fait face à la fenêtre. Revenir dans cette maison est particulièrement émouvant. Tant de souvenirs remontent…

— Vous voulez un café ?

Il acquiesce.

Pendant que Céleste s'affaire autour de la cafetière, il fouille la pièce du regard, repère ce qui a changé, s'arrête plus longuement sur ce qui est resté identique. Il retrouve par exemple le joli tableau en ardoise sur lequel ils s'écrivaient l'un et l'autre des messages avec la craie suspendue sur l'un des côtés. N'y figure aujourd'hui qu'une liste de rendez-vous médicaux.

— Je vous écoute, lâche Céleste d'un ton peu chaleureux en lui tendant une tasse sur sa soucoupe.

— J'ignore ce que Lisa vous a raconté de nous...

— Là n'est pas le sujet. J'en sais suffisamment pour attendre avec impatience ce qui peut justifier un tel silence de votre part.

— Vous pouvez m'appeler Victor...

La voix est chaude, le ton posé et presque affectueux. Céleste pose brutalement sa petite cuillère sur la table, se penche vers lui.

— Je vais tâcher d'être claire, monsieur. Je ne suis pas ma mère. Je ne vais pas me laisser mener en bateau. Vous avez tenu à vous expliquer. Je vous écoute. Mais n'essayez pas de m'amadouer ou de me convaincre de quoi que ce soit. Contentez-vous d'être factuel.

Victor pourrait se lever, partir, découvrir un autre moyen de retrouver Lisa. Mais il n'a plus envie de perdre davantage de temps. Et puis, il comprend l'attitude de cette jeune fille qui a dû voir sa mère souffrir, et qui ne peut donc qu'entretenir une vive rancœur à son encontre. Alors, il se lance :

— Je ne suis pas venu, par lâcheté.

Son aveu claque dans le silence tel un coup de feu. Céleste manque en lâcher son café.

— Si c'est une blague, je la trouve de très mauvais goût.

— Ça n'en est pas une.

Elle reste sidérée, debout, sa tasse à la main, la bouche entrouverte. Elle aimerait pouvoir en rire, mais son quotidien lui rappelle depuis trop longtemps combien un rire peut être précieux. Elle n'a pas le temps de rétorquer quoi que ce soit que Victor reprend :

— Votre mère et moi nous sommes rencontrés une première fois une nuit magique de juillet 1998. Le destin nous a remis sur le même chemin sept ans plus tard. J'étais marié et père de deux enfants. Arthur avait dix ans, Pauline quatre. Le jour où nous nous sommes retrouvés, c'était lors d'un spectacle que vous et Arthur donniez à l'école. J'y étais venu seul. Gladys, ma femme, était en effet suivie pour une insuffisance rénale et voyait ce jour-là un néphrologue réputé dont les rendez-vous s'arrachaient.

Victor reste absorbé par l'un des angles de la table. Combien de fois s'est-il cogné contre lui en rouspétant ? Lisa lui promettait en riant que ce serait la première chose qu'ils changeraient dès son arrivée : ils troqueraient cette table contre une autre, ronde.

— J'étais amoureux de Gladys lorsque je l'ai épousée. Mais je vous assure que mes sentiments n'étaient en aucune mesure semblables à ceux que j'ai d'emblée éprouvés pour votre mère. Un amour fou, délirant, indescriptible. Mes retrouvailles avec Lisa ont marqué un vrai tournant, dans ma vie au sens large du terme, et dans celle de mon couple en particulier. Elle n'en a pas été responsable, pas plus que moi je ne l'ai été dans la sienne et celle de votre père. Les choses se sont imposées à nous. Nous avons rapidement compris combien cette passion pouvait aussi se révéler destructrice. Alors, nous avons tous les deux décidé de ne pas lutter contre elle, mais au contraire de l'accepter. Si ces poncifs peuvent sembler bien communs, nous en avons fait quelque chose de merveilleux, de solide et de durable. Jour après jour.

Il s'empare du sucre resté sur sa soucoupe, le plonge dans le liquide fumant. À l'aide de la petite cuillère, il touille lentement son café.

— Dès mes retrouvailles avec Lisa, je me suis progressivement éloigné de Gladys. Je me comportais avec elle comme avec une amie, ce qu'elle était devenue à mes yeux. Et puis il y a eu l'annonce de mon départ pour Vancouver. Lisa a refusé de m'y suivre avec vous, pour des raisons que je respecte. J'y ai vu l'occasion de préparer en douceur mon épouse et mes gamins à une séparation. J'avais quelques années pour cela. Et j'étais presque serein. Presque.

Il lève le nez de sa tasse.

— Vous savez, ce n'est jamais simple de quitter la personne avec qui vous partagez votre vie. Surtout lorsqu'il y a des enfants…

— Ma mère avait également une fille, et ça ne l'a pas empêchée de partir ! Et ce dans des conditions absolument déplorables, s'il était nécessaire de vous le rappeler !

— Jugez-moi après avoir entendu mon histoire, Céleste…

Elle échafaude de multiples hypothèses au sujet de cet homme fantôme depuis des années. Effectivement, qu'il s'explique. Elle tire la chaise qui se trouve face à lui. Celle qu'occupait Lisa, et sur laquelle elle avait la fâcheuse manie de s'asseoir tout près du bord.

Victor la remercie d'un bref mouvement de tête.

— J'aime profondément mes enfants, poursuit-il. C'était un point commun supplémentaire entre Lisa et moi. Même si, contrairement à elle, je n'étais guère démonstratif. Mais je me suis juré d'être toujours là pour eux…

Le bruit de l'eau qui coule s'interrompt. Céleste imagine Fabienne enrouler sa mère dans la grande serviette-éponge qu'elle vient d'étiqueter à son nom. Victor, lui, semble n'avoir rien entendu, tant il a l'air plongé dans ses souvenirs.

— Dès février 2012, j'ai annoncé à Gladys ma décision de divorcer. Encore une fois, nous ne partagions plus grand-chose, en dehors d'un quotidien amical, et nos enfants…, précise-t-il, gêné.

Céleste secoue lentement la tête. Quand elle songe à toutes ces années où sa mère a espéré voir apparaître le visage de cet homme par la fenêtre qui se trouve dans son dos… Va-t-elle devoir endurer l'étalage d'une vie privée qui ne la regarde pas pour n'écouter que les balivernes classiques d'un mari qui n'a pas eu le courage de quitter sa femme ?

— Je n'ai aucune envie d'entendre ça, monsieur…

— Je cherche juste à me montrer totalement transparent pour que vous compreniez.

— Vous allez bientôt m'expliquer, comme vous l'avez fait en son temps à ma mère, combien votre épouse et vos enfants avaient besoin de vous… Laissez tomber ! Si c'est pour me dire ça, vous pouvez vous abstenir. Moi aussi, j'avais besoin de ma mère. Bien plus que vous ne l'imaginez. Mais, pour vous, elle est quand même partie !

— Certes, mais avec du recul, elle n'aurait sans doute pas fait le même choix. Lisa ne s'attendait pas à ce que votre père la mette dehors, Céleste. Et elle avait suffisamment de caractère pour ne pas faire marche arrière. Mais si elle avait su ce qui allait se passer, le soir où elle lui a annoncé qu'elle souhaitait le quitter, elle ne l'aurait pas fait de cette manière, croyez-moi. Elle aurait patienté, elle aurait davantage préparé les choses, mais elle ne serait jamais partie sans vous....

— Ça ne change rien de toute manière... Elle, elle est quand même partie.

— Nombre de fois, Lisa m'a avoué que si elle avait pu revenir en arrière, elle serait venue à Vancouver avec moi. Et avec vous. C'était là mon souhait. Et c'est ce que je lui proposais. Si nous avions pris cette décision-là, ce fameux soir, rien de ce qui s'est passé par la suite ne serait survenu. Seulement voilà, on ne connaît la réelle portée de nos choix que bien après les avoir faits...

Sa voix s'éraille. Il déglutit, avale une gorgée du café qui refroidit.

Céleste se lève.

— Je vous raccompagne...

Victor ne bouge pas d'un pouce. Se retrouver assis dans cette cuisine est une image qui l'a porté durant toutes ces années. Il ancre son regard sur la table et revient en un instant en 2012, quelques mois avant ce qu'il imaginait être un nouveau départ dans sa vie.

— Gamin, j'ai beaucoup souffert de l'abandon de mon père, parti du jour au lendemain pour une femme. J'exècre les types, il y en a pourtant pléthore, capables de se comporter de la sorte. Et je me suis toujours juré de ne jamais leur ressembler.

Le bruit d'une porte qui se referme l'interrompt. Céleste imagine qu'il s'agit de celle de la chambre de sa mère. Fabienne va sans doute aller dans le salon. Victor a également entendu.

— Continuez, s'il vous plaît.

Il lui raconte à son tour sa proposition de tout plaquer pour démarrer une vie avec celle qu'il aimait au-delà de toute raison et de toute morale. Son souhait d'emporter avec eux cette petite fille si importante aux yeux de Lisa. Sa volonté à elle d'accompagner Charles à son sommet, ainsi que son refus de déraciner brutalement sa fille de son environnement.

Il lui décrit ce week-end hors du temps en Normandie, une fois leur décision prise, la douleur viscérale de la séparation, la perte de tout repère à Vancouver. Son état de manque permanent, qu'il associe à une addiction à la drogue, émeut Céleste. Cette comparaison ne lui est pas inconnue. Certaines lignes écrites par sa mère lui reviennent en mémoire.

Quand il arrive à l'épisode du pont du Rialto, Céleste est encore plus remuée. Elle revoit Lisa, face au Grand Canal de Venise, son casque sur les oreilles, le visage ravagé de tristesse, mais plein d'espoir, malgré tout. Le bouleversement qu'elle sent chez cet homme au moment où il relate leur marche lente l'un vers l'autre n'est pas feint.

Céleste se rassied.

— Lisa et moi avons comblé au mieux le vide qui nous éloignait. Nous étions parvenus à tisser entre nous un quotidien de couple malgré les milliers de kilomètres qui nous séparaient. Pas un jour sans que nous nous parlions, nous appelions en vidéo, sans dizaines de textos échangés. Pas une anecdote que nous n'ayons partagée, pas un coup dur que nous n'ayons traversé ensemble. Elle était là quand j'étais tendu pour le boulot, quand je m'inquiétais pour la santé de mes gosses, lors de la crise d'ado de mon fils, à l'enterrement de ma mère… Elle me conseillait. Moi aussi. Elle me parlait longuement des femmes qu'elle suivait à l'association, de ses problèmes de travail. Mais son sujet préféré, c'était vous. Ses craintes, sa fierté, ses joies dès que cela vous concernait… À tel point que j'ai le sentiment de vous connaître. Le seul sujet sur lequel nous avions tous deux choisi de rester hermétiques, c'était celui de nos conjoints respectifs. En dehors d'eux, nous savions tout de l'autre, quasiment en temps réel. Jusqu'en 2012.

Céleste croise ses mains sur la table pour cacher sa nervosité.

— J'ai dit à Gladys que je resterais toujours présent pour elle, pour ses problèmes de santé. Quoi qu'il arrive. J'étais sincèrement persuadé qu'elle accepterait notre séparation, vu que nous n'avions plus de vie de couple. Je n'avais donc pas monté de stratégie particulière. C'était une grossière erreur.

Il laisse passer un instant de silence.

— De ce jour-là, ma vie est devenue un enfer. Gladys a tout d'abord tenté de me convaincre de revenir sur ma décision de divorcer. Par tous les moyens : la séduction, la culpabilité, la pitié, la menace… Voyant que rien ne fonctionnait, elle s'est mise à me harceler. J'ai découvert une facette d'elle que je ne connaissais pas : la jalousie. Le jour, lorsque j'étais à mon travail, elle m'appelait dix, quinze fois pour vérifier que j'étais bien au bureau. Le soir, dès que je rentrais, elle traquait l'éventuelle présence d'une fragrance féminine sur mes chemises, fouillait maladroitement ma sacoche et mes poches de veston, épiait mon téléphone. La nuit, elle me harcelait avec cette unique question : « Me quittes-tu à cause de nous ou pour une autre ? » C'était obsessionnel.

Il se redresse, se cale au fond de sa chaise, écarte les bras.

— La réponse semblait cruciale, pour Gladys. Et je pouvais le comprendre. Elle me pensait amoureux d'une femme vivant à Vancouver.

Trois coups brefs l'interrompent.

— Oui, Fabienne ! s'exclame Céleste en tendant son visage vers la porte, qui s'entrouvre.

L'auxiliaire de vie entre et s'excuse, salue timidement Victor, se faufile dans la cuisine pour attraper le pilulier de Lisa. Elle s'éclipse aussi rapidement qu'elle est entrée. Victor a bien vu le geste mais, face au mutisme de Céleste, il reprend sans poser de questions :

— Au bout de plusieurs semaines, épuisé par ses persécutions, je lui ai avoué que j'avais rencontré une femme. Je n'ai pas précisé qu'elle se trouvait en France. Gladys a accueilli la nouvelle avec un calme olympien. J'ai cherché à lui expliquer combien j'avais vainement lutté contre mes sentiments, et insisté sur le fait qu'elle-même n'y était pour rien. Je me suis senti libéré.

Il s'avance au bord de sa chaise, écarte la tasse et sa soucoupe, pose ses deux coudes sur la table.

— L'accalmie a été brève. Le lendemain, Gladys était méconnaissable. À la limite de l'hystérie, agressive, elle ne cessait de proférer des menaces à mon encontre, de se répandre en invectives contre celle qui faisait « voler en éclats une famille ». En mars, elle est passée à une étape supérieure en montant mes enfants contre moi. Arthur avait dix-sept ans ; Pauline, onze.

Il secoue la tête.

— Pour quelqu'un comme moi, qui me suis toujours promis d'être l'inverse de ce que mon père a été pour moi, croyez-moi, lire dans le regard de mon fils la même déception que celle qui avait dû être la mienne au même âge, c'était dur. Ma fille pleurait tous les jours, effrayée par ce qu'elle entendait, terrifiée par l'avenir noir que lui dessinait sa mère. Mais j'ai tenu bon. Il était normal que Gladys n'aille pas bien. Je comprenais sa douleur et ses errements du mieux que je pouvais.

Il prend quelques instants pour remettre un peu d'ordre dans ses idées, se masse la nuque.

— En avril, un colloque professionnel m'a permis de rejoindre Lisa à New York. Je ne lui avais rien raconté du cauchemar que je vivais. Elle-même m'avait préservé des scènes pathétiques qu'elle avait dû affronter lors de sa rupture, j'entendais bien en faire autant. Nous avions quelques jours de respiration devant nous. Une parenthèse rien que pour nous deux. Nous nous en réjouissions mais notre joie fut de courte durée. Le lendemain même, j'ai dû repartir précipitamment. Mon fils m'a appelé : Gladys venait d'être hospitalisée en urgence. Son insuffisance rénale s'était brusquement aggravée, il fallait envisager sans attendre une greffe de rein…

Victor n'aime pas revenir sur cette période de sa vie. Elle ne fait que le ramener à l'image de la pente de toboggan qu'il a par la suite dévalée.

— Il était initialement prévu que ma famille et moi rentrions en France en août. Je devais repartir au Canada début septembre, tandis que ma femme et mes enfants resteraient à Paris. Arthur et Pauline pourraient ainsi démarrer leur rentrée scolaire en France. J'imaginais revenir définitivement de Vancouver en décembre, m'installer dans un studio. J'aurais alors entamé une procédure de divorce. J'aurais rejoint votre mère ce fameux soir du 24 décembre. Je serais resté dans ce studio quelques mois puis j'aurais emménagé…

Il lève la tête et poursuit, gêné :

— … dans cette maison. Mais l'évolution de la maladie de Gladys a tout chamboulé. Elle devait réaliser au plus vite un bilan médical complet pour pouvoir être inscrite sur la liste des transplantations, en France. Convaincue que ma maîtresse se trouvait à Vancouver, elle refusait de rentrer à Paris sans moi. Compte tenu du contexte, mes enfants, très inquiets pour leur mère, résumaient les choses à « Si maman ne va pas se faire soigner, c'est à cause de papa ». Ils devenaient virulents à mon encontre.

Il soupire.

— Je me suis donc rapproché de mon boulot, leur ai demandé de me rapatrier d'urgence pour raisons impérieuses. Mais je n'en ai pas parlé à Lisa. Gladys fliquait tout ce que je faisais. Je savais que me libérer pour aller la voir deviendrait vite infernal. Je me suis contenté de lui annoncer que je ne pourrais revenir en France cet été-là.

Il sent le regard pesant de Céleste qui le dévisage.

— Fin août, nous étions tous de retour en France. Gladys allait mieux, grâce à ses trois séances de dialyse hebdomadaires. Elle était inscrite sur la liste des transplantations rénales. Je crois qu'elle imaginait que notre retour en France avait effacé l'ardoise. J'ai tout doucement abordé de nouveau le sujet de notre séparation en octobre. Elle est entrée dans une fureur noire. Sa maladie y était sans doute pour quelque chose : elle souffrait de nombreux troubles de l'humeur.

D'une main lasse, il balaie l'espace.

— Un soir, alors que nous venions de nous disputer, elle est allée chercher nos enfants dans leur chambre pour leur annoncer que je voulais la quitter pour une autre femme, « plus drôle et en meilleure santé » qu'elle. C'était profondément injuste. Mais il faut croire que certaines fins justifient les moyens, en amour. Et celui-ci a bien fonctionné. Arthur ne voyait qu'une chose : la fragilité de sa mère. Et il me jugeait du haut de ses dix-sept ans comme un homme irresponsable. Pauline, elle, ne considérait à onze ans que le risque de voir ses parents séparés. En mettant mes gamins dans la balance, Gladys savait qu'elle changerait la donne.

— C'est encore pire que ce que je craignais...

Céleste secoue la tête avant de poursuivre d'une voix indignée :

— J'espérais que vous m'annonceriez un truc incroyable, un peu spectaculaire, parce qu'il m'aurait fallu au moins ça pour justifier les années désastreuses que maman a vécues en guettant le moindre signe de vous ! Mais non... Même pas. Votre excuse à vous, c'est « Mes enfants n'ont pas voulu ». C'est d'un pathétique...

— Ne dites pas ça. Je crois savoir que vous-même avez longtemps reproché à votre mère d'être partie. Peut-être auriez-vous aimé qu'elle reste...

— Mais *elle* ne l'a pas fait, monsieur. *Elle* est allée au bout de la promesse que vous vous étiez faite tous les deux. Et elle vous a ensuite attendu durant dix ans.

— Ne tirez pas de conclusions hâtives. Reprochez-moi mon manque de courage, mais pas mon absence de sincérité. Les sentiments que j'éprouve pour votre mère n'ont jamais faibli. Jamais ! Lisa a continué à obséder mes pensées, de jour comme de nuit. Et je gérais la situation comme je le pouvais. D'un côté, j'avais une Gladys agressive qui appuyait sur tous les leviers possibles pour me faire rentrer dans le droit chemin, le plus sensible étant mes enfants. Et de l'autre, votre mère se projetait avec allégresse dans un futur dont je rêvais aussi, à travers une vitre qui épaississait de jour en jour… Je n'en dormais plus. L'ambiance à la maison était devenue invivable ! M'éclipser pour aller voir Lisa relevait du parcours du combattant : comme je maintenais ma volonté de divorcer, Gladys avait deviné que la femme dont j'étais amoureux ne vivait pas à Vancouver. Elle m'appelait donc toutes les heures pour vérifier que j'étais bien au bureau et dès que je rentrais tard, j'avais droit à une scène. Fin novembre 2012, j'ai annoncé à Lisa que j'étais missionné par ma boîte dans plusieurs pays d'Europe, et que je n'en reviendrais que le 20 décembre. C'était la première fois que je lui mentais. Mais je pensais pouvoir la préserver et me consacrer à ma séparation. Je serais arrivé libre, j'aurais expliqué à Lisa pourquoi j'avais agi ainsi. Et elle m'aurait compris. Je le sais.

— Maman ne méritait pas ce mensonge. Vous auriez dû lui dire la vérité.

— Avec du recul, il est toujours plus facile de revenir sur les erreurs qu'on a pu commettre. Mais je vous assure que, lorsque vous êtes pris dans une tempête, vous essayez de faire au mieux, c'est tout. Je n'avais qu'une idée : partir, mais en créant le moins de remous possible pour Arthur et Pauline. Or, dans la nuit du 9 au 10 décembre 2012, pour être précis, j'ai compris que c'était impossible. Les menaces et la victimisation n'allaient jamais cesser, et mes enfants allaient rester sous leur emprise tant qu'ils n'auraient pas grandi.

Il garde les yeux fixés sur la table, même s'il n'y voit plus rien.

— Cette nuit blanche m'a rappelé une chose essentielle que le chaos m'avait fait oublier : notre amour était trop fort, trop beau, trop puissant pour être ainsi balayé par des intimidations ou des chantages. Alors, ce matin du lundi 10 décembre, je me suis levé avec la ferme intention de partir. J'ai appelé mon boulot et j'ai posé ma journée en prétextant un impératif, je me suis acheté un grand sac, y ai fourré quelques affaires pendant que Gladys était sortie, j'ai tout caché dans le coffre de ma voiture. J'ai réservé une chambre pour un mois dans un petit hôtel qui se trouvait à deux kilomètres de chez moi, ainsi qu'une session dans un *laser game* pour la fin d'après-midi. J'avais l'intention d'y emmener mes enfants. Après cette séance de jeu, je comptais avoir une discussion franche avec eux. Ils étaient en âge de comprendre. Je serais ensuite rentré, aurais eu une dernière explication avec Gladys, aurais pris ma voiture, et serais parti à l'hôtel. Seul. Dans ma tête, le réveillon de Noël nous appartenait déjà, à Lisa et moi. L'avenir aussi. Mais la fatalité en a décidé autrement.

La simple évocation de ce souvenir lui donne juste envie de rendre les quelques gorgées de café que contient son estomac.

— Ce lundi 10 décembre, à 8 h 30, le portable de Gladys a sonné alors qu'elle était sous la douche. C'était l'hôpital. J'ai décroché. L'équipe médicale qui la suivait nous annonçait la disponibilité d'un greffon. Le logiciel qui gérait la liste d'attente avait désigné Gladys pour recevoir le rein d'un motard décédé dans un accident de la route. C'était terrible pour ce jeune homme mais une bénédiction pour Gladys, pour les enfants, pour moi aussi, car ma volonté de divorcer n'entamait en rien l'affection profonde que je lui portais. Je me souviens vaguement avoir bafouillé que nous arrivions. Nous avions été préparés à cet appel que certains guettent parfois vainement toute leur vie. Il n'y avait pas une minute à perdre. J'ai crié la bonne nouvelle. Arthur a surgi dans notre chambre. Puis Pauline. Nous étions tous inquiets mais heureux.

La mine assombrie, il décrit les images ravivées par sa mémoire.

— Quel cauchemar… Je revois Gladys sortir de la douche, nous regarder l'un après l'autre, et m'opposer un non catégorique. Je la vois encore m'annoncer qu'elle ne subirait aucune greffe tant que je ne m'engagerais pas formellement, et devant mes enfants, à revenir sur ma décision de divorcer. Ce n'était ni le moment ni l'endroit pour parler de ça. Il fallait absolument attraper sa valise et filer à l'hôpital. Mais il n'y avait rien à faire. Gladys refusait. Le regard consterné de mes enfants est vite devenu accusateur. Il y avait aussi du dégoût. Pouvez-vous vous mettre quelques instants à ma place ? Les secondes défilaient à toute allure. C'était… horrible. Et insoutenable.

Céleste s'est à son tour rembrunie. N'a-t-elle pas, elle aussi, eu à subir la manipulation d'une personne prête à tout pour la préserver à son insu ?

— J'avais bravé le regard méprisant de ma belle-famille, que Gladys avait informée, le jugement de certains de mes amis... Eux ne voyaient qu'un problème d'ordre moral : j'abandonnais une malade, alors que moi je ne faisais que quitter une épouse avec laquelle je ne partageais plus grand-chose. Je me trouvais pris dans un conflit de loyauté, le corps social me jugeait. Et cela m'était égal, Céleste. Mais face à mes enfants, je n'ai pas pu. Je n'avais pas vraiment le choix. Gladys ne bluffait pas. Ils ne me l'auraient jamais pardonné... J'ai fini par céder et, bon gré mal gré, j'ai promis.

Les yeux de Victor fouillent le ciel au travers de la fenêtre, au loin.

— Gladys a subi l'intervention. Après son réveil, je suis resté à son côté. Je luttais pour ne pas exprimer mon dégoût face à son comportement, cette injustice qui me mettait à la merci d'une relation conjugale depuis longtemps perdue pour moi. Je gambergeais. Je n'arrivais pas à briser la joie de votre mère, qui était à mille lieues d'imaginer ce que je vivais. Je continuais à chercher le moyen de m'éclipser pour la rejoindre ce fameux soir de réveillon. Je ne parvenais tout simplement pas à me résoudre à voir la réalité telle qu'elle était... Gladys a quitté l'hôpital le 22 décembre. Je n'ai pas trouvé le courage d'annoncer à Lisa que je ne pourrais pas venir le 24. Je crois que j'espérais un miracle. Ce qui était complètement stupide. Mais j'avais la tête comme une Cocotte-Minute, et je la sentais prête à exploser. Ce soir du 24, Gladys était encore trop faible pour aller réveillonner chez sa sœur. Nous sommes restés chez nous. Je suis parti me coucher à 21 heures en prétextant une grosse migraine. J'avais besoin de me retrouver seul, de me connecter à Lisa. De vivre et de partager à distance l'horreur, l'incompréhension totale qui devaient être sa réalité. J'étais devenu prisonnier de ma geôlière. J'éprouvais une honte indescriptible. Honte de mon silence, honte de ne pas me lancer dans le combat qu'elle-même avait eu le courage de mener jusqu'au bout, honte d'avoir été celui que j'étais, honte d'être celui que j'étais devenu, et honte de ma honte… Vous n'imaginez pas combien il est dur et douloureux de vivre avec soi lorsque ce « soi » nous fait horreur.

Le visage spectral de Victor en disait long sur son calvaire. Mais Céleste n'en oubliait pas pour autant celui de l'attente vécu par sa mère.

— Aux alentours de 23 heures, j'ai fini par me résoudre à lui envoyer un premier texto, puis un second. « Pardon. » Voilà tout ce que j'étais capable d'écrire. Et en bon pleutre que j'étais devenu, j'ai coupé mon portable. J'ai passé la nuit assis dans mon lit, à imaginer cette cuisine, le salon, à travers lesquels Lisa devait déambuler, rongée par la peine, l'inquiétude et l'incompréhension. Pourtant, au petit matin, je me sentais porté par une conviction : Lisa ne m'aimait pas d'un amour conditionnel. Et nous partagions ce même sentiment profond que rien ne pouvait altérer. J'allais donc lui expliquer les choses. Je n'avais besoin que d'un peu de temps en plus. Greffée, Gladys allait pouvoir reprendre une vie normale. C'était l'histoire d'une petite année. Juste une petite année. Alors, je pourrais lui rappeler en quoi elle et moi ne pouvions continuer à maintenir sous perfusion un mariage exsangue, condamné depuis longtemps.

— C'est là que vous avez donné rendez-vous à ma mère dans ce café..., murmure Céleste. Et qu'elle vous a demandé de ne la recontacter que quand vous seriez enfin prêt à venir vivre avec elle...

— Oui... Elle m'a demandé de lui en faire la promesse. Je la lui ai faite. J'étais anéanti à l'idée d'être coupé d'elle durant des mois, et en même temps je me sentais porté par le temps supplémentaire qu'elle m'offrait pour aller correctement au bout des choses. Une année. Je ne voulais qu'une année de plus. Et je vous l'assure, Céleste, je croyais vraiment que ça marcherait...

Il secoue la tête.

— Mais rien ne s'est déroulé comme prévu...

Il essuie ses mains contre son pantalon.

— Mi-mars, Gladys a été hospitalisée en urgence après une forte poussée de fièvre. Les médecins nous ont annoncé un rejet aigu du greffon, malgré les immunodépresseurs. J'étais piégé, dépendant moi aussi de sa santé déclinante. Néphrectomie, réinscription sur la liste des transplantations, détérioration subite de son état... Je vous épargnerai ces mois d'horreur absolue. Quitter une épouse au seuil de la mort ne se fait pas, même si elle vous pousse à bout. J'étais à ses côtés, totalement impuissant. Elle ne cessait de répéter à tous ceux qui l'approchaient que sa place ne resterait pas libre longtemps, que j'allais enfin être heureux... Je ne peux lui en vouloir : elle avait peur de mourir. Mais Pauline entendait tout cela. À douze ans, ça marque. Et cette fois, Gladys n'a pas eu la même chance : nous n'avons pas trouvé de donneur à temps. La maman de mes enfants est décédée un an plus tard.

Une image d'une netteté douloureuse le traverse : celle où Pauline lui demande si c'est de sa faute à lui, si sa mère est morte.

— Je me suis subitement retrouvé à endosser le rôle du père et de la mère, alors que je n'y avais pas du tout été préparé. J'ai été submergé par les émotions, le chagrin des enfants, les papiers, les questions. Du côté d'Arthur, ça a été très dur mais il s'est montré courageux. Il était mature, la maladie de sa mère l'avait fait grandir bien plus vite que les autres gamins de son âge. Avec Pauline, ça s'est passé différemment. Trop jeune pour comprendre, pour accepter même les injustices de la vie, perdue dans sa propre souffrance, il lui fallait un coupable. Et c'est moi qu'elle a désigné pour tenir ce rôle. J'étais celui qui avait affaibli sa mère, qui lui avait retiré les forces nécessaires pour se remettre de son opération. Chaque fois qu'elle posait les yeux sur moi, j'y trouvais une accusation sourde et j'y voyais un assassin. Son frère et moi avions beau lui expliquer que tout cela n'avait rien à voir avec ce qui avait emporté sa maman, elle ne voulait rien entendre. Moi-même, il m'est arrivé de douter, tant ce que je lisais dans son regard était explicite.

Céleste se trémousse sur sa chaise. La gorge serrée, elle a du mal à respirer.

— Jamais Lisa n'a quitté la moindre de mes pensées. Souvent, dans la rue, je croyais la voir. Elle était là, partout, en permanence. Parfois, même, je lui parlais. J'avais sa voix dans ma tête. J'en avais besoin, pour avancer dans la tempête. Mais je devais respecter ma promesse et je n'étais pas libre. Je ne savais pas comment la recontacter. Ni quoi lui dire. Qu'avais-je à lui offrir ? Comment reconstruire une vie avec une femme alors que l'on doit élever les enfants conçus avec une autre, dont l'une vous reproche tous les jours d'être responsable de la mort de sa mère ?

Céleste ne tient plus : elle se lève et va ouvrir la fenêtre. Il lui faut de l'air frais.

— Bien sûr qu'elle aurait pu comprendre ma situation. Mais elle aurait surtout retenu la réalité : je sacrifiais notre magnifique histoire sur l'autel du devoir.

Victor observe Céleste, qui se garde de dire quoi que ce soit. Il poursuit donc.

— Les années ont progressivement passé. La douleur est restée intense. Mais j'ai appris à vivre avec. Ma priorité était que mes enfants souffrent le moins possible de l'absence de leur mère. Ma fille est devenue exclusive avec moi. Elle ne tolérait aucune présence féminine à mes côtés, même amicale. Elle surveillait sans en avoir l'air toutes mes fréquentations. J'avoue lui avoir chaque fois accordé les circonstances atténuantes. Ça a été si dur pour elle… Je n'avais ni la force ni le cœur de recadrer les choses. J'étais dépassé, malheureux, incomplet sans Lisa. Je manquais de son entrain, de nos échanges, de nos repères. À quinze ans, Pauline a eu son premier petit ami, puis un deuxième. En janvier 2017, j'ai trouvé le courage d'appeler Lisa. Mais elle était injoignable : son numéro de portable et celui de la maison avaient été changés. Elle avait fermé son compte

Facebook. Je ne voulais pas lui envoyer de lettre. Elle m'avait fait promettre de ne pas chercher à la voir tant que je ne serais pas complètement libre. Mais j'éprouvais le besoin de lui dire que je l'aimais toujours autant et que ma fille partie, je pourrais enfin reprendre ma vie là où elle s'était interrompue.

Dans le champ restreint de sa vision, Céleste revient s'asseoir.

— Pauline s'est envolée pour Londres il y a trois jours. Elle y part dans le cadre de ses études. Il m'aura fallu toutes ces années pour retrouver celle à qui mon cœur a toujours appartenu. Et pour que Lisa n'ait jamais à porter une partie de ma culpabilité.

Victor se tait enfin. Il a fini. Sa gorge est sèche et il lui faudrait un peu d'eau. Mais il se sent incapable d'avaler quoi que ce soit.

— Je comprends que vous me jugiez avec sévérité. Comment pourrais-je vous le reprocher ? Mais, je vous en prie, dites-moi où je peux la voir…

Céleste ne peut retenir une grimace. Et en même temps, elle ne peut s'empêcher d'être touchée par Victor, dont la sincérité et l'émotion sont palpables. Oui, il a été lâche. Il le reconnaît lui-même. Mais il n'en demeure pas moins un homme de devoir. Un devoir qui a pris le pas sur tout le reste : son désir, ses sentiments, son avenir. Il a ainsi assumé au mieux ce qu'il pensait relever de ses responsabilités. Au prix d'un terrible sacrifice. Cela fait aussi appel à une autre forme de courage. Qui pourrait affirmer avec certitude qu'il aurait agi différemment en étant confronté à cette situation ?

— Maman n'aurait reculé devant rien, pour vous. Pas même moi, je crois… Et c'est peut-être ce qui m'a fait prendre conscience que son histoire était véritablement extraordinaire. Elle dépassait tout. De son côté, en tout cas. Aujourd'hui, elle n'est plus là pour vous entendre. Elle est partie. Très loin d'ici.

Frappé de stupeur, la bouche de Victor s'entrouvre. Il reste de longues secondes ainsi, prostré, incapable de faire le moindre mouvement. Puis il se ressaisit, se racle la gorge, se lève lentement.

— Je suis désolé de vous avoir dérangée.

— Rasseyez-vous, s'il vous plaît…, répond gentiment Céleste. J'ai moi aussi des choses à vous dire. Et à vous remettre…

C'est la première fois qu'elle s'adresse à lui sur un ton autre qu'agressif ou méfiant. Il reprend place sur sa chaise, et elle lui raconte à son tour la vie de Lisa depuis ce fameux réveillon de Noël 2012. Elle fait défiler les années en cherchant à ne rien oublier d'important, s'applique à traduire les sentiments que sa mère lui a confiés. Elle voit cet homme élégant rapetisser sur son siège au fur et à mesure de son récit. Elle croit même apercevoir une larme briller au coin de son œil gauche. Mais elle ne s'interrompt pas, tout en se levant pour leur servir de l'eau fraîche. Quand elle arrive à l'annonce du diagnostic d'Alzheimer, le visage de Victor s'est fermé depuis longtemps déjà. Seule une ride profonde se creuse davantage entre ses deux sourcils.

Son dos est avachi, rattrapé par le poids d'un destin trop lourd pour ses épaules. Céleste connaît mieux que personne ce sentiment-là. Sauf qu'elle-même n'a pas encore l'expérience de l'âge pour apprendre à le combattre.

Lorsqu'elle se tait, Victor n'a pas touché à son verre. Il demeure vissé sur son siège, visiblement anéanti. Sa douleur fait peine à voir. Elle abat les dernières réserves de Céleste. Cet homme a autant manqué de courage vis-à-vis de Lisa qu'il en a démontré envers ses enfants. Mais il est indéniable que son amour pour elle est tout aussi profond et magique que celui décrit par sa mère. Céleste le voit baisser la tête.

— Quand maman est partie, mon père et ses amis l'ont jugée. Elle n'était qu'une égoïste, faisait preuve d'une irresponsabilité écœurante. Elle avait préféré les bras d'un homme à ceux de sa fille, le chemin de la passion à celui de la raison. Je lui en ai voulu. Terriblement voulu. Mais je mesure aujourd'hui les regards et les obstacles qu'elle aura dû braver pour défendre son intégrité. Nous nous sommes tous focalisés sur ce qu'elle avait fait, pas sur ce qu'elle aurait pu faire. Elle aurait pu partir avec vous lorsque vous le lui proposiez. C'était fou, osé, destructeur pour vos familles respectives. Elle a refusé. Pour moi. Pour mon père. Elle l'a payé cher.

Elle hausse les épaules.

— Finalement, ma mère a eu le courage d'aller seule au bout des choses, contrairement à vous. Quand il vous a fallu à votre tour affronter les difficultés…

Tous deux se retrouvent enfermés dans une même bulle de peine silencieuse. Les minutes passent, Victor n'a toujours pas fait un geste.

— Attendez-moi quelques instants…, chuchote-t-elle, comme si le moindre bruit risquait d'offenser leur silence.

Elle se lève à nouveau, quitte la pièce en refermant la porte sur elle. Fabienne et sa mère se trouvent bien au salon.

— Comment est-elle aujourd'hui ?

— Calme, mais ailleurs…, lui indique la jeune femme.

« Ailleurs » est le terme qu'elles utilisent pour décrire Lisa quand cette dernière n'est pas capable de communiquer sans incohérences. Céleste contemple sa mère, la peau diaphane de son visage, les longs cils qui encadrent un regard éteint. Habillée d'une jolie robe en mousseline noire, elle frotte comme à son habitude ses deux galets l'un contre l'autre.

Si tu savais, maman… Le moment que tu attends depuis des années est enfin arrivé, et tu n'es même pas là pour le vivre…

Elle ravale la boule douloureuse qui s'est coincée dans sa gorge. Que doit-elle faire ?

Qu'aurait-elle voulu que je fasse ? Je n'en sais rien. Mais quel immense gâchis…

Qui de Victor ou de sa mère avait eu raison ?

Sa mère, pour être allée au bout de ses convictions, avoir continué à croire en un amour sans jamais pouvoir le vivre ? Ou Victor, pour avoir sacrifié son Grand Amour sur l'autel du devoir ? Lisa avait décidé d'assumer l'histoire de sa vie au détriment de la connivence profonde qui la liait à sa fille ; Victor avait, lui, choisi de renoncer à l'amour de sa vie pour préserver ses enfants…

Lequel des deux avait fait le bon choix ?

Aucun des deux, peut-être…

Si. Simplement, maman a refusé de se laisser enfermer dans les choix des autres, tandis que Victor a subi ceux que d'autres ont faits pour lui.

Lisa avait finalement refusé de passer à côté de la chance d'aimer. Parce que cela aurait été contraire à toutes les valeurs qu'elle avait cherché à lui transmettre : l'intégrité et le courage d'être soi. Les fragments de bonheur récoltés valaient-ils vraiment le prix qu'ils avaient tous deux payé, eux qui semblaient s'aimer au-delà de toute raison ?

Il y a une chose qu'elle n'aurait pas aimée : que Victor la voie éteinte…

C'est exact.

Elle ravale sa salive.

— Fabienne, pourriez-vous mettre à ma mère son collier de perles et ses boucles d'oreilles en forme de goutte d'eau ?

— Je m'en occupe !

— Dernier détail : vous savez faire le chignon banane ?

— Je m'en fais parfois. Quand on a le coup de main, c'est rapide. Ils ne sont pas dignes d'un coiffeur mais je me débrouille, sourit l'aide-soignante.

Céleste lui rend son sourire.

— Allez-y ! C'est un grand jour pour elle, aujourd'hui…

Fabienne lève un œil étonné mais ne pose aucune question. Elle observe Céleste ouvrir le buffet, en retirer un classeur rouge, ouvrir un tiroir pour y prendre une grande enveloppe kraft et repartir vers la cuisine.

Victor se tient face à la fenêtre ouverte et regarde au-dehors. Son verre d'eau est intact sur la table.

— Je suis finalement la pire chose qui lui soit arrivée…, l'entend-elle murmurer.

Elle lui répond à voix basse :

— Non, c'est un problème de non-choix.

Il se retourne et lui demande de répéter.

— Ma mère m'a écrit que notre vie se composait de nos propres choix mais aussi de la décision ou des non-choix des autres. Son destin, tout comme le vôtre, a bifurqué du fait d'un choix fait par un tiers…

Elle pose le classeur, en retire l'intégralité des pages sur lesquelles court l'écriture de Lisa, les glisse dans l'enveloppe kraft, y ajoute celle de plus petit format qui mentionne « Pour Victor ».

— Tenez ! dit-elle en tendant vers lui la pochette kraft.

Il ouvre de grands yeux surpris et interrogateurs.

— Ma mère a toujours su que vous viendriez. Elle m'a demandé de vous remettre les feuilles de ce classeur et une lettre. Vous comprendrez pourquoi en lisant…

Ému, il quitte son poste d'observation et s'approche de Céleste. Il pose le précieux paquet sur la table, en sort la lettre qu'il met de côté, feuillette lentement quelques pages.

— Je crois qu'il vaut mieux que je lise ça tout seul.

— Oui, ce sera sans doute mieux, effectivement…

Elle observe sa pomme d'Adam faire l'ascenseur dans sa gorge.

— Votre maman est prête !

Ni l'un ni l'autre n'ont entendu Fabienne frapper contre le battant. Celle-ci a revêtu son petit gilet à manches courtes et s'apprête à partir.

— Il est l'heure... Je file !

Céleste se tourne vers Victor, devenu blême.

La porte de l'entrée claque : même le silence s'est tu.

— Elle est ici...

Céleste devine les mots plus qu'elle ne les entend.

— Oui. Il lui arrive encore d'avoir des moments de lucidité. Mais ils se font de plus en plus rares. Aujourd'hui, c'est un jour sans. Elle est là sans être vraiment là. Vous comprenez, Victor ?

Céleste s'étonne elle-même de l'avoir appelé par son prénom. Mais il fait finalement partie de sa vie depuis bien longtemps, au travers des mots de Lisa. Un court instant, elle a l'impression qu'elle est l'adulte, et lui l'enfant. C'est un rôle qu'elle commence à connaître.

— Je crois, oui..., balbutie-t-il.

— Vous êtes prêt ?

38

Céleste s'approche de sa mère, qui ne réagit pas, occupée à faire virevolter les deux galets entre ses doigts. Elle ne réagit pas davantage lorsque sa fille lui relève délicatement le menton.

Lisa voit un visage qui se penche sur elle. Elle ne le reconnaît pas. Mais elle sent que cette jolie jeune femme ne lui veut que du bien. Ses yeux ne sont que tendresse.

Céleste respire le doux parfum d'ylang-ylang de sa mère, embrasse son front, lui caresse la joue. Sa peau est douce, et la légère touche de fard rosé que Fabienne a pris l'initiative de déposer sur ses pommettes tranche sur son teint diaphane. Est-ce l'émotion qui la rend à ce point réceptive ? Céleste trouve Lisa plus belle que jamais, d'une beauté presque irréelle. Quand elle sent les deux pupilles glisser sur elle sans la voir réellement, elle recule, laisse Victor s'approcher à son tour. Elle veille à ne pas le regarder. Nul besoin d'être devin pour imaginer combien il doit être bouleversé.

Incapable de prononcer le moindre mot, Victor s'accroupit à côté de Lisa, pose délicatement une main sur celle que les deux galets accaparent, l'autre sur son genou. Le manège s'arrête subitement, les pierres se figent dans leur danse incessante.

Lisa tourne son visage vers lui. Son expression demeure totalement vide. Durant quelques secondes, Céleste pense que Victor va éclater en sanglots. Même la fierté et la pudeur ont leurs limites.

Il échange un rapide regard avec elle. En une fraction de seconde, la peine de l'un s'entremêle au désespoir de l'autre.

Lisa, elle, ne voit rien de ce qui se passe autour d'elle. Elle sent quelque chose dans sa tête, comme un effleurement. Ce qu'elle ne parvient pas à définir, c'est le message que son odorat cherche à transmettre à l'une des zones de son cerveau : la réminiscence d'un parfum boisé.

— Bonjour, Lisa…

— Bonjour, répond-elle d'une voix désincarnée.

Son cœur bat plus vite. Elle le *sent* palpiter et ce martèlement rapide lui fait presque mal. Elle fixe d'un air absent cet homme agenouillé.

Quelque chose…

L'inconnu baisse la tête.

— Je peux sortir, si vous préférez…

Victor remercie Céleste en secouant légèrement la tête. Il s'interdit de la relever. Croiser le regard dont il a tant rêvé et le découvrir dépouillé de cette lueur qui l'aurait mené au bout du monde lui est intolérable. Il doit lutter contre l'envie de pleurer qui lui écrase la poitrine.

— Ce sera sans doute moins difficile, vous savez..., poursuit doucement Céleste.

Lisa n'a rien compris de ce que la voix féminine vient de dire. Et elle s'en fiche. Car elle parvient à penser à deux choses : à cette peau contre sa main qui lui procure une sensation bizarre, et à ce parfum qui lui caresse les narines. Ses yeux se heurtent toujours à la nuque ployée de l'inconnu.

Enfin il lève son visage vers elle, et Lisa comprime brusquement les pierres entre ses doigts. Comme dans un film, elle voit cet homme se baisser vers elle, dans une autre pièce, un autre temps, pour lui murmurer quelque chose au creux de l'oreille. Elle tente de retenir le fil de ce souvenir qui s'estompe avant de s'envoler tel un fétu de paille.

Victor rassemble tout son courage pour s'arrêter sur chaque parcelle du visage de Lisa. Il se focalise sur la mémoire du sourire qui était le sien. Les commissures de ses lèvres s'affaissent désormais au point de donner un air triste à la bouche qu'il a tant aimée. Elle n'en est pas moins belle.

— Oh, ma Lisa..., murmure-t-il d'une voix étranglée.

Céleste se tient debout derrière lui. Il sent une pression affectueuse sur son épaule.

Il serre les dents, se relève en pressant les mains restées immobiles de Lisa. Il lui faut sortir, prendre l'air, humer ce jardin dans lequel ils avaient prévu de planter un olivier.

Il a besoin d'être seul. Seul avec son accablement. Pour ne pas s'effondrer devant Lisa et Céleste.

Il enlève sa main de celle de Lisa, se tourne vers le couloir.

— Attendez !

Céleste tend le bras dans sa direction pour lui faire signe de s'arrêter. Telle une fulgurance, elle a l'impression d'avoir vu une lueur dans les yeux de sa mère. L'a-t-elle inventée ?

Non, il se passe quelque chose, Céleste en est convaincue. Un micromouvement, dans les yeux de Lisa, un léger pli qui se dessine sur son front, une crispation un peu différente de ses doigts sur les galets. Puis tout s'éteint à nouveau.

De son côté, Lisa ressent ce nouveau passage à vide, de quelques secondes. Sans doute assez pour permettre la naissance d'une impulsion électrique, qui se fraye maintenant un chemin au travers des rouages grippés par la maladie, et actionne l'interrupteur du souvenir dans ses neurones non nécrosés. Une étincelle jaillit dans les yeux mordorés, et Céleste ne peut s'empêcher de penser que sa mère n'a jamais été aussi lumineuse qu'à cet instant-là.

Elle n'a pas le temps de s'attarder sur ce phénomène, elle doit s'appuyer sur le bahut du salon sous le coup de l'émotion : un immense sourire vient d'illuminer le visage de Lisa. Victor est également pétrifié. Sans un mot, elle se lève, pose avec une infinie précaution les deux galets sur sa chaise.

— Qu'est-ce que…, commence Victor.

D'un geste brusque, Céleste lui intime le silence. Ce qui se produit sous leurs yeux est un miracle, une parenthèse enchantée, et comme tout prodige, doit s'accompagner d'un silence absolu.

Lisa s'est emparée de la télécommande de l'enceinte et cherche sans y parvenir à mettre de la musique. Céleste se précipite pour le faire à sa place. Les premières notes d'une chanson de Jean-Jacques Goldman emplissent la pièce. Céleste n'a pas le temps d'en reconnaître la mélodie, car Lisa passe à la suivante, puis encore à celle d'après. Elle s'arrête enfin sur la septième.

— Étretat…, souffle Victor, bouleversé.

Mais Céleste n'a d'yeux que pour sa mère. Celle-ci s'est approchée de Victor dans une démarche presque aérienne, et enroule ses bras autour du cou de son partenaire.

J'ai fait la liste de ce qu'on ne sera plus
Quand tu danses…

Victor pose ses mains sur les hanches de Lisa, et ils commencent tous les deux à danser sous le regard médusé de Céleste. Submergée d'émotion, elle contemple sa mère virevolter sur le parquet du salon, les mouvements de son corps calés sur le tempo. Ses confidences chantent en vitesse accélérée dans son oreille. Elle comprend pour la première fois, au plus profond de sa chair, que, même si Lisa a vécu l'enfer, avoir connu un amour d'une telle intensité lui a réellement procuré davantage de bonheur qu'il ne lui en a coûté. Et elle se dit soudain que sa mère aura finalement eu raison d'y croire jusqu'au bout. Les images et les visages se juxtaposent, la mousseline de la robe virevolte et balaie l'espace. Victor. Antoine. Lisa. Céleste voudrait crier à sa mère combien elle l'aime, combien elle regrette de ne pas l'avoir crue immédiatement lorsqu'elle lui parlait de son Victor. Elle a envie de pleurer, aussi. De tristesse, de joie, de peur. Elle donnerait cher pour qu'Antoine assiste à ses côtés à la scène magique, *surréaliste,* qui se déroule devant elle. Ses yeux enregistrent chaque geste de Lisa, son visage transfiguré, dont l'éclat ne peut, elle en est à cet instant convaincue, qu'être lié à une intervention divine. Ce n'est pas juste une danse, c'est un message que Lisa leur adresse, à Victor et à elle.

Quelques lignes de la lettre écrite par sa mère s'imposent à elle :

« J'ai connu l'amour absolu avec Victor : je te souhaite de vivre la même chose avec Antoine, à la différence que j'espère te voir réussir tout cela mieux que moi... »

Victor guide toujours la danse, séquence éphémère arrachée au temps, ultime ballet de leur amour. Le chant du cygne. De son cygne à lui.

Et j'ai fait la liste
De ce qu'on ne sera plus
Mais que deviennent les amours éperdues ?

Il se nourrit de ce moment, du regard mordoré qui lui adresse autant de messages que de lumière *vivante.* Il sent les larmes couler sur son visage. Il s'en moque. Il n'est plus là, dans ce salon touché par la grâce, mais dans un ailleurs où il n'y a plus qu'eux, libres et seuls au monde. Rien d'autre ne compte plus. D'autant qu'il reconnaît les dernières notes de la chanson.

Le silence vient brutalement reprendre possession de la pièce, dont les murs semblent s'être resserrés sur eux. On pourrait presque entendre leurs battements de cœur.

Céleste voit Victor presser Lisa contre sa poitrine, l'embrasser sur le front.

À l'autre bout de son monde, Lisa sent le tsunami se répandre dans sa tête. Elle n'a pas le temps de comprendre ce qui se passe : ses souvenirs s'enveloppent à nouveau de la couverture ouatée de l'oubli. Elle s'écarte lentement de Victor, lui tourne le dos. Puis elle regagne sa chaise d'une démarche légèrement traînante.

Victor et Céleste restent muets. La femme qui vient de danser sous leurs yeux s'est volatilisée.

Lisa s'assied, se saisit des galets. De sa place, Céleste peut voir le regard de sa mère se voiler. Elle ose un coup d'œil en direction de Victor, qui baisse la tête.

Elle se dirige vers la porte pour les laisser seuls : cette intimité n'appartient qu'à eux.

*

Lorsque Victor revient dans la cuisine, il trouve Céleste occupée à équeuter des haricots.

— Maman a toujours aimé les légumes verts…

Il le sait bien.

Lui a pris quelques instants dans le couloir, pour se ressaisir. Il se mordille les lèvres.

— Vous gérez ça toute seule, Céleste ?

— Non, je suis aidée. Par une amie de ma mère, et son mari, qui est neurologue.

— Sophie…

Elle sourit.

— Oui, Sophie…

Elle attrape un haricot, en casse machinalement une des deux extrémités.

— Petite question : vous n'aviez pas prévenu de votre arrivée. Il ne vous est jamais venu à l'esprit que maman aurait pu refuser de vous voir ?

— Je m'attendais à ce qu'elle m'en veuille. Mais je savais qu'elle m'écouterait et me comprendrait.

— Je vous trouve quand même sacrément confiant…

Il laisse échapper un rire triste.

— Oh que non ! S'il y a une seule personne dont j'étais sûr, c'est votre mère. Elle m'a appris que l'amour était de croire en l'autre plus qu'en soi-même. C'est sans aucun doute ce qui m'a permis de tenir toutes ces années…

Elle a lu cette même phrase, il y a peu.

Adossé au buffet de la cuisine, Victor revient sur son premier sujet.

— Sophie doit effectivement vous être d'un grand secours. Mais être au contact d'une vie qui s'en va, c'est être obligé de redonner un sens à sa propre existence. La vôtre démarre à peine, Céleste…

Les mains s'interrompent dans leur activité. Céleste maintient un haricot au-dessus de l'égouttoir et considère longuement Victor avant de lui répondre :

— Je vais chercher un travail. C'est pour ça que j'éloigne maman de manière temporaire...

— Mais avez-vous quelqu'un à vos côtés qui vous apporte le courage et l'affection dont vous aurez nécessairement besoin ? Pour me montrer plus direct, êtes-vous heureuse en amour ? l'interroge-t-il avec une infinie douceur.

Les yeux écarquillés de Céleste lui font réaliser qu'il se comporte avec une familiarité excessive.

— Pardon, s'excuse-t-il. Je n'avais pas l'intention de vous blesser. Comme je vous le disais tout à l'heure, j'ai vraiment le sentiment de vous connaître, je dirais même de vous reconnaître, pour vous avoir vue grandir à travers les mots de votre mère...

Elle tend l'oreille vers le salon, attentive au moindre bruit qui traduirait un déplacement de Lisa.

— Mon rapport à l'amour est resté particulier depuis ce qu'a traversé ma mère...

Elle balance le haricot équeuté dans la passoire.

— Pourtant, je crois avoir connu cette alchimie singulière, dont elle parlait avec force et conviction.

Elle en reprend un autre.

— Maman m'aura permis d'ouvrir les yeux à temps pour mettre fin à une relation bien trop superficielle. Mais j'ai laissé filer une belle histoire...

D'une voix hésitante, Victor interroge :

— Mais... ce n'était pas réciproque ?

Elle hausse les épaules.

— Je ne sais pas. Enfin, je crois que ça l'a été, mais que ça ne l'était plus ensuite...

— Vous « croyez » ? Il a dû vous le dire, non ?

— Non, pas plus que je ne le lui ai dit, moi…

Il se tait. Il est mal placé pour donner des leçons sur ce qu'il aurait été préférable de faire. Céleste, comme si elle était parvenue à lire dans ses pensées, s'exclame :

— Mais moi, au moins, je ne l'ai pas fait souffrir.

Victor accuse le coup.

— De cela, vous ne pourrez jamais être certaine, tant que vous n'aurez pas eu le courage d'en parler avec lui…

Il a visé juste. Céleste baisse les yeux.

— De toute façon, les dés sont jetés. Dans deux semaines, il s'envole pour Madagascar, loin de tout, et pour longtemps. Avec sa compagne. Je lui souhaite le meilleur. Il le mérite.

— Mais vous, vous vivrez à jamais avec le regret de ne pas avoir exprimé ce que vous ressentez.

Elle se lance dans des explications embarrassées.

— J'en serais incapable, tant j'ai peur de me mettre à nu. J'avais pourtant décidé de lui envoyer une lettre. Celle que m'a écrite maman. Ça peut sembler bizarre, mais cela aurait été plus clair que n'importe quel autre message que j'aurais pu rédiger… Mais, comme vous le voyez, ajoute-t-elle avec un mouvement du menton en direction de l'enveloppe calée contre la paroi d'une niche du buffet, elle est restée là. C'était une idée ridicule.

— Qu'auriez-vous risqué à le faire, Céleste ?

Elle va pour répliquer quelque chose mais se tait. C'est vrai. Qu'aurait-elle risqué, en vérité ?

Arrête de te cacher derrière ton petit doigt. Dis-le !

Après un long silence, elle répond enfin :

— Pour rien au monde, je ne voudrais perdre son amitié.

Les yeux de Victor s'emplissent de compréhension.

— Lisa était aussi ma meilleure amie...

Céleste éclate en sanglots. Elle qui ne pleure jamais devant quiconque, et n'exprime jamais rien, le fait face à cet homme qui doit être aussi dévasté qu'elle. Ceci explique peut-être cela. Il est bien connu que la douleur rapproche.

— Je crois que le plus dur est certainement d'admettre que Lisa vous a enseigné ce que vous n'aviez pas encore compris, et c'est l'un des plus grands et beaux cadeaux qu'elle ait pu vous faire, continue Victor. Vous le découvrirez, on attend toujours un meilleur moment. Mais ce n'est jamais le bon. On espère en permanence que les planètes soient alignées mais elles ne le sont jamais parfaitement. À vouloir trop attendre, vous allez peut-être rater l'histoire de votre vie...

Céleste songe que ces deux-là étaient indiscutablement faits l'un pour l'autre. Et elle éclate de rire. Nerveusement. Avant de pleurer à nouveau. Elle se précipite vers l'évier, honteuse. Elle sent bien qu'elle rit et pleure avec la même démesure, mais c'est incontrôlable. Une main se pose sur son bras. L'instant d'après, elle se retrouve à vider son chagrin sur l'épaule de Victor.

Ils restent ainsi longtemps, jusqu'à ce qu'un bruit provenant du salon interrompe ce moment de partage.

— Excusez-moi..., bredouille Céleste en se précipitant dans la pièce d'à côté.

Elle en revient une minute plus tard.

— Elle s'est installée dans le canapé. Elle voulait regarder la télé. Elle n'a plus trop la notion de l'heure, mais elle aurait dû manger depuis plus d'une heure, déjà…

— Je suis désolé, c'est ma faute…

— Ne vous inquiétez pas. Maman ne s'en rend pas compte. Et je crois que ce qu'elle vient de vivre mérite largement d'avoir manqué un repas composé de jambon et de haricots verts.

Un vrai sourire, le premier, illumine le visage de Victor.

Il s'approche de la table, reprend la grande enveloppe kraft que Céleste lui a remise plus tôt.

— Vous reverrai-je ? ose-t-elle demander.

Il plante ses yeux dans les siens.

— Je suis entré dans sa vie par effraction. Mais je n'en sortirai pas comme un voleur. Je vais m'occuper d'elle moi aussi, Céleste.

— Vous savez, parfois, elle a des sursauts de conscience. Parfois. Alors, peut-être…

— Oui, peut-être. Ce seront encore quelques instants de bonheur volés à l'abîme. Mais, quoi qu'il arrive, je serai dorénavant là pour elle…

Elle ouvre la porte, le laisse passer. Il inspire l'air du dehors à pleins poumons.

— Je vais vous dire une dernière chose, Céleste. Votre mère m'a appris la beauté, la puissance, la magie d'un sentiment dont je n'imaginais même pas la possible existence. Cette lumière me portera jusqu'à la fin de ma vie. Cela, je suis sûr de ne jamais l'oublier. Et si notre histoire devait être racontée, c'est précisément par cela qu'il faudrait la commencer. Vous qui connaissez cette vérité, vous avez à votre tour quelque chose de beau à écrire…

Elle le regarde descendre l'escalier, passer le portail, et le suit des yeux jusqu'à le perdre totalement de vue.

*

Il est 3 h 12 du matin. Victor pose la dernière feuille. Il a tout lu. Sauf la lettre. Est-elle utile ? Lisa lui a déjà tout dit au travers de ses pages manuscrites.

Il s'empare de la petite enveloppe, caresse du doigt « Pour Victor », l'ouvre, lit, fronce les sourcils et sourit.

Il a compris.

Il se lève, prend son smartphone, met ses écouteurs, cherche la chanson de Goldman. Puis il éteint la lumière, s'assied. À côté de lui, une feuille d'un joli papier à lettres sur laquelle est écrit un seul mot, titre d'une composition de l'artiste : « Confidentiel ».

Il ferme les yeux, lance la chanson.

Tout y est dit.

39

Lundi 5 septembre 2022

Céleste rentre seule dans la maison silencieuse.

Elle vient de passer deux heures avec Lisa, dans sa nouvelle demeure provisoire. Sophie est également venue. Elles ont pu discuter toutes les deux, ce qui lui a fait beaucoup de bien. Elle considère Sophie comme sa tante.

Céleste a meublé la chambre de Lisa avec ce qui comptait pour sa mère. Elle n'a pas oublié les galets. Elle lui a laissé son nouveau casque audio, pour qu'elle puisse écouter sa musique. Le personnel a été informé de ses habitudes. Elle a dressé une liste précise des chansons qu'il faudra lui passer. Celles-ci lui permettront tantôt de la ramener à sa fille, tantôt de la blottir dans les bras de Victor.

Elle s'assied contre le rebord de la table du salon. Être seule ici est douloureux. Mais apaisant, aussi.

Elle retrouve un peu de Lisa dans chacun des meubles et des bibelots qui restent.

Sa maison se vide comme sa mémoire… Triste parallèle.

Céleste se sent désormais devenue l'unique dépositaire de cette existence engloutie dans la brume. Et tel le patient condamné à mourir, ces objets semblent s'éveiller une dernière fois à la vie, laissent échapper un doux parfum qui la ramène à son enfance, au temps où sa mère avait cette flamme ardente au fond des yeux, souriant à un avenir encore plein de promesses.

L'éphéméride, posée sur le bahut, est restée figée à la date où Lisa a pour la dernière fois arraché la page du jour précédent.

Céleste sait qu'elle devrait ouvrir les fenêtres, faire pénétrer l'air et la lumière, allumer la télé, mettre de la musique, n'importe quoi qui permette d'habiller cette maison de vie. Mais elle ne peut s'y résoudre. Elle éprouve le besoin malsain de s'enfermer seule avec sa peine, avec l'image de sa mère dans chacune de ces pièces, et la voix d'Antoine qui résonne encore au loin dans ses oreilles.

Elle se cloître dans la chambre de Lisa, se jette sur son lit, recherche son odeur sur le traversin, comme elle le faisait quand elle était enfant. Pourquoi se complaît-elle à se faire mal ?

En larmes, elle compose le numéro d'Antoine. Sans surprise, l'appel bascule directement sur sa messagerie. Normal. Il l'avait prévenue. Il n'aurait de réseau que lorsqu'il se rendrait à certains endroits. Elle consulte son Instagram, Twitter. Il n'y a plus donné signe de vie depuis une semaine.

Lui qui voulait contribuer à changer le monde, il va pouvoir réaliser son rêve. Mais elle ? Dans quelle constellation se trouve cet avenir flamboyant ? Pas celle-ci, en tout cas.

Le moral en berne, elle éteint son portable, se glisse tout habillée sous la couette.

Sa mère n'étant plus là, qui viendra la délivrer de son chagrin ?

Elle veut dormir. Ne plus songer à rien.

*

Céleste émerge brutalement de son sommeil.

Elle a cru entendre un bruit de sonnette.

Elle tend l'oreille dans l'obscurité. Elle n'a aucune idée de l'heure qu'il peut être.

Le même tintement, à nouveau.

Le cadran du réveil lui indique 9 h 16. Comment a-t-elle pu dormir aussi tard ?

Céleste s'extirpe mollement du lit, avance pieds nus jusqu'à la fenêtre de la cuisine. Elle manque défaillir en découvrant Antoine devant le portail. Abasourdie, elle ouvre la porte, se précipite dehors sans chaussures.

Antoine l'enlace tendrement mais brièvement.

— J'arrive de Roissy…, précise-t-il avant de s'engouffrer dans la maison.

Toujours sous le choc, Céleste referme la porte et s'y adosse le temps de reprendre ses esprits. Est-elle en train de délirer ?

— Combien de temps te faut-il pour faire une valise et vider ton frigo ? lui demande-t-il.

— Mais…

— Nous décollons dans cinq heures pour Madagascar. Si on compte large pour aller à l'aéroport, enregistrer nos bagages, passer la zone de contrôle… il nous reste une demi-heure.

Le pouls de Céleste s'accélère.

— Je ne comprends pas, Antoine…

— J'ai reçu ta lettre il y a quelques jours. J'ai modifié ma destination pour Paris, et j'ai pris deux autres billets pour Madagascar. Il va falloir compléter les infos avec ton passeport.

— Mais quelle lettre ?

Elle se tourne vers le buffet. Elle n'y a pas fait attention : l'enveloppe ne se trouve plus à sa place. Elle se revoit, assise face à Victor, la désigner du menton.

Elle laisse échapper un gloussement tandis que les larmes lui montent aux yeux. Tout se chamboule dans sa tête.

— Mais je croyais que tu ne partais pas tout seul…

— Je t'ai dit que ça ne dépendait pas de moi. Je pensais à toi, en l'occurrence. J'ai essayé d'oublier tout ce qui s'était passé ici, après être rentré à New York. Mais réintégrer une vie qui n'est pas celle que l'on souhaite est difficile. J'ai rompu avec Alyson, car je lui mentais autant qu'à moi-même. J'ai ensuite cherché à lutter contre les sentiments que j'éprouvais pour toi. Tu ne m'as jamais dit avoir quitté Benjamin.

Antoine ouvre le réfrigérateur, attrape un premier Tupperware plein.

— Mais je ne peux pas partir comme ça, Antoine. Maman a besoin de…

— Ta mère a avant tout besoin de te savoir heureuse. Est-il nécessaire de te relire sa lettre pour te le rappeler ? Sophie et Victor vont s'occuper d'elle. Nous serons de retour dans deux mois. Tu la retrouveras bientôt…, promet-il en s'approchant de Céleste, son index dessinant l'ovale de son visage.

Deux mois… Combien d'années-lumière cela représenterait-il sur l'échelle de l'évolution de la maladie de Lisa ?

— Je suis certain que ta mère ne se rendra pas vraiment compte de ton départ, ajoute-t-il comme s'il avait lu dans ses pensées. Et je suis convaincu que, si elle était dans cette pièce, elle te dirait de ne pas culpabiliser et de faire pour toi ce qu'elle aurait rêvé de pouvoir réussir pour elle…

Il essuie délicatement la larme qu'elle n'a pu retenir et qui dévale le long de sa joue.

— Il est des rêves que l'on doit oser, Céleste…

Et souviens-toi de ce que maman t'a écrit : « "On ira", chante Goldman. Là où je n'irai plus, vas-y pour nous deux. »

Elle le dévisage, l'embrasse, attrape le Post-it sur lequel Victor a noté son numéro de téléphone, se rue dans sa chambre, tandis qu'elle l'entend lui crier :

— Je m'occupe du frigo !

Céleste se saisit de son portable, entre le numéro griffonné, tape un message : « Merci… »

Elle s'empare d'une jolie valise rouge rangée dans l'armoire de Lisa. Sans doute celle que sa mère avait emportée à Venise puis à New York, et qu'elle avait probablement rêvé d'envoyer à Vancouver. Céleste y colle en vrac deux jeans, quelques sous-vêtements, tops et shorts, promesses et espoirs. Celles et ceux caressés un jour par Lisa, celles et ceux dessinés par elle-même.

Son portable émet trois bips. Victor vient de lui répondre : « Il y a certes la difficulté des choix que l'on fait pour soi, mais, parfois, il existe aussi la beauté des choix que d'autres font pour nous. Soyez heureuse, Céleste, et ne vous inquiétez pas pour Lisa. Je suis là, maintenant. »

Les larmes continuent de couler sur ses joues, mais elle ne cherche plus à les retenir. Pour la première fois depuis bien longtemps, celles-ci sont de bonheur.

— Plus que dix minutes ! entend-elle de la cuisine.

Elle boucle sa valise, coupe l'eau, le gaz, vide les poubelles, attrape son sac, vérifie une dernière fois que tous les volets sont bien fermés.

— Prête ! annonce-t-elle.

Antoine ouvre la porte. Un taxi les attend dans la rue.

Céleste sort ses clefs, se tient un instant sur le seuil, le ventre noué par l'émotion.

— Ce n'est pas un adieu, Céleste..., répète-t-il en portant leurs bagages jusqu'au véhicule.

Elle embrasse les pièces d'un regard, sourit à ses fantômes intérieurs. Sa mère peut être apaisée : cette maison sera bien celle du bonheur.

Elle court vers le taxi, s'y engouffre, se blottit contre Antoine. Elle s'interdit de se retourner sur le petit pavillon, ferme les yeux.

Lorsqu'elle sent les lèvres d'Antoine se poser sur les siennes, elle se rappelle l'importance de savoir profiter de l'instant présent, et trois mots lui viennent à l'esprit : *Ici et maintenant.*

Antoine s'écarte.

— Au fait, ça y est…

Elle lève vers lui un regard interrogateur.

— Lors de notre escapade au parc des Buttes-Chaumont, il y a des années, tu m'as demandé de te prévenir quand mon vœu serait exaucé. Eh bien, voilà, ça y est…

40

Céleste et Antoine ont pris place dans le Boeing en direction de Tananarive. Assise près du hublot, Céleste laisse ses yeux errer sur le tarmac.

Elle qui n'a jamais pris l'avion et qui lutte encore contre son acrophobie se moque totalement de s'envoler bientôt à des milliers de mètres au-dessus du sol.

Elle aurait aimé rassurer sa mère, lui dire qu'Antoine était à son bras, lui crier que sa lettre avait été décisive pour son existence, et que son Victor lui permettait aujourd'hui de goûter au bonheur.

Un steward passe dans l'allée, vérifie que les ceintures sont bien attachées. Le décollage est proche. Céleste se perd dans ses pensées.

L'avion s'éloigne enfin de son pont d'embarquement et se met à rouler lentement pour rejoindre la piste.

— Tu n'as pas trop peur ?

Elle sourit à Antoine.

— Ça va…

— Mets un peu de musique, sinon. Et ferme les yeux…

Ferme les yeux…

Comment n'y a-t-elle pas songé plus tôt ?

L'avion avance toujours au pas sur le taxiway. Peu importe. Et tant pis si ça lui vaut une remarque du personnel navigant. Ce coup de fil est soudain vital, pour elle. Céleste fouille dans son sac, attrape son téléphone, appelle la résidence où vit sa mère.

*

Lisa est assise sur un banc, dans le parc qui jouxte la grande bâtisse principale du centre. Elle frotte consciencieusement ses galets. Elle ignore depuis combien de temps elle se trouve ici mais elle s'y sent bien. Il fait bon. Le soleil chauffe agréablement sa peau. Elle regarde les personnes qui se promènent. Elle n'en reconnaît aucune.

Si. Une dame vient de surgir face à elle, et son visage ne lui est pas totalement inconnu. Elle ne saurait dire comment elle s'appelle mais cela n'est guère important. Ce qui compte, c'est l'impression de gentillesse qu'elle dégage.

— Lisa, c'est moi, Zoé ! J'ai votre fille au téléphone. Elle me demande de vous mettre cette chanson, maintenant, tout de suite…

Lisa n'a pas compris. Mais elle n'a pas le temps de réagir qu'elle sent quelque chose lui serrer la tête. Ce n'est pas agréable et elle va pour rejeter cet engin qui l'empêche d'entendre les piaillements, pépiements et autres gazouillis des oiseaux. La femme en blouse lui retient doucement mais fermement la main.

— C'est de la part de *votre fille*, lui crie-t-elle maintenant, en appuyant sur les deux derniers mots. CÉLESTE !

Lisa bute sur ces paroles sans qu'aucun visage ne s'imprime dans sa tête. Elle insiste, sa mémoire patine. Rien ne vient. Et soudain des notes de musique affluent dans ses oreilles...

*

À une quarantaine de kilomètres de là, le Boeing 777-300 de la compagnie Air France se tient face à la piste de décollage. Dans quelques secondes, les pilotes à son bord recevront l'autorisation de partir. Ils pousseront alors les manettes de gaz à fond, l'avion s'élancera sur la piste, d'où il se détachera du sol une fois la vitesse d'envol atteinte.

Céleste garde discrètement son téléphone calé entre son épaule et son oreille. Antoine la protège des regards.

Se sentir triste et heureuse en même temps, est-ce possible ?

— Ça y est, madame ! Nous avons pu nous débrouiller : votre maman écoute bien la musique que vous nous avez indiquée...

*

On partira toi et moi, où ? Je sais pas
Y a que les routes qui sont belles

Et peu importe où elles nous mènent, oh belle…

Lisa ne voit plus rien de ce qui l'entoure. Dans sa tête, des silhouettes se percutent, des voix se superposent…

Oh j'ai tant obéi, si peu choisi petite
Et le temps perdu me dévore

… des mots, des noms lui traversent l'esprit : elle s'y accroche.

Et d'un seul coup, un flash.

Une table en formica. Un test de grossesse. Un visage de petite fille. Cette petite fille plus grande assise à ses côtés en train d'écouter cette même chanson. Et tout cet amour qu'elle lit dans ses yeux. Lisa sent qu'elle tient quelque chose, qu'elle doit aller plus loin. Pourquoi ? Comment ? Impossible de le dire. Mais elle sait qu'elle ne doit pas lâcher le lambeau de passé auquel elle s'accroche.

Oh belle, on ira, on partira toi et moi, où ? Je sais pas
Y a que des routes qui tremblent
Les destinations se ressemblent

*

Dans un grondement puissant, les roues du train arrière de l'avion s'arrachent du sol.

Céleste n'entend rien d'autre que la chanson qui sort de ses oreillettes.

Antoine entremêle ses doigts aux siens.

*

Lisa continue à s'accrocher aux images qui défilent dans sa tête.

Céleste. Un canapé. *Son* canapé. De longs cheveux qu'elle caresse.

Une transcendance, comme un éclair.

Céleste *et* Antoine.

Et là, un flash.

« Eh bien, si un jour j'arrive à trouver le chemin qui me mène là où je rêve d'aller, j'écouterai cette chanson. »

*

L'avion s'élance vers le ciel, auquel Céleste arrime son regard à travers le hublot. Elle se concentre de toutes ses forces sur sa mère.

J'espère que tu me sens sur ton épaule, maman…

*

Lorsque Zoé a fini de rassurer l'un des patients sur le fait qu'il ne pleuvra pas, elle se retourne en direction de la voix masculine qui vient de l'interpeller poliment. Elle reconnaît l'homme élégant qui vient chaque jour rendre visite à Mme Bocret. Ce week-end, il est même resté tout l'après-midi du samedi et du dimanche.

— Pourriez-vous m'indiquer où je pourrais trouver Lisa Bocret, s'il vous plaît ? Une infirmière m'a dit qu'elle se reposait dans le parc…

— J'étais avec elle il y a quelques minutes. Longez cette allée, précise-t-elle en désignant de son index un chemin bordé de massifs. Vous la verrez assise sur un banc, un peu plus loin, sur votre droite.

Victor la remercie d'un hochement de tête et s'engage dans la direction indiquée. Il dépasse plusieurs tilleuls, croise quelques pensionnaires. Enfin, il reconnaît la silhouette de Lisa et s'arrête, ému, pour la contempler.

Celle-ci a la tête levée vers le ciel, le regard perdu dans le bleu azur. Elle a cessé de frotter ses galets, qu'elle garde dans son poing serré.

Une expression de plénitude a envahi son visage. Elle pourrait être celle d'une femme heureuse.

Lisa semble vraiment apaisée.

Et elle sourit.

Note de l'auteure

Chère lectrice, cher lecteur,

Le premier thème de ce roman, déjà présent en toile de fond dans *Le Sens de nos pas*, est celui des choix : ceux que l'on fait pour soi, ceux que d'autres font pour nous, souvent à notre insu, parfois même à notre corps défendant et qui, par la force des choses, viennent changer le cours de notre vie.

Vous savez combien les enjeux inconscients des sentiments, quels qu'ils soient, me captivent. Jalousie ou confiance, dépendance (voire emprise) ou délivrance, manque de confiance en soi ou impression de toute-puissance… La liste des profondes métamorphoses qu'ils provoquent en nous est longue. Et pour cause… Le mot « amour », polysémique, englobe nombre de relations : maternelles, paternelles, filiales, fraternelles, amicales, amoureuses… Mais, dans tous les cas de figure, aimer c'est prendre le risque de souffrir, et je suis intimement convaincue que nos plus grandes douleurs proviennent des blessures de nos liens. Avec *Malgré nous*, je vous proposais une histoire d'amitié et je posais la question des limites. Des nôtres à l'égard de nos amis. De celles de nos amis à notre endroit. Je jouais volontairement avec les extrêmes. Car la vérité, la réalité se trouvent toujours entre les deux.

Cette fois-ci, j'ai donc voulu vous parler d'amour. Car nous avons tous, enfouie dans nos mémoires, la réminiscence d'une histoire passée ou inachevée.

Il y a cet amour de jeunesse, dont le visage demeure parfois gravé en nous, et qui se redessine dès que l'on en convoque le souvenir. Nous avons avancé sans lui, mais il suffit de peu pour faire resurgir une émotion sur laquelle le temps semble ne pas avoir de prise.

Il y a ces rencontres, inattendues ou espérées, brèves ou plus longues, douces ou intenses, qui se sont terminées dans la douleur, qui nous ont un temps brisé le cœur au point de redouter toute nouvelle histoire d'amour, ou qui nous ont laissé un goût d'inachevé.

Il y a enfin ces histoires que nous avons manquées ou refusées. Parce que le « timing » n'était pas le bon. Parce qu'elles ont démarré sur un malentendu. Parce qu'elles étaient trop dangereuses, trop toxiques, trop aliénantes, trop tout. Ou tout simplement parce qu'elles étaient impossibles. De notre fait, ou de celui des autres.

Toutes ces histoires ont pour point commun de nous ramener à notre *Route de Madison* à nous, une parenthèse enchantée dans laquelle nous nous réfugions avec mélancolie, amertume ou nostalgie. Nous en avons cicatrisé du mieux que nous pouvions. Tout en étant convaincus que nous n'en guéririons jamais.

Certes, il existe aussi des rencontres qui nous ont menés plus loin, et dont le lien passionné s'est transformé en quelque chose de plus profond, de moins intense, dans une union où une relation harmonieuse a donné lieu à une poursuite heureuse.

Mais, parfois, le cœur s'emballe au point de défier toute raison. Au point de rendre fou. De bonheur, sans doute. De douleur, également. Plus rien alors n'est contrôlable. Et lorsqu'il s'avère en danger, cet amour devient aussi explosif qu'une grenade dont on arrache la goupille. Le risque étant, quand on aime l'autre plus que soi, de se détruire soi-même.

Avec *Par la force des choses,* j'ai voulu vous emporter dans un amour passionnel, dévastateur. Une grande et belle histoire d'amour. « Grande et belle » implique-t-il que tout se termine bien ? Je n'en suis pas certaine. Je ne suis même pas loin de penser le contraire. « Grande et belle » signifie pour moi une rencontre unique, intense, rare, résistant aux assauts du temps, à la distance qui éloigne, à la morale qui juge.

Peut-être aurez-vous partagé les doutes et les certitudes de Lisa. Peut-être aurez-vous ressenti l'intensité de ses émotions. Peut-être aussi, par moments, aurez-vous désapprouvé ses choix, son acharnement, sa foi absolue en Victor. À moins que vous ne l'ayez au contraire mieux comprise que personne. Chacun vit comme il l'entend son histoire d'amour, surmonte comme il le peut les grands chagrins qu'elle occasionne…

J'espère néanmoins que vous aurez trouvé dans l'histoire de Lisa les racines d'un Amour absolu, que vous aurez aimé les forces et les vulnérabilités de cette femme entière. Tout en gardant à l'esprit qu'en amour, le sublime côtoie souvent la folie…

Bien chaleureusement,

Claire

Liste des chansons de Jean-Jacques Goldman citées dans l'ouvrage :

Toutes ont Jean-Jacques Goldman pour auteur-compositeur et interprète.

Il suffira d'un signe

Fermer les yeux

Et l'on n'y peut rien

Sache que je

Quand tu danses

Thème de Lisa

On ira

Par la force des choses

Je voudrais vous revoir
© GOLDMAN JEAN-JACQUES EDIT

Quand la musique est bonne
© UNIVERSAL MUSIC PUBLISHING MGB FRANCE

Famille
© GOLDMAN JEAN-JACQUES EDIT

En passant
© GOLDMAN JEAN-JACQUES EDIT

Pas toi
© GOLDMAN JEAN-JACQUES EDIT

Tournent les violons
© GOLDMAN JEAN-JACQUES EDIT

Encore un matin
© GOLDMAN JEAN-JACQUES EDIT / UNIVERSAL MUSIC PUBLISHING MGB FRANCE

Confidentiel
© GOLDMAN JEAN-JACQUES EDIT

Remerciements

À Sophie Charnavel et Gabriel Zafrani, pour leur confiance et leur soutien renouvelés.

À Françoise Delivet, pour ses conseils, toujours aussi précieux et avisés.

De nombreuses personnes interviennent, de la création d'un livre à son arrivée chez le libraire, tout en restant dans l'ombre, et je voudrais aujourd'hui exprimer toute ma reconnaissance à celles qui ont contribué à cette sixième aventure éditoriale :

Catherine Lauprêtre, Perrine Therond, Élise Iwasinta, Joël Renaudat, Arthur Rossi, Ombeline Ermeneux, Sonia Guerreiro-De Carvalho, Lucile Besse, Capucine Boura, Pascaline Bressan, Barbara Cassouto-Lhenry, Emmanuelle Coppeaux, Costanza Corri, Marie Dubois, Muriel Le Ménez, Morgane Rissel, Martine Rivierre, Aurélie Scart, Élisabeth Stempak, Adelaïde Yvert.

Hervé Adamczyk, Annie Bougarde, Jérôme Becker, Gilles Couillard, Sandrine Ducrocq, Élisabeth Gastaldo, Fabien Hummel, Jeanne-Marie Leclerc, Guillaume Loras, Philippe Maulnier, Anne-Sophie Moszkowicz, Jean-Philippe Pilloux, Céline Pitt, Aurélia Spalacci, Gilles Torches, Arnaud Weil.

Isabelle Aupet, Stéphanie Barradas, Sandra Bidon, Séverine Bodin, Catherine Boulanger, Christine Branger, Florent Clavier, Jean-Marie Clop, Catherine Colin, Laurence Dessapt-Laroze, Pascal Donzier, Corinne Grenet, Isabelle Griboul, Laurent Hacquin, Aurélie Huchet, Gabrielle Jorge, Hélène Le Flao, Anne Legoux, Jean-Marc Lotzer, Alexandra Maillet, Delphine Marchal, Marilène Mauger, Corinne de Neef, Bernard Raskopf, Solweg Renauld, Bruno Toreton, Catherine Turbergue, Yann Vall, Caroline Varlet, Anne-Sophie, Sabrina.

Et l'ensemble des libraires qui ont accepté d'accueillir Lisa et Victor dans leurs rayons.

Une pensée chaleureuse à celles que je n'oublie pas et qui m'ont accompagnée durant de belles années : Laetitia Beauvillain et Sandrine Perrier-Replein.

Je n'oublie pas mes proches, piliers de mon quotidien, ni mes lecteurs : les liens qui se tissent entre nous ont quelque chose de magique.

Enfin, des remerciements tout particuliers et appuyés à M. Jean-Jacques Goldman, pour m'avoir autorisée à reproduire certains passages de quelques-unes de ses chansons.

Sans ce droit à citations, les réminiscences de Lisa auraient été beaucoup moins belles…

Table

Composition réalisée
par Rosa Beaumont

Ce livre existe grâce au travail de toute une équipe.

Communication : Caroline Babulle, Sabrina Bendali, Inès Paulin, Adélaïde Yvert.

Coordination administrative : Martine Rivierre.

Studio : Pascaline Bressan, Barbara Cassouto-Lhenry, Joël Renaudat.

Fabrication : Muriel Le Ménez, Céline Ducournau, Bernadette Cristini, Sophia Paroussoglou, Isabelle Goulhot.

Commercial, relation libraires et marketing : Catherine Lauprêtre, Perrine Therond, Ombeline Ermeneux, Élise Iwasinta, Morgane Rissel, Arthur Rossi, Aurélie Scart.

Cessions de droits : Elisabeth Stempak, Benita Edzard, Lucile Besse, Sonia Guerreiro, Costanza Corri.

Gestion : Sophie Veisseyre, Chloé Hocquet, Isabelle Déxès, Camille Douin.

Services auteurs : Viviane Ouadenni, Jean-François Rechtman, Catherine Reimbold.

Ressources humaines : Mylène Bourreau.

Juridique : Laëtitia Doré, Anaïs Rebouh, Valérie Robe, Lucie Bergeras, Julia Crosnier.

Avec le soutien des équipes d'Interforum et d'Editis qui participent à la création, la diffusion et la distribution de ce livre.

Canoros Vehit Canentes

Imprimé en France par
CPI Brodard & Taupin
en novembre 2023

Pour plus d'information :

#lisez engagé
www.lisez.com
Imprimé sur du papier issu de forêts gérées durablement.

N° d'édition : 66907/03 – N° d'impression : 3055271